郁达夫情史

少鸿 著

上海书店出版社

图书在版编目(CIP)数据

郁达夫情史/少鸿著. —上海：上海书店出版社，2016.7
 ISBN 978-7-5458-1226-8

Ⅰ.①郁… Ⅱ.①少… Ⅲ.①长篇小说-中国-当代 Ⅳ.①I247.5

中国版本图书馆CIP数据核字(2015)第313566号

郁达夫情史

少鸿/著
责任编辑/杨柏伟　邢　侠
技术编辑/丁　多
装帧设计/汪　昊
上海世纪出版股份有限公司上海书店出版社出版
上海世纪出版股份有限公司发行中心发行
上海福建中路193号　邮政编码/200001
www.ewen.co　www.shsd.com.cn
全国各地书店经销
上海叶大印务发展有限公司
开本889×1194　1/32　印张16.125　字数320,000
2016年7月第1版　2016年7月第1次印刷
书号：ISBN 978-7-5458-1226-8/I·347
定价：40.00元

本书中文简体字专有出版权归本社独家所有，非经本社同意不得连载、摘编或复制

内容简介

"曾因酒醉鞭名马,生怕情多累美人"。

这是一部以中国著名作家郁达夫的情感经历为题材的长篇小说,在反映郁达夫如何与黑暗势力作斗争,成长为一名伟大的爱国主义作家的同时,着重描写了他与四个品貌各异的年轻女子的情感纠葛。作为一个有个性的作家,郁达夫的小说惊世骇俗,而作为一个多情的男子,他的情爱也非同凡响:有对日本少女隆子的痴情,有对原配夫人孙荃的怜惜,有对新加坡情人李小瑛的依恋,更有对王映霞的一见钟情与狂热追求……他也因此而遭受了难言的分离之苦,嫉妒之伤,背叛之羞与毁家之痛,他的复杂丰富的内心世界也由此得到充分展现,并闪烁出独特的人性光辉。

小说语言简炼,文笔细腻,一个倔强、率真、带有自我暴露倾向而又富于良知与正义感的作家形象跃然纸上,栩栩如生。

本书曾以《郁达夫在情爱之途》的书名于2005年出版,之后市面上曾出现上下册版本的盗版书;此次修订再版,改名为《郁达夫情史》,特此说明。

——作者

作者简介

少鸿，本名陶少鸿，湖南安化人，中国作家协会会员，湖南省作家协会名誉主席，著有长篇小说《大地芬芳》、《花枝乱颤》、《溺水的鱼》、《抱月行》，小说集《花冢》、《生命的颜色》，电影剧本《九三年的早稻》(长春电影制片厂摄制)等，曾获湖南省文学艺术奖、毛泽东文学奖、湖南青年文学奖。现居湖南常德。

目　录

第一章　初恋 / 1
第二章　订亲 / 19
第三章　迷乱 / 40
第四章　洞房 / 64
第五章　邂逅 / 86
第六章　赎情 / 106
第七章　创造 / 125
第八章　困境 / 145
第九章　薄奠 / 169
第十章　新欢 / 191
第十一章　恋火 / 215
第十二章　心结 / 244
第十三章　结缡 / 268
第十四章　裂痕 / 288
第十五章　漩涡 / 309
第十六章　乡愁 / 327
第十七章　伤情 / 347
第十八章　嬗变 / 369
第十九章　妒忌 / 392

第二十章　龃龉 / 417

第二十一章　毁家 / 445

第二十二章　情人 / 468

第二十三章　殉难 / 487

第一章

初 恋

1

1914年秋天的东京，一个天高云淡，空气中飘着菊花香气的日子，19岁的郁达夫将认识两个人。这两个人都将成为他的朋友，而其中的一个，则将演变成他的情敌。但对此郁达夫是不能预知的，所以对命运的赐予，他只能和所有人一样照单全收。

其时，他与上百名中国学生聚集在第一高等学校门口，盯着墙上那张墨迹淋漓的预科班中国官费留学生录取名单。郁达夫身瘦体弱，被排挤在人群之外，无法进到距布告很近的地方，只好踮起脚，瞪大双眼，徒劳地朝里观望。如果那张纸上没有他的名字，就意味着留学愿望的落空，大半年来日夜补习日语的努力付之流水，他得告别带他来日本的大哥大嫂，灰溜溜地回国去。

郁达夫焦灼不安的时候，人群忽然骚动起来，你推我搡，一片混乱。有人踩了郁达夫的脚，他哎哟一声痛得眯起了眼睛，赶紧退到一旁，蹲下身子揉脚。这时必将成为他朋友的郭沫若跳到一块阶石上大喊："喂，大家都不要拥挤好不好？一点秩序都没有,都是中国人,莫让日本人看笑话嘛!前面的同学念一下名字,不就大家都晓得了?"

骚动的人群顿时安静下来,前面有人开始大声报出录取者的名字。郁达夫竖起了耳朵,当听到自己的名字穿空而来时,他下意识地跳了起来,像在课堂里被点名一样叫了一声:"到!"顿时引得周围的人哄堂大笑。

紧接着郭沫若也听到了自己的大名,这位后来的名士开怀大笑:"哈哈!苍天有眼,不录取我是没有道理的!"

郁达夫正好站在郭沫若身边,便冲他拱拱手:"恭喜恭喜!"

郭沫若拱手回礼道:"同喜同喜!你是郁达夫?好名字!世事通达即丈夫啊!听口音,你是江浙人吧?自古江浙多才子呀!"

郁达夫矜持而兴奋:"才子不敢当,浙江人倒是货真价实的!"

这时一个眉目清秀的青年过来冲郭沫若说:"郭兄,我也录取了!"

郭沫若道:"好啊好啊,皆大欢喜!来,我给你们介绍一下,这位是郁达夫,是你的浙江老乡!"

这位青年与郁达夫热烈握手:"郁兄好!我是许绍棣,杭州人氏,不知府上是……?"

郁达夫说:"家在富阳,从杭州坐船沿富春江而上,不过八九十里水路呢!"

"是嘛!天下真小啊,没想到在日本还遇到你这个真老乡!"许绍棣说。

郭沫若大大咧咧:"什么真老乡假老乡啊?到了海外,所有中国人都是真老乡,都是一家人!人生多少得意事?洞房花烛夜,金榜题名时!这虽然不算是金榜,可毕竟是一大幸事!我提议,我们到酒馆痛饮几杯如何?!"

许绍棣立即响应:"好啊!"

郁达夫却没有应允,他说他想尽快把这消息告诉大哥。常言道,长兄如父,大哥奉命来日考察司法,特意带他来日本留学,为他操了不少心,过几天大哥就要回国到大理院任职了,他一直在盼着这个好消息呢!郭沫若很理解郁达夫的心情,点头道:"应该应该,我们以后是同学了,有的是机会再聚,你赶快回去报喜讯吧!"郁达夫于是拱手作别了。

这就是郁达夫与郭沫若和许绍棣的相识,十分的偶然,也十分的平淡,谁能料到,这竟是后来一连串复杂故事的开头呢!

2

三个人再次相聚,是在东京第一高等学校的操场上。

他们穿着崭新的黑色立领学生制服,夹在几十名中国留学生中间,排着队围着操场跑步。负责军事训练的教官满脸横肉,挥舞着一根鞭子,不时地冲着队伍末尾的人吼叫:"快跑,快跟上!"

郁达夫跟跟跄跄,气喘吁吁,跑着跑着就和许绍棣一起落到了最后面。教官冲到郁达夫跟前,凶神恶煞地:"不许偷懒!"郁达夫摇摇晃晃拼命往前赶,汗水刺疼了他的眼睛,终是力不可支,速度越来越慢。于是教官扬起鞭子,猛地抽在郁达夫的背上。郁达夫脚下一绊,摔倒在地。

许绍棣欲拉他一把,教官瞪了一眼,吓得收回了手。

郁达夫爬起来欲追队伍,教官吹响了哨子。跑步的队伍停了下来。

教官用鞭子指着郁达夫:"你!"又指着许绍棣,"还有你,做一百个俯卧撑！"

无奈，郁达夫和许绍棣并排做起了俯卧撑。教官在一旁数数："一、二、三……"许绍棣体力明显好于郁达夫，做得比教官点数的速度还快。郁达夫则体弱力衰，没做几个就脸憋得通红，动作迟缓下来，才做了二十来个，双臂一软，扑在地上。教官一脚踏在郁达夫背上："继续做！"郁达夫愤怒地拱了拱身子，却起不来。

郭沫若跑过来，书生气地冲教官大喊："太野蛮了，我抗议！"

"野蛮？对你们支那人不野蛮点，你们永远是东亚病夫！"教官收回脚，冲着郁达夫大吼，"继续做！必须是连续一百个！做不完，军训就过不了关！"

对精疲力竭的郁达夫来说，这是一个不可能完成的任务。他爬起身来，倔强地怒视着教官，一言不发。教官忽然笑了笑："我这一关可不是好过的，我历来看不起意志薄弱的人！不过，还有一个办法让你们过关。"教官退了两步，叉开双腿立定，用鞭子指了指胯下："从这儿爬过去，就算你们过关了！"郁达夫蓦地涨红了脸。教官瞟郁达夫一眼："那，你先爬吧！"郁达夫胸中鼓胀，他本是个胆怯之人，这时倔脾气却突然上来了，想也不想，头一埋，就向教官撞了过去。教官没有防备，被撞了个趔趄，倒在了地上！围观的学生们啊地一声，顿时目瞪口呆。教官从地上爬起，气急败坏地指着郁达夫："好呀，你竟敢顶撞教官，来人！把他给我关起来！"

郁达夫被两个军士带到了黑咕隆咚的禁闭室。

到了傍晚，禁闭室的小窗户开始暗下来的时候，郁达夫已经是饥肠辘辘了。郭沫若和许绍棣来看他，拍着门叫道："达夫，你还好吗?"

他在门里说:"我还好,就是饿得慌!"

郭沫若说:"我们要想办法把你弄出去,要是关上几天,军训没成绩就麻烦了!"

他说:"随他去吧,我也是忍无可忍,听天由命了!"

这时教官过来了,瞟瞟郭沫若和许绍棣,厉声问:"你们来干什么?"

"来看看同学,不行吗?"郭沫若说。

"教官先生,我们是来向您赔礼道歉的!"许绍棣连忙打圆场。

"噢?又不是你们顶撞我,关你们什么事?"教官问。

许绍棣说:"达夫是我们的中国同学,他对您的不敬也就是我们的不敬,所以特来道歉,并向您致以真诚问候!并且希望您多多包涵,高抬贵手,让达夫同学早点出来!"

"你们很讲究同窗之谊?"

"是啊是啊!"

教官盯着许绍棣:"你也很讲义气?"

许绍棣说:"当然啊!"

"那很好啊!"教官打开门,冲郁达夫挥手,"你出来!"郁达夫走到门外,揉了几下眼睛才适应外面的光线。教官指指门内,对许绍棣说:"你进去。"许绍棣愣住:"为什么?"教官一笑:"你不是讲义气吗?那就替你的同学关一天吧!"教官用力一推,许绍棣就跌到门里去了。教官欲关门,郁达夫叫道:"慢!好汉做事好汉当,我不能让你陷我于不义!"说完,他侧身挤进门里,将许绍棣推了出来。教官摸摸下巴,点点头,对郁达夫翘起右手大拇指:"你的,这个!我的,喜欢这个!现在你们都走吧!"

郁达夫还在犹豫着，郭沫若急忙将他从门内拉了出来。

3

如此一来，一顿酒就是少不了的了。

郭沫若和许绍棣将郁达夫拉进了学校门外的小酒馆，替他买酒压惊。

酒过三巡，许绍棣感慨地道："人在矮檐下，不得不低头哇。没想到，你们俩都那么冲动，特别是达夫，看上去文质彬彬的，没想到竟敢以头顶撞教官，啧啧！差点把我吓出尿来！"

郭沫若却说："有什么好怕的？大不了换个学校！"

许绍棣不以为然："你说得轻巧！要是军训过不了关，被取消了留学生资格呢？换学校也没人要你。当忍则忍，小不忍则乱大谋！"

郁达夫沉默半天才说："身体受苦可以承担，人格侮辱却令人难以忍受！那个教官，简直是个没开化的野蛮人！"

郭沫若说："想来也不奇怪，日本人崇尚武士道，武士道里本来就有野蛮强悍的因素。再说，我们都是弱国子民，恃强凌弱是他们的本性，才不会把你中国留学生的尊严放在眼里呢！"

郁达夫深有感触："是的，我来日本一年，遭受的白眼和歧视不知道有多少！"

许绍棣说："昨天我看了张报纸，日本借口对德国宣战，把青岛给占了呢！"

郭沫若气愤地："哼，为了争夺势力范围，把仗都打到我们家里了！要想不被欺侮，不被宰割，中国非得强大起来不可！"

郁达夫点头："郭兄此言极是！而中国要强大，又非得我们这一代人取人之长，补己之短，卧薪尝胆，发奋学习不可！"

郭沫若拍手道："说得好！人同此心，心同此理，来，再干一杯！"

三人举杯相碰，一饮而尽。

郁达夫问："郭兄，你选择学医，是不是抱了不为良相，便为良医的志向啊？"

郭沫若笑道："有过这种想法，达夫你呢？"

郁达夫道："我的学科是大哥为我选定的，就我的志趣，还是学文的好……总觉现今国人，强身健体固然紧要，革新思想、充实精神却显得更为急迫！"

郭沫若颔首："嗯，有道理，有道理……许君你呢？东渡日本，为何而来？"

许绍棣道："我可不像二位兄长志存高远，只不过是家父想让我赶赶留洋的潮流，好回去谋个一官半职，光宗耀祖而已。惭愧、惭愧！"

郭沫若笑道："也没什么好惭愧的，学成回国，当个好官、清官也不错嘛。其实不管学什么，只要有心，都可以为国家为社会作出一点切实贡献的！"

许绍棣说："那是自然！许某倘若为官，定当竭诚报国，勤政为民，不遗余力！"

郁达夫望着窗外的街景，眼神迷茫。郭沫若说："达夫，走神了？该不是想某位添香的红袖吧？"

郁达夫说："哦，刚才一分神，就想起了家乡，想起了母亲，想起了富春江，想起了我写的诗……"

郭沫若兴致顿起："吟一首听听！"

郁达夫清清嗓子吟道："家在严陵滩下住，秦时风物晋山川。碧桃三月花如锦，来往春江有钓船。"

郭沫若和许绍棣击掌:"好诗、好诗。"

郁达夫谦逊地摆手:"即兴之作,献丑、献丑!"

郭沫若高举酒杯:"有好诗不能没好酒,来,达夫,让我们借这异国之酒来浇我们的乡愁!干——!"

三人又仰头一饮而尽。

4

这三个人同学的经历其实很短,前后也就一年的时间。一年之后,他们从预科班结业,郁达夫去了名古屋第八高等学校,郭沫若选择了冈山六高,许绍棣则留在了东京一高。

郁达夫起程这天,郭沫若和许绍棣送他去了东京火车站。依依惜别之后,火车缓缓开动,望着两位好友慢慢变小的身影,郁达夫心里充满了忧伤。他是一个郁郁寡欢的人,离开了朋友,他不知该如何排遣他的孤寂。

此时此刻,郁达夫还不知道火车将把他带向一场刻骨铭心的初恋。

5

御器所村位于名古屋市郊,离第八高等学校很近,经人介绍,郁达夫选取了村里的后藤家为自己的寄居之所。

那天,郁达夫沿着一条坑坑洼洼的道路向郊野走过去时,心里一片苍凉。后藤家的小木楼矗立在田野之中,孤零零的,似乎与他有某种对应关系。秋风流过他的全身,他看见自己的影子摇摇晃晃,显得特别孤独。

当他走到后藤家门口时,意外地发现一个年轻姑娘,身穿漂亮的和服,脚蹬木屐站在路旁,向他露出一脸的笑意。

她的美丽让他一时愣住了。

姑娘毕恭毕敬地向他鞠了一躬："您好！请问是郁达夫先生吗？"

郁达夫脸一红，惊讶不已："是啊，你怎么知道我的名字？"

姑娘笑道："你不是订好在我家住吗？你寄运的行李都已经送到了。估计你差不多要到了，父亲要我在这儿等你呢！"

郁达夫心中一喜，慌忙也鞠了一躬："那太谢谢你了！"

姑娘抓过郁达夫肩上的挎包："来，我们进屋吧。"

姑娘领着郁达夫穿过小院，进入客厅，边走边介绍说她是后藤的女儿，叫后藤隆子，以后就叫她隆子好了。到了楼梯口，隆子脱下木屐，换上拖鞋，然后沿着狭窄的木楼梯往上爬。郁达夫紧跟在隆子身后，到了楼梯中部，他抬头仰望，无意中瞥见隆子浑圆的臀部，心中一阵惊悚，赶紧垂下头来。

隆子推开拉门，带郁达夫进了他的住房。她指着榻榻米上的铺盖："被子我都给你铺好了。"

郁达夫忙点点头："谢谢你了！"

隆子莞尔一笑："不客气。"

郁达夫仔细环顾屋内，只见有一扇朝外开着的窗户，窗下有一张小桌，桌上摆有笔墨。他的两只箱子已搁在墙角。他走过去打开一只箱子，里头几乎全是书。郁达夫从箱子里拿出书来，摆在书桌上。隆子过来帮他收拾，他阻止道："谢谢你了，我是中国人，我的事不用你操心的。"

隆子笑嘻嘻地："我知道你是中国人，可你住在我家，不想操心也不行呵！"

郁达夫无言以对。她身上弥散出一种香味，那温热的气息让他有难以言喻的窒息的感觉。隆子替他摆着书，说："啧啧，这么多书，你真是一个读书人啊！"接下来，她边做事边轻轻地哼唱："樱花啊，樱花啊，暮春时节天将晓……"

郁达夫听着隆子的歌，默默地坐在一旁。歌声让他想起一件小事。那是樱花盛开之时，他捧着书在上野公园的樱花树下吟读，发现两个年轻的女子欲摘樱花，却够不着树枝，他于是主动地上前摘了两枝送给姑娘们。两个年轻女子道谢之后与他亲切地交谈，哼着《樱花谣》，十分开心，可当她们得知他来自中国时，竟惊叫一声："你是支那人？"头也不回地跑掉了。

都是日本的美丽姑娘，都唱着同样的一支歌，可郁达夫觉得她们之间有一种本质的不同。他情不自禁地偷觑着隆子俏丽的面容……

6

房东后藤先生是个言语不多的人，碰到郁达夫，通常只是简单地点点头。郁达夫觉得他像个影子，不注意时，就感觉不到他的存在。除了开旅舍，不知他还做什么营生，在屋里很少能见到他。也许正因为如此，郁达夫与他相处得很自在。

这日后藤和郁达夫一起吃饭，难得地多说了几句话："郁先生，日本的饭菜，已经习惯了吧？"

郁达夫点头："嗯，除了生鱼片，其他的跟中国差不多，习惯了。"

后藤两眼盯着碗里说："那就好。隆子的厨艺还不错的，她母亲去得早，家里就靠她操持。她的寿司做得很好吃的，下次要她做给你尝尝……你要是学习紧张，懒得下楼，也可以让隆子把饭送到你房间去。"

郁达夫说："不给你们添麻烦就好。"

后藤说:"不麻烦,你是客人,有什么要求尽管提……哦,郁先生的日语说得很不错,还带江户口音,光听你说话,别人听不出你是支那人呢!"

郁达夫眨眨眼,沉默不语。没想到到了名古屋,还要听支那人这三个字,他觉得它们是从东京追来的,这让他感到屈辱。后藤意识到什么,也不作声了。

郁达夫碗里光了,欲起身盛饭,隆子去拿他手中的碗。郁达夫不松手:"我自己来。"隆子不由分说将碗夺了过去:"我来,你坐着吧。"

后藤瞥了他们一眼,咳了一声,说:"以后有什么事,就告诉隆子一声,该她做的事就由她来做。家里人虽少,可规矩不能少,该做的与不该做的,大家心里都要清楚。她比你小,你就把她当妹妹吧!"

郁达夫觉出他的话另有所指,点点头闷声应道:"嗯!"

7

青春期的苦闷和忧郁像一张巨大的网罩住了郁达夫。他时常枯坐数小时,竟不知自己想了些什么。莫名的烦躁让他坐卧不宁。身体也仿佛在膨胀,不受他控制了,有时就忍不住将手伸进被窝里搓揉一通。这之后,他就会长时间沦陷在负罪感和自我谴责之中。

他真不知他的人生该往哪个方向行走了。

一天傍晚他又将被苦闷蹂躏时,大哥的来信救了他,使得他暂时解脱出来。已在北京大理院当推事的郁曼陀在信里说:"现今中国政局混乱,袁世凯正张罗称帝,国家暂时还看不到希望……正如三弟所说,国事当由根本问题着想,欲整理颓政,非改革社会不可。但欲改革社会，又非有天时、地利、人和不可……当此国事混沌之时，还望三弟心无旁骛，刻苦学习，将来总有效力国家的时候……"

郁达夫放下信笺，长叹一口气，侧过身子，推窗远眺。窗外深邃的夜空，几颗星星在闪烁。不知大哥也看到这几颗星星么？

伫立了很久，郁达夫才给大哥写了回信。对于大哥的教诲，他是铭记在心的，对于学习，他从来不敢有丝毫懈怠。在信里，他委婉地提出，学医学花费很大，他又喜欢买书，每月的官费总是不够用，而他素来对文科感兴趣，欲在晚些时候转到文科学习，希望大哥谅解。

写完信，郁达夫便下了楼，趱入便所。他心神气定，心想总算可以安宁地睡一个好觉了。可是合该有事，当他从便池上站起，窸窸窣窣地系裤带时，隔壁传来洗浴的水声和隆子哼歌的声音。

郁达夫忍不住侧耳聆听。水声清脆清晰，好像是一些碎水晶溅落在地上。而歌声呢，仍是那首《樱花谣》，哼哼唧唧的，每一声都带着隆子口里灼热的气息。于是，一股热流开始在郁达夫身子里涌动。他不由自主地侧过身子，踮起脚，从高高的小玻璃窗望过去——

隔壁浴室里，虽然热气迷蒙，隆子赤裸的身子却赫然在目！像有一枚尖针刺入了脑子，郁达夫呆了，直愣愣地瞪着隆子美轮美奂的裸体，动弹不得！

玻璃窗后，隆子察觉了郁达夫的窥视，停止了洗浴，大大方方地转过身来，双手交叉抱着胸部，直视着他的眼睛，笑道："谁呀？"

郁达夫大惊失色，全身一抖，跌落下来，差点倒地。他打开便所的门，仓皇地逃了出去，三步并两步地窜上楼梯……

回到房中，躺到榻榻米上，他再也不能平静。他双目紧闭，心却睁开着。听着楼下传来的隐约的水声，他一遍又一遍地回忆着隆子的身子，各个局部都纤毫毕现。他的身体又控制不住地膨胀了，但是他制止了自己的手。隆子的美让他自惭形秽，他不能亵渎了它。他辗转反侧，翻身不止……后来，当他听见楼梯上响起脚步声时，急忙拉过被子蒙住脑袋。

他听到拉门悄悄地开了，还听到隆子蹑手蹑脚地走到了跟前，并且轻声唤道："郁先生。"

他一动不动。他只能不动。除了不动，他还能做什么呢？做什么都是不合适的。他思绪万千。隆子却扑哧一笑："你怎么不熄灯就睡呵？"

他像模像样地打起了鼾。隆子笑吟吟地："我知道你没睡着，你从来没有这么早睡过。"他仍不动弹。隆子轻轻推了推他："是不是我刚才吓着你了呀？隆子太丑了是不是？要是真吓着你了，我向你道歉啊！"他闻到了她身上散发的温馨气息，这愈发让他胆怯，他唯一的选择是把鼾声打得更大了。

隆子等了片刻，不快地噘起了嘴，将被子往下一拉，让他露出脸来，然后又将灯熄掉，才轻手轻脚地走出去。

拉门刚刚合上，郁达夫就睁开了眼睛。枕边有隆子送来的一盘点心。他倾听着隆子下楼的脚步声，不禁有些后悔：他怎么就怯懦了，连话都不敢和她说了呢？

第二天早餐时，郁达夫低着头，不敢碰隆子的目光。隆子大大方方地把一碗汤泡饭递给郁达夫，调皮地冲他眨眨眼。郁达夫双手接过碗来，为掩饰自己的尴尬，埋头一阵咳嗽。

隆子关切地问："是不是感冒了？"

他摇头："不要紧的，肺不太好，老毛病了。"

后藤瞥郁达夫一眼说："你房间的灯好像天天到凌晨才熄？"

他忙说："对不起，我用灯的时间太长了。"

后藤说："你要注意身体，不要太劳累，不能睡得太少了。"

他解释道："没办法，想看的书太多，我又有神经衰弱症，时常失眠，反正睡不着，不如多看书。"

"我看你的脸色不如来时好了，如果你病了，我们会不安的……你最好常出去散散心，不要老关在屋里。"后藤说。

郁达夫默默地点点头。他很感谢后藤的插话，否则他一时无法摆脱心头的困窘。可是，若是后藤知道一个中国学生偷窥了女儿的裸体，会怎么想呢？郁达夫不禁又惶悚起来。

8

郁达夫靠每月领取三十二元官费维持自己的留学生活。

但这点钱对他来说是远远不够的。他喜欢读书，也喜欢买书。不光日文，德文和英文的都买。而且他读书的速度极快。有时为了省钱，他就将读完的新书折价退给书店，再买新的书来读。

冬日的一天，郁达夫照例退了两本看过的书，又挑了一摞书。抱起一捆书走出书店时，天色向晚，雪花像千万只蝴蝶从天空飘了下来。书很重，郁达夫抱着它，摇摇晃晃回到后藤家。走进客厅时，他累得面红耳赤，气喘吁吁，勾腰咳嗽不止。隆子闻声而来，接过他手中的书放在一旁，叫他坐在凳子上，又忙着替他拍去身上沾的雪花。他喘息不止，脸色潮红。隆子关切地问："是不是病了？"

"可能受了点寒，没事的。"他说。

隆子摸了摸他的额："好像有点发烧！"

"累的，又受了冷风的刺激，没关系的。"

隆子说："你这人啊，只爱书，不爱身体，一点点钱都花在买书上了。吃饭也有这么贪就好了！"

"饭只能养身体，可书能养心呢！"他说。

隆子欲搬书，他抢先一步把书抱在怀里："忙你的去吧，我自己来。"说着他抱着书，趔趔趄趄地往楼梯上爬。他忽然感觉胸口如堵了一团棉花，透不过气来。爬到楼梯中部，他不得不停下歇了口气。然而他再继续往上爬时，脚下一歪，绊倒了，骨碌碌地沿着楼梯滚下来。一时间，他脑际金星直冒，一阵天旋地转之后，就感觉自己被一团漆黑的东西淹没了。隐隐约约的，他听见隆子发出一声惊叫，接着，他就被两只胳膊搂住了。他闻到了隆子熟悉的温馨气息，他紧闭双眼，下意识地将脸进那个温暖柔软的怀里。他好累，浑身无力，只想好好地睡一觉。他感到隆子在拍他的面颊，听到她惊慌地唤着："郁先生，你醒醒啊！"

他没有回答，他依恋这个怀抱，他怕回答之后，这个怀抱就离他而去了。他只当自己已经昏迷过去，人事不省。接着他听到隆子大喊："爸——！"她是那样焦急无助。后藤应声而来："怎么了！？"

隆子带了哭腔："郁先生昏过去了！"

后藤说："别急，先把他弄回房间里去。"

于是郁达夫感到自己被扶起，伏在了后藤的背上，隆子则在后面托着他的屁股。后藤艰难地往楼梯上爬着。郁达夫有些晕眩，感到自己沉浸在一片海水里，慢慢地往上浮动，而托举着他的，并不是身下的后藤，而仅仅是屁股下那两只灼热的小手……

他被放到榻榻米上了，接着隆子替他枕好了枕头，掖好了被

15

子。他依稀地听见后藤交待隆子好好照料他，他请医生去了。拉门轻轻地响了一下，关上了，他心里竟掠过一阵窃喜。现在，就是他单独和隆子在一起了，多么好。他悄悄地，竭力地睁开眼，觑见隆子拧干了一条湿毛巾，向他俯身下来。他连忙重闭了双眼。他感到毛巾敷在发烫的额头上，而隆子的嘴几乎贴在了他的脸上。隆子轻轻唤："郁先生！"郁达夫还是没有动静。他不能有动静，他多想让这一刻凝固下来，永不消失呵！蓦地，他感到一颗豆大的泪滴打在他瘦削的脸上，发出清脆的破裂声。他想睁眼看清楚隆子眼睛里储满的忧伤，但是，他一点力气也没有了，他只是动了动干裂的嘴唇，就陷入了真正的昏迷之中……

当他从昏睡中醒来，已是第二天清晨。他睁大眼睛，只见枕边有一只药碗，而且身旁多出了一条被子。显然，隆子陪了他一通宵。他一转脸，看见了正在开窗的隆子。在晨光的映射下，隆子的剪影楚楚动人。

他轻轻咳嗽了一声。隆子回过头，迈着碎步奔过来，跪到郁达夫身边，惊喜地："你醒了？"

他感激地点一下头："嗯。"

隆子目光快乐地闪烁着："你呀，一倒下就不省人事了，把我吓得！医生说你身体太虚弱了，是得的昏厥症。除了吃药，还要好好保养……嗨，守了你一整夜呢，总算醒过来了！"

他动情地注视着隆子，默默无语。他似乎有许多的话说，又似乎一句话也没有。隆子把手放到他额头上："嗯，好像烧也退了。"

他忍不住从被窝里伸出一只手，抓住隆子的手腕，用汉语说："谢谢你，对不起……"

隆子不解其意："你说什么？"

他一笑，改用日语说："谢谢你，对不起……刚才我是用汉语说的。"

隆子笑道："你没有什么对不起我的呀，汉语很好听，以后你教我说汉语好吗？"

他郑重地点头："好！"

9

郁达夫并不把教汉语的话当作戏言，病好后，他就正儿八经地教起隆子来了。他用毛笔在一张白纸上先写下"隆子"，然后又写下"达夫"二字。

隆子在一旁观看，两眼亮晶晶的，指着"隆子"二字说："这是我？"

他说："是呵。"

隆子又指着"达夫"二字："这是你？"

他称赞道："聪明！"

接下来，他就教隆子一个字一个字地读。隆子倒也认真，逐字逐字地念，很快，她就能准确地读出两人的名字了。不仅如此，她还将刚学的几个汉语词汇组成一句话，先点点他的鼻子，再点点自己的鼻子，结结巴巴地说："达夫、隆子，达、达夫和隆子是好、朋、友！"可他要她再说一遍时，她就把对象搞错了，指着自己念"达夫"，指着他却念"隆子"。他忙更正她："错了错了，隆子不是达夫，达夫不是隆子！"

隆子却顽皮地说："没错，隆子就是达夫，达夫就是隆子！"

隆子的话让他心里温暖，嘴里嗔道："不对不对，隆子是女人，达夫是男人，你男女都不分了！不好好学习，怎么罚你？"

隆子闭上眼，嘴一噘："随你！"

他盯着她红嘟嘟的嘴唇，面红耳热，慢慢地将头凑了下去。他太想亲她了，但是他不敢，他只是伸出右手，勾起食指在她鼻梁上轻轻刮了一下。

隆子跳了起来，叫道："好呀，你刮这么重，一点不怜香惜玉，你坏，你坏！"她拍了他一掌，又在他臂上掐了一把。

他心里一麻，犹如被电着了一般，哎哟一声，佯作生气，追着隆子要打，隆子乐不可支，嬉笑着转了两圈，跌倒在床上。他不能再放过这样的机会。既然她能跌倒，那么他也有了跌倒的理由。他浑身燥热地倒下了，紧紧地搂住了她。她不说话了，也不再动弹，脸色通红，如同樱花一般艳丽。他呢，不敢看她，微闭了眼睛，拼命地呼吸着她身上的甜蜜气息。

第二章

订　亲

1

郁达夫站在院门口,眺望着西天的晚霞,想象着夕阳下的故乡的时候,邮差骑着自行车飘然而至,递给他两封邮件。一封是二哥郁养吾的来信,另一封是《新爱知新闻》寄给他的样报。

他拆开二哥的信,读着读着,眉毛就聚拢来了。他听到二哥的浑厚声音飘洋过海穿空而来:"三弟,前次的信想必早已收到,可至今不见回音,不知是你太忙,还是另有想法……你年龄也不小了,依我之见,孙小姐与你十分般配,母亲对这门亲事十分看重,希望你早下决心……"他满心不快,翻到第二页信笺时,一张相片悄然滑落在地。他连忙弯腰拾起,还没来得及端详了一下,就被眼尖手疾的隆子夺了过去。

相片上是一个刘海齐额,身穿中式边开襟上衣,手中握着一把圆形绢扇,眼神忧郁而专注的女子。

"达夫,她是谁?长得好清秀!"隆子调皮地眨眨眼,"是不是你的中国恋人?"

郁达夫脸一红，急促地否认道："不不，她只是……我的表妹！"说着拿过相片，也不看一眼，连同信笺一起塞进信封，夹在腋下。然后拆开报社的邮件，展开那份喷着墨香的《新爱知新闻》仔细阅读。

在这一期《新爱知新闻》的副刊"新汉诗"专栏里，郁达夫发表了一组题为《日本谣》的古体诗。应当说，郁达夫的文学生涯是从写作古体律诗开始的。此时，他已在国内的报刊上发表了不少诗作，但是见诸日本报章，这还是头一次，所以他还是十分的高兴，顿时面色潮红，两眼也因兴奋而眨个不止。

他的神情让隆子讶异，她觑觑他的脸，又仔细看看报纸，忽然指着报上的一处地方问："哎，这儿怎有你的名字？"

郁达夫点头："嗯，达夫郁文，是我的署名。"

隆子不解："这是怎么回事？"

郁达夫压抑着心中的喜悦，轻描淡写地："哦，我写的汉诗发表了。"

隆子惊奇地："真的？太好了！没想到我家住着一个诗人呢，念给我听听。"

郁达夫笑道："这是汉诗，你听不懂的。"

隆子说："不懂不要紧，我听听声音啊！"

郁达夫无奈，只好清清嗓门读了其中一首："名隶昭阳供奉班，宫词巧制念家山。怪来源氏人争说，曾使君王一破颜。"

隆子拍着手说："好听好听！"

郁达夫："嗬嗬，就知道好听，我只怕是对牛弹琴呢。其中还提到贵国的《源氏物语》，不知道了吧？"

隆子夺过报纸："你怎知我不知道？我自己看！"

这时后藤走过来，插嘴道："隆子，别跟郁先生闹，没规矩！"

郁达夫忙说："没关系，她是小妹妹，我当让着她。"

隆子说："父亲，达夫发表诗了呢！"

郁达夫红着脸指指报纸："汉诗栏的主编服部担风先生还写有评语呢！"

后藤有些意外地："是嘛？真不错啊！服部担风可是有名的诗人，他怎说？"

郁达夫腼腆地："他说，'日本谣诸作，奇想妙语信手拈来，绝无矮人观场之感，能有长爪爬痒之快，一唱三叹，舌挢不下。'"

后藤说："他对你非常赞赏啊！隆子，快去准备饭菜，今晚我们要喝一杯，庆贺庆贺！"

隆子就颠颠地跑进屋准备饭菜去了。

晚饭时，后藤特意拿出了自家酿造的米酒，一次次地敬郁达夫，祝他不断地有诗文问世。隆子也不甘寂寞地敬了他三杯。米酒香醇可口，酒精度虽不高，却是挺有后劲，郁达夫又是个好酒之人，只要有人敬，总是来者不拒，嘴到杯尽，不一会，他就面红耳赤，头脑微晕了。

吃饭的时候，他的嘴角还悬着一滴酒液，隆子瞟见了，便竖起纤纤食指替他轻轻揩去。后藤见此情景，不禁眉头微皱。过了一会，后藤问道："不知达夫先生，以后有何打算？"

郁达夫就说，八高毕业之后，还想去东京上大学，不知先生所说的以后，后到什么时候？后藤说，当然是指学成之后。

郁达夫不假思索地答道："学成之后当然是回国服务啦！"

后藤看了看隆子，话有所指地说："噢，你倒是目的明确啊！"

"不过，回国后做什么，还很难说，就我个人的兴趣而言，还是喜欢文学。所以现在除了完成课堂作业之外，还大量阅读外国文学大师的作品，想从他们那儿汲取一些养料……我还想拜访服部担风……"

郁达夫住了嘴，因为他发现隆子和后藤都埋头吃饭，似乎没心思听他说话了。

2

夜深了，郁达夫还坐在灯下，看着相片上的陌生女子发呆。

这个女子叫孙兰坡，是母亲为他选定的未来的妻子。

孙兰坡是富阳宵井的乡绅孙孝贞的女儿，据说上过私塾，喜欢填词作诗，据说，还裹过脚，据说是个典型的温、良、恭、俭、让的女子。当然这些据说，都是据二哥来信之说。母亲对她十分中意，说孙家富裕殷实，与他也非常般配，而且女方也乐于促成这桩婚事。母亲说，大哥二哥都在外做事，陪伴她多年的女佣翠花也出嫁了，她身子骨虽还硬朗，但孤身一人，也不是长久之计。再说了，郁家院子这份祖业，也得有年轻人来守着它，看着它，它跟人一样，也要嗅得到尿片的味道，也要听孩子们的吵闹，要是沾不到人气，它只怕比母亲还老得快呢。母亲还说，他也不小了，虽然留学日本，是个新派人物，可再新派，也得娶妻生子，传宗接代啊！

当然母亲的话也是二哥的信传来的。二哥迭次来信，说来说去都是这件事。二哥是个读书人，明白三弟的心思，但母命却不可违，只好以笔墨苦心相劝了。

郁达夫还从来没考虑过娶妻，更没有想到，他一个向往自由恋爱的新潮学生，会与一个小脚女人定亲。更何况，他正与一个清纯可人的日本姑娘相恋呢。

一缕幽怨的目光似乎从相片上那个陌生女子眼里射出，落到了他的面颊上。他烦恼地擦了一把脸，瞥了那女子一眼。他是不能答应母亲的，可是他又不愿伤母亲的心。他除了像前几次一样采取拖延之计外，还有什么办法呢？

没办法。

郁达夫收起相片和二哥的信，长叹一声，懒懒地倒在榻榻米上，辗转反侧。

这一夜，直到天蒙蒙亮了，他才勉强睡着。

3

春末的一天下午，郁达夫乘火车到了爱知县弥富村，怀着一种谦卑的心情，拜访了诗人服部担风。服部担风对他赞赏有加。他坐上人力车告别时，诗人竟还手扶车帮送他，与他边走边聊，简直让他受宠若惊。回到后藤家，郁达夫还很兴奋，很晚了还睡不着，在房间里来回踱步，嘴里还喃喃地念叨着什么。

隆子进门来："这么晚了还不睡觉？"

郁达夫点头："嗯，今天我遇到了良师益友！担风先生真有长者之风，令达夫十分感动。他还邀请我参加佩兰吟社的聚会，我当然不能空着手去，所以，思绪万千，诗意盎然，夜不能寐。"

"是嘛？"隆子好奇地走近书桌，桌上摆着砚台、毛笔，摊开的信纸上，刚写下的诗句墨迹未干，看见诗稿上"隆儿"二字，她欣喜地，"噢，是写给隆子的吗？"

郁达夫有些诧异："你怎知道？"

隆子指着诗稿："这个字，不就是隆子的隆字吗？"

郁达夫这才记起，他是教给隆子几个汉字了的，便点了点头。

隆子欣喜地说:"是不是写给我的?读给我听听好吗?"

郁达夫说:"还没完成,只写了几句……"

隆子说:"有几句就读几名吧。"说着就将郁达夫拉到椅子上坐下。

郁达夫正襟危坐,咳嗽一声,用汉语念道:"几年沦落滞西京,千古文章未得名。人事萧条春梦后,梅花五月又逢卿……"

隆子欢欣地拍手:"好听好听!"

这时门外传来后藤的喊声:"隆子,不要影响郁先生读书!"

隆子回头应道:"我在听达夫君吟诗呢!我一会就走,您歇着去吧!"

后藤的声音让郁达夫有些不安,但听到后藤的脚步下楼去了,他也就放心了。他悄悄地深吸了一口气,那口气里含着浓郁的隆子身体的气息。

隆子一笑,忽然朝他鞠了一躬。

郁达夫忙扶住她:"你这么礼貌干什么?"

隆子说:"你特意为我写诗,我要谢谢你。"

郁达夫盯着她的眼睛,由衷地说:"应当我谢你,谢谢你对我的照顾,更谢谢你给我带来了快乐和灵感。"

隆子直率地问:"达夫君喜欢隆子吗?"

郁达夫心头一跳,反问:"你说呢?"

"我要你说!"

"我会给不喜欢的人写诗吗?"

"不,我要你直接说,喜欢不喜欢我?"

"不喜欢,一点也不喜欢!"

隆子举起小拳头捶一下郁达夫的肩:"你敢?你不喜欢我我就不走!"

"好、好，达夫喜欢隆子，行了吧？"

"这还差不多！好，我不打扰你了，你赶快休息吧，明天还要上课呢。"

"你已经打扰我了，我本来就神经衰弱，你这么一闹，我哪里还睡得着？"

隆子调皮地道："要不要我陪你？"

郁达夫脸一红："你陪我只怕更睡不着了。"

"试试吧，要是还睡不着，我就走。"

"这、这不好吧……"

"有什么好不好的，你能睡着就好！"

隆子将郁达夫拉到榻榻米上，替他脱去外衣，让他躺进被窝，然后，她熄了灯，又抱了条被子来，躺在郁达夫身边。幽暗中，两人侧脸相看，会心一笑。

隆子轻声说："你闭上眼睛。"

郁达夫顺从地闭上眼睛，睡了一会，忍不住将一只手伸了过来，搭在隆子身上。隆子伸出胳膊，拥住郁达夫，并且凝视着他。

郁达夫响起了细微的鼾声。隆子不知这鼾声是真还是假，兀自微笑一下，闭上了双眼……不知过了多久，隆子发现郁达夫真的睡着了，而且睡得很香，一丝涎水从他嘴角流了下来。隆子悉心地用手帕替他揩净。这时门被轻轻叩了两下，后藤低声呵斥："隆子，你怎么还没出来？"

"我就来了……"隆子只好匆忙起身出了门。

一到门外，后藤瞪着她说："这么晚了，还在他房里，像什么话？"

隆子不以为然地噘起嘴，默默地下楼去了。

4

初夏的一天，田中蝶如从东京来爱知县拜访服部担风，顺便来到后藤家看望郁达夫。田中蝶如是郁达夫在拜访服部担风时认识的诗友。郁达夫正好没上课，在居所自习。他把田中蝶如迎进卧室，两人寒暄时，隆子殷勤地沏上了茶，并且好奇地觑着他们。

郁达夫便介绍道："田中兄，这位是隆子小姐，我住在这，多亏了她的关照。"

田中蝶如欠身致意："隆子小姐，那我要感谢你了，知道吧，你们家可住了位大诗人呢！"

隆子笑着瞥郁达夫一眼："是吗？我可没看出来！"

田中蝶如道："用中国话说，你这是有眼不识泰山呢！"

郁达夫忙摆摆手："田中兄，别笑话我了！"

"说实话，起初听服部担风先生说你才识轶群，我也是不以为然的，可一读你的诗，就深深折服了。特别是去年中秋在爱岩楼分韵作诗，大家还在苦思冥想，你却一气呵成，首成七律，真是让我羡慕之至！"说着田中蝶如摇头晃脑地吟诵起来。

郁达夫脸上泛出红光："没想到田中兄还记得我写的诗！其实，田中兄的汉诗也写得相当不错嘛！"

田中蝶如摇头："中华文化，源远流长，汉诗之美，更是美不胜收。我写汉诗只是班门弄斧，哪能与你相比？意境就不用说了，毕竟不是母语，遣词造句都不如你得心应手。"

郁达夫想想，从口袋里拿出一个未封口的信封："我新写了两首诗，请带给服部担风先生吧，看能不能在汉诗栏发表。"

田中蝶如接过信封："我能否先睹为快？"

郁达夫脸一红，下意识地瞥旁边的隆子一眼："这……"

田中蝶如敏感地一笑:"是不是情诗?情诗也不要紧嘛,无情未必真豪杰啊!"

郁达夫犹豫地:"那……你看吧,请多指教啊。"

隆子似乎意识到什么,冲郁达夫笑笑,下楼去了。

田中蝶如抽出诗稿,轻声念道:"赠隆儿二首并附记……隆儿小家女,相逢道左,一往情深……出乎情性,止乎礼义,如天外杨花,一番风过便清清洁洁,化作浮萍,无根无蒂,不即不离……"

郁达夫涨红着脸,下意识地往门外张望了一下。

"刚才这位就是女主人公吧?呵呵,其实,我一眼就看出你们的关系非同一般了!"田中蝶如收起诗稿,由衷地,"好一个出乎情性,止乎礼义!情真意切,令人神往啊!达夫,恭喜你了!"

"谢谢了,只是……"

田中蝶如眉飞色舞:"诗书相伴,红袖添香,多美的事啊!还只是什么呢?"

郁达夫眉间现出忧愁之色:"家里正催着我订下亲事呢。"

田中蝶如关切地:"噢?那怎么办?"

郁达夫苦恼地道:"唉,还能怎么办?我数次回信说明自己还不想订亲,可家人执意要订……只能再拖一阵子再说了,现在我心里只有隆子,装不下别人……"

田中蝶如同情地点点头,也不好多说什么,轻轻地拍了拍郁达夫的肩膀。

5

郁达夫给隆子买了两件小礼物,藏在身后要她猜。隆子想了一会说猜不着,还说只要是他送的都是珍贵的,用不着猜。郁达夫于是先拿出一支钢笔，问她喜欢吗？隆子端详着钢笔，由衷地说喜欢。郁达夫接着又亮出一把素净的折扇。隆子欢喜得脸上绯红一片，连声说谢谢。

郁达夫便问她："怎么个谢法？"

隆子想想说："你闭上眼睛。"

郁达夫闭上眼睛。隆子踮起脚，在他腮上轻轻亲了一口，然后跳了开去，嘻嘻直笑。郁达夫抚着被她亲过的地方，心里甜蜜而冲动，见后藤不在客厅，便张开双手要抱隆子，隆子却调皮地一闪躲开了，说："对了，有你一封家信呢。"

她从柜屉里拿出一封信递给他。

他撕开信，瞟了一眼，就收了起来。又是二哥的来信，不用细看，他就知道它的内容。不同的是，它的措辞与语气比以往更严厉，更不容分说。郁达夫的面容不觉就沉郁起来了。

隆子关切地问："家里出了什么事吗？"

"没、没什么事。"

他转身往楼上卧室走。上楼梯时，他听到后藤回来了，还感到后藤瞟着他的后背。后藤轻声问隆子："郁先生怎么了？"

隆子轻声地回答："不知道，看了家里的来信，他好像就不开心了。"

一封家书，把这屋里的气氛一下就改变了。

6

郁达夫在卧室里不知坐了多久，面对着二哥的来信，他呆若木鸡。屋里一片寂静，可他脑子里却回荡着一片杂乱的轰鸣。二哥催他赶紧回家相亲定亲，二哥说，不能辜负娘的一片苦心。二哥还说，百事孝为先，做儿子的，只有孝顺的义务，没有违背父母意愿的权利。他从道理上可以反驳二哥，可是他感到在二哥背后，有一种坚固不可摧的力量，让他气馁，让他无奈，也让他无望。二哥知道母亲在他心中的分量，知道孝心是他身上最容易被打动的地方。

到了要吃晚饭的时候了，他才起身下楼去。

快到楼口时，他停了一会，因为他听到后藤与隆子在客厅里说着他。他凝神倾听着。

"隆子，你别忘了，他是支那人。"

"你怎么老说他是支那人？他不喜欢！"

"他不喜欢就不是支那人了？"

"他是中国人！"

"你还知道他是中国人啊？他学成之后，是要回国的。"

"回国就回国，我又没拦着他。"

"你怎么办？"

"我不怎么办！"

"不怎么办就好，反正，我是不允许你和他相好的！"

"他有什么不好？"

"他是没有什么不好，可他是中国人！"

"我可不管他是哪里人，只要我喜欢，我就和他好！"

"你敢！"

"你看我敢不敢！"

他们没说话了，只听见隆子摆碗筷的声音。又过了一会，郁达夫才若无其事地过去，埋头吃饭。

7

晚饭后，郁达夫沿着小道穿过田野，登上一个小山头。每当他忧伤苦闷和乡愁郁结的时候,他都要跑到这里来,默默地坐一会。落日的余晖映红了他的面庞,风儿撩乱了他的头发。他背倚着一棵松树,眺望西沉的夕阳出神。不知什么时候,隆子跟来了,将一件外套轻轻地披在他身上。

郁达夫瞥瞥她,又回头远眺。隆子见到他的眼里有一层闪光的东西在流动,轻声问:"太阳落下去的地方,就是你的家乡吧?"

他喃喃自语:"故国,故乡,不思量,自难忘……"

"要是想家了,就回去吧。"

"你希望我回去?"

"我不希望你烦恼和痛苦……"

他握住隆子的手,紧紧地捏了一下。

隆子说:"你的家乡一定很美。"

郁达夫点头:"是啊,美不美,家乡水,亲不亲,故乡人啊!碧波闪闪的富春江,郁郁葱葱的鹳山,片片稻田,点点白帆……"

隆子依偎着他:"你母亲一定很慈祥……可我母亲是什么样子,我都记不得了。"

郁达夫沉思着,断断续续地说:"你很小就没了母亲,我很小就没了父亲,我们是同命相怜……我的母亲不仅含辛茹苦抚养大了我们兄弟三人,而且还送我们上学读书,千方百计让我们学本事、有出息……小时候,母亲受了别人欺侮,没人帮忙,只能默默忍受,暗自垂泪……记得我十四岁时,考上了杭州的洋学堂,心想穿一身学生制服,要是再配上一双发亮的皮鞋,该有多神气?不懂事的我,便去央求母亲。家里经济十分拮据,哪里还有钱替我买皮鞋?母亲只好领我去皮鞋店赊借。结果,一连走了五家，没人赊借不说，还遭人好一阵奚落，气得母亲饭都吃不下去……现在，一想起这事我就心里有愧。后来我暗暗发誓，长大之后，我一定要发奋读书，一定要有出息，一定要孝顺母亲，一定不要让母亲失望！"

隆子点点头："你一定做得到的。"

郁达夫低下头："所以，在这个世上，皇帝和上帝的话我都可以置之不理，母亲的话，却不敢不听。"

"我懂你的意思，你觉得怎么做好就怎么做吧……"

郁达夫有些意外地望着隆子，慢慢地将她搂进怀里。一阵风吹过来，隆子不由打了个寒噤。

8

家书如大雁翩翩飞来，亲情像一根绳子缚住了郁达夫，使他挣脱不得。他只得无奈地打开跟随了他多年的箱子，收拾回家的行装。他心里不是滋味，边收拾眼睛边发酸。他知道这一回去，对他和隆子意味着什么。胡乱忙了一阵，他烦恼地坐到桌前，将五指插进头发里，狠狠地揪着……

"达夫！"隆子进门来，走到他跟前，将他原来赠给她的扇子递给他，"这个你带上吧，一路上好扇扇风，赶赶蚊子。"

郁达夫愣住，怔怔地："你知道我要回家了？"

"嗯，你来日本这么久，也该回家看看了。"

郁达夫展开扇子，只见扇面上多了一行日文字，是两句古歌：望朝曦而思君矣，莫对残阳而怀余。

郁达夫轻声问："这是你题的？"

隆子浅浅一笑："我的字写得不好，莫笑话我呵……要回家，就高高兴兴地回吧，来，我帮你收拾行李。"隆子走到箱子跟前，蹲下身子，悉心地帮他折叠衣服。他望着隆子扭动着的腰肢，喉头哽咽，欲言又止。此时此刻，他似有千言万语要对隆子说，可又什么也说不出来。

隆子见他没动静，头也不回地说："你怎么了？把你要带走的东西拿过来呀。"

郁达夫心里一颤，忍不住问："隆子，你知道家里要我回去做什么吗？"

隆子身子不动了，沉默不语。

郁达夫硬着头皮道："是……要我回去订婚。"

隆子的背影颤动一下，仍然头也不回，语调平静地："我早猜到了，你去吧……"

"真对不起，隆子！"郁达夫叫道，心中大恸，再也按捺不住，用力扳过隆子的双肩。隆子一回头，亮给他一张淌着泪水的脸。他拼命地搂住隆子，将自己的脸紧紧地贴在她的脸上，让两人的热泪融汇在一起。

9

郁达夫与隆子是在院子门口告的别。他坚持不让隆子去火车站。送君千里，终有一别，他担心那样会更伤感。他向隆子招了招手，就转身走了，走了很远他都坚持不回头，但他的背上似乎长有眼睛，他看得见隆子楚楚动人的身子仍伫立在初夏的阳光中，拖着一个孤零零的影子。

上了火车，放好行李，坐下之后，他的眼泪忽然怎么也抑制不住，源源不断地涌了出来。他赶紧拿手帕压住眼睛。旁边有人诧异地窥视他，他只好自言自语地咕哝一句："妈的，灰尘弄进眼睛里去了。"

不知过了多久他才平静下来。他坐在车厢窗口，迷惘地望着月台上送行的人们。那些晃动着的人脸似乎都没有五官。忽然，隆子的脸在一根柱子旁闪现出来。但他定睛一瞧，却又不见了。

他揉了揉眼睛，心想，是看花眼了吧？

他不知道，他并没看花眼，他的隆子就躲在那根柱子后，捂着脸轻声饮泣，滚落的泪珠打湿了和服的衣襟。

10

1917年6月底，郁达夫回到了阔别四年的家乡富阳县城。他下了轮船，爬上码头的石阶，向着位于满洲弄的郁家院落走去。熟悉的家门迎着他慢慢地清晰起来。快到门前，他站住了脚，心里不禁一阵晃荡：母亲坐在门槛上，正举手加额向他凝望。

郁达夫忽然变得十分胆怯，不知如何是好。而母亲却从容地站起，皱纹密布的脸上绽开了笑容，慢慢地向他举起一只伸不直的手，从喉咙里挤出来一句话："老三回来了？！"

郁达夫踉跄着来到母亲身边，放下箱子，哽咽着："娘，我回来了……您身体还好吧？"

母亲的目光在儿子身上流连："托菩萨的福，虽然天天粗茶淡饭，可身子骨还硬朗！"说着母亲提起箱子。郁达夫连忙把箱子抢过来，扶着母亲进了院子。

郁达夫在客厅的椅子上坐下，端详着神龛里久违了的祖宗牌位。母亲沏了茶上来。郁达夫忙说："娘，您歇着吧。"

母亲坐下说："嘿嘿，你一回来，娘就高兴得不知做什么好了！"

郁达夫看了看母亲花白的鬓发："娘，您年岁大了，还一个人屋里屋外地忙，该请个人陪着您了。要不然，您万一有个什么闪失，都没有人知道！"

母亲说："早先都是小时候带过你的翠花陪着我，相处惯了，她一出嫁，我也就不想再请别的人了，怕合不来怄气。反正，现在我还能做事，有什么做不了的，叫你二哥一声就是，他又住得不远。再说，你若是娶个媳妇回来，我不就有人陪了吗？"

郁达夫不言语了，他不知如何是好。他默默地看了看母亲花白的头发，心里感到十分压抑。客厅里有些阴暗，家里特有的气氛笼罩了他的全身。

母亲又说："宵井孙家那边，你哪天去和他们见见？也好把这门亲事早点定下来。"

郁达夫眉头微微一皱，说："娘，我才回来，累得很，过几天再说吧。"

这时二哥郁养吾来了。兄弟俩寒暄过后，二哥说："娘这几天觉都睡不好，天天到门口望你呢。还跟我唠叨，说你一个人回，不知还认不认得路！"

郁达夫说："娘还把我当小孩子看呵！"

母亲说："你们啊，不懂当为娘的心，儿行千里母担忧啊！长得再大，在娘眼里也是个小孩子！"

母亲的话让郁达夫既感到亲切，也感到沉重。

晚饭后，郁达夫和二哥在富春江边散了一会步。二哥此时已经在富阳开起了诊所，生意还不错，虽说发不了财，养家糊口还是绰绰有余。郁达夫感慨地说："二哥和大哥都已成家立业，只有我，虽已成人，却还在国外求学，帮不了家里的忙不说，还要家里人操心，惭愧啊。"

"耐得十年寒窗苦，一举成名天下知。以后，你肯定比二哥有出息得多！这次回来，你如何安排？"

"刚才跟娘说了，过几天再说吧。"

"嗯，旅途劳顿，你是得好好歇歇，"二哥想想说，"哦，昨天孙伊清又来诊所了，问你哪天回呢。"

"哪个孙伊清？"郁达夫问。

"就是孙小姐的哥哥，我和他以前就认识，有过一面之交。他们的意思，想让你和孙小姐见个面，早点定下来。他们也知道，你是个留洋的新派人物，总不至于像别人一样，要到洞房花烛夜才见到媳妇的庐山真面目吧？我看，他们还是挺有诚意的。"

"再说吧。"郁达夫说。

二哥想了想说："我明白，这次回来，你是不太情愿的。可是，母亲年事已高，她的身边也确实要有个人，你呢，年龄也不小了……母亲的意愿，我们做儿子的，也不好违拗。"

郁达夫望了望富春江上流萤般的渔火，回头说："二哥不用多说了，若不是顾念母亲，这次我就不会回来。"

11

郁达夫本想多拖几天再去相亲的，这本来没有什么实际的意义，但不拖几天似乎他心理上接受不了，似乎对远在名古屋的隆子也是一种不恭。

但是在家待了三天之后，一件小事改变了他的想法。这天，阳光灿烂，他爬上了位于富春江边的鹳山之巅，往天际远眺了一阵，然后倒在一块岩石上假寐。他将折扇盖在脸上遮挡阳光。那正是隆子赠还的折扇，他的鼻子闻得到隆子的题字散发出的墨香。

躺了一会，二哥找来了。小时候，郁达夫时常抱着书来此阅读，所以二哥很容易找到他。二哥递给他一封信，说是孙小姐托人带给他的。郁达夫感到十分意外，一个乡下女子，竟敢给未曾谋面的男子写信，胆子不小，也十分罕见。

郁达夫撕开信读了一遍，愈发诧异不已。二哥问他为何诧异，他说："没想到孙小姐还有这一手！字迹俊秀，言辞恳切，文笔清简，已能压倒前清老秀才矣！"

二哥笑道："这一点也不奇怪。孙家也算一方望族，孙小姐饱读诗书，知书达理，虽待字闺中，每天还都要读书吟诗，倒与你习性相近呢！只是因为困居乡里，婚事不顺，一直未有意中人。"

"原来是这样。"

二哥于是趁热打铁："三弟，是不是明天我陪你往孙家走一趟？"

"事已至此，那就走一趟吧。"郁达夫从岩石上站起身来，跟着二哥往山下走，不觉又叹息一声，"唉，真没想到，我这留洋求学的新潮之辈，居然也做这相亲之事！"

12

二哥带着郁达夫来到了宵井孙家，见到了他未来的老丈人孙孝贞。二哥送上了礼物，与孙孝贞客套着的时候，郁达夫正襟危坐，手捧着茶杯，心不在焉地欣赏客堂里的字画。

孙孝贞瞥瞥郁达夫，咳嗽一声道："三少爷留学东瀛，也有好几年了吧？不知饮食是否已经习惯？"

郁达夫忙恭敬地回答："回秉伯父，饮食倒已习惯，只是滞留他乡异国，犹如浮萍飘浮不定，免不了心浮气躁，神经衰弱，难以成眠，所以，我的体质总是不太好！"

孙孝贞说："那三少爷可要多多保重啊。体质嘛，回国之后，好生调养一阵就会好的。"

又有一句没一句地聊了一会,气氛始终有些沉闷,于是二哥提议:"伯父,是不是请小姐出来谈谈?"

"好、好!"孙孝贞转身叫一声,"兰坡,你出来见见客人吧。"

那一刻,郁达夫骤然紧张起来,心怦怦直跳。他咬了咬嘴唇,窥视着隔门上悬着的布帘子。布帘一掀,孙小姐慢慢地走了出来。他先是看到了她清瘦苍白的面庞,接着觑见了她搁在腹部紧紧相握的纤纤玉手。他没有见到她的眼睛,因为她眼帘低垂。当她步履迟缓地走到他的旁边坐下时,他敏感地往她玄色的裙裾下看去。于是,一对俗称三寸金莲的小脚赫然显现……它们活像是两只粽子!他立即把目光收了回来,眉头不由自主地皱了一下。

孙小姐似乎意识到了什么,将两只小脚缩回到了裙子下,眼睛望着地面,羞涩不语。为了让他们说话,孙孝贞和二哥都到书房里去了,客厅里只剩下了他们两人。他们面面相觑,气氛尴尬。

过了好一阵,郁达夫才打破沉默:"敢问,小姐芳名?"

孙小姐脸上起了红晕,轻声道:"名兰坡,字潜媞。"

她端庄文静的姿态让郁达夫自在了一些,他又问:"不知出自何典?"

孙小姐抬了抬眼睛,极快地瞟了他一眼,说:"《诗·小雅·采绿》里有'终朝采兰,不盈一襜',又诗曰'好人媞媞'。"

郁达夫不禁诧异地瞟她一眼,一个深闺女子竟懂《诗经》,不能不让他刮目相看,又说:"坡上生蓼蓝,好貌如媞媞。"

"岂敢如此相比,"孙小姐庄重地说,"取字潜媞,并非金屋藏娇，只是取其安舒之意。郁君当然知道，尔雅释训曰：'恢恢，媞媞，安也'。"

郁达夫点头称是，想想说："愿赠君一名号，不知可否？"

孙小姐感到突然："这……"

郁达夫也觉自己唐突了，真是鬼使神差，他不知道自己为何这样，忙改口："哦，名号乃父母所赐，达夫冒昧了！"

孙小姐却说："吾已属君，自然无所不可。"

郁达夫不觉眉头一蹙，孙小姐这句话让他顿生不快，毅然说："此言差矣！别说我们今天才初次见面，即使已经婚配，也不能说谁附属于谁，如今是新时代了，每个人都是自己的主人！"

孙小姐白皙的脸上腾起了一片红云："对不起，我不像你见多识广，也没你那么开明……那，你想给我取个什么名呢？"

郁达夫思忖稍许，说："叫孙荃，如何？"

"孙荃？"

"荃字出自《楚辞》。此字与荪同，是一种类似石菖蒲的香草。荃字与孙姓相谐相复，故以此喻君。"

孙小姐颔首："既然是你取的，此名甚好……"

郁达夫瞟瞟她，欲言又止，起身观看客厅里悬挂的字画。

孙小姐悄悄窥郁达夫一眼，关切地说："郁君似乎比相片上更清瘦一些。"

他回头瞥她一眼说："我自小就体弱多病，到日本后，课程紧张，又加上神经衰弱，身体总是毛病不断，以后谁作了我妻子，免不了要受许多的连累呢！"

"人生一世，谁没个三病两灾的，只要你不怕我连累就行。"

郁达夫看看她，不作声。孙小姐的口气，似乎她已成了他的妻室似的，这让他心里憋闷。

孙小姐说:"希望郁君保重身体,注意调养。"

他客气地:"谢谢,我会的。"

"不知郁君还要在日本逗留多久?"

"难说啊,八高尚未毕业,而我还想去东京读大学,我想,至少也还要五年时间吧!五年时间很漫长,小姐怕是等不得,最好还是另择佳婿吧!"话一出口,郁达夫就盯着孙小姐看,他想,这话对她多少是有些意外和打击的。他暗暗地希望她知难而退。

可是孙小姐羞涩而坚定地说:"二十多年都等了,还怕再等五年吗?"

闻言郁达夫不由一颤。他这次回家,实出无奈,心底里是并没有打算就此娶这个孙小姐为妻的,她这种义无反顾的态度,更是他始料未及。

对他来说,这是祸还是福呢?只有天知道。

第三章

迷 乱

1

在与第一次来差不多的季节里,郁达夫回到了名古屋。他身心疲惫,提着皮箱缓缓地走向后藤家时,幻想着与那次一样,隆子会身着和服站在院门前恭候他,或许,他还可能看见她穿着木屐的玲珑自然的赤脚呢。

他果然见到了隆子,她果然站在院门边。可是她不是在迎接他,而是在送一个刚出门的日本青年。那日本青年年轻英俊,与隆子微笑着说着话,并且亲昵地搂了搂隆子的肩。

郁达夫一时就怔住了,他忽然心里一空,像抽掉了一样东西。他不声不响地闪到路边的断墙后,默默地倾听着。

只听隆子用她婉转悦耳的口音说:"谢谢你的光临!"

那青年说:"我还会再来的。"

"下次来,认识路了吧?"

"当然。"

隆子鞠了一躬:"那,再见!"

日本青年也鞠了一躬:"再见!"

隆子向那青年挥着手,直到那个矫健的背影远去了,才转过头来。她这才发现了近在咫尺的郁达夫,两眼一亮,惊喜地叫了起来:"达夫!你回来了?"

他从墙后走出来,点了点头。他感到隆子有些陌生了。隆子去拎他手中的箱子,他把她的手挡开:"我自己来。"

隆子便挽住他的胳膊往门口走,说:"没想到,你回来这么快!"

他闷声道:"是的,可能回来得太快了。"

"家里人都好吗?"

"谢谢你的关心,都好。"

隆子瞟瞟他的脸色:"那就好呵,可你怎么好像不开心?"

他不回答,他确实不开心。他不知道有什么好开心的。到了门口,他仿佛不经意地问:"刚才那个青年人是谁?"

"他是我的未婚夫。"

"未婚夫?"

"嗯,我也订婚了。"

他张口结舌,半响才说:"那,恭喜你呀,隆子小姐!"

隆子浅浅一笑:"谢谢!我也要恭喜你。"

他转身看了看田野里摇曳着的庄稼,说:"你未婚夫很漂亮,至少比达夫漂亮多了!"

"是吗?"隆子瞥他一眼,"我怎么没看出来?达夫的未婚妻也很漂亮吧,也比隆子要漂亮得多?"

"是的,她也很漂亮!"

他瓮声瓮气地答道,回头走进门去。

后藤先生不在家,于是他径直上楼,进了自己的居室,将皮箱打开，一件一件地往外拿东西。隆子跟了进来，跪在榻榻米上，细心地铺被褥。她两条丰满结实的小腿裸露出来。他忍不住把眼光落到她的小腿上，心里竟一阵发紧，脸色也慢慢地涨红了。他听到了内心的潮汐翻涌的声音，他有些害怕，于是赶紧将眼睛挪开，看着别处，看着那些没有生命，没有律动，没有温度的事物。

可是他的听觉变得十分的敏锐，他可以根据细微的声响看见隆子的任何一个动作。隆子身上的温香也直往他鼻子里钻，他深深地呼吸着，恍惚之间，似乎隆子整个人都被他吸进身体里去了。

隆子铺好了被褥，回过头来深深地看了他一眼。他心里一颤，欲望立即涨满了全身。她与他距离如此之近，伸手可触，他甚至可能数清她唇上的绒毛。他的眼睛灼热起来了，呼吸也急促了，他极想将她搂在怀里，然后亲吻她的头发，她的额头，她的鼻子，还有她花瓣一样鲜艳的嘴唇。他的血液在奔流，他的心情在燃烧，他口干舌燥。然而他四肢僵硬，他动不了手，他被什么不明的东西缚住了。他艰难地背过脸，咽下一口痰，喘息着说了一声："谢谢……"

隆子无声笑笑，转身走了。他感觉她完全洞悉了他内心的秘密，她是那样的聪慧而善解人意。他侧耳聆听着，她的脚步清晰地响下楼去……很快，楼上楼下都陷入一片寂静，寂静之中，隐约地响过一声长长的叹息……他从箱子里拿出那把随身携带的折扇，慢慢地躺到榻榻米上。他展开扇面，看了看隆子娟秀的题字，将扇子盖在脸上。

不知过了多久，夕阳开始光临窗户的时候，他才翻身爬起，将刚刚拿出来的东西又一一塞回箱子里，然后提着皮箱趔趔趄趄地走下楼梯。

在客厅里,他遇到了后藤。后藤诧异不已:"刚刚听隆子说你回来了,这又要到哪里去?"

他语无伦次地解释说,临近毕业,学习更紧张了,想搬到离学校更近一点的地方去。后藤愈发不解,因为这不成其为理由,除非去学校寄宿,否则没有比后藤家离学校更近的了。而住在学校没有这里安静,对学习并无有利之处。

后藤说:"能告诉我真正的原因吗?"

他红了脸,他是个不善于撒谎的人。犹豫了片刻,他坦率地说:"后藤先生,我和隆子的感情,您是知道的,现在我们都已订婚,我再住在这里,怕是不太合适了。"

后藤噢了一声,摸了摸脑门,默默地想了想说:"依我看来,既然都订婚了,那就没关系了,能够想到这一层,说明你有责任心,是个好人。只要你约束自己,怕什么呢?"

他说不出话来,从内心来说他是不想走的,但他还是怕控制不了自己。

后藤说:"你好好考虑一下吧,当然,你一定要走,我也不勉强你。只不过,你要把今年的房租付了。"

他愣住:"为什么?"

"现在不是招生季节,你突然走了,我到哪去招揽房客?这个损失当然要由你来弥补了。"

后藤说的在情在理,他无从反驳,但对他来说,钱始终是个棘手的问题。他放下箱子,往身上乱摸了一气,只找出几张钞票来,期期艾艾地交给后藤。

"就这点钱?"后藤笑着数了数票子,斜睨着他,眼里多少有些不屑。

他脸蓦地烧了起来。他心里忽然泛起了一丝恨意，但他不知是恨谁，恨自己的穷，还是恨自己的无奈？他只知不是恨面前这两个人。

这时隆子绷着脸过来，眼睛瞪得圆圆的，一把从后藤手中夺过那几张钞票塞回他的手里，瞟他一眼道："父亲，你怎么还收他钱？好像我们不让他走似的！他要走就让他走吧，他是个小心眼！"

他怔怔，提起箱子往外走。事情发展到这一步，他似乎也只有走了。但他才走出一步，隆子突然挡住他，气恼地嚷道："你还真走啊？好，要走一起走，我也跟着你去，我去给你做饭！"说着她就推着他往外走。

到了台阶下，他一个踉跄站住了。在他的意识里，他并没有站住，而是跌倒了，他跌倒在一片温柔迷茫的大雾里，他迷失了方向，不知何往。这时一只玲珑如玉的纤细胳膊穿过雾障向他伸来，紧紧地挽住了他。

当天夜里，他又听到了楼下隆子的洗浴声和她哼唱的《樱花谣》，隆子赤裸身体活灵活现地展露在他的想象里，他没有下楼去，而是赶紧将拉门的挂钩挂上了。

2

郁达夫忘记不了远在富阳的孙荃。不是他不想忘记，而是他无法忘记，几乎每过一两个月，孙荃就有信来，而且几乎每封信里都会附带几首诗。他无法回避这样一个事实：孙荃不仅诗写得不错，而且对他一往情深。她的思念和哀怨之情也不知不觉地感染了他，让他的心情愈加复杂忧郁。

> 风动珠帘夜月明,
> 阶前衰草可怜生。
> 幽兰不共群芳去,
> 识我深闺万里情。

这是孙荃写给他的一首诗,默读之余,他也禁不住泪光闪烁,起身推窗,遥望蓝天,心潮难平。他的心弦被拨动了,孤独寂寞的他产生了强烈的共鸣。何以解忧,唯有笔墨,于是也赋诗一首:

> 题君封号报君知,
> 两字兰荃出楚辞。
> 别有伤心深意在,
> 离人芳草最相思。

这并不表明他对未婚妻有多么强烈的思念,更难说明他已对她怀有了情爱。他确实是很怜惜她的,但与她蒂结连理,似乎还是一个荒诞而遥远的事。她是他心中的一个结,一支他不得不哼唱几句的凄婉的歌。

春天,后藤家院子里的豆蔻花开了,郁达夫坐在花前的木凳上,凝视着花朵发着呆,心中吟咏着一首诗。他凝然不动的背影看上去像一块岩石。隆子扫着院子,觑觑他的神态,悄然一笑,结结巴巴地用汉语念道:"风动、珠帘夜、夜月明……"

他敏感地转过脸来,问:"你偷看了我的信?"

隆子咧嘴一笑:"怎么,生气了?"

他板起脸:"你……太没规矩!"

隆子毫不在意，故意逗他："嘻嘻，你未婚妻好想你呢！她多了不起，会写这么美的诗，像我们日本的紫式部呢！你可要好好地爱她啊！"

郁达夫面红耳赤，用几句硬邦邦的话，将他心中的郁闷全喊了出来："是啊，我是要好好想她，好好爱她，我只能想我应该想的人，只能爱我应该爱的人，我也只有这么一个女人有理由去爱了！"

3

隆子却不像郁达夫这么压抑，想说就说，想笑便笑，想拍他一下就拍他一下，很随意地表达着她对他的亲昵。一天，郁达夫坐在学校图书馆做笔记，隆子提着竹饭屉，穿过众人的目光，悄悄地来到他面前。郁达夫全神贯注，懵然不察。隆子忍不住扑哧一笑。郁达夫吓了一跳，一抬头，才发现了她，结结巴巴地问："你、你怎么来了？"

隆子说，是给他送午餐来的。其实，只要有课，他的午餐都是在学校吃的，隆子纯粹多此一举。但是，如果隆子做的是寿司，并想借机见他，那又另当别论了。隆子把饭屉打开给他瞧，他急忙说他吃过了。隆子却噘着嘴说："吃过了也要你吃，你不吃我就不走！"

郁达夫涨红了脸，把一个指头压在嘴唇上："小声点！这儿是图书馆，不是食堂！"

隆子朝四周扫了一眼，不管不顾地说："那你出去吃，我等你！"

郁达夫无奈，只好收拾起书本，躬着身体，跟着隆子走出图书馆，来到校园里的一棵大雪松下。四周有三三两两的学生在走动。他气恼地瞥隆子一眼,叹口气道:"唉,真拿你没办法!"

隆子笑嘻嘻地问,你是不是害怕同学看见我和你在一起?

郁达夫说:"我有什么好怕的?"

"哼,嘴硬!你肯定怕别人说我是你女朋友,也许,还怕别人说我丑,丢了你的面子呢!"

"你把我看成什么人了?"

"你看你,当真了吧?跟你开个玩笑嘛!"

"再胡说八道,我可不理你了!"

隆子嘴一噘:"好好,我把嘴缝上!"

他将书包放在一张长椅上,接过饭屉,坐下胡乱地吃起来。隆子依偎着他,问:"好吃么?"他含混不清地唔了一声。隆子碰一下他:"你慢点吃嘛,又没人跟你争,当心噎着。"他白她一眼,放慢了速度。

隆子忽然又问:"哎,她做的饭怎么样?"

"谁?"

"你的未婚妻呀!"

"不知道。"

"为何不知道?"

"我们还只见过一面。"

"哎呀,还只见过一面,就写那么好的诗,真是个才女!"

"请你别提她了好不好?"

"为什么?"

"烦人!"

隆子吐了吐舌头,不吱声了。

郁达夫吃完寿司,打了个嗝,将饭盒盖好,往隆子怀中一塞:"你走吧,我要复习去了。"

47

隆子说："你送送我嘛！"

"你不认识路？"

"人家想让你送嘛！"

"好好，达夫应该有绅士风度，送你送你！"

隆子跟着郁达夫往校门口走，走了几步，嬉皮笑脸地："达夫，烦隆子了吧？"

"不烦不烦，达夫欢迎隆子天天来，这样复习也不用复习了，考试也不用考试了，连毕业证书都不用拿了！"

隆子说："放心吧，仅此一次，你背我来我都不来了。让你拿不到毕业证，我不成了罪人了？隆子再不懂事，也不想当罪人呢！你复习去吧，不用你送了，免得你心里像猫爪抓！"

4

郁达夫将隆子送到离校门还有十几步的地方，就走不动了。因为他看到了久违的郭沫若和许绍棣。这两个人西装革履，正四下探望。郁达夫一时竟说不出话来。此时郭沫若也看见了他，拉着许绍棣朝他跑了过来，边跑边喊："达夫！"眨眼之间，他们就跑到了他的跟前，一人抓住他一只手，亲热地摇晃。

郁达夫激动得有些结巴了："沫若，许君，什么风把、把你们吹来了？"

许绍棣说："老早就和沫若相约，想来名古屋看看你，不是他没空，就是我有事，总是凑不拢，直到今天，总算了此夙愿！"

郁达夫兴奋得满脸放光："也不事先打个招呼！"

郭沫若说："呵呵，给你一个惊喜，不更好吗？"

隆子走过来，笑盈盈地看着他们，大方地说："你们好！"

郁达夫脸一红，忙作介绍："哦，这位是隆子，我房东的女儿，来给我送午饭的……隆子，这是我的两位中国朋友。"

"请多多关照……"隆子鞠了一躬，"你们谈吧，我告辞了，再见！"说着就转身款款而去。

郁达夫心里便轻松下来，审视着两个朋友说："这一眨眼，我们三年多没见面了吧？这三年多，都是只见其信，不见其人啦！走，到酒馆去，我做东，给你们洗尘！"

他们来到校外的小酒馆，挑了临窗的座位，兴致勃勃地饮酒聊天，交换着三年来各自的种种遭际，抒发着积累在心间的种种感慨。

许绍棣往嘴里扔了一颗花生米，忽然说："哎，达夫，给你送饭的房东女儿长得挺漂亮的嘛！"

郁达夫点点头："隆子不但人长得漂亮，心地也很善良。"

许绍棣笑道："嘿嘿，看她看你的眼神，就知达夫兄找到红颜知己了！"

"隆子？就是你《赠隆儿》一诗里写的隆儿吧？"郭沫若问。

郁达夫赧然一笑："正是她……不敢说红颜知己，两情相悦倒是真真切切的。自到日本以来，遭受的白眼不知有多少，是隆子的温情给了我心灵慰藉，才不至于对这个岛国彻底失望。只是，唉……"

许绍棣说："你艳福不浅嘛，还唉声叹气的，身在福中不知福啊！"

郭沫若关切地问："是不是遇到什么难处了？"

郁达夫颔首："可说是吧。"

郭沫若举起酒杯："来，不管什么难不难，先为你们的两情相悦干一杯！"

郁达夫露出一丝苦笑，举杯相碰，一饮而尽。

郭沫若豪爽地一把抹去嘴边的酒液："好，现在把你的难处说说，也许沫若和许君可以为你指点迷津！"

郁达夫沉默了一会才说："二位有所不知，母命难违，我已经回富阳把婚订了，有了一个一面之交、三寸金莲的未婚妻！就孙小姐来说，荆钗布裙，虽其貌不扬，然而谈吐不俗，诗赋皆通，也有可取之处，可离我心中所想相去甚远……现在我是家里有一个不爱而又不得不爱的人，身边有一个想爱而又不能去爱的人！真是，难煞达夫也！"

许绍棣点头："原来是这样！"

郭沫若不以为然："这有何难？想爱就爱！"

郁达夫摇头："我已经没有爱的理由了。"

郭沫若手一挥："此言差矣！什么是爱的理由？爱本身就是理由！别的都不能成为理由！"

许绍棣道："慢、慢，沫若兄，此话我可不敢苟同！做人总还是有点原则的。古人云，弱水三千，只取一瓢饮，见一个爱一个，岂不乱了套了？"

郭沫若不示弱："我不反对你只取一瓢饮，可这一瓢，总得由我自己去取、我自愿去取吧？如果不是，那就不能算数，我就有理由去取一瓢我喜欢的来饮！"

郁达夫想想说："嗯，沫若兄说的也有道理。"

许绍棣笑道："达夫，你可别听他的谬误之论！他这所以这样说，是在替他自己辩护！他呀，家里本来已给了他一瓢饮，可他呢，跑到日本，自己又取了一瓢来饮了！"

郁达夫不解："噢？"

郭沫若坦率地："没错！我可不管封建礼教的那一套，既然头一次婚姻不是自愿的，我就还有恋爱的权利！到冈山之后不久，我就爱上了安娜，和她同居了，并且当了爸爸！以后，我还要带安娜回中国呢！"

郁达夫咂舌："啧啧，沫若，我可没有你那份勇气，佩服、佩服！"

郭沫若："那，你打算怎么办？"

郁达夫眉头微锁，抿了一口酒道："唉，我不想伤害家里的，更不想伤害身边的……"

"那你就只好委屈自己了，"郭沫若想想说，"不过，要压制一种真情爱意，是极为困难的，需要有巨大的意志力。何况你和隆子小姐朝夕相处，耳鬓厮磨，一旦动情，难免失控。"

"明知勉为其难，我也只好尽力而为了，"郁达夫无奈地笑笑，看一眼许绍棣，说，"这么说来，在座的只有许君还是正人君子了？"

许绍棣笑道："不敢当，运不交桃花，奈何？"

郭沫若调侃道："许君该不是没吃到葡萄，就说葡萄酸吧？"

许绍棣说："那倒绝对不是，若不是感到沫若的'饮水论'有违道德，我还是为二位兄长感到庆幸的！"

郁达夫举起酒杯："来，为正人君子干一杯！"

三人便又干了一杯。

郭沫若眯眼笑道："不过，我却风闻正人君子曾现身烟花之所呢！"

许绍棣正色道："谣传！人言可畏，不足为训。我看还是莫谈风月，且论国是吧！"

郭沫若手在桌上一拍："我同意！莫谈风月，且论国是，好！说真的，两个月前北京发生的事，真是大快人心，人心大快！"

郁达夫两眼放光："是啊是啊！火烧赵家楼，痛殴驻日公使章宗祥，北京学生替我们出了一口恶气！从报上看到消息后，我还特意去照了张相，以作纪念。当时，真恨不能胁下生两翼，飞往北京去参加这场救国运动！"

许绍棣说："不过，上街游行真能吓跑外国列强么？它有多少实际效用？这是值得考虑的，其实，所有留学生都回国去，也未必救得了国。"

"不管怎样，总能唤起民众吧？我觉得，要救中国，必须要有一批年轻人，特别是一批留过洋、有新思想的年轻人投身进去！"郁达夫双目炯炯有神，打着手势，把他孤独时的一些思考说了出来，"中国之颓政，非得要我们来整理不可！我们就要毕业了，不知二位如何打算，我是有一些想法的。前些天大哥来信，说北京九月里有一场考试，成绩优异者将录取为高等文官，机会难得，嘱我前往。达夫对此很有兴趣。如能考上，有个职位，是能为国家做点事情的。考不上，再回来继续学业。不知二位意下如何？"

郭沫若思索片刻，说："眼下国内政局混乱，个人还难以有所作为，我还是想继续上大学，完成学业再说。古人不是说，工欲善其事，必先利其器么？"

"嗯，沫若说的也有道理，"郁达夫转向许绍棣，"许君呢？"

许绍棣说："我也和沫若一样，暂时还没有回国谋职的想法。"

郭沫若笑道："这样吧，我们就委派达夫为回国急先锋！来，祝你马到成功！"

三人又将酒杯举了起来……

这一顿酒喝得酣畅淋漓，直到酩酊大醉，堂官出来打招呼了才作罢。

5

一个偶然的事件,导致郁达夫提前离开了后藤家。

那真是一件小得不能再小的事,那天只要不是买了一大摞书回来,或者买的书少一点,不至于累得他东倒西歪,这件事也许就不会发生。但假设是不能成立的,也是没有用的,没有什么力量能阻止他买那么多书。他抱的那摞书一直顶到他的下巴,让他在上楼时颤颤巍巍,难以站稳。

更巧的是,当他艰难地爬到楼梯中部时,隆子正好从楼上下来,见他趔趔趄趄的样子,急忙下来接他。于是他们在楼梯中上部相遇了。隆子伸手去欲从郁达夫手中分一部分书出来,两人没配合好,哗啦一声,书全部散落在楼梯上。与此同时,隆子身体摇晃了一下,郁达夫便去扶她,身体也随之一歪。刹那间,两人不约而同地抱住了对方。他们倒在楼梯上,互相盯了一眼,便松不开对方了。他们发疯地亲吻起来,他们扭动着,喘息着,带着一股狠劲咬着对方的嘴唇……他用舌头撬开了隆子的嘴,他含住隆子温柔灼热的舌尖拼命地吮吸,啧啧有声。隆子的小手像只小老鼠,在他的脖子里、胸脯上和腰间钻来钻去,怯怯地想去一个地方,却最终没有去。她的腰带被他无意识地弄开了,像条蛇一样地散落下来。接着他的手被那只小老鼠轻轻叼住了,它将他的手往某个地方引。他的手于是登上了两座柔软的山峰,接着又深入到一个狭窄的幽谷,他触摸到了她身上最湿润最温暖的地方。她开始呻吟了,他们的脸在极度的冲动中扭曲了……

就在这时,楼下客厅里传来后藤的叫唤:"隆子!"两人如同被一颗钉子钉住了,顿时停止了动作。世界一片死寂,万物似乎不再存在。他们也全身僵硬,动弹不得了。冲动的红晕从隆子脸上悄然消褪,她慢慢地松开他,系好腰带,用变调的声音应道:"我来了!"低头下楼去了。他瘫痪了一般,在楼梯上不知坐了多久,才收拾起散落的书,回到自己的卧室里。

他以身体不舒服为由,拒绝了下楼吃饭。他躲在卧室里,咕嘟咕嘟地喝水,哼哧哼哧地啃饼干,聊以充饥。他像一头困兽,在屋里走来走去,脑子里许多不明的念头在打架。天色开始暗下来时,他听到了隆子上楼的脚步,接着听到了她推拉门的声音。但是她推不开那扇门,门被他用挂钩钩住了。他想用那挂钩管住自己。隆子在门外轻声说:"达夫,你把门打开呵,我要见你……"

他走到门边,聆听着门外她的气息,咬咬嘴唇,毅然说:"隆子,我们不能再单独相处了。"

"我知道。"隆子声音低得像蚊子叫。

他说:"我也不能再在你家住下去了……"

"没别的办法吗?"隆子问。

他鼻子发酸,瓮声道:"只怕是没有。"

隆子沉默了好久,才勉强说:"好吧,你……多保重!"

他心中一阵刺疼,不由眼睛一眯,眼前的世界就一片模糊不清了。幸亏他的听觉为他勾勒出了隆子哀怨的姿态。她在流泪,她在揩眼睛,她用小手捂住了疼痛的胸口……然后,她强忍着心中的酸楚,低头下楼去了。

直到门外确实没有隆子的声音和气息了,他才回到桌前。他发了好一阵呆,待情绪有所平缓,铺开纸,提笔蘸墨,稍作思忖,便笔走龙蛇,一首题为《别隆儿》的绝句一气呵成。

犹有三分癖未忘,
二分轻薄一分狂。

只愁难解名花怨，
替写新诗到海棠。

或许，这首诗就是他这一段无果之恋的终点吧？他心里掠过一阵钝疼。他让诗笺平铺在桌上，拿搪瓷缸压住一角，然后手忙脚乱地收拾行李。

他提着皮箱，蹑手蹑脚地走下楼梯时，紧张地四下张望。还好，没有碰到后藤，也没有看到隆子。他走过客厅，走过小院，他的箱子碰得院落里种的花草摇晃不已。

原以为可以不告而别的，但是在院门外，他差点与后藤撞个满怀。

后藤惊讶不已："你还是要走？"

他一脸尴尬，语无伦次："是的，是的是的，感谢你和隆子对我的照顾，可是我必须要换个地方了，我要毕业了，然后又要回国参加文官考试，总之我得走了。我的那些书先放在这，会有人来拿的……请代我向隆子告别，对不起了！"

后藤怔怔瞪着他，他匆忙地鞠了一躬，转身逃也似的离去。

6

1919年深秋，已经从名古屋第八高等学校毕业的郁达夫来到北京，与阔别五年的大哥大嫂重逢了。住在巡捕厅胡同二十号的大哥腾出西厢房给他住，要他抓紧时间温习考试科目，争取一举考上高等文官。

这日吃完晚饭，大哥郁曼陀问他考试有没有把握，他想想说："留洋五年，读书上千，国学西学，不敢说融会贯通，却也是强闻博记，应该没问题吧？"

大嫂陈碧岑插嘴说:"哎,这几天胡庭府上人来人往,据说大多是考生来送礼,打通关节的呢!"

郁达夫便问:"胡庭是何许人?"

大哥介绍说,是这次考试的主考兼主录,权力大得很呐。

大嫂对大哥说:"三弟参加考试的事,是不是该和他通个气,打个招呼?"

大哥摇头:"不用,都去打招呼、通关节,那还要考什么试?三弟要有真才实学,就能考上,如果考得不好,即便录取了,对国家、对自己都无益处。"

郁达夫点头道:"大哥说得对。那些有心走歪门的人,即使录用了,也不会全心全意为国家做事的。"

大嫂却忧虑地说:"你们呀,两个书呆子!我的意思,并不是要去烧香进供,只是要合适的场合打个招呼,一来表示对他的尊重,二来在三弟考得不错的情况下,请他留心一下,关照关照。你想想,你和他相识,你胞弟又要由他来考试录用,别人请客送礼,而你却一声不吭,他会怎么想?"

大哥拍打一下衣袖说:"怎么想,是他的事;怎么做,是我们的事。你说的那些,我们岂能不懂?可是,欲为清白人,不做污浊事。该呆的时候,还是呆一点的好!"

大哥的为人,是郁达夫历来佩服的,同时,他对自己的学识水平也深信不疑。对于这次考试,他是志在必得。饭后,兄弟俩相邀出门,沿着胡同慢慢散步,聊着天。夕阳已沉,胡同里光线暗淡,微凉的晚风不时将他们的衣角高高地扬起。大哥边走边说:"三弟,看来这次你是下了当官从政的决心了。"

郁达夫说:"位卑未敢忘忧国,只要给我这个机会,我想,是该为国家做点事的时候了。"

大哥点头:"嗯,有这个志向很好……不过,我得给你提个醒,对政界的黑暗与腐败,要有足够的认识和心理准备。官场险恶,个人的力量是相当有限的。大哥为官数年,伤痕累累,心力交瘁,深知做一个正直清官之不易,更遑论改变颓政。能够做到独善其身,出污泥而不染,就相当不错了……依我看来,中国要往好的方向发展,必得要改变政体,而改变政体,除了效法西洋,实行真正意义上的民主宪政,别无他途。否则,即使有无数的个人在努力,也于事无补。"

郁达夫便笑了,说大哥似乎比他这个留学生还崇洋媚外啊!大哥说这是他多年考察得出的结论。郁达夫觉得大哥好像比过去消极一些了。大哥直言,也不是消极,只是更清醒一些罢了。郁达夫想想说,清醒一些好,免得盲目乐观,不过,还是要知难而进。

大哥说那是当然,否则人人都踟蹰不前,那这个国家就真的没有希望了。

两人拐过一个弯,胡同敞亮了许多。不知不觉地来到了一个大宅院前。大哥努努嘴:"那就是胡府。"

郁达夫往前望去,只见胡府门前站着一个卫兵和两匹马,一个穿黄袍马褂的人正送一个军官出门。兄弟俩不由对视一眼,折身而返,继续沿胡同散步,久久无言。

光线愈来愈暗了,天空中偶尔传来几声鸽哨。朦胧之中,一辆人力车从前面过来,慢慢靠近了他们。人力车擦着郁达夫身子驶过时,他无意中朝车上瞟了一眼,顿时一愣:坐在车上的人似乎是许绍棣!他下意识地高叫一声:"许君!"

人力车停了,一个人跳下车来。果真是许绍棣。郁达夫惊喜不已:"真的是你呀许君!"

"是呵是呵,没想到在这碰上你!"许绍棣抓住他的手直摇。

郁达夫问:"哎,在日本时怎没听说你要回国呵?"

许绍棣说:"我也是临时决定,回国参加文官考试的!我原本没有这打算,可那次到名古屋看你回东京后,家里又是快信又是电报的,催个不停!父命难违,只好回来赶考。"

"那好呀!我们又从同学成了考友了!"

郁达夫将许绍棣向大哥做了介绍。许绍棣忙与郁曼陀握手:"您好,我听达夫说起过您,听说您是一个刚直不阿的法官啊!"

郁曼陀笑道:"过奖,我只是尽职责而已。"

又寒暄了几句,许绍棣说,他要去拜见一位朋友,便匆忙告辞了。郁达夫一点也没有想到,许绍棣要去拜见的人是主考官胡庭。

7

临考之前,许绍棣来到巡捕胡同看望郁达夫。郁达夫问他复习得怎样了,许绍棣却说复是复习了,不过,能否考取,只怕"工夫在诗外"呢。

郁达夫问,此话怎讲?许绍棣说他这次一回国,就有许多人向他说官场腐败之风盛行,凡事得孔方兄开路,特别是这次高等文官考试,不打点打点是不行的,都说那个主考官胡庭,是个敛财高手。

郁达夫敏感地:"那天晚上你就是去打点去了?"

许绍棣面露愧色,说:"是的,我是持我老师吴若愚的引见信去见胡庭的。在你大哥面前我都没脸说,只好说是去拜见朋友……而且,那打点的方法都是别人现教的!"

郁达夫笑问:"什么样的方法?让我也见识见识。"

"我都没脸说,饶了我吧,反正是件伤面子的事,你是肯定做不出来的……这也是没办法的事,国内是这样的风气,只好入乡随俗了。达夫，胡庭似乎对我们回国参考的留学生有成见，大意不得呢。你大哥是大理院推事，你让他替你疏通疏通关系嘛。"

"如果靠疏通关系，这样的考试还有什么意义？"

"达夫的才学我是佩服的，考试肯定没问题，可是现在社会如此，就怕阴沟里翻船呢！"

郁达夫笑笑："我相信自己的实力，如果输给比我强的人，我会心服口服；但如果社会真变成了一条阴沟，那还有什么好说的呢？我们还是心不旁骛，做点准备，考出好成绩来吧，让国内的人对我们留学生刮目相看！"

考试是在太和殿进行的。进考场前，郁达夫和许绍棣各自拿着装笔砚的小布袋，和一群考生站在流动的薄雾里。只听得旁边有人议论："哎，今天来了不少留学生呢！""留学生还来考？这次应该考取的人，其实大多早由部里指定了，这些不知底细的可怜虫，还在那里梦想做新翰林洋学士呢！"

许绍棣碰碰郁达夫："达夫，你说他们说的是不是真的？"

郁达夫说："管它是真是假，我们自己考好就行了！"

8

中华民国的这次高等文官考试，只公布录取名单，不公布成绩。但考试之后没几天，许绍棣就在他的老师吴若愚那里打探到了成绩，他考了个乙等第三，郁达夫则是甲等第二。都是一般人看来必录无疑的好成绩。

当许绍棣把消息告诉郁达夫时，郁达夫喜悦而又自傲地说："这是意料中的事。这种试卷，一点不难。"

让郁达夫有些疑惑的是，考卷上只有考号没有名字的，阅卷官怎知道成绩？

许绍棣说:"阅评完了不是还要对号入座吗?当然知道罗!据说,初录名单都报到胡庭那去了呢。吴若愚对你非常欣赏,很想见见你,走,我带你见他去!"

郁达夫不以为然:"有这个必要吗?"

许绍棣说:"当然有啊!"

就这样,郁达夫被许绍棣拖着去见了吴若愚,这个后来他在文坛上的宿敌。

这天许绍棣领着郁达夫穿过北京的大街小巷,走入吴若愚的客厅时,吴若愚正和几个考生高谈阔论。初次见面,吴若愚倒也和蔼,端详一下郁达夫,招呼着:"唔,年轻有为,后生可畏、后生可畏啊!坐、坐。"

郁达夫不太说话,许绍棣和几个学生则口口声声地感谢老师的栽培和看重。吴若愚摆摆手道:"哎,是你们考试考得好,不是我阅卷阅得好。特别是郁达夫,如今的留学生中,有这么深厚的国学功底的,还不多见呵!"

郁达夫矜持地:"吴先生过奖了。"

吴若愚说:"你的那篇短文,真是写得文采斐然啦!我和几个阅卷官都交换读过,无不为之赞叹!要不是其中有些观点不敢苟同,我早将它评为甲等第一名了!"

郁达夫不由有些自得:"是吗?"

吴若愚点头:"好、好,前途无量呵!看来,你虽然留学在外,还是没有丢掉诗书啊!"

"那当然,中华文化是我们的根,树长得再高,它也站在自己的根上。"郁达夫说。

许绍棣介绍说:"达夫在名古屋还参加了日本诗人服部担风组织的诗社,经常吟诗作赋,把那些喜欢汉诗的日本人唬得一愣一愣的呢！"

吴若愚饶有兴趣："是吗？说来听听。"

郁达夫笑道："论作汉诗，他们当然不是对手啦！那天佩兰吟社中秋聚会，分韵作诗，达夫得寒韵，略加思索，首成七律，当众吟咏，满座皆惊！"

吴若愚看着郁达夫："噢？不错啊！"

许绍棣怂恿道："达夫，你就将诗吟诵出来，请老师评点评点。"

"行呵，"郁达夫也不客气，从座位上立起，润润喉，意气高扬地朗声诵道，"依栏日暮斗牛寒，千里江山放眼宽。未与嫦娥通醉语，敢呼屈宋作衙官。斩云苦乏青龙剑，斗韵甘降白社坛。剪烛且排长夜烛，商量斗韵到更残……"

众人不禁纷纷击掌："好！"

吴若愚道："好，确实好！难怪让日本人满座皆惊啊！有你这样的留洋学生，我感到非常欣慰啊！这样的道德文章，要比《新青年》上那些鼓吹什么文学革命的'新文学'要强多了！"

郁达夫立即说："先生此话达夫可不敢苟同。"

吴若愚一愣："噢？愿闻其详。"

郁达夫侃侃而谈："从形式上来说，新文学的体裁比古体诗词和文言文更有活力，从观念上来讲，它们对旧礼教的冲击力更是不可同日而语！"

吴若愚脸色骤变："新文学坏就坏在无视礼教！泱泱大国，没有礼教，那还成何体统？"

年轻气盛的郁达夫针锋相对："那些吃人的旧礼教正是扼杀人性、阻碍社会进步的根源，只有将它们彻底扫荡，才会有好的体统。"

许绍棣急了，扯了扯郁达夫的袖子，郁达夫却毫不在意。吴若愚瞪着郁达夫,半晌才喃喃地说:"看来,我看错人了。"

郁达夫淡然一笑:"先生眼神不济?呵呵,其实,人各有志,亦各有所思,一点不奇怪。"

吴若愚气呼呼地:"是不奇怪。话不投机半句多,绍棣,替我送客!"

许绍棣唯唯诺诺,一时不知如何是好。郁达夫坦然地拍打一下袍子,拉许绍棣一把,笑道:"走啊,老师都下逐客令了,还待在这干啥?"转身冲吴若愚拱拱手,"学生告辞了!"

许绍棣尴尬地随郁达夫出门来,埋怨道:"达夫,你怎么这么冲动?只晓得逞口舌之快,搞得我好没面子!"

郁达夫不介意地说:"这有什么,不就是争论几句吗,吾爱吾师,但吾更爱真理嘛!"

许绍棣忧心忡忡:"不是我说你,你这叫什么?恃才傲物!这样为人处世,你是要吃亏的!幸亏是阅卷之后你才和他吵,否则,你的成绩就难说了!还有,现在正在录用的关口,要是受此影响,岂不功亏一篑?"

郁达夫笑道:"国家需要的正是我们这样的人才,不录我们录谁去?总不至于优劣不论、良莠不分吧?你放心好了,选优拔萃,舍我其谁?!"

9

不送礼打点的后果很快就显现出来了:高等文官录取榜上,没有郁达夫的名字,但是有许绍棣。这样的结果令郁达夫的大脑一片空白。面对如此的人生际遇,他还有什么好说的呢?他只有收拾好行李,从这黑暗腐败的京城离开了。

他清点自己的东西时,大哥郁曼陀来到他身边,轻声说:

"三弟，你不要灰心丧气，也不要太消沉。"

他说："我不是消沉，我只是愤懑！"

大哥说："经历一次挫折也好，也是一种人生锻炼，让你更深切地理解政界之混乱，社会之黑暗，国家之艰难……不知三弟以后有何打算？"

他说："既然报国无门，我只好再次去国，到东京帝国大学继续学业了。而且，我对政界已彻底失望，所以可能会转学经济学。今后，我也再不会有涉足仕途的打算。"

大哥问："回日本之前，是不是回一次富阳？"

他说："不了，新学期已经开始，课程很紧，没时间了。"

大哥推推眼镜："你和孙小姐关系还好吧？"

他说："关系尚可，时常有书信往来，诗赋唱和。"

大哥说："前不久母亲给我来信，母亲和孙家都有让你们早日完婚的意思，还让我劝劝你。"

他说："不行，我根本没有这份心情。"

大哥说："你们订婚也有两年了吧？不能老拖，人家孙小姐可拖不起。"

他想想说："我知道，孙小姐也是无辜可怜，说实话，我也时常想着她，有一份相思之情，毕竟她是我的未婚妻，我不思念她，思念谁去？可要我现在就和她成亲，心里实在难以接受……如果硬要逼着我结婚，婚后我是不会带她出来的，母亲不是还在摆炒货摊吗？就留她在母亲身边当个书记，记记账吧。"

大哥叹了一口气，说："既然如此，就过些时候再说吧。"大哥说着打开公文包，从里面拿出一叠钞票，放进他的皮箱里："这点钱，你带上用吧。"

他立时涨红了脸："大哥……我，真是惭愧啊！"

第四章

洞　房

1

虽说郁达夫心里多么的不情愿，可在母亲和孙家的一再催促下，不得不回国结婚。事已至此，他已经没有了拖延的理由。这是1920年7月间的事。他先从东京坐火车到横滨，然后从那里搭海轮到上海，再从上海乘沪杭列车去杭州。

可是他的心是郁闷的。他坐在列车包厢过道边，凝视着窗外移动的景物，默默地吸着烟。这时，好像命中注定了似的，他瞟见许绍棣从车厢另一头过来，便起身叫道："许君！"

许绍棣似乎没有听见，低头往前走。郁达夫追过去："绍棣兄！"许绍棣还是没听见，他进了一间包厢，回头欲关门，郁达夫赶到，撑住门说："许君，你不认识我了？我是达夫啊！"

许绍棣这才发现他，惊喜地："哎呀，是达夫啊！刚才眼花，没认出你来！你不是在日本吗？以为不是你呢！"

郁达夫抓住许绍棣的手摇了摇，仔细打量他身上的白丝绸衬衫："绍棣，才一年不见，你的变化真大，都有为官的派头了啊!"

许绍棣飞快地朝包厢里瞟了瞟——里头坐着一个头发油亮,官派十足的人——说:"哪里哪里,什么官不官呵,职责而已……我们到外面说说话吧。"

许绍棣出了包厢,拉上门,说:"真没想到在火车上碰到你……是从日本回来吧?"

郁达夫点头:"是啊,我也真没想到,眨眼之间,许兄已是官场中人!"

"嘿嘿,郁兄似对为官者有成见啊!去年你不还和我一起参加高等文官考试,也想作一回官人么?"许绍棣笑道。

"此一时彼一时呵,正是那次考试让我见识了官场,才断了为官的念想。不过,我还是愿意相信,许兄一定是个正直的好官。"

"有郁兄的勉励,我一定努力争取啊!不过,要不随波逐流,确实绝非易事呐!哦,你和沫若都好吧?"许绍棣问。

"没什么不好的,留学生生活嘛,就那样,一切与过去无异,沫若也不在东京,所以见上一面都很难……"郁达夫伸出手指拨了拨许绍棣胸前别着的国民党党徽,开玩笑道,"古人云,君子不党,绍棣兄结党不是为了营私吧?"

许绍棣笑道:"既然从政嘛,还是加入为好,有党约束,就知道有所为有所不为。"

郁达夫问:"哎,包厢里那个人是谁?你好像挺畏惧他。"

许绍棣嘴边滑过一丝苦笑:"顶头上司,焉能不怕?古人云,伴君如伴虎嘛。他虽不是皇帝,可是俗话说得好,官大一级压死人呐。"

"嗬嗬,尝到官场滋味了吧?他是?"

"哦，是浙江省教育厅副厅长，我这次是陪他到上海公干回杭州。"

"真是士别三日，当刮目相看，陪厅长公干，你也是个什么长了吧？"

"小小科长，不足挂齿。"

"不错嘛，才一年就当科长了，再过三五年，只怕比副厅长都不会小了！"

"嘿嘿，不敢奢望，绍棣不像达夫，胸无大志，能够当个小官吏，为国家为民众做点实际事情，就心满意足了！哎，你是回富阳省亲的吧？"

"除了省亲，还要成亲。"

"噢？喜事啊！这么说，你要娶那个虽其貌不扬，然而谈吐不俗、诗赋皆通的孙小姐了？"

"是的。"

"难怪你愁眉不展，记得你说过，她是你不爱而又不得不爱的人。"

"娶孙小姐确非达夫所情愿，这一切，不过是命运的安排……前不久，我还在给她的诗里说，'此身未许缘亲老，请守清闺再五年'，其实是想延宕过去。可是，挡不住孙家和母亲迭次来信催促，只好回国完婚。"

许绍棣问："那位美貌温柔的隆子小姐呢？"

"越是美丽的花，越是开得短暂，我们早分手了。"

"嗯，遗憾啊！"

郁达夫苦笑道："我其实是既负了隆子，也负了孙荃，更负了自己，几面都不讨好！当断不断，反受其乱，事已至此，只好承受了。"

"月有阴晴圆缺,人有悲欢离合,此事古难全啊!还记得我们和沫若在日本的那次争论吗?我倒是佩服你的自制力和责任心,到底还是遵了母命,三千弱水,只取了一瓢来饮。"

"只可惜这一瓢水不是自己所取,那滋味总有些苦涩!"

"不管如何,我还得祝贺你呀!人生美事,不过是金榜题名,洞房花烛嘛!等你的大喜日子定下后,我一定前来贺喜,吃你的喜酒啊!"

"许兄的好意我领情了!结婚既非我所愿,又何喜之有?所以,喜酒也是不会摆的。"

许绍棣说:"那这样吧,结婚之后,你带嫂夫人来杭州玩几天吧,我一定抽空作陪!"

郁达夫摇摇头:"只怕是没那个兴致呢。"

2

郁达夫回到富阳家中才两天,孙荃的大哥孙伊清就上门来商议婚事了。孙伊清说,家父的意思,小妹和达夫的亲事,已经议过好多次了,既然达夫回来了,就抓紧时间把婚事办了。母亲说,那是当然,达夫就是回来办喜事的嘛!郁达夫却坐一旁吸烟,不声不响。

孙伊清便问:"达夫的意思呢?"

郁达夫反问:"孙小姐的意思?"

孙伊清说:"她当然是听家里的。"

郁达夫犹犹豫豫地问:"她……近来还好吗?"

"噢,还好,前一段偶染小恙,打了几天摆子,已经好得差不多了。"

郁达夫说:"是嘛?我看,既然她身体还没完全恢复,婚事就不急着办，不如等她养好身体再说吧！"

孙伊清急忙说："不不不，小妹身体一点不碍事，再说，达夫从日本难得回来一次，婚事不好再延后了！"

母亲说："既然孙小姐身体无碍，我看就抓紧办吧。达夫和孙小姐年纪都不小了，完了婚，也了结我一桩心事！前几天我托人算了一下，阴历六月初九是黄道吉日，宜嫁娶。"

孙伊清说："好，就六月初九，不早不迟，比较相宜，看来天时地利人和——具备，只等鸣炮起轿了！"

母亲说："达夫是老三，这也是我们郁家最后一次娶儿媳妇了，婚事要办，就要办热闹一点。"

"家父也是这个意思！说心里话，我们对达夫，对这门亲事都十分的看重，家父一再交待，要办就要办出排场，办出气派，让四乡八邻都咂舌称好，另眼相看！"孙伊清说。

这时郁达夫忽然说他不同意。

母亲不解，问："为什么？"

郁达夫说："六月初九的日子嘛，也就算了，这个婚迟早要结，可是有什么必要大事铺张？那都是旧俗了！如今已是民国，当革除陋习，厉行新风。以我之见，婚礼当节俭行事，给两家的亲戚定几桌酒席就行了，其余送礼吃喜酒的，一律不接。"

孙伊清为难地："这、这恐怕不太好吧？大家面子上只怕过不去……"

"我这个新郎官都不怕没面子，你们还怕什么呢？再说了，我和孙小姐，都不是为了面子而结婚的吧？若是为面子结婚，比我有面子的人多的是，又何必找我呢？"

孙伊清面露窘态。

母亲咳了一声，说："不管是乡下还是城里，也无论是满清还是民国，婚要结，面子也不能丢，人生一世，草木一秋，图的什么？不就是图活得有面子？达夫虽然有自己的主见，可也要听听双方大人的意见。我看，这事先这么说着吧，反正离六月初九还有好几天，到时再说吧。"

孙伊清忙应道："好、好，我马上回去禀报家父，看他有何考虑……嗯，达夫的意见嘛，也不无道理，反正是双方的婚事，就双方商量着办吧！"

孙家很快就答应了郁达夫的要求，婚事从简，近亲之外，不再设宴纳客。可是郁达夫又有了新的想法，他对二哥郁养吾说，即是从简，不如简个彻底，不请响器班子，不用花轿不拜堂，也不送洞房。

二哥说："三弟，你这也未免太不近情理了吧？"

郁达夫说，怎么办都是结婚成亲，有什么不近情理的？

郁母闻言说："达夫，这可是你的终身大事！人这一辈子，也就这么一回，为娘的当然要给你办得红红火火，热热闹闹，图个喜庆！要不，对不起你死去的爹不说，以后，你也会怨我的呢！"

郁达夫说："妈，达夫决不会怨您，您含辛茹苦把儿子养大成人，达夫感恩都唯恐不及，怎么会为这点事而怨您呢？这都是我自己的选择啊！要喜庆，首先得有个喜庆的心情，可我没有；而我没有喜庆的心情，又要我装出喜庆的样子去应付喜庆的场面，那是让我受罪呢！"

二哥说："三弟，你这就有点过分了，不是我说你，你这可是有故意刁难孙家之嫌！"

郁达夫毫不在意地说："他们要是感到为难，可以退婚嘛。"

二哥蓦然色变："三弟！话可不能这么说，婚都订了三年了，婚姻大事，岂是儿戏？！"

郁达夫执拗地说："若当儿戏，我会千里迢迢从日本跑回来？我已经够听话的了。如果他们一点也不顾及我的心情，不肯让步，我只好如此，没什么好说的了。"

二哥还想反驳他，被母亲制止了，母亲说："达夫，我晓得你心里不自在，在东洋读书把心读野了，不是自己挑的人你看不上眼！可是你不能光顾你一个人，本来是件喜事，不要搞得大家都不痛快！你这些话，怎么好跟孙家说出口哟！"

郁达夫说："这有何难？我修书一封就是！"

二哥板起脸："我可没脸给你当信使！"

郁达夫说："这就不用烦劳二哥了，邮所有的是邮差！"

母亲无奈，满面愁容，手指头点着郁达夫："你呀你呀，唉——！"

3

郁达夫的信是写给孙伊清的。

孙伊清看完信后，就慌慌张张地找到父亲孙孝贞，结结巴巴地说郁达夫又横生枝节了。孙孝贞眉毛一抖："噢，他又怎么说？"

孙伊清指着信："他说，婚事一切节省，拜堂等事，均不执行，花轿鼓手，亦皆不用，家中只定酒五席，分两夜办。用小轿迎送，所谓送洞房点花烛之类一概取消！"

孙孝贞立时将手中铜烟袋往桌上重重地一磕："岂有此理！"

"他还说……"孙伊清说了半句话就不敢往下说了。

孙孝贞问："他、他还说什么？"

"他……他说，以上条件若不允许，他宁可负拒婚之责。"

孙孝贞霍地站起，脸色发青，背着手在客厅里转着圈："好、好你个郁达夫，把话都说绝了！就这样办好了，就要他负拒婚之责！我堂堂孙家的千金小姐，难道就嫁不出去了，硬要塞给他？这难道不是他自己的婚事，办得风风光光不好吗？他硬要搞得两家都没面子才高兴？这也是他留洋学来的新作派？简直、简直不可理喻！"

孙伊清忙说："爹，您先消消气，这事，我看还得好生权衡一下。达夫对这门亲事心里似乎不太情愿，所以……"

孙孝贞气呼呼地："不情愿他早说嘛，难道我们还赖着他不成？他明显是以此拒婚，你说，还怎么权衡？"

孙伊清说："小妹年纪不小了，婚事上再有反复，恐有诸多难堪……再说，他们订亲也有三年了，四乡八邻，谁人不知，哪个不晓？若就此作罢，只怕更遭人耻笑，同样没面子。"

孙孝贞问："那你的意思？"

"反正，不是忍痛割爱，就是委曲求全，没有其他的路可走。"

孙孝贞忿忿地跺一下脚："当初怎么看上这么个女婿，让他将老夫逼到如此难堪的地步！若照他的条件办理婚事，以后亲友问起，我都没有脸回答！伤我的老脸还不说，委屈了你小妹，她只怕一辈子都不会原谅我这个做爹的！"

孙伊清想想说："那倒不见得……爹，我看这样吧，既然是小妹的婚事，先听听她的意见再定夺吧。"

孙家父子便相跟着来到孙荃闺房里。孙伊清把郁达夫来信的内容告诉了孙荃，孙荃脸上却波澜不惊，咬了咬嘴唇，轻声道："是这样啊。"

孙伊清说："爹非常生气，也非常为难，所以，想听听你的意见。"

孙荃想想说:"爹,大哥,你们不要生气,也不必为难,孙家有孙家的规矩,如觉达夫的条件苛刻,不能接受,那就拒绝便是。我是小辈,无论你们如何决定,我都会依从。我的命是父母给的,也是父母养大的,我不愿因为我的婚事而让父亲和大哥生气伤心。"

"唉,难得女儿如此孝顺,凭此一点,我也不能依郁达夫的,把女儿如此随便地嫁给他!"孙孝贞皱着眉头说。

"爹,您的意思?"孙伊清看着父亲。

孙孝贞一吹胡子:"宁为玉碎,不为瓦全,既然他郁达夫宁可负拒婚之责,那就让他负好了!"

孙伊清:"爹,还是暂缓决定,思虑再三,过几日再说吧。"

孙孝贞:"还有什么好思虑的?你说,孙家与郁家联姻,是不是高攀了?当然不是,他家的那点家产,只够糊口的。是不是你妹妹无德无品嫁不出去了?也不是,前天还有杭州的陈家不知内情,而有意要与你小妹订亲。他郁达夫不讲情面,我们也只好如此了!你找个时候跟郁养吾捎个话吧。"

孙荃在一旁垂着头,默默不语,手里绞着一条手帕。孙孝贞问她:"女儿,爹就这么决定了?"孙荃眼里闪出泪光,低语:"我听爹的。"

孙孝贞说:"好,这事就这么定了,女儿,以后爹一定给你找个比郁达夫好得多的夫婿!"

父亲和大哥走了,孙荃坐下,拿起绣花绷子继续绣花。但是她的手开始颤抖起来了。忽然,绣花针刺在手指上了,她疼得唉哟一声眯了眼。她举起手指一看,指头上冒出了一颗血珠。她放下绷子,将手指放进嘴里吮了吮,然后从一本书里摸出一张相片来，默默地凝视着。

相片上是郁达夫穿学生制服的形象，消瘦，忧郁，而且执拗。

4

得到宵井孙家捎来的口信，郁养吾忙不迭回家来找郁达夫，一见面就指责道："你呀你呀，太不近情理了！硬是想把这门婚事生生地毁掉是吧？"

"我只不过提出几个条件而已。"郁达夫说。

"这样的条件他们能接受吗？换了我，也不会接受的！"

"这么说，他们宁愿毁婚也不接受了？"

"谁受得了你的这种无理态度？孙家老爷已打算拒绝你了！只是孙伊清还是想挽回……你看，你把这事弄得如此不可收拾！把你千里迢迢从日本叫回来，是要你成亲的，不是要你回来毁婚的！这次婚事若是不成，贻笑四方不说，母亲有多伤心，你想过吗？母亲为了你含辛茹苦，你就是这样报答她的吗？"

听二哥提到母亲，郁达夫心头一颤："我……我也没想到他们会不接受呵！"

"听说，他们还打算尽快另订亲事呢。"

郁达夫喃喃地："这么说来，没有挽回的余地了？"

"除非你上门道歉，收回你自己说的话了。"

郁达夫摇头："那不行，君子一言，驷马难追，我丢不起这个面子。"

郁养吾指点着他："你也晓得要面子呵？当初为何不替别人想想？你不想上门道歉，就只好听天由命了！"

郁达夫说："那就听天由命好了……"顿了顿，又说，"不过,孙家若是尊重孙小姐的意愿,我想事情可能不至于此。"

"为什么?"

"订婚三年,书信往来,达夫能感受得到她字里行间的一片真情实意……"

"既是这样,你就更不应该在婚事上设置障碍了!"

郁达夫一声叹息,默然不语。他左右为难,非常的无奈。

5

为了挽回这门婚事,郁养吾找孙伊清通融了一下。孙伊清便告诉父亲,郁达夫有了一点反悔的意思。孙孝贞正坐在客堂闷头吸烟,他磕磕烟灰,问:"他是不是愿意收回他的条件?"

孙伊清摇头:"没有,他不愿上门道歉,也没表示要收回他的话,可能要面子吧。"

孙孝贞眼一瞪:"哼,只知他要面子,别人就不要面子?留了一回洋,面子就比别人的大些?算了,这事就这样了结了!这样吧,你捎信给杭州陈家,让他们来提亲吧!"

"爹,还是不要这样急吧?兴许过两天,郁家又有松动呢?"

"不要作这种指望了,我算是领教了郁达夫的倔脾气!"

孙伊清说:"还是先问问小妹吧?"

孙孝贞点头:"嗯,她的终身大事,看她有什么主意,她也该为自己操操心了。你去把她叫来吧。"

不一会,孙荃跟随孙伊清进门来,叫一声:"爹,我来了。"

孙孝贞问:"爹的意思,你都晓得了?"

孙荃低下头道:"大哥都跟我说了。"

"你心里有什么打算吗?"

孙荃低声说:"有,女儿不想再订亲了。"

孙孝贞一震："为什么？"

孙荃抬起头，毅然说："爹和大哥为我的婚事殚精竭虑，我很过意不去，心里十分感激……只不过我已拿定主意，这次与达夫的婚事如若不成，就不想再让爹和大哥劳心费神了，我决意不再谈婚论嫁，以绣艺自立，读书自娱，终老闺房。"

孙孝贞和孙伊清面面相觑。沉默片刻，孙伊清轻声问："看来，小妹是非郁达夫不嫁了？"

孙荃点了点头。

"唉，你对郁达夫一片痴心，可不知人家领不领你的情哟！"孙伊清说。

"领不领情，那是他的事。"孙荃道。

"孙家丢面子事小，我就怕他一而再地为难我们，意在推掉这门婚事！"孙伊清说。

孙荃说："我知道，他是气不顺……他是留洋学生，才华横溢，见多识广，小妹自然不是他心目中的理想妻子，而且，还不是他自愿挑选的；可他是个孝顺之人，不得不服从母亲的意愿。他若是想推脱婚事，就不必从日本回来了。我想，他只不过是藉此发泄他心中的闷气。"

"既然你不是他心中的理想妻子，又违心成婚，那你以后岂不要受他的气？"孙伊清说。

"我虽不是他的理想妻子，也不是他自己的选择，可我知道，他对我也不是一点感情都没有。他给我写了那么多情真意切的诗，令人感佩不已……无论如何，小妹心已属他，即使日后受他的气，小妹也心甘情愿！至于婚事从简，只要他不感到委屈，我又有什么好委屈的？所有拜了堂的夫妻，也不见得都能白头偕老。只是，让爹和大哥有损颜面，我于心不忍……"孙荃说着，眼里泛起了泪花。

缄默了许久的孙孝贞叹息道:"唉……女儿,别这样说,爹的颜面,哪有你的终身大事紧要?爹也不是不通情理之人!罢、罢!既然你心已属他,既然你不觉得委屈,就依郁达夫的办吧!即便亲友指背,即使全富阳的人都往我这张老脸上吐口水,我也认了!"

6

这天下午,富阳街上的人们遇到了一个罕见的情景:三顶简陋的小轿在夕阳余晖中缓缓而行,没有响器班子吹打,也没有鞭炮炸响,只有轿夫仓促而零乱的脚步声。

这种冷落的场面反而吸引人驻足观看,他们指指点点,议论纷纷:"哎,是接亲的吧?""是的,听说今天孙孝贞嫁女。""是嫁给郁家作三儿媳呢。""怎么没有鼓乐,也没放爆竹?太冷清了吧?""是呀,没见过这样办婚事的……"

当他们议论着的时候,细心的人发现走在最前面的一顶轿子的布帘掀开了一条缝,露出了新娘白白的脸……

孙荃的听觉很敏锐,她听到了那些风言风语,但她毫不在意,她从帘缝里好奇地窥视着这个小小的县城,想象着她以后的生活场景。

7

喜宴在郁家客厅里进行,仅仅摆了两桌酒席,人们互相劝酒,虽间或有几声笑语,却难以掩盖其间透出的一股冷清感。郁达夫是个不善交际之人,加上感觉上有些窘迫,于是一个劲地埋头吃菜。只是在二哥的一再暗示下,他才如梦方醒地给端着酒杯站起，嗫嚅着："我，我敬岳父大人——"

孙孝贞垂着眼皮，装着没听见。

一旁的孙伊清忙提醒："爹，达夫敬你的酒呢！"

"是吗？"孙孝贞端坐不动，举起酒杯说，"达夫，老夫能喝上一杯你这留洋女婿的喜酒，可真是一件不容易的事啊！"

郁达夫不由涨红了脸："达夫年轻无知，不谙世事，此次回国完婚，若有不当与不恭之处，还请岳父大人多多包涵。我诚心诚意地敬岳父一杯，祝岳父寿比南山，福如东海！"说着一仰头，饮尽了杯中酒。

孙孝贞脸上开朗了许多，朗声说："但愿，能兑现贤婿的吉言啊！不过，人生七十古来稀，皇帝也好，百姓也罢，终免不了一老！从今往后，我们就是一家人了，老夫最大的心愿，就是希望你们小两口平平安安，和和睦睦，相敬如宾，白头偕老！"

酒是郁达夫所爱，有了酒，他说话也顺畅多了："岳父放心，达夫一定会善待荃君。"

孙伊清端着酒杯站起："达夫，爹不胜酒力，我这里代表他，代表我们孙家敬你一杯！小妹虽饱读诗书，却是在闺房里长大的，没见过世面，也不懂人情世故，还请你多开导，多多关照！来，干——！"

郁达夫说："大哥放心吧，干——"

两人碰了一下杯，仰头饮尽。酒席上的气氛顿时就融洽起来了。

孙孝贞看了看郁达夫，说："男子汉，大丈夫，既要成家，更要立业，成家立业乃相辅相成也，立不了业，也难以撑起这个家。不知达夫成家之后，有何打算？"

郁达夫说："我目前还在东京帝国大学读经济学，还要三年才能毕业，毕业之后，才能回国找事做。"

孙孝贞点点头："嗯，有了扎实的学问功底，又有了留洋的文凭，回国不怕找不到事做。如今的中国，百业凋敝，百废待兴，正需要你们这样的有为青年施展才干啊！"

"达夫回日本，是否携小妹前往陪读？"孙伊清问。

郁达夫沉吟片刻，说："这事我想过了，带她前去，有诸多不便。我学业紧张，没有很多时间陪她，而她又不通日语，人生地不熟的，整日独守空房，恐烦闷难耐；再说，多一个人的开销，也难以负担，不如先让她在家，陪伴母亲几年，待我学成回国再说。"

孙孝贞当即微微皱了眉头，嘴里却说："嗯，也只能这样了。"

8

新娘在郁家的第一顿饭，是婆婆陪她在一间偏房里吃的。小小的桌子上摆满了菜肴，烛光映着她冷艳的面庞。婆婆殷勤地给她夹菜："多吃点！"她则温顺地点头，小口小口地吃着。

婆婆慈祥的目光在她脸上流连着，问："听达夫说，你们这几年通了不少信，还赋诗互赠？"她羞涩地应道："嗯。"婆婆欣慰地说："这就好！达夫有个倔犟脾气，不过，你要是让着他点，他也就倔不起来了。他就是这么个人，跟他爹一样！夫妻之间嘛，磕磕碰碰总是免不了的，可是只要互相体贴，互谅互让，就能和和气气地过日子。"她低声说："婆婆的教诲，我一定铭记在心。"婆婆满意地点头："嗯，好，以后你若是受了他的欺侮，就告诉我，要是他的不对，我一定狠狠责骂他！"她又嗯了一声，放下了筷子。婆婆关切地："就不吃了？"她解释说，她的饭量一直很小。婆婆说，今天是她的大喜日子，一定要吃好啊！她点点头说:"嗯,我吃好了。"

婆婆开始收拾碗筷,她忙起身帮忙。婆婆却拦住她:"你歇着吧,今天啊,是该娘伺候你!你不让我伺候,娘心里还不高兴呢!呵呵。"她只好不好意思地站到一边。

天慢慢就黑了,门外传来喧哗之声。婆婆到门口往外看了看,回头说:"你爹他们要回去了,快去送送吧!"

"嗯。"她应了一声,跟着婆婆踅出门外,来到院子里。然后,她默默地跟在新郎身后,送娘家的亲人们出门。等众人都告过别,说过各种客气话之后,她才噙了泪说:"爹,大哥,过两天我就回来看你们。"

9

客人们消失在门外的黑暗中,新娘跟着新郎回到院子里。婆婆迎过来说:"累了一天了,你们早点歇着吧。"

新郎想了想,对新娘说:"你先去吧,我还坐一会。"新娘嗯一声,独自往屋里走。她到了走廊上,回头瞟一眼新郎,只见他在院子里的椅子上坐了下来。

新娘进了门,沿着楼梯往上走,脚步清晰而孤独……她到了新房门口,抚了抚门上贴着的喜字,轻轻地将门推开,小心翼翼地走了进去……她站在新房中央,四下端详……床边和桌上,都点着红蜡烛,烛光映照之下,窗户上的喜字窗花似乎在颤动……她走到桌前,发现窗户的喜字上趴着一只壁虎。她掏出手绢,对着壁虎扬了扬,嘴里轻轻地嘘了一声。壁虎仍一动不动。新娘便伸出手,怯怯地拍打一下窗户,壁虎受到震动,嗖地窜走了。新娘嘴边绽开了一丝微笑……

新娘坐到床沿上,摸了摸红色的绸被面,盯着门,倾听着楼梯上可能随时响起的脚步声……但是,她听到的只是一片寂静。一只蛐蛐在床下轻轻叫了起来……她起身,打开通往楼廊上的门,往下面望去。院子里,新郎的身影凝然不动。新娘望了一阵,极轻地吁出一口气,退入房中。门虽掩上了,但她可以从打开的窗户倾听着楼下的动静,她仿佛可以用耳朵听见她的新郎的一举一动。

她的新郎此时正默默地眺望夜空。夜空很美,月朗星稀,天河沉寂……月光在新郎的眸子里闪烁着。天气有点闷热,新郎郁达夫解开衣领,展开折扇缓缓摇着——还是隆子回赠的那把折扇,扇面上的题字清晰可见。

虫声细密如雨,把夏夜衬得愈发的静谧了。

母亲悄悄踱过来,说:"达夫,还不去睡么?"

新郎说:"妈,我还想乘乘凉。"

母亲深深叹息:"唉……我看得出来,你对这门亲事并不满意,可是,我们家的境况,是一年不如一年了,现在仅靠着祖传的几亩薄田和我摆摊的收入度日。娶上孙家小姐,已经算是你的福气了。再者,孙小姐人品也不错,你呀,该知足了!"

新郎郁闷地:"妈,我知道。"

母亲说:"不要坐得太晚,不要冷落了她,知道不?"

新郎说:"我知道了,您先去睡吧!"

母亲一步一回头地走了。新郎停止了打扇,趁着月光,他读着扇子上的题字,不觉喟然长叹……新郎收起扇子,起身回望楼上,只见新房的窗户大开,烛光闪动。新郎走上台阶,暂入门内,沿楼梯拾级而上……

在楼梯中央,新郎停住脚。他忽然想起了在那张异国的楼梯上,与另一个女子缠绵的情景。新郎甩了甩脑袋,仿佛要将过去的记忆甩掉。他重新往上攀登，破旧的楼梯在脚下喀吱作响……新郎进了新房，关上门，默立片刻，走近床边，悄悄地撩开蚊帐。

新娘侧身朝里躺着，似乎已经睡着。

新郎吹灭桌上的蜡烛，宽衣上床，欲吹床头的蜡烛，新娘忽然转过身来，默默地注视着新郎。她面容憔悴，眼里似有泪光。

新郎不敢对视，把目光移开。

新娘一只手慢慢地举了起来，一直举到新郎面前，然后展开手掌——掌心躺着一枚闪光的钻戒。新郎不解："这是？"

新娘轻声道："这是我送给你的。"

新郎诧异地睁大了眼。

新娘凝视着他："嫁夫随夫，从今往后，妻就与你同甘共苦了。我不图荣华富贵，唯望夫君今后谨慎为人，事业有成。"

"嗯……"新郎不易察觉地点一下头，犹豫再三，才伸出手拈过那枚钻戒，对着烛光看了看，郑重地将它戴在无名指上。

新郎吹灭床头的蜡烛，躺了下来。

晦暗之中，新娘仍凝视着他，眸子闪着幽光。

新郎望着帐顶，纹丝不动。少顷，新娘悄悄地将脸贴在新郎的胸口，而新郎郁达夫则弯拢左手，搂住了新娘孙荃单薄的肩头……

10

蝉在窗外一声长一声短地鸣叫着，孙荃在新房里往竹制的书橱上放书。郁达夫进门来，问："忙什么呢？"她静静一笑："娘家带过来的几本书，整理一下。"郁达夫笑道："这些书也嫁给我了？"孙荃微笑道："只要你喜欢，当然也归你了。"

郁达夫随手拿起两本书，一本是《列女传》，还有一本《孝女图》，他眉头就皱了起来："你怎么看这种书呵？会塞一脑子旧思想！"

孙荃仍然静静一笑，忙碌不停。

郁达夫走到桌边，看见桌上有张字纸，便问："这是什么？"

孙荃脸一红说："闲来无事，写了一首小诗，你给指点指点。"

郁达夫拿起诗笺念道："深闺静坐觉魂销，梅影横窗气寂寥。无奈长夜孤梦冷，书灯空照可怜宵。"

孙荃问："怎么样？"

郁达夫蹙眉："诗本身是不错的，可是这里头，不是'无奈'，就是'可怜'，像是一个新婚蜜月的人写的诗吗？"

"也许，是为赋新诗强说愁吧。"孙荃说。

"不，是真实情感的流露，你和我一样，也对这场婚姻有所不满吧？"郁达夫注视着孙荃的眼睛。

孙荃避开他的眼睛，咬了咬嘴唇，极轻地说："我可不像你……"

"好了，不说这个了。我也做了两首，且听我吟来——"郁达夫闭眼想想，开口吟道，"梦来啼笑醒来羞，红似相思绿似愁。中酒情怀春作恶，落花庭院月如钩。妙年碧玉瓜初破，子夜铜屏影欲流。懒卷珠帘听燕语，泥他风度太温柔……怎么样？"

孙荃想了一会才读懂某些诗句的含义，那句妙年碧玉瓜初破的诗让她羞红了脸，嗔道："亏你做得出来……"

"还有一首呢。'豆蔻花开碧树枝，可怜春浅费相思……'"郁达夫忽然兴味索然，摇摇头，"不吟了，所谓洞房花烛，也就这么回事！"

孙荃小心地觑着他。她真不知他为何突然就不高兴了。他在椅子上坐下,一只手撑住额头,面上显出痛苦的神色。她忙问:"怎么了?"他说:"没什么,有点头昏。"她走近他,怯怯地抚摸一下他的头,吃惊地:"有点发烧呢!"

他拨开她的手:"没事,伤风感冒,没什么大不了的。"

"你先歇着,我马上到二哥药店里给你抓药去!"孙荃急急忙忙地出门去了。

他一转身,颓然倒在床上……

他这一病就是好多天,时而发热,时而寒颤,虚汗濡湿了衣衫,新房里充满了他痛苦的呻吟。孙荃心忧如焚,疑心丈夫的病是自己传染的,心里暗暗自责,愧疚不已。她日夜悉心照料,喂饭喂药,操劳不已,几天下来,她本来瘦削的脸又小了一圈,深陷的眼眶也套上了一道青晕。

他们的蜜月被苦涩的中药味所弥漫了。

当郁达夫的身体慢慢好起来之后,他发现,他与妻子之间,没有什么话好说。即使两人面面相对,也时常是默默无语。看着她那灰暗的脸色,忧郁的神情,他心情压抑得很。他莫名地感到自己和她都十分的可怜。偶尔的,他的目光触到她的小脚,就会被蛇咬了一口似的抽搐一下。他简直不敢相信,他的婚姻生活就这样开了头,他的一生,就这样和这个瘦弱的小脚女人连结在了一起。

郁达夫怀念起他的留学生活来了。一天,他郑重其事地对孙荃说:"谢谢你的日夜照顾,我生怕一病不起,回不成日本了呢!"

孙荃闻言,睫毛颤抖了一下,不无哀怨地说:"你……就这么急着回日本?"

"婚也结了,亲也成了,我也该回日本继续学业了。"

"你的身体……也不调养一些日子?"

"小毛病,不碍事的。"

孙荃就不再言语,咬住嘴唇,扭头望着窗外,眼里泪光莹莹……

离家的前夜,郁达夫没在家吃饭,跑到富阳街上一个朋友家喝酒去了。孙荃和母亲坐在院子里等他。月亮慢慢地升上了中天,月光如水泼了一地,虫子四下里鸣了起来。孙荃不时地跑到院门边眺望一番,可郁达夫还不见回。

母亲不由得叹息道:"唉,这个达夫呵,这么大的人了,还一点不懂事,明天就要走了,也不晓得早点回家!"

孙荃心里幽怨,嘴里却说:"妈,不用急,反正东西我都给他收拾好了,他这一去,不知何时能回来,就让他和朋友多聊聊吧。"

母亲说:"你呀,还挺能替他着想的。"

孙荃淡淡一笑,给母亲续上茶,继续她的等待。

终于,门口晃出一个黑影。郁达夫踉踉跄跄地走了进来。"达夫!"孙荃惊呼一声,赶紧跑了过去,搀住他。一股强烈的酒气从他身上散发出来。

母亲用扇子拍拍他的头,埋怨道:"你呀你呀!又喝醉了吧?"

他跌跌撞撞地往屋里走,嘴里叫着:"谁说我醉了?我清醒得很呐!再喝两壶,我也不会醉,我也不会掉到富春江里去!……噢,何以解忧,唯有杜康!问君能有几多愁,恰似一江春水向东流……流啊流,流啊流,流到东海不回头!"

费了好大的力气,孙荃才将郁达夫搀到床上。她忙着给他喂醒酒的茶,又为他洗脸抹身子。忙完这些,她想和他好好聊聊的时候，他却脑袋往旁一偏打起了呼噜。这个时候，她满腔的委屈化作两行热泪，不可抑制地流了出来。

11

郁达夫又要回日本了，母亲、二哥和他新婚的妻子送他出门。本来说好送到码头上的，可出院门之后，郁达夫就不要他们送了。他说："二哥，妈，你们都多保重！"他看了看孙荃，嘴巴张了张，可是没说出话来。

二哥说："你自己身体还没完全好，一路要保重呢，家里有我照应，你就放心去吧！"

母亲揩着湿润的眼睛说："唉，你呀，总是来去匆匆。"

他说："到了上海，上船之前，我会打个电报回来的。"

二哥又交待："带上的药要记得吃。"

"记得的。"郁达夫从二哥手中接过箱子。孙荃抬起泪眼看看他，可是没说什么就垂下头去了。郁达夫不由叹息，唉，可怜的女人，你就没有话对我说吗？如果你多说几句温心暖肺的话，我也许留下来多陪你几天呢。

可孙荃对他的心思懵然不知，只顾垂着头，手里拧着一条手绢。郁达夫心一横，毅然往码头而去，走了十余步，才回头招了招手。他看见妻子的身影像一片树叶一样飘动了一下。而此时，孙荃虽然眼睛直直地望着郁达夫，眼神却已完全模糊了，她看不清她夫君的面容。当一声凄厉的汽笛从江边传了过来，她感到一把冰凉的尖刀直刺进了她的心窝，她锐痛难忍，不禁全身一阵痉挛，泪水也禁不住再一次潸然而下……

第五章

邂 逅

1

位于东京神田区的中华留学生青年会馆是中国留学生们经常聚会的场所。双十节这天，郁达夫与成仿吾、孙大可等几个帝国大学的同学相邀来会馆，听一个叫尾崎行雄的日本人演讲。

如果仅仅是邀一个日本政客来撑撑场面，弹弹老调，讲讲什么中日亲善，郁达夫是断没兴趣来凑热闹的。但他听说这个尾崎行雄非等闲之辈，此人长期担任众议院议员，还曾历任文部大臣、司法大臣和东京市长等要职，在日本政界，是个赫赫有名的人物。不仅如此，他还有日本的"宪政之神"之称，据说，连首相都怕他三分。尤其是，尾崎行雄素以雄辩出名，讲演有如狮子吼，在日本有很高的声誉。

郁达夫的想法是，他既然是著名的政治家，又号称"宪政之神"，想必对国家宪政有深刻研究和精辟见解，而现今的中华民国，虽然已是民主共和体制，却有其名而无其实，汲收一点外国经验，或许有所裨益。况且，你现在是在人家这里当学生，客随主便，就听听他有什么高见吧。

郁达夫做梦也想不到，在此他将与这个日本人有一番舌战。

他们刚刚走进会馆前的草坪，只见一辆黑色轿车沿甬道缓缓驶来，在会馆一侧的小门前停下。一个穿制服的警卫跳下车，绕到轿车另一侧，毕恭毕敬地拉开门。一个蓄仁丹胡子的人从车里钻了出来。小门内出来了几个人，又是鞠躬又是握手，将尾崎行雄迎了进去。

孙大可指了指说："瞧，那个仁丹胡子就是尾崎行雄。"

郁达夫掏出怀表看了看，动了一个念头，说："哎，离演讲还有二十分钟，不如我们去向尾崎当面请教一二？"

孙大可犹豫地："这，太冒昧了吧？"

成仿吾表示赞同，一挥手："这有什么冒昧的？他来演讲，不就是为了和我们交流的吗？来，我们走！"

他们就向小门走去。但他们刚到门口，就被警卫拦住了："干什么的？"郁达夫不卑不亢地说："我们想向尾崎先生当面请教。"警卫一瞪眼："不行！"郁达夫说："我们是慕名前来，就说几句话。"警卫将郁达夫往后推了一把："有什么好说的？到会场乖乖地听着！尾崎先生是你们随便见的吗？"他们只好怏怏而退。

这时一个端相机的日本记者在一旁说："真是异想天开！我们想采访他都见不着呢，你们支那人还想见他？"

郁达夫冷冷地瞥了日本记者一眼，没有理他。这个小小的插曲弄得他兴致索然，要不是人已经来了，他还真不想听这个演讲了。

他们挤进会场，但见人头攒动，人声鼎沸，气氛热烈。郁达夫置身人群之中，将审视的目光直射到讲台上。讲台后壁上挂着中日两国国旗。尾崎行雄在主持人的陪同下坐在讲台左侧，身子笔挺，神态威严，两只眼睛盯着台下。郁达夫忽然感觉与他对上眼神了，有一种奇妙的感觉，仿佛是互相在寻找对手似的。他毫不示弱地瞪大了眼睛。会议主持人对尾崎行雄谦恭地点点头，走上讲台，轻轻叩了叩麦克风，清清嗓道："诸位请安静，开始开会了。"

会场立刻安静下来，人人正襟危坐。主持人向尾崎行雄鞠了一躬，然后开始致欢迎词："……尾崎先生拨冗莅会，是我们大家盼望已久的，尾崎先生的思想、学识与辩才，都是我们所景仰的，他的讲演一定会使我们茅塞顿开，受益匪浅！现在，让我们以热烈的掌声，欢迎尾崎先生给我们作精彩演说！"

在潮水般的掌声中，尾崎行雄稳步走上讲台，解开制服的扣子，双手撑在讲台上，两眼逡巡一遍会场，又抬起手朝下压了压，待掌声完全止息，便以洪亮的嗓子"吼"了起来：

"诸位！今天，我很高兴来到这里，以议员的身份，就国家宪政问题，来发表我自己的见解。大日本帝国与清国本乃一衣带水，亲善邻邦，且人种相同，文化同源，但为何到了今日，日本繁荣昌盛，而清国则日益衰落；大和民族健康向上，而支那人民却被称为东亚病夫呢？其原因，不外乎以下种种……"

郁达夫一愣，仿佛有一粒沙子落入眼中，极端的不舒服。人群鸦雀无声，但只静了一会，就响起嗡嗡的议论声。"他怎么这么说？""简直不知今夕何夕！"郁达夫慢慢锁紧眉头，不快的情绪一层一层地在心头堆积起来。

尾崎行雄越说越来劲，趾高气扬，不可一世："除了上述原因之外——唔，其中最主要的原因是没有实行宪政国体——国民素质的低劣，也是清国不能进步的一个重要缘由！要知道，上天堂的路，不是每个人都认识的，天国的门，也是开得很窄很窄的，而无智识无觉悟的支那人要想挤进去，那是极其艰难、几乎没有可能的！汝等若想在一个因循守旧、夜郎自大的国度里实施宪政，简直如同要让一匹骆驼穿过针眼！放眼今日之亚洲，唯有大日本帝国能与欧美诸强抗衡！清国之未来，也唯有与我大日本帝国共存共荣一途！如若寄希望于俄国十月革命，只会品尝乱民亡国之苦果！俄国乃斧头镰刀专政，与吾所宣扬的宪法政体背道而驰，贵国如若东施效颦，跟着俄国走，我大日本帝国绝对不会坐视不管，听凭赤祸蔓延……"

郁达夫眼睛急剧眨动，面色发红。尾崎行雄的话里有可供思考的东西，但他那轻漫的口吻，侮辱性的语言，使郁达夫再也按捺不住，冲动地从人群中站了起来，高举起右手大声道："尾崎议员，我有话说！"

尾崎行雄一怔，不快地挥挥手："你说。"

郁达夫义正词严："尾崎先生，早在十余年之前，我国就爆发了孙中山领导的辛亥革命，推翻了帝制，建立了民主共和的中华民国，并且为世界包括日本在内的各国政府所承认，何以尾崎先生迟至今日，还口口声声称中国为'清国'，称中国人为'支那人'？如果这不是出于不友好之态度，至少也是犯了一个不该犯的常识性错误！尾崎先生乃当今日本政界有名之士，竟然出言不逊，对中国抱不友好的敌对态度，伤害中国留学生的感情，这不能不使我们感到非常遗憾！"

尾崎行雄的脸就涨红了，张口结舌："这……"

似乎整个会场上的人都呆了一下，静寂无声。但站在郁达夫身边的成仿吾和孙大可随即站起，冲郁达夫鼓掌叫好，紧接着几乎所有与会者都起立，向郁达夫鼓掌致意。

台上的尾崎行雄面红耳赤，强作镇定，掏出手帕擦着头上的汗，待掌声平息，只好无奈地道歉："对不起，刚才是我一时失言，请各位谅解！"

会场上响起掌声和哄笑声。尾崎行雄到底是久经考验的政客，很快稳定了情绪，辩解道："不过，我为什么会失言呢？至少说明了一个问题，即中华民国还根基未稳，以至于在我心里留不下深刻印象，还是习惯于将贵国说成清国。所以，贵国要想强大振兴，闻名遐迩，不至于叫人连国名都记不住，还有赖于在座各位虚心地拜日本为师，谦恭地向大和民族学习，卧薪尝胆，励精图治，只有这样，也许你们的国家才有与日本平起平坐的一天！"

郁达夫又立起大声回答："不是也许，而是肯定！而且这一天相信不会太远！"

"嗯，但愿如此……我还另有要事，今天的演讲，就到这里吧！谢谢各位。"尾崎行雄鞠个躬，灰溜溜地退了下去，主持人赶紧将他送出了会场。

会场里沸腾起来了，中国留学生们向郁达夫围了过来，纷纷向他致谢和祝贺："郁君，谢谢你，为我们中国人出了口气！""敢于顶撞一个日本大人物，勇气可嘉！""我看，达夫不仅有文学天赋，而且还有政治才能呢！"

郁达夫自得而矜持，兴奋得满面通红，他也没有料到，自己一个忧郁的文弱书生，竟然也会有这种惊人表现。

2

乐也杜康，忧也杜康，对于留学异邦的中国留学生来说，纵酒是他们抒发情怀的最佳途径。一生嗜酒的郁达夫更是如此，如有朋友相伴，大多是尽兴而饮，大醉而归。趁着满怀的兴奋，成仿吾和孙大可拥了郁达夫，走上东京街头，挑了个酒馆为他摆酒庆功。

但是才干了一杯酒，一个醉醺醺的日本学生摇摇晃晃地过来，重重地推了郁达夫一把："让开！"

郁达夫抬头看看他，问："为什么？"

"这是我的位置。"

郁达夫乜他一眼："旁边不是有空位置吗？"

"我不要旁边的，我就要坐这，这是我的位置！"

成仿吾霍地立起，伸手要推这个家伙，郁达夫按住他，冷静地说："我先来，你后到，我已坐下了，这就是我的位置！"

日本学生口吐白沫："你的位置？你的位置在支那，跑到我们大日本帝国来干什么？"

郁达夫这才明白他是故意挑衅，站起身子说："那你们的位置也不在中国，你们的位置就在这几个岛上！你们还跑到我们东北去干什么？还跑到我们山东去干什么？！"

日本学生叫喊着："我们是去管理你们这些劣等民族啊！你还不给我滚开！"

郁达夫怒目而视，岿然不动。日本学生抓住他的双肩一扯，两人便扭打起来。郁达夫身瘦体弱，显然不是对手，日本学生用力一拽，他便哗啦一声跌倒在座椅上。日本学生还揪着他不放，成仿吾急忙抱住日本学生的腰，孙大可则掰开了日本学生的手，郁达夫趁机挣脱出来。日本学生两只脚乱踢，嘴里骂骂咧咧。郁达夫狠狠地回踢了他一脚。酒馆里顿时乱作一团。

酒馆老板急急过来："各位消消气，消消气！有句中国话说得好，君子动口不动手！"郁达夫怒不可遏："是他故意挑衅，无理取闹！"酒馆老板连连点头："我知道，他是喝多了！"

成仿吾和孙大可松开了日本学生，这家伙红着眼，还想骂人，酒馆老板赶紧将他拉开："算了算了，别影响我的生意了！我找个花姑娘陪你喝酒去行不行？"日本学生被酒馆老板连哄带劝弄走了。

郁达夫整理了一下衣服，忿忿地坐下。

成仿吾嘀咕道："真他妈的败兴！"

孙大可说："要不换一家酒馆吧？"

郁达夫绷着脸说："偏不换，就要坐在这里喝！"

孙大可想想道："我估计，他可能是尾崎行雄的崇拜者，今天也听了尾崎的演讲，看到了达夫的壮举，所以来寻衅滋事，意图报复的！"

郁达夫摇摇头："不见得，类似的事情，我们遇到的还少吗？"

孙大可："嗯，倒也是。"

侍者摆上了几盘佐酒的菜，又给三人斟上了酒。

成仿吾端起酒杯："不管他了，今日我们文攻武卫，打败了两个日本人，来，为了庆祝胜利，干——！"

三人把酒干了。

郁达夫长吐了一口酒气，思索片刻说："不过，反观这些事，就可以知道，日本人的国家观念、民族意识，是要比我们中国人强得多！国内那些只知在小安逸里醉生梦死，在小圈子里夺利争权的黄帝之子孙，若要教他领悟一下国家观念，最好是叫他到中国领土之外的无论哪一国去住上两三年。印度民族晓得反英，高丽民族知道抗日，就因为他们的祖国，都变成了外国殖民地的缘故！"

孙大可说："是啊，最好让他们来日本，让这些反面教员给他们上一课!"

成仿吾感慨地:"拿破仑说过,中国这头睡狮一旦醒来,便会震惊世界!可就是不知,这一天还有多远啊!"

"吾国历史悠久,吾民聪明智慧,中国睡狮应已渐醒,五四之举就是标志!只是,军阀割据,政客争权,百姓受苦,国运难振,希望的火炬,还在那遥远的渺茫之处呵……"郁达夫望着窗外,叹息不已。

"不过,我相信,这一腔爱国的热忱和匡世的抱负,总有一天会付诸实施的!"孙大可说。

"说得对!达夫,不说这个了,越说越伤感。来,且干上一杯!"成仿吾举起酒杯道。

郁达夫把住酒壶,为自己倒满,碰杯之后,一饮而尽。

成仿吾拍桌道:"好!达夫啊,酒酣耳热,心豪气爽,焉能无诗?"

"这还用你说?负笈东瀛,任重道远,对酒当歌,以壮行色!"郁达夫面红耳赤,晃晃悠悠地站起,手抚着桌沿,大声吟唱,"醉拍阑干酒意寒,江湖牢落又冬残。剧怜鹦鹉中州骨,未拜长沙太傅官。一饭千金图报易,五噫几辈出关难。茫茫烟水回头望,也为神州泪暗弹!"

孙大可和成仿吾击掌叫道:"好!"

酒馆里的客人都扭头向他们观望。

"也、也为神州泪暗弹呵,泪暗弹……"郁达夫眼角湿润,伤感地半闭双眼,踉跄着跌坐在椅子里,头颓然垂下……

孙大可拍拍他:"达夫,醉了吧?"

郁达夫突然一拨孙大可的手:"没醉!谁说我醉了?这点酒能醉倒我郁达夫?我还能喝,给我斟上!我至、至少还能喝它一条扬子江,喝它一个西湖呢!"

话音刚落,他就醉倒在椅子上了。

3

好一场宿醉!直到第二天上午,郁达夫还醉意朦胧地躺在寓所的床上。田中蝶如来到他床前,轻轻地唤他时,他眯起眼半天没有认出来。田中蝶如笑道:"看来达夫醉入梦乡,敌友不分了呢!"

郁达夫这才如梦方醒,掀开被子跳了起来,握住他的手直摇:"哎呀是你呀田中兄!久违了久违了!早想去府上拜访你的,无奈课程紧张,就一直延宕下来了……哎,哪阵风把你给吹来的呵?"

"哪阵风?郁达夫的声名之风!昨夜偶在饭馆吃饭,听见几个中国留学生说起你舌战尾崎行雄之事,我真是佩服得五体投地呢!所以就想近日一定来拜见你……哦,今天的报纸上还登了此事呢,简直是英雄之举啊!真是士别三日当刮目相看,没想到达夫兄现今如此有胆有识,咄咄逼人,将赫赫有名的政治家都驳倒了!佩服、佩服啊!"

郁达夫谦逊地道:"田中兄过奖了!达夫一介穷书生,哪有什么魄力与胆识?只是性情冲动,有鲠在喉,一吐为快而已!坐、坐——"

田中蝶如在桌前坐下,看了看桌上散乱堆放的书籍:"达夫,你还是那样强闻博记,览书为乐呵?"

"学生嘛,除了读书,还是读书……哎,我有件小礼物,一直想送给你呢,"郁达夫匆匆地穿上衣服,从抽屉里拿出一方铜砚池来,吹吹上面的灰尘,"这是我回国参加高等文官考试时用过的，你留下做个纪念吧。"

田中蝶如如获至宝，接过砚池就鞠了一躬："谢谢！"

"不用谢，又不是什么好东西，只不过是我一次失败的见证！"郁达夫说。

田中蝶如思忖稍许，叹息道："君有其志，复有其才，日、德、英文俱通，原以为你定能马到成功，谋得一职，进而施展你的政治才干的，却没料想……唉！"

"庸庸之碌碌者，反登台省；品学兼优者，被黜而亡。世事如此，达夫安能得志？此次失利，皆因试前无人为之关说之故。官场黑暗，不说也罢！达夫此心已死，从今往后，只想安心做学问，在文学上有所造诣。"

"近来可有诗否？担风先生常念叨你呢，诗友们也想拜读你的新作。"

郁达夫从书堆里抽出几页纸来："诗还是常写的，过两天我给服部担风先生寄几首去……这是我前不久写的《寄内五首》，你指点指点。"

"你的大作，我岂敢班门弄斧？"田中蝶如恭敬地接过诗稿，迫不及待地小声吟了起来，"青衫红粉两蹉跎，偕隐名山计若何？泣向通天台下过，斜阳风紧乱云多……贫士生涯原似梦，异乡埋骨亦甘心。不该累及侯门女，敲破清宫夜夜砧……真是情真意切，感人至深呵！夫人是不是也常给你写诗？"

郁达夫点头，苦笑了一下："遥隔千里，以诗寄情，我们这是苦中作乐啊！"

田中蝶如："看得出来，你这五首诗，都有一种少有的悲哀情调，达夫兄，不要太忧伤了，于精神于身体，都不利呢！"

郁达夫笑道："田中兄放心好了，心中悲哀既能流之于笔端，就不会淤积于胸怀。"

田中蝶如关切地:"夫人还好吧?"

郁达夫道:"她呵,饱读诗书,却不懂风情,守旧克己,性情坚贞,嫁给我这个留洋的新潮人物,不知是她的幸运,抑或是不幸。"

田中蝶如诧异地:"此话怎讲?"

郁达夫坦率地说:"达夫娶她,是遵母命,而非自愿,更遑论有恋爱之经历,所以对她,达夫始终是一种又怜又怨的矛盾心情。"

"原来如此!"

"虽则如此,既已成夫妻,达夫还是想尽心尽力善待于她。她和我,都是同命鸟,同为苦命人啊!"郁达夫说。

田中蝶如若有所思,忽然说:"哦,明天我去名古屋办点事,不知达夫可愿一同前往?"

"明天?"

"如没空,改天也行。若能成行,即可拜望久违了的服部担风先生,还可以顺便探访你的那位久别的昔日好友嘛!"

"还有哪位昔日好友?"

田中蝶如笑道:"如此多情的郁达夫,不会把她忘得这么快吧?'隆儿小家女,相逢道左,一往情深,出乎性情,止乎礼义',多美多纯的爱情!莫非真'如天外杨花,一番风过便清清洁洁',什么也不剩?"

郁达夫顿时红了脸,嗫嚅着:"哪能呢……就跟你走一趟吧。"

4

郁达夫跟着田中蝶如从东京坐火车到了名古屋。为了不打扰郁达夫和隆子的重逢,田中蝶如办自己的事去了,没有随郁达夫去御器所村。

郁达夫急切地走出城区,沿着熟悉的乡间道路向后藤家大步走去。可是走着走着,他的脚步迟缓下来,两眼慢慢地睁大,接着,他惊愕地停在了原地……在他目光的尽头,原本矗立着后藤家房子的地方,变成了一片废墟。他怔了怔,拔腿跑了起来,越跑越快,越跑越快,一直跑到废墟跟前才停下。他喘着气,惊呆了:呈现在他眼前的,是散乱的瓦砾,烧焦的木头,还有爬在上面的青藤和摇曳其间的蓑草……

他像根木头杵在那里,半天不能动弹。他不知这是怎回事,房子哪去了?隆子哪去了?无数的猜想像狂飞乱舞的蜂子叮着他的脑袋。

这时邮差骑着自行车过来,在他身边停下。

郁达夫忙向邮差鞠了一躬:"您好。"

邮差回了礼,说:"我认识您,您就是住在后藤家的那个中国留学生吧?"

"是我,"郁达夫焦急地问,"后藤家怎么了?"

"唉!后藤家遭灾了!一年前,一场大火把他家烧了个精光!后藤先生也不幸遇难了!"

郁达夫瞠目结舌,半晌才问:"那、那隆子呢?"

"隆子还好,虽然腿上受了点伤,总算逃出来一条命!只是,所有家当都烧光了,唉,真惨啊!"

"那隆子……是不是结婚走了?"他问。

"结婚?跟谁结婚啊?"邮差莫明其妙。

"她不是有个未婚夫吗?"他说。

"身无分文,居无定所,谁还愿意娶她啊?听说早就解除婚约了!"

"那，那她现在呢？"他忙问。

"不知道，有人说她在京都，有人说她在横滨，还有人说她在东京，没个定准。谁知道她流落到哪儿去了呢？"

"名古屋还有她的亲戚吗？"

"好像没有。"邮差同情地看看他，又瞟瞟废墟，骑上车走了。

郁达夫默立良久，心中只觉一阵悲凉。后藤那善良的面容浮在他的眼前。他摘下帽子，向着废墟深深地鞠了一躬……然后，他循着过去的足迹，缓步走向田野，走上那座他常去的小山。他背倚着那棵大松树，眺望着西沉的夕阳，落日余晖映红了他的面庞，晚风撩乱了他的头发……不知不觉中，泪水就濡湿了他的面颊。周遭一片死寂，凝望之中，他出现了幻觉，感到隆子把一件外衣轻轻地往他肩上披……他将手伸向后面，想抓住隆子的手，但是，他只抓住了自己的肩头。他惘然若失，喃喃自语："隆子，你在哪儿呢？"

5

回到东京，郁达夫很长时间都意气消沉，情绪低落。他无心学习，无心写诗，甚至也无心喝酒。有一天，他在街头踽踽独行，对无常的人生感到沮丧，对过往的电车和行人也视而不见。转过一个街角时，一个流浪汉将他撞了个趔趄，他手中的皮包掉在了地上。他瞪了流浪汉一眼，极想和他打一架，流浪汉却呲牙笑笑，摇摇晃晃地走了。他想，连流浪汉都不愿理你，都弃你而去，郁达夫，你活得还有什么意思啊？

他拐进一条行人稀少的街巷，孤独的脚步在巷子里发出清晰的回响。路过一家妓院时，一个花枝招展的妓女过来挽住他的胳膊:"先生,喜欢我么?"他厌恶地推开她:"去去去,我连我自己都不喜欢呢,怎么会喜欢你?"其实,在名古屋的时候,在一段极端苦闷的日子里,他是到一个肥白的日本妓女身上放纵过一次的,他把那视作一种饮鸩止渴的行为。可是现在,他连饮鸩止渴的欲望都没有了,他的眼前和心里都是一片无望的灰暗。他只是下意识地往前走,他不知人生的道路在何方。

这时另一个日本女子从门内出来,瞥见郁达夫的刹那,赶紧背过脸去了。郁达夫对此一无所知,他加快了步伐。他过了妓院之后,台阶上的女子才转过身来。虽然她浓妆艳抹,但郁达夫如果回头了,还是可以一眼就认出她是隆子的。

可是郁达夫没有回头。隆子望着郁达夫远去的背影,眼里噙满了泪水。她想了想,然后若即若离地跟在后面。她一直跟到了郁达夫的寓所前。她躲在一丛冬青树后,看着郁达夫疲惫地爬上楼梯,进了二楼的卧室。卧室的窗户亮起来了,她又凝视了很久,才悄悄离去。

6

郁达夫找不到隆子的时候,灵感却找到了他。当时他正在被窝里发呆,被苦闷、烦躁、忧郁等情绪所覆盖,任何预感都没有,灵感之光忽然以闪电般的速度照亮了他的脑际。其情形又如他跋涉在荒漠之中,突然发现石缝中摇曳着鲜艳的一朵小花,令他心头一惊,眼前一亮,于是,他想依照这朵小花的暗示和指引,开辟出一片美丽的花园来。

他立即翻身起床,抓起他的笔,一时竟思潮翻涌,手心出汗。出国以来的种种遭遇不断地闪现在眼前,令他眼眶发热,鼻子发酸。孙大可在门外叫他去上课,他头也不回地嘟哝着:"别吵我！上什么课？我复习人生这一堂大课呢！我该好好做做人生笔记，写我早想写的小说了！"他将听觉关闭，两耳不闻窗外事，沉浸在自己的情绪与想象之中。朦胧之中，小说主人公出现在他面前，呵，他的模样与他是如此相似，他的心情也像他一样不平静呢……他埋下头，铺开纸，沙沙沙地写了起来。他兴奋得两眼发红，两道眉毛时而紧锁，时而张扬……

窗户慢慢地暗淡下来，他浑然不觉。有人在敲门，大声叫唤："达夫，吃饭去了！"他置之不理。那人又叫："你在吗？听到没有？"他头也不抬，不胜厌烦地："吃过了！"屋里光线暗下来了，他拉亮灯，继续伏案写作。他的眼里渐渐布满了血丝……肚子里咕咕响，他饿极了，便找了几块饼干塞进嘴里，机械地咀嚼，右手仍疾书不止，饼干屑洒落在他的胡须上和胸口上……写着写着，一颗泪珠滚落下来，打湿了稿纸，他胡乱地往眼睛上抹了一把，于是他的脸到处湿糊糊的了……

夜深了，万籁俱寂……他头发蓬乱，面容憔悴，头沉沉欲坠，他实在支撑不住了，扔下笔，踉跄走到铺旁，仰天一倒，死了一般……

他醒来时，看见了窗口透进的日光，但他不知道这是哪天的早晨，他忘了这是关门写作的第几天了。他自言自语："怎么又天亮了？"他翻身爬起，拿过毛巾随便擦把脸，回头一看，桌上搁着一份外卖的寿司。谁想得这么周到？他一屁股坐下，拿过寿司狼吞虎咽起来。眨眼工夫，寿司被郁达夫吃了个精光，他揩揩嘴，将空空的寿司盒往旁一推，抓过纸笔又埋头写了起来。

不知不觉天又黄昏了，孙大可走到他身边，轻轻唤他，他仍埋头疾书，充耳不闻。孙大可拍一下他的肩，提高声音说："达夫，你走火入魔了？"

他挥挥手道:"没时间跟你说话,去吧去吧。"孙大可转身欲走,他却又说:"不过我还是要感谢你的寿司啊!"

孙大可说:"哪来的寿司?我可没那么好心,我也不喜欢吃那玩意。"

"不是你给我送的寿司?"他放下了笔,想想说,"不是你,那是谁呢?"

孙大可说:"也许是你的那位日本朋友吧?"

他不言语了。不可能是田中蝶如,他又到名古屋去了,还没回东京呢。难道……难道是隆子?他全身不由一抖,立时站了起来,趿上鞋,捧着空空的寿司盒,匆匆出了门。

他急急地跑到校门外的一家寿司店,举着寿司盒问老板:"请问,这是你们店的外卖吗?"老板点头:"是的,味道如何?请多多关照!"他问:"是谁给我订的?"老板惊诧地:"不是你自己订的吗?"他摇头:"不,不是我自己订的;是不是一个漂亮小姐给我订的?"老板否定:"不,今天没有漂亮小姐订过外卖。"他说:"那昨天呢?"老板看了看他说:"昨天的事没印象了。"他疑惑不已:"那……是谁给我订的呢?"老板笑道:"管它谁订的呢,有人给你订你就好好享用嘛!"

他回到街头,四下望了望,但见人来人往,都是一些模糊而陌生的面孔。

7

小说终于写完了最后一笔,郁达夫将笔往桌上一拍,长吁一口气,仰靠在椅背上,微闭双眼,虚脱了一般。不知过了多久,他睁开眼,拿起稿子来读。

读了两页,他就怔住了:哦,这不是写的我自己吗?这些句子，怎么都似曾相识？他放下稿子，拉开抽屉，从里面拿了一个日记本出来，翻开放在稿子旁，两相对照。他惊奇地发现，好多地方居然相差无几！他微微地笑了，兴奋得红了脸，从椅子上一跃而起，捧着稿子来回踱步，自我欣赏。他越看越得意，也越来越激动，终于忍不住冲动地大声朗读起来。读着读着，他和主人公完全融为了一体。

"他近来觉得孤冷得可怜。他的早熟的性情，竟把他挤到与世人绝不相容的境地去，世人与他的中间介在的那一道屏障，愈筑愈高了……他的忧郁症愈闹愈甚了。他觉得学校里的教科书，味同嚼蜡，竟无半点生趣。天气清朗的时候，他每捧了一本爱读的文学书，跑到人迹罕至的山腰水畔，去贪那孤寂的深味去。在万籁俱寂的瞬间，在天水相映的地方，他看看草木鱼虫，看看白云碧落，便觉得自家是一个孤高傲世的贤人，一个超然独立的隐者……唉，唉！她们已经知道我是支那人了，否则她们何以不来看我一眼呢！……故乡岂不有明媚的山河，故乡岂不有如花的美女？我何苦要到这东海的岛国里来！……人生百岁，年少的时候，只有七八年的光景，这最纯最美的七八年，我就不得不在这无情的岛国里虚度过去，可怜我今年已经是二十一岁了……槁木的二十一岁！死灰的二十一岁！我真还不如变了矿物质的好，我大约没有开花的日子了……知识我也不要，名誉我也不要，我只要一个安慰我体谅我的'心'，一副白热的心肠！从这一副心肠里生出来的同情！从同情而来的爱情！我所要求的就是爱情！若有一个美人，能理解我的苦楚，她要我死，我也肯的。若有一个妇人，无论她是美是丑，能真心真意地爱我，我也愿意为她死的。我所要求的就是异性的爱情！……罢了，罢了，我再也不爱女人了！我再也不爱女人了！我就爱我的祖国，我就把我的祖国当作情人吧！……祖国呀祖国！我的死是你害我的！你快富起来，强大起来吧！你还有许多儿女在那里受苦呢！"

读到此，他感情冲动之极，喉头哽咽，两行热泪滚滚而下。孙大可推门而入，看到他脸上的泪，吃了一惊："达夫，怎么了？"

他不好意思地用袖子擦拭一下脸："没什么，有点感情冲动。"

孙大可笑道："是你那怀乡病又发作了吧？"

郁达夫举起稿子道："文艺是苦闷的象征，我这几日如新寡的少妇一般，毫无气力与勇毅，哀哀切切，悲鸣出来的就是这么一篇小说。"

"噢？"孙大可接过稿子看看，"《沉沦》，嗯，这标题有什么讲究吗？"

"哦，小说描写了一个病态青年的心理，也可以说是青年忧郁症 Hypohondria 的解剖，还夹带叙着现代人的苦闷——本能的要求与灵肉的冲突，至于日本的国家主义对我们中国留学生的压迫，怕被人看作了宣传的小说，所以描写的时候不敢用力，不过烘云托月地点缀了几笔。既然是沉沦，当然其间也就有挣扎。"

"好，有吸引力！让我先睹为快吧！"孙大可说。这时又有两个中国留学生进门来，其中一人说："哎，奇文共欣赏，疑义相与析，一分为三，大家轮流看吧！"孙大可爽快地将稿子分作三部分，三个人各执一份，埋头读了起来。

郁达夫躺到铺上歇息，兴奋而又不安地观察他们的表情，屋里一时格外安静。他是很在意别人的反应的。过了一会，一个同学轻声地："呀，这是写的什么呵？"郁达夫瞟瞟他，脸泛起了一层红晕。孙大可很快就看完了自己手中那一部分，迫不及待地与另外的人交换了手稿。屋子里仍然十分安静，只听到翻阅稿子的簌簌声。

孙大可看完了，走到他跟前："达夫！"

他从铺上站了起来，有点紧张地问："感觉如何？"

孙大可眨眨眼，意味深长地笑笑："好像，是写的你自己的事啊？"

他坦率地说："是的，有我的经历，有我的影子，而且，也完完全全是我自己的感悟。"

"嗯，自叙色彩很浓，也很真实。"

"我觉得，文学作品在很大程度上，都是作家的自叙传，采用自己的经历和遭遇来进行创作，更得心应手，情感也更真实，其实每个人的体验，写成作品之后，也就成了他人的体验，也就是整个社会的体验。"

"有道理，它还有点日本私小说的味道呢，不过……"

他敏感地问："不过什么？"

"有些地方，主人公的情感好像太直露、太外扬了一些，一般的小说，好像不这么写。"孙大可说。

他想想说："你说得对，一般的小说确实不是这么写的。我写它的时候，在感情上是没一点勉强的影子的；我只觉得不得不写，又觉得只能照这么写，什么技巧不技巧，词句不词句，都一概不管，正如人到了痛苦的时候，不得不叫一声一样，又哪能顾得这叫出来的一声，是低音还是高音？或者和那些在旁边吹打着的乐器之音和谐不和谐呢？"

"嗯，你这是瓜熟蒂落，水到渠成啊！也许自你之后，这种直抒胸臆、迸发情感、坦露心灵，不管技巧不技巧的写法，反而成了一种技巧，成了一种时髦的写法，也未可知呢！"孙大可说。

他从另外两个同学手中收回手稿，问："你们二位有何高见？"

那位戴眼镜的同学说："嘿嘿，郁君的小说，让我们开了眼界了！到底是舌战过尾崎的斗士，写起小说来也这么大胆，佩服！"

"此话怎讲？"

"嘿嘿，里面的肉欲描写，太直率了，竟然把手在被窝里做的事也写出来了！我可是见所未见，闻所未闻呢！"

"那只能说明你读书太少了，"郁达夫说，"你难道就只见到肉欲，没见到肉欲之上的灵魂？没见到灵与肉的冲突？"

戴眼镜的同学调侃道："对不起，我视力有限，真的没见到，告辞了！"

郁达夫笑了笑，并不介意，把稿子放到桌上。两位同学出了门，门外立即传来他们的议论声：

"哼，什么东西，小说有这么写的吗？中国哪有这样一种体裁？将来是断不能印行的。"

"依我看，简直有诲淫之嫌！郁达夫还自鸣得意呢！"

郁达夫顿时面色发白，脑子发蒙，直愣愣地瞪着门外。孙大可安慰道："见仁见智，常有的事，达夫，你要对自己有信心。"

"我并不太在意，只是……"

只是什么呢？他说不出来。他只知忽然有满心的不快。他的胃痉挛起来，疼痛令他五官皱成了一堆。他痛苦地捂着心口，深深地勾下了腰……

第六章

赎　情

1

在杏云医院住了半个多月后，郁达夫的胃病渐渐好转了。这天下午，他坐在病床上，聚精会神地读着书。雪白的墙壁，雪白的床单，将他带了病容的脸衬得分外憔悴。半开的门被人轻敲了几下，他抬头一看：郭沫若笑眯眯地站在门口。

他怔住，一时竟说不出话。

郭沫若扶了扶眼镜腿，笑道："怎么，不认识我了？"

他欣喜地将书往被子上一拍："烧成灰都认识！只是一时竟以为是在梦中呢！沫若兄，快进来！"郭沫若大步走到病床前，紧紧握住他的手。

两人眼睛潮湿，一时竟凝噎无语。一晃几年不见，他们发现对方竟清瘦多了，而且在眼角额头，已隐约出现了皱纹的痕迹。郁达夫掀开被子欲起床，郭沫若连忙将他按住："你是病人，安静地躺着吧。"郭沫若在床边坐下，告诉郁达夫他这次从上海一回到东京，就到他的住处找他，听孙大可说他住院了，才跑到这里来。郭沫若关切地问:"得的是什么病?"

"胃病,"郁达夫说,"也是老毛病了,饮食不正常,又时常熬夜,胃先生就造我的反了!那天腹中忽然一阵阵剧痛,捱不过去了,这才进了医院。初进来的几天,体热竟增到了四十一度!都住了快一个月了。"

"是吗?"郭沫若疑虑地审视郁达夫的脸,"脸色倒不是特别坏,确诊没有?不会是别的病吧?"

郁达夫笑了:"怎么,你这个医科学生,是不是想在我身上做实习呀?"

郭沫若摆摆手:"惭愧惭愧,想当初,我们都还抱了悬壶济世、治病救民的志向,现在却都弃医不顾,独钟文学了。想来,还是性不习医的缘故吧?"

郁达夫:"是啊,学医与从文,本无高下之分,做好了一样有意义,但做自己喜欢的事,岂不更为惬意?沫若,这一次回国,应当有所斩获吧?"

郭沫若眉头微蹙,说起了回国的情况。收获嘛,当然还是有的,可是,毕竟不太如意。四月间,郭沫若和成仿吾应上海泰东书局之邀回国去,想从事文学工作。抵达上海之后,情况就发生了变化,书局允诺给成仿吾的编辑部文学主任的位置,倏忽间被别人占去,书局已另组了编辑班子。书局经理赵南公,是个唯利是图的家伙,见郭沫若和成仿吾还有利用的价值,好言将他们留下做事,却迟迟不发聘书,也不定职位和薪水。过了十几天,见事情仍无转机,成仿吾愤而离去,为解决生计,回长沙找了一份工作。空手而归,郭沫若实在心有不甘,多次找赵南公交涉,他总算同意,替他们出版一份纯文学杂志。

"好啊,总算不虚此行!"郁达夫叫道。

"不过，杂志叫什么名字、何时出版、定期或不定期、稿源哪来等诸多问题，都一时难以定夺，所以赶回日本来，想和朋友们好好商议一番！"郭沫若说。

"太好了！"郁达夫兴奋不已。

护士送了一份饭菜进来，放在桌上，嘱咐郁达夫趁热吃。郁达夫叫郭沫若也在这儿吃饭，饭后他们好聊个尽兴，晚上也可以睡在这儿，里间有铺，是专供护士和家属休息的。郭沫若欣然颔首："行！只要你身体吃得消，我们可作彻夜长谈！"

郁达夫便对护士说："美丽的姑娘，请你给我这位朋友再送一份饭菜来，好吗？"

护士莞尔一笑："你嘴这么甜，我当然会送呀！"

郭沫若兴致很高，玩笑道："不知护士小姐的嘴甜不甜？"

"是不是想尝尝？别做梦了！"护士娇媚地一笑，转身走了。

"沫若，有时真羡慕你的性格，比我开朗多了。你还记得，你去上海时我给你的信吗？"郁达夫笑道。

"怎不记得？你要我回上海之后，不要为十里洋场的流俗所染，更不要忘记了留在日本的安娜。真是语重心长，用心良苦啊！只是，依你之言，似乎沫若不是回国探索文学之路，而是去招蜂惹蝶似的！"

"达夫心直口快，冒昧了，得罪了！"

郭沫若大度地说："哪敢言得罪？是忠言才逆耳，不是朋友，谁给你说忠言？何况，我并不觉得它有多逆耳……噢，你先吃饭吧，要不凉了！"

郁达夫等护士又送了一份饭来，才和郭沫若一起吃。饭后，两人便在医院的小花园里缓缓散步，侃侃而谈。不知不觉中，夜色降临，淡淡的星光洒在他们的身上。

"沫若兄，上海新闻杂志界的情况怎样？"郁达夫问。

郭沫若摇摇头："莫提起，提起心里就有气！上海的文氓字痞，懂什么文学！那些什么小报，《礼拜六》《游戏世界》等等又大抬头起来，闹得挺欢，可都是些陈词滥调，而且无不流溢出麻雀牌和鸦片的气息！其他一些谈新文学的人，把文学团体来作工具，好和政治权势相接近。文坛的生存竞争非常险恶，他们那党同伐异、倾轧嫉妒的卑劣心理，比从前的政客们还要厉害。还有些讲哲学的人也是妙不可言，德文字母也不认识的，竟在那里大声疾呼什么 Kant（康德）、Niezshe（尼采）。法文的'巴黎'两字也写不出来的先生，在那里批评什么柏格森的哲学。你想，原著都没有读过的人，居然也能在那里大言不惭地批评！"

"这种情形，也难怪沫若兄义愤填膺！但是我国的鉴赏力，和这些文学的流氓和政治家，恐怕如鲍郎郭郎，正好相配。我们将来的杂志，若立论太高，只怕是阳春白雪，和者甚寡，孤立无援呢。"

"读者的鉴赏力当然要有所照顾，但也有赖我们去提高。再说，先驱者哪一个不是孤独之人？且尽我们的力量去做好了！"

"目下中国，青黄不接，新旧文艺闹作了一团，鬼怪横行，无奇不有。在这混沌苦闷的时代，若有一个批评大家出来叱咤风云，那些恶鬼，怕都要抱头鼠窜呢！"郁达夫情绪受到感染，激动地说。

"哈哈！那岂不快哉？旧的不去，新的不来！"郭沫若开怀大笑，随即吟出自己新写的诗，"趁着我们的血浪还在潮／趁着我们的心火还在烧／快把那陈腐了的旧皮囊／全盘洗掉／新中华的改造／正赖吾曹！"

"沫若，你的新诗真的不错，说不定，能开创中国诗歌的新纪元呢！"

"有时候，觉得自己好生奇怪，每每有灵感袭来，就像生了热病一样，作寒作冷，使我提起笔来就战栗，几至写不成字！我的诗，不是做出来的，是写出来的，不，简直是它自己流出来的！"郭沫若说。

郁达夫点头："达夫也有同感！对于文学，我志虽不大，却也足以冲破牛斗，目空一切。我既遇了故国的奇波险浪，又受了社会的许多明枪暗箭，觉得自己所走的道路，只有这一条了，不得已，也只好听天由命，认了这一种为千古伤心人咒诅的文字生涯。出院之后，达夫当竭力创作……噢，我带你看点东西。"

郁达夫迫不及待地将郭沫若带回病房，从桌子抽屉里拿出一叠手稿递给郭沫若。这是他完成不久的三篇小说，《沉沦》、《银灰色的死》和《南迁》。

"好啊！我们的杂志正好需要稿子，尤其是好的小说稿。你的小说再加上我新写的《女神》，我们刊物的作品将蔚为大观呢！"郭沫若翻着稿子，兴奋地说。

"我们的杂志不办则已，要办就要办好，在文学界闹出些影响，让世人刮目相看！"郁达夫说。

聊着聊着夜就深了，他们还没有睡意。护士进来干涉，逼郭沫若进了里屋，并且熄灭了电灯。他们只好躺下了，但仍没睡，一里一外地说着话。郁达夫望着窗外的月光，大声说："沫若，安娜还好吧？"

郭沫若在里间回道："还好，就是孩子生得多了点，经济上有些拮据……哎，你家那位还好吧？"

"还不就那样。"

"还记得我们和许绍棣那一场关于饮水的讨论么？""弱水

三千,只取一瓢饮',你到底还是饮了家里替你取的那一瓢,心里不感到遗憾?"

"唉,有什么办法?"

"隆子呢,现在怎么样了?"

郁达夫沉默片刻,才说:"不知道。"

"不知道?"郭沫若十分诧异。

"前不久我去名古屋找过她,她的家毁于一场火灾,后藤先生不幸遇难,隆子无依无靠,也不知她流落到何方了……"

"是这样呵……"

他们不再言语,似乎都被浓重的忧伤之情所覆盖了。

不过,郭沫若的到来毕竟令郁达夫十分兴奋,因为他所憧憬的文学事业要由此开头了。第二天送郭沫若走时,他建议杂志的名称,用"创造"二字,月刊、季刊都不论,每期他都可以提供一两万字的文章。他打算过两天就出院,郭沫若这一来,他不光病好了八九分,他的心再也按捺不住了。郁达夫请郭沫若联络一下田汉、张资平、孙大可等人,挑个日子到他寓所聚集。

"我们先坐而论道,再起而行之!"郁达夫充满激情地挥一下手,瘦白的脸上浮出了一层红晕。

2

一个身着和服的年轻女子来到郁达夫寓所前,悄悄往楼上的窗口张望时,被路过的孙大可发现,他有点生疑,便上前问:"小姐,你找谁?"

"呵,不找谁。"女子脸一红。

"不找谁?不找谁还老往楼上望?"

"我……想知道楼上那个人的情况。"

"你认识他?"

"不,我不认识郁达夫。"说完她才觉出这句话是用汉语说的,立时捂住了嘴。

"你还知道他叫郁达夫?你还会说汉语?"孙大可惊奇不已。

"我、我只会说一点点。"

"是吗?能说一点点就令人惊奇了!你真不认识他?那你为何要知道他的情况?"

"我……我听说他病了,不知他现在如何了,我很担心他。"

"嗯,一个日本女子,关心一个素不相识的中国留学生,少见。"

"你认识他吗?他现在好些了吗?"

"谢谢你的关心,他好多了,快要出院了。"

"是吗?"女子瞟一眼楼上,喃喃地,"那我就放心了。"

"他在杏云医院住着呢,要不我带你去看看他?"

"谢谢,我就不去了,那样太冒昧了。"女子连忙退了一步,转身欲走。

"你肯定认识郁达夫!"孙大可笑道。

"不认识,我只是很……很敬佩他!"

"敬佩?嗯,他是有许多值得敬佩的地方,"孙大可想想说,"你是不是见过他舌战尾崎行雄?"

女子怔怔,点头:"是呵是呵!"

孙大可笑道:"原来如此!我是郁达夫的好朋友,我一定向他转达你对他的关心!他要是知道他得到了你这样一位漂亮的日本小姐的敬仰与崇拜,病都会好得快些呢!请问小姐芳名?"

"我……叫阿雪。"

"谢谢你呵阿雪!等达夫出院了,你再来看他吧!"

女子不语，转身走了。

第二天孙大可去接郁达夫出院时，把这件奇事告诉了他。郁达夫一听她还会说点汉语，还说了他的名字，就愣住了。接着，他就想起了不订自来的外卖寿司。他急忙问，她是不是很秀气？是不是鼻子小巧，人也玲珑？是不是叫隆子？

孙大可说，她确实秀气，也确实小巧玲珑，可她不叫隆子，而叫阿雪。郁达夫摇头："不，她不叫阿雪，她是隆子，她一定是隆子，她就是隆子啊！"

"她就是名古屋的隆子？对呵，我怎没想到呢？！"孙大可恍然大悟。

郁达夫问："她说了她现在的住址吗？"

"没有，"孙大可懊恼地，"该死，我也忘了问了！"

郁达夫转身就往街头走。他要去找隆子。孙大可急忙拦住他："偌大的东京，你到哪去找她？"郁达夫急得在原地打转转，双手搓个不停。孙大可劝道："你不用太着急了，在屋里等着吧，与其大海捞针，不如守株待兔。我跟她说过，要她等你出院了再来。她既然关心着你，还会再来的。"

"不，她不会再来的，她在躲着我，她要是想找我，早就来见我了！"郁达夫望着街头的人群，脸上布满了忧伤。

3

郭沫若、田汉、张资平、孙大可等一帮醉心文学的人又聚在了郁达夫的寓所里。他们有的躺在床上，有的席地而坐，有的倚桌而立，七嘴八舌，气氛非常热烈。为文学社之事，他们已经在此聚过一次，那次郁达夫买了一块钱桔子招待大家，被人戏称为桔子会议。这天虽然只有白开水招待，可大家热情比上次还高，因为事情总算有点眉目了。

郭沫若站在屋中间，眼镜后面的眸子因兴奋而闪闪发亮："诸位，组织文学社、创办文学杂志之事，大家议论已久，迟至今日，我想，是必得有实际的推进了。仿吾远在长沙，不能与会，但他在信里说，新文化运动已经闹了这么久，现在国内杂志界的文艺，几乎把鼓吹的力都消尽了。我们若不急挽狂澜，将来不仅那些老顽固和那些观望形势的人要嚣张起来，就是一班新进亦将自己怀疑起来了。他的意见，我很有同感，所以我们拟议中的办刊，也是箭在弦上，不得不发了！"

田汉道："沫若所言极是。现在北京也成立了文学研究会，我们如老是议而不决、言而无行、纸上谈兵，招人耻笑不说，我们自己的士气也会泄漏殆尽！"

张资平大大咧咧："我看，一切都信任达夫和沫若好了，由你们俩定吧！"

郁达夫忙说："我可以做一些实际工作，沫若善于组织，又是主要发起人，由他来主持，是当仁不让啊！"

"主意还是要大家出，共挽狂澜才好啊！"郭沫若说，"关于刊物名称，我与达夫已经议过，想取名'创造'，当然，名字有点夸张，也可以说有点气魄，这就要求名实相符，是要我们很费一番气力的。"

众人叫道："好！这名字好！"

"是应当有个气魄的名字，让人有横空出世，咄咄逼人之感！"

郁达夫兴奋地扬扬手，语调激昂地道："山川草木、兽鸟虫鱼和世界万物，都是由无到有，渐渐地被创造出来的！我们不信地大物博、人数众多的中华民族，就不会趟出一条光明之路！我们也不相信,心诚意笃的我们,开辟不了一片文学的新天地!不过我们不想不劳而获,我们要用汗水去换心灵的食粮,以眼泪来和文学的美酒;我们要存谦虚之心,行艰难之事!"

"正确!"郭沫若异常激动,用四川话高声吟诵起来,"创造!我们的花园!伟大的园丁又催送着阳春归来,地上的百木抽芽,群鸟高唱着生命的凯旋之歌!"

众人情不自禁地鼓掌叫起好来。

"如此快乐,难得、难得!"郭沫若摇头晃脑,环视大家一眼,"那么,刊名就这么定了!我的意思,暂出季刊,因为大家四散各地,又都学业在身,能寄稿的,也就那么十余个人。若出月刊,怕是很费事的,以后办顺了,再改月刊也不迟。现在最大的问题是,稿件不足,巧妇难为无米之炊,这事,还请大家鼎力相助哟!"

孙大可:"哎,达夫,你不是刚写了一篇《沉沦》么?"

郁达夫微笑不语。

郭沫若:"达夫不但有《沉沦》,还有《南迁》和《银灰色的死》,三篇都是精心之作,精彩之作,都是我们《创造》的重头稿。大家若都像达夫这么积极,就不愁没稿可用了!"

张资平道:"没问题,大家回去用心做就是。不过我可事先说明,我只会写自己感兴趣的东西哟!"

"那当然,不感兴趣的谁会去写?"郁达夫说。

孙大可笑道:"资平君,大家都知道你最感兴趣与最善描写的是什么。"

"不见得吧?"张资平说。

"怎不见得?不就是两性关系,鸳鸯蝴蝶吗?"

众人都哄笑起来。张资平得意地道:"知我者,众兄弟也!

我曾要沫若兄把他和安娜的故事说给我听,好做一篇《东瀛艳史》呢,可惜他守口如瓶,是自己要做吧?谁又能说,把两性关系写好不是一门本事呢?"

郁达夫说:"那当然,爱与死是永恒的主题,两性关系写好了,那也是泣血之作,能够启人心智,流传人世的,因为最能打动人的,还是一个情字。"

"呵呵,看来达夫君在情字上是深有感触啊!"郭沫若向各位拱拱手,"《创造》的成功与否,就有赖于大家的创造与否,沫若在这里拜托大家了!"

大家直到暮色降临才散去。这一天是1921年6月8日,在郁达夫寓所召开的这次会议,标志着中国现代文学史上一个有重大影响的文学社团——创造社的正式诞生。

4

郁达夫陪郭沫若到饭馆吃晚饭,因为他的胃病还没完全好,两人也没要酒。郭沫若边吃边告诫郁达夫,日本的泡菜泡饭对胃粘膜都不太好,要他平时饮食要注意。郁达夫点头道:"嗯,是不太好,可是入乡只能随俗,顾不了那么多……哎,你打算几时起程回上海?"

郭沫若说,先去一趟福冈,安排好安娜和孩子们,然后就回上海,全力以赴办好刊物,若是有绕不过的坎了,他首先要拉他来帮忙。郁达夫说,只要沫若兄一声召唤,他将慨然前往。

说话间,饭馆一隅传来几声轻佻男女的浪笑,郁达夫下意识地朝那里瞟了一眼,只见一个妓女正和两个浪人调笑。妓女坐在浪人的大腿上,她的侧影十分眼熟。郭沫若说:"日本的男女关系十分开放,这也是一景呵。"

郁达夫没有答话，埋头吃饭，有点心不在焉。他又回头觑了一眼，那个妓女的面部轮廓太熟悉了，他心里顿时格登了一下。

吃完饭，两人起身，边聊边往门外走。出门时，郁达夫忍不住又朝那个妓女望了一眼，那妓女此时也正好回过头来。郁达夫顿时呆住了，虽然她浓妆艳抹，但他还是觉得，她是隆子。郭沫若见他面色有异，问："怎么了？"郁达夫想仔细端详那张脸，可那妓女转过身去了。他微皱眉头说："没什么，走吧。"

两人出了门沿着街道慢慢走着，说着话。到了一个十字街口，郭沫若要去见个朋友，就先告辞了。郁达夫想了想，沿着刚才走过的路回到了饭馆门口。他想再看看那个像极了隆子的日本妓女。路边的灯光映着他犹疑而惶惑的脸。突然，那个妓女出门来了，他赶紧躲到一棵树后。她下了台阶，往前方望了望，然后折身往另一个方向而去。

郁达夫从树后闪出，不即不离地跟在后面。他的心怦怦直跳。前面那个背影太熟悉了，预感揪紧了他的心。背影一晃，进了一条僻静的巷子，不见了。他急忙小跑几步，来到巷口向里张望。

巷子深处是个红灯高挂的妓院，那个背影正向那里移动。他错愕片刻，向妓院走去。他清楚地瞧见，背影隐入了妓院门里。

怎么办？郁达夫在妓院门口徘徊了一会，才跨上台阶，走进门去。一个白胖的鸨母迎出来，笑微微地鞠了一躬："先生晚上好，欢迎光临！"

他紧着喉咙问："你好，请问，刚才进来的那位姑娘，叫什么名字？"

鸨母眉开眼笑："她叫阿雪呀，你是不是看上她了？好眼力呵！"

郁达夫忙摆手："不是不是！"

鸨母不管这些，兀自往厅堂后高声呼唤："阿雪，接客！"

于是那个被他追踪的女子从一道帘子后轻盈地走了出来，脸上浓妆已去，一副清纯可爱的模样。郁达夫瞠目结舌——真是隆子！

隆子直愣愣地瞪着郁达夫，嘴唇嚅动，似要说什么，却没说出来。郁达夫呼吸急促，脸色紫红，突然转身就走。

隆子轻呼一声："达夫！"

他却充耳不闻，径直出了门。他步履慌张，神情凄惶。很快，他听见后面有紧追不舍的脚步声。他知道，隆子会追来的，他难以接受在妓院遇见隆子的事实，可他是希望隆子追来的。他听到隆子在后面迭声叫唤："达夫！你等等！"他只顾前行，头也不回，但他的速度减了下来。

隆子终于追上了他，抓住他一只手："郁先生！"

他一个踉跄立住了，他慢慢地回过头来，慢慢地抽回手，惶悚地瞥隆子一眼，一时竟说不出话。隆子眼中有泪光闪烁，可她的面容显得很平静，她对他平和地微笑着，一如既往的美丽。他的心悸动了，喃喃地道：

"隆、隆子，真的是你吗？"

"是我呵！"

"你，你来东京干什么？"

"做生意……你不是都看到了吗？"

"我知道你家遭了难，我去找过你……"

"我知道，别人告诉我了。"

"你……还好吗？"

"我还好。到我那里坐坐好吗？"

郁达夫朝妓院方向望一眼，默然不语。

"我知道，达夫不喜欢隆子了，达夫嫌隆子了……"

"不……"

"你在我家的时候，我真该把自己给你的。"

郁达夫心中钝痛，握住隆子的手："隆子，你别这样说……你不能待在这样的地方！"

"我能到哪去？我不会做别的事，也找不到别的事，再说，我是他们买过来的，为了安葬父亲，我把身上的钱都花光了……"

"我赎你出去！"他冲动地说。

隆子摇摇头："你一个穷留学生，哪来的钱？再说，你就是赎我出去了，我又能到哪去？你能收留我吗？"

他固执地："赎出来了再说，反正你不能待在这，这不是你待的地方！"

"你别说傻话了，不待在这，我待到哪去？有你这份心，隆子知足了……你能让我亲一下吗？"

郁达夫怔怔的，不待他回答，隆子便在他耳根下亲了一口，转身快步离去。郁达夫抚抚她亲过的地方，望着她的背影，两眼发直。巷子里回荡着隆子渐行渐远的木屐声，一声一声地敲打着他的耳膜……

5

郁达夫回到居所，仔细翻了抽屉、口袋和钱包，将所有的钱全放在桌子上——不过是很少的几张纸钞和十几个硬币。他看了看它们，颓丧地坐到椅子上。要想赎隆子出来，他的钱远远不够。

忽然，郁达夫想到什么，一拍脑袋，走到床头，将箱子打开，从箱底翻出一幅带轴的画来。他小心翼翼地将它展开。这是一幅古色古香的梅竹图，是家传的中国画家吴梅村的画，他一直带在身边。他欣赏片刻，将画卷起，夹在腋下，匆匆出了门。

郁达夫到了田中蝶如家，拿出画说："田中君，这幅画，想请你找个行家估一下价，以便出手。"田中蝶如接过画，欣赏片刻说："嗯，这画不错，有股唐诗宋词的韵味呢！为何要出手？岂不可惜！"他苦笑道："没办法，我急等钱用。"田中蝶如问："遇到什么困难了？"

郁达夫欲言又止。

田中蝶如说："要不，我先借点钱给你？"

"谢谢你的好意，可是，不是一点点钱，再说，即使你有钱借，我以后也可能还不起。"

"什么事啊，需要这么多钱？"

郁达夫长叹一声："唉，没想到，隆子沦落到这种地步！"

"你找到失踪的隆子了？"

"无意中碰到的，她就在东京……"

"她……在妓院？"

郁达夫痛苦地皱了脸，缄默不语。

"我懂了，你想赎她出来。难得你有这么一副侠义心肠，不过，你想过没有，你赎得了她一时，赎不了她一世啊！"田中蝶如说。

郁达夫懊恼地："可是，我不能眼睁睁地看着她在那种地方……"

田中蝶如想想说："对于一个无依无靠，生活无着的姑娘来说，那种地方并不算坏……你在日本也待了这么久了，应该知道我们的一些风俗习惯。这种事，是一种古老的职业，在许多人眼里，它并不比别的职业低贱多少。从事这个职业的人，也不都是因生活所迫，对于隆子来说，也许没有更好的选择了……依我看，你最好的办法，是任她去吧，不要打扰她的生活。"

"你说的这些我都知道，可是我良心上过不去！只要还有一分可能，我就得做出十分的努力！"

"既然你决心已定，我当然还是要帮你这个忙。我有个朋友是字画店老板，对中国古画很在行，你现在就跟我走一趟吧。"

郁达夫当即跟着田中蝶如去了字画店。然而结果却令郁达夫沮丧。字画店老板拿放大镜看了半天，说虽然它画得很好，但不是出自吴梅村的手笔。它只是赝品，一幅不错的赝品。郁达夫急了："不可能吧？您是不是看错了？"老板不快地瞥郁达夫一眼："您可以不相信我的年龄，但不要怀疑我的眼睛！"

郁达夫失望得说不出话来，缄默半晌，卷起画，将它塞在田中蝶如手中："既然值不了几个钱，那就送给你作个纪念吧！"

田中蝶如推辞说："毕竟是家传的东西，你还是带在身边吧。"

"不，我不要它了，它骗了我。"

"那……"田中蝶如关心地望着郁达夫，"你打算怎么办？"

郁达夫丧气地："还能怎么办？要不，就像你说的任她去吧，我不再打扰她的生活，要不，就另想办法。"说完，他转身就走了。

6

郁达夫终于另想了一个办法，弄到了一笔钱。这个办法就是将孙荃在新婚之夜送给他的钻戒当掉。去当铺之前，他是犹豫了一会的，毕竟，这么做似乎很对不住孙荃，但也是无奈之举。最后，他是用掷硬币的方法来做的决定。他把那一点点歉疚和不安推给了天意。

他夹着包，一路小跑奔进小巷。此时天色已晚，妓院的红灯笼像一只只血红的眼。他跳上台阶，冲到鸨母跟前，抹一把脸上的汗，从包里掏出一叠钞票放到柜台上："这钱够了吧？"

"做什么够了？"鸨母不解。

"赎阿雪够了吧？我要赎阿雪出去！"

鸨母摇头："再多也不够，你就是把银行搬来，也赎不回阿雪了。"

"为什么？"他愕然。

"因为阿雪走了，阿雪不在这里了。"

"她到哪里去了？"

"不知道。"

"不可能！你不可能不知道，你不要瞒着我！你要瞒我小心我打人！"

鸨母不屑地瞟他一眼："打人？你这挨打的样子还能打人？"

郁达夫涨红着脸："你说啊，我要你告诉我，阿雪到哪去了！你快告诉我！"

"我说了不知道，一个人若是不想让别人找到，你是永远也找不到的。"

"你……真不知道？"

鸨母点点头。

郁达夫感到一条蛇从背上爬了起来，让他全身起了鸡皮疙瘩。

鸨母叹息道："一看就知你是个痴心男人，要是知道阿雪下落，岂能不告诉你？阿雪走了，你也走吧，生离死别都是常有的事，过你自己的日子去吧。"

郁达夫默默地收起钱，转身欲走，却全身僵硬，仿佛每个关节都已锈死。

这时鸨母说："慢，阿雪给你留了封信。"

他从鸨母手中接过那封折叠成鹤形的信，颤抖着展开。借着暗淡的灯光，他看见信笺上歪歪斜斜地写着一行汉字：达夫，不要找我了。

7

东京成了郁达夫的伤心地，他想离开它了。这天他叫了孙大可陪他去了田中蝶如家，三个人一起饮酒浇愁。他不时地操起酒壶自酌，很快就喝得脸红脑涨了。当他再次斟酒时，田中蝶如拿掉了他的酒盅，劝道："达夫，你不能再喝了！你情绪不好，喝多了伤身！隆子要去，就让她去吧，她也是为你着想，不想连累你呢。今后，你把她放在心底，作一个永恒的纪念罢！隆子有你这么一个痴心情人，她也该知足了！"

郁达夫喃喃地："可是我……我总觉得对不起她，更对不起家里那一个呢……来，田中兄，大可，我们都满上，喝最后一盅，好吗？这最后一盅，就算我的辞行酒吧！"

"辞行？你要去哪？"

郁达夫苦笑："放心吧，达夫不会去金阁寺削发为僧的。我心即佛，佛即我心。我要回国了！"

"回国？"

郁达夫点了点头。郭沫若回上海两个多月了，但筹办创造季刊的事，还没理出个头绪来。郭沫若为此已身心疲惫，课程又中断已久,再不继续学业,就难以拿到文凭,以后就难以找到工作安身立命了。加上他夫人安娜和孩子都在日本,所以想让郁达夫回上海接替他主持编务。虽然郁达夫的学业也没完,但只能先放在一边了。孙大可怕郁达夫势单力薄,也要求与他同去,给他当助手。

"这样也好,换换空气对你有好处……达夫,你不会不来了吧?"田中蝶如问。

"来还是会来的,留学经年,不拿到帝国大学的学位,岂不功亏一篑?只是,即使人来,心也会留在故国的了!"郁达夫举起酒盅,"来,后会有期,干!"

几天之后,郁达夫就和孙大可来到神户,登上了回上海的海轮。轮船徐徐离港时,郁达夫站立船头,手扶栏杆,眺望移动着的日本海岸,不禁喃喃自语:"日本呀日本,我去了,若非不得已,我是死也不到你这里来了,但是我若是受了故国社会的压迫,不得不自辱的时候,最后浮上我的脑子里来的,怕就是你这个岛国呢!"

第七章

创 造

1

孙荃立在院门前,举手加额,眺望远方。阳光透过樟树的枝叶,映在她的脸上,让她不得不眯起了眼睛。她的面容是沉静的,而内心却不同寻常地翻涌着激动的情绪。她眺望一会,就从口袋里掏出一份电报看一看。那是离别一年有余的丈夫从杭州发来的。郁达夫告诉她,今天他要回家。这一年多来,她在院门前不知眺望过多少回了,等的就是这一天。母亲说他一般都是搭船回,但她想他要是万一搭汽车呢?她不想错过在这儿迎接他的机会。

太阳已经西斜了,她的脖子也有些酸了,但她仍站在那里,坐都不敢坐一下。热风拂过她的身体,她的月白色上衣飘然欲飞。一中年妇女提着水桶路过,问:"郁三嫂,望什么呢?"

她答道:"望风景呢。"

中年妇女笑道:"只怕是望人吧?"

她脸红了红,笑而不语。

中年妇女说:"要不要我代你唱支歌呵?"

"唱什么歌啊?"

"唱《十月望郎》啊!歌唱得好,郎就归得快些呢!"

她腼腆地扭过脸:"才不要你唱呢!"

"晓得你不要我唱,我唱算什么呀,你心里不知唱了多少回吧?所以呵,他今天就要回了,恭喜你呵,嘻嘻嘻……"中年妇女说着就下河里去了。

她继续着她的眺望,良久,才揉揉有些发酸的腿,坐到一块石头上。她身子笔直,一动不动,久久地凝望,蝉儿在四周鸣叫不已……太阳越来越低了,她的眉头因焦急而微微皱了起来。

突然,她的心一阵猛跳动:远处出现了一个人影,它越来越近,越来越清晰,也越来越熟悉。它很快就与她想念中的人重叠了,于是,悄然的,她的心莫名地平静下来了。她用一只手轻轻地捂住胸口,站起身子,向前走了两步,又停了下来,微微地笑着,直视着他。当他来到她面前时,她稍稍地红了一下脸,轻声说:"你回来了?"

"嗯。"他点点头,看了看四周。

"一路上还顺利吧?"她接过他手中的旅行袋。

"嗯,挺顺利的,"郁达夫觑觑她的脸,"收到我的电报了吧?"

"收到了,早上妈还听到喜鹊叫了呢。"她点头,很温顺地。两人相跟着往院门口走。

"你还好吗?"他问。

"我挺好的,"孙荃说,回头观察一下他的脸,"你还好吧?好像比以前更瘦了。"

"哦,我的胃总是有点小毛病。"

"怕是水土不服,在家好好调养调养吧。"

"乍一回国,事务繁多,怕是没时间调养,不过暂时不会回日本了,所以身体会好起来的。"

"那就好……"

他们到了院门前。她冲院内叫道:"妈,达夫回来了!"

母亲颠着小步跑出来,笑逐颜开:"哟,真的来了呢!"

他抓住母亲的手:"妈!您好吗?"

"好、好,你回来了,妈就更好了!"

"妈,您的白头发又多了!"他看了看母亲的头发。

"这都是想抱孙子想的,等我抱上孙子了,白头发就会转青呢!"

他下意识地瞥她一眼,她敏感地垂下了头。母亲牵起儿子的手往院里走:"快进屋,我们娘俩好好聊聊!"娘俩就快步进屋去了。她一时没有动,提着丈夫的袋子,默默地站在原地,一丝落寞的神情滑过她清瘦的面庞。正是酷暑季节,她却感到有浸人的凉意从地上的石板里弥散出来。

2

晚饭后,孙荃打了一盆热水端进卧室,将它放在洗脸架上。然后她在桌前坐下,静静地等着郁达夫上楼来。她撑着腮部聆听着,楼下隐约传来郁达夫与母亲的喁喁谈话声。眼看着天渐渐黑下来了,她不自觉地发出一声轻微的叹息……

终于,楼梯上响起了郁达夫的脚步声。她立即将身子坐端正些,有些紧张地望着门。脚步越来越近,孙荃的脸也越来越红。那心情,竟有些像做新娘子那会一样了。

郁达夫一进门,她连忙起身到洗脸架前,将毛巾浸湿拧干,递给他："擦把脸吧。""嗯，"郁达夫擦完脸，将毛巾还给她。她晾好毛巾，轻声地："你一路辛苦了，好生歇息歇息吧。"他点头："好的。"说着走到床边，在床沿上坐下。

孙荃重新在桌前坐下，垂头不语。不知为何，她对他有种陌生感。本来是有好多话要和他说的，此时却一句也想不起来了。

郁达夫看看她，闷声道："你……不过来陪我坐坐？"

她脸一红，遂缓步过来，坐在郁达夫身边。郁达夫搂住她的肩，她一动不动，没有一点亲昵动作。郁达夫瞟她一眼，叹息一声，微闭双眼……她不知他为何叹息。俄顷，她听见他轻声问："还写诗么？"

她点点头："偶尔写写，以排遣寂寞。"

"屋里屋外，让你操心了。"

"这都是一个媳妇应当做的事。"她说。

"嫁了我，离多聚少，不后悔吗？"

"从没想过这两个字。"

郁达夫又叹息一声，将脸在她头上贴了一下。她犹豫一下，才抓过郁达夫的一只手，轻轻抚弄着，摩挲着……这时她发现，他无名指上的戒指不见了。他不安地把手抽了回去。她问："我送你的钻戒呢？"

"噢，我……没戴。"

"为什么不戴着？"

"我忘了。"

"是不是……丢了？"

"是丢了……"

"可惜了，是祖母传给我的呢。"

"对不起……"

她把脸贴到丈夫胸脯上:"不要紧,你不要太在意,再珍贵也不过一枚戒指罢了,丢了就丢了,只要人没丢就行!"

他愧疚地搂紧了她,两人缓缓后仰,倒在了床上。他们不再说话。像突然受到了点拨,他们迫不及待地爱抚起来。此时此刻,动作可以代表许多的语言。陌生感悄然消失,两个人的身体像是两团互相燃烧的火。

待到从激情的高峰滑落,两人都平静下来,她才发现,他的内衣都已湿透了。她殷勤地替他换了衣服,轻声问:"这次回来,暂时不回日本了?"

"嗯,除了明年要去参加毕业考试,可能就不再去了。我和一帮文学同道到上海编书办杂志,想在文学上干出一番名堂来。"他慵懒地说。

"那太好了,上海到富阳也不是太远,你要是想家,随时可以回来。"

他沉吟片刻说:"从今往后,我很可能以文学为业了。在外漂泊求学这么多年,我也到了这一把年纪,也该承担起养家糊口的责任了!"

"以文学为业,收益如何?"

"不知道,或许可以安身立命,或许连糊口都不能,就看自己做得好不好了,谋事在人,成事在天……不过,这是我唯一喜欢做、愿意做的事。"

"既是你喜欢做的事,那就先不用管别的,去做你的好了!"

他搂搂她:"谢谢,难得你如此理解我!"

"我是你妻子,我不理解你谁理解你呵?"

"那不见得,世上许多事情,往往最难理解你的,恰恰就是身边的人。"

"反正我理解你，也相信你。你一定会成功的，放心大胆去做吧！"她说。

3

泰东书局编译所位于上海马霍路福德里，是一所两楼两底的旧式弄堂房子。

郁达夫和孙大可作为编辑，都寄居在这里。孙大可住在楼上，郁达夫则住在外间的堂屋，既是住处又是工作间，四周堆满了旧书和杂志，零乱不堪。他的床铺一侧是窗户，窗外是通往楼上的木楼梯。堂屋又是没有门的，人们进进出出，上上下下，嘈杂得很。最讨厌的是楼上住着一个叫王友德的编辑，时不时地要拉手风琴，吵得人不得安生，无奈之时，郁达夫只好找来一条长毛巾缠在头上，捂住耳朵。拉手风琴还好点，郁达夫就怕他在楼上朗读洋泾浜英文，让人哭笑不得！这比拉琴更影响他的思维，分散他的注意力，真是厌烦之极！

在如此糟糕的环境中，他们艰苦地工作着，经过半个月的努力，办刊的事终于有了进展。就连远在日本的郭沫若，也在《时事新报》上看到创造季刊的出版预告，赶紧给郁达夫写了信。郭沫若在信中说："我在上海逗留了四、五个月，不曾弄出一点眉目来，你不到两礼拜，便使我们的杂志有了诞生的希望，你的自信力真比我坚确得多呢！"

郁达夫将信给孙大可看，孙大可说："这事，不光沫若高兴，田汉、仿吾他们也一定兴高采烈的！"

可是郁达夫微皱眉头："可现在想来，我写的预告词，似乎有一点点不妥。"

"我看不出有什么不妥呵？"孙大可说。

"我说,'自文化运动发生后,我国文艺为一二偶像所垄断,以致艺术之新兴气运,渐灭将尽,创造社同人奋然兴起打破社会因袭,主张艺术独立,愿与天下之无名作家,共兴起而造成中国未来之国民文学。'为一二偶像所垄断'不过是我的一种感觉,并无具体所指,就怕别人产生误会,对号入座啊!"

"达夫,我看你不必多虑。你的感觉和判断并没有错,也是一家之言嘛!谁愿意对号,就让他入座好了!创造社横空出世,就要旗帜鲜明,闹点风波也不怕,我们的旗子刚刚展开,正需要风来吹它呢!"孙大可道。

"嗯,有道理。"郁达夫思忖道,"现在旗子是打出来了,要是名不符实,就会遭人耻笑。所以我反复考虑,创刊号没有长篇小说,分量是不是有点不够?"

孙大可点头:"我也有同感。"

郁达夫拿出一叠文稿:"我正在写一部叫《茫茫夜》的长篇小说,把它编进去是比较合适的,可要是等我写完的话,出刊日期就只能拖后了。"

孙大可眼一亮:"那太好了!现在缺的就是重头稿!为等《茫茫夜》,就是延期出刊也值啊!创刊号嘛,就是要不鸣则已,一鸣惊人,我看就这么定了吧。出刊之前,我们可以先出创造丛书!"

"好!创造丛书第一种,就编沫若兄的新诗《女神》。"郁达夫说。

"接下来就可编你的小说集,将《沉沦》、《银灰色的死》和《南迁》都收进来。"孙大可说。

"嗯,可以,书名就叫《沉沦》。"

孙大可兴奋地:"我们一定要尽快出版,这样,新文学运动以来的第一部新诗集和第一部白话小说集，都是我们创造社推出的，出手就不凡，就夺它个头彩！"

不久，郭沫若的新诗《女神》即告问世，在中国文坛引起了巨大轰动。接着，郁达夫的《沉沦》也出版了，也同样造成了极大轰动，书局接连印了十余版，发行量达三万多册。许许多多的读书人，一时被郁达夫这个不见经传的名字震住了。这样一本作品，也注定了各种毁誉褒贬纷至沓来。若干年后，郭沫若这样评论他当年的朋友："他的清新的笔调，在中国的枯槁的社会里面好像吹来了一股春风，立刻吹醒了当时的无数青年的心。他那大胆的自我暴露对于深藏在千年万年的背甲里面的士大夫的虚伪完全是一种暴风雨式的闪击，把一些假道学才子们震惊得至于狂怒了。"

作为一个写作者来说，最大的欣慰莫过于读者的认可了。这天，郁达夫拉着孙大可走到上海街头，一家一家地逛书店，了解销售情况。好几家书店都脱销了，这让郁达夫兴奋不已。后来他们到了虹口一家德国人开的书店，只见一群青年男女围着卖书的德国姑娘，七嘴八舌地询问：

"真的没有了吗？"

"才出的新书，怎么就卖完了呢？"

"仓库里还有没有啊？"

德国姑娘耐心地解释着："对不起，你们来晚了，刚刚卖完，我们马上会进货的！"

郁达夫和孙大可站在这些人身后，饶有兴趣地聆听，不由对视一笑。

德国姑娘瞥见郁达夫，眨眨眼笑道："郁先生，这都怪你，让我应接不暇了！你来得正好，快帮我解围吧！"

郁达夫不无得意地一笑，问那些青年人："看你们一个个风尘仆仆的样子，都是从哪来的呵？"众青年七嘴八舌，有人说是镇江来的，也有人说是苏州人，赶早班车来的。都想来上海买一本《沉沦》，没想到上海书店也卖完了。

德国姑娘笑道："你们想看《沉沦》，就找他要吧！他就是《沉沦》的作者郁达夫先生！"

众人一愣，狐疑地打量郁达夫。

一男青年疑惑地："您，真的是郁达夫？"

郁达夫微笑："怎么，不像吗？"

男青年腼腆地："郁先生笔下的人物都是忧郁而伤感的，没想到您本人这么爽快开朗，平易近人……我们，真是有眼不识泰山呐！"

孙大可笑道："嘿嘿，你们想象中的郁达夫，还有点浪漫、有点颓废吧？"

男青年诚挚地："是有那么一点吧，不过我们都觉得作者是个真诚的人，是个可互相倾诉、互相怜悯的朋友。我们可以从郁先生的作品中发现自己的心跳和脉动呢！"

郁达夫欣慰地点头："谢谢，谢谢你这么认为，你们才是我真正的知音！呵，这样吧，从这里出门往右拐，过去三百来米，那儿有家书店还有《沉沦》卖，我们刚从那儿过来。我身上还带有一本，就送给你们哪位，作个纪念吧！"

几个青年伸出手，异口同声："送给我吧郁先生！"

"我看我们男生就讲点绅士风度好么？"郁达夫指指一个女青年，"就送给这位女生吧！"

女青年高兴地跳了起来："太好了！"

郁达夫从皮包里掏出一本《沉沦》，签上名，递给女青年。

女青年喜不自禁,深深地鞠一躬:"谢谢郁先生!"

郁达夫诚挚地说:"你们对《沉沦》的喜爱是对我最大的鼓舞,以后希望多听到你们的意见。目下中国,还很少像我这样写小说的,我的小说很伤感,我希望你们体味到这种伤感之美,却不希望你们的人生一味伤感,正如我这本小说的名字叫《沉沦》,却并不希望你们的心灵也沉沦,恰恰相反,我希望所有苦闷、压抑、呻吟着的灵魂都在挣扎和反抗中勇敢地上升!"

4

有一本《沉沦》流传到了杭州的一个少女手中,这个少女四年后将被此书作者狂热地追求,并且成为他的妻子。当然这都是后话,当少女读着此书时,她还对命运的安排一无所知。她只是一味地沉浸在小说所展开的画面和所散发的意味之中。

这是杭州名士王二南的府上,曲径回廊,一池残荷。少女王映霞面池端坐,背倚廊柱,聚精会神地翻阅着那本印制素朴的小书。她不时地合拢书,作沉思状,她的面庞美丽纯洁,只是少年老成的神情与年龄显得不和谐。

她的背后,回廊的尽头,她未来的另一个追求者许绍棣,陪着白须髯髯的王二南款款走来,边走边聊。她对那些谈话充耳不闻。

"为吾省教育兴盛,许科长亲临寒舍,礼贤下士,广纳良策,是杭州教育界多年未有的事,王某实在感佩不已啊!"王二南说。

许绍棣谦逊地说:"先生既是教育界的老前辈,又是家父世交,绍棣早该登门拜访求教的,只因公务繁忙,才延宕至今,惭愧、惭愧啊!绍棣才疏学浅,又年轻没有经验,管理教育深感吃力,以后还请先生多多指教!"

王二南感慨地："新文化运动兴起，打倒这个，扫除那个，老观念成众矢之的，新青年开潮流之先，除旧布新是自然之规律，好是好事，只是像许科长这样的谦逊青年，是愈来愈少了！"

"先生过奖了！"

两人不觉走到了王映霞跟前。她仍沉迷于书中，对来人懵然不知。王二南觑觑她，脸上浮出慈祥的笑容。许绍棣轻声问："这位小姐是？"

王二南捋捋白须："噢，我的掌上明珠，孙女王映霞。"

许绍棣赞叹："到底是有家风熏陶，两耳不闻窗外事，一心只读圣贤书啊！"

王二南摇头道："你呀，夸错她了！读书有这么上心就好了，她这是在读闲书呢！也是在赶新文化的风气吧，特别迷新近的白话小说，几乎都到了废寝忘食的地步！"

许绍棣笑道："可以理解，年轻人嘛，喜欢新事物，新文学正对他们的心思！"

王二南走近王映霞，轻轻拍拍她的肩："映霞。"

王映霞一跳而起，满脸通红，嗔道："祖父，看你，吓我一大跳！"

王二南笑呵呵地："你呀，迷小说迷成什么样了！来，见过许科长！"

王映霞抱着书向许绍棣鞠一躬："许科长好！"

许绍棣颔首："小姐好！如此专心致志，什么书让小姐这样着迷啊？"

王映霞微微一笑，亮出书的封面。

"噢，这么巧！"许绍棣惊讶道。

"是不是许科长正在看这本书？"

"比这更巧呢，这本书的作者是我的同学。"

"是嘛？"王映霞惊奇地睁大眼。

"是啊，他就是富阳人，他小说里的事都跟他的经历有关。"

王映霞向往地："是嘛？真是奇妙啊，什么样的经历才能写成这样的小说？许科长，你看了吗？你觉得小说好不好？"

"我看过了，因为许多学校反映，学生中流行这本书，所以我还看得很仔细。它确实受到许多年轻人的欢迎，不过，我觉得对它而言，不能用好与不好来评价，只能说对具体的人合适不合适……不知小姐芳龄几许？"

"我十六了，这跟年龄有什么关系？"

"我觉得，读这本书，你还小了点，不太合适。"

"奇怪，读书还有年龄之分，"她转向王二南，"祖父，您可没说过《四书》、《五经》不合适我读呵，那些书读得我头发麻，我才不喜欢读呢！"

王二南笑道："那不是祖父娇惯你嘛！再说祖父比较开明，总以为兼收并蓄对你有好处，不过，许科长是专管教育的，又是他同学写的书，既然他说不合适，总是有道理的，可能你这样的年纪还不能理解作者的意旨吧？那你就过两年再看好了。"

王映霞一噘嘴："我才不呢，我不小了，我想看就看！"说罢一转身，抱着书走了。

"呵呵，我这孙女，娇惯了，许科长莫见怪啊！"王二南说。

"哪里哪里，小姐聪明伶俐，天真活泼，很可爱呢！"许绍棣说着深深地看了远去的王映霞一眼。也许就是这一眼埋下了不安分的种子，才使得后来生长出许多的故事来？没人知道，王映霞不知道，许绍棣自己也不知道，至于另一个当事人郁达夫，就更不知道了。

5

《沉沦》招致了许多"正人君子"的谩骂和攻击,其中也包括远在北京的吴若愚。他在《国粹报》上发表了一篇题为《郁达夫:一个反道德的写作者》的文章。这天,孙大可将报纸拿给郁达夫,他看都懒得看一眼就丢在桌上。吴若愚这样一个道貌岸然的封建遗老,视《沉沦》如洪水猛兽,是一点也不奇怪的。

郁达夫问孙大可:"你仔细看了?"

"浏览了一遍,就闻到一股刺鼻的陈腐味。没有分析,不讲文理,什么'诲淫杰作',什么'道德叛徒',什么'毒害青年,败坏文坛',通篇是人身攻击和谩骂之词。我看,达夫,你得写篇文章反击他一下!"孙大可说。

郁达夫淡然一笑:"这种文章无异于泼妇骂街,懒得理他,还写什么反击文章?随它去吧,你越反击,他越起劲,正中他的下怀呢!"

"嗯,有道理,"孙大可点点头,又说,"哎,更好笑的是,我们头上这位王大编辑,居然也写了一篇评《沉沦》的文章呢!"

郁达夫十分诧异:"是吗?他还会写文艺评论?"

"呸,评论个屁,我看了一下,几乎全篇都是抄的吴若愚的文章,就发表在今天的《沪上新闻》上。"

郁达夫笑了:"这倒有趣,你帮助我找来看看,我倒要见识一下这个王友德无德到什么程度!"

"好的,"孙大可朝楼上望了一下,"哎,今天怎没听他拉手风琴,也没听他读洋泾浜英语?"

郁达夫揶揄道:"人家写文章去了嘛!"

下午,两人各夹一个皮包在腋下,去印刷所看书样,边走边聊。

"吴若愚这类人的咒骂不足道，甚至一些人身攻击我也可以不介意，唯独来自朋友和同道的误读和攻击却令人沮丧……"郁达夫说。

"是啊，没想到一些被称为新文化运动的干将的人也看不惯《沉沦》……其实想来也不奇怪，中国小说还没有过这样的写法。还记得在日本，你刚写出来征求几个同学意见的事吗？连留学生都不顺眼，何况国内的人了。木秀于林，风必摧之啊！"孙大可说。

"其实，《沉沦》有什么大逆不道的呢？它不过就是一颗被压制的灵魂，想发几声呻吟，作一番挣扎而已！"郁达夫说。

"达夫，你放心吧，我觉得，时间会对它作出正面的评判的！"

到了十字路口，两人不约而同驻足不前。王友德挽着一个洋妞神气十足地从对面走过来。待王友德到了近处，郁达夫眯眼一笑："王先生雅兴不浅呵！"

王友德取下嘴里叼的烟："是的，有时间做一些国际文化交流，不好吗？至少，要比躲在被窝里苦闷颓废要好得多吧？嘿嘿，郁先生，看了你的大作我如鲠在喉，不吐不快，写了一些文字，不知你看过没有，有何想法？"

"看了看了，真是不看不知道，一看吓一跳哇！我还一直不知道，先生除了折腾手风琴和洋泾浜英语外，还会评点小说呐！可惜的是，你那些高尚的文字，谩骂有余，理由却不够！而且，连骂人都要拾人牙慧，靠抄袭成篇，我不能不为你脸红呢！"

王友德涨红了脸，提高腔调："你还好意思说理由，那些个丑事，有你这么写出来的吗？"

郁达夫说:"是啊,写出来了,就扯掉了道德的遮羞布,让你们不好装假了!因为主人公要比你们苦闷得多、真诚得多、也善意得多!你们是不会有苦闷、有真诚、也不会有善意的,特别是在对待新文学的时候!主人公放浪形骸是为饮鸩止渴,而你们道貌岸然的后面正是见不得人的欲望,良莠之分一眼便知!"

王友德厉声叫道:"诡辩!"

郁达夫不慌不忙:"就算我是诡辩,也比睁眼说瞎话好!你可以不喜欢《沉沦》,不过我提醒你呵,你这几天的打扮可有点模仿《沉沦》的主人公呢!你可不要学他的皮毛,把自己弄成一个不伦不类的人物哟!"

王友德一时张口结舌。一旁看热闹的洋妞鼓起掌来,结结巴巴地用汉语说:"哇,说得真好,真正好!您就是郁达夫先生?幸会!幸会!"

洋妞伸出手来要与郁达夫握手,王友德恼羞成怒,一把将她拽了过去,转身就走。郁达夫与孙大可对视一眼,哈哈大笑起来。

6

创造丛书引起了轰动,《创造》季刊创刊号也出来了,可这并不能解除郁达夫他们的经济困境。他们编书出杂志,书局只提供食宿,不发一分钱薪水。孙大可家境不好,弟妹一大帮,家里指望他赚点钱养家糊口,一天家里来信说父亲病重,他就匆匆赶回杭州乡下去了,一时只怕是回来不了。郁达夫既孤单,又忧郁,他家里的情况也比孙大可好不了多少。孙荃已经怀孕。而他年近三十,家已成,业未立,生活还要依靠母亲摆摊和两个哥哥接济,多一张嘴就多一份开销,得知她有孕的那一刹那,他喜忧交加,真不知说什么好。

幸好此时郭沫若从日本赶来上海了。老友相见,自是十分亲热。郭沫若握住郁达夫的手直摇:"真是辛苦你了!你看你,好像又瘦了呢!"

郁达夫说:"瘦倒没关系,就是'创造'创刊号迟至五月才出刊,罪都在我,我心不安呐!"

郭沫若连连摆手:"哪里哪里,达夫言重了!鼎力出刊,功劳显著,何罪之有?单是《茫茫夜》一篇,就是拍案惊奇的大文字了!为等你写它出来,延期几个月也是值得的!"

"有读者来信,说它文体太松,叙事散漫得很,这一个批评是我心服的。"

"嗯,我也有同感,不过,毕竟瑕不掩瑜嘛!达夫,'创造'二期的稿子就由我来编吧,你也该稍许松懈一下了!"

"行啊!"郁达夫想想说,"也不知创刊号销得如何,过两天,我们去问问赵南公吧!"

"好,我们不仅要了解读者的反应,也要对资本家榨取了我们多少剩余价值心里有数!"

这天晚上,他们就来到赵公南府上。那赵南公歪在椅子上抽鸦片,对他们不冷不热的。当听说《创造》创刊号只销了几百本时,郭沫若与郁达夫相对无言,面色凝重。赵南公瞟瞟他们,笑道:"哎,看你们如丧考妣的样子,我都不急,你们急什么?经营风险都由我担着,销多销少与你们有什么关系?"郁达夫说:"怎没关系?销得好不仅你多赚钱,还说明我们的刊物编得好,有前景。如果没有销路,你赚得不多或者有了亏损,我想你赵老板就会打退堂鼓了吧?而我们,无论如何是不愿半途而废的!"赵南公咧嘴一笑:"呵呵,到底是帝国大学经济系毕业生,有点头脑！不过，目前的销售还不算太坏，慢慢来吧。你们不要过于担心，等以后情况好转，盈了利，我是会考虑给你们发薪水的，利益均沾嘛！眼下有什么困难，就跟我说，啊？我对你们文化人，是历来很看重的！"郭沫若说："希望赵老板言而有信哟！也但愿赵老板经营有方，财源广进，这样于大家都好！"赵南公说："借郭先生吉言，我们大家共同努力吧！"

话说到此，也不想多待，他们就起身告辞了。出得门外，郁达夫忍不住低声咒了一句："这只老狐狸！"

他们在灯红酒绿的街头漫步徐行，郁郁寡欢。《神女》和《沉沦》带来的喜悦似乎被销蚀一空了。郁达夫忧心忡忡道："沫若，寄人篱下，入不敷出，长此以往，不是办法啊！"

郭沫若点头："是啊！"

郁达夫说："我们不仅没领过薪水，而且在他这里出的书也没拿过稿费，更没跟他计算过版税，他钱袋子里都是我们的心血！我们成了他的摇钱树，却还要等待他的施舍！这日子，如何能过下去？"

"当初我们太书生气了，羞于谈金钱，又因办刊心切，怕一谈及薪水版税之类会伤和气，他会拒绝给我们出刊出书。现在看来，我们考虑不周，当初应当与他签个合同的。"

"要是能自己经营就好了。"

"谈何容易，我们又没经营的经验，再说哪来的本钱啊？你我的生活费都还要靠家里资助！"

郁达夫摆手："别说这个了，一提这个我就觉得无地自容！"

"唔，我跟你一样，人同此心，心同此理啊。每回收到家里汇来的钱，心里就不是滋味！可是有什么办法呢？既然选择了当文人，就要准备过贫困潦倒的生活！"

"生活贫困不要紧，只怕丧失自尊！"

"虽然我们穷，我们没有权势，没有富贵，可我们过的是有尊严、有创造力的生活！我们走在这条遍布荆棘的路上，是为了开辟一片文化的新天地！在精神上，我们是百万富翁呢！"

郁达夫受了感染，笑道："沫若兄，难得你一直都有诗人的热情，让人不至于消沉！"

"呵呵，我就是要用热情之火烤一烤你的心，为你驱散世俗的寒冷！"郭沫若一挥手，"走，我请你喝绍兴花雕去！何以解忧，除了文学，还有杜康，嘀嘀，还有杜康啊！"

7

在酒馆，郭沫若提议为《女神》和《沉沦》的惊世骇俗而干杯。郁达夫把酒干了，却说《沉沦》不能与《女神》相比，文坛上下，《女神》几乎是一片赞美之词，而《沉沦》却是毁誉参半。

郭沫若抹一下嘴边的酒液说："这个你不必介意，仁者见仁，智者见智，有价值才会有争论，有争论才会有影响呐！"

郁达夫抿一口酒，道："我有个想法，趁《女神》出版周年之际，开个纪念会，把文学研究会的人也请来，大家撇开宗派之见，畅谈文学，融洽感情，岂不是件美事？"

"要得要得，是件美事！"

"历朝历代，文人都是统治者的下酒菜，文字狱的受害者，如果还意气用事，为一些鸡毛蒜皮搞内部讧斗，实在是没意思。'文人相轻'早该改作'文人相亲'了。"

郭沫若说："有道理，有些笔仗，确实没必要打。"

杜康似乎真能解忧，两人喝着喝着高兴起来，一连干了数杯，一直喝得醉醺醺了，才互相搀扶着出了酒馆。这个时候夜已深了，郁达夫却毫无睡意，红着眼说："沫若，刚才你注意到堂倌的眼神没有？"

"我呀，见到酒就见不到别的了，还管他谁的眼神不眼神呢！"郭沫若说。

"我可一点一滴都看在眼里了！刚进门时，瞟见我这身旧衫子，他不理不睬，傲慢无礼，及至你点了好酒，又掏钱付账，他才毕恭毕敬把你当老爷！这就是奴才相，这就是国民性啊！真是可怜、可悲、又可笑！"

"对头！可怜！可悲！可笑！我们就是要用笔尖子，把这种奴性从国民精神里剔出去！"

郁达夫放眼四望，感慨地："你看看这个灯红酒绿的不夜城，这个声色犬马的销金窟！表面上它是那么繁华，那么欢乐，什么悲伤忧愁全都没有踪影，可是这背后是什么呢？置身其中，我却感到，我们像耻食周粟的伯夷与叔齐，待在荒凉的首阳山上，坐以待毙呢！"

郭沫若手舞足蹈："是的，我是伯夷，你是叔齐，我们是孤竹君之二子呵！我们昂着高傲的头颅，蔑视空旷的天地！呵，我们难道真要在首阳山上饿死吗？饿死就饿死，饿死我们也要坚持下去！"

两人骂骂咧咧，踉跄前行。到了租界，马路上出现了三三两两的洋人。一辆洋人开的敞篷轿车迎面驶来，郁达夫突然冲到马路中央指着汽车大骂："你们这些帝国主义猪猡！这里是中国，给我滚回你们自己国家去！滚！滚！都给我滚吧！"

郭沫若急忙冲过去，拉了郁达夫一把。

汽车擦着郁达夫一闪而过，车上的人挥手骂着什么。

郭沫若惊得直擦汗："好险！达夫，你真的喝醉了！"

"我没醉！我清醒得很呢！哈哈，汽车被我吓跑了，洋人也被我骂走了！我好开心，好开心，哈哈哈哈……！"他狂笑不止，似乎特别高兴，一滴泪却不知不觉地从他眼角爬了下来。

8

发生了一件不大不小的事，使得郁达夫在上海的生活难以为继：他皮包中的一百多元钱被人偷走了。郁达夫气得一脸铁青，一连两天不想说话。钱虽数目不大，可对于没有一分钱薪水的他来说，是个不小的损失。他已经没有脸面再向家里要钱，也不想再厚着脸皮借债了。他只能暂时离开创造社，去找一份谋生的工作。但是，他怎好意思跟沫若提出来呢？

这天他迎面碰上郭沫若，话到了嘴边，却又吞了下去。

郭沫若很敏感："达夫，有事？"

他面色窘迫，点了点头，舔舔嘴唇，犹豫半天才说："我的情况糟糕透了，身上的钱被人偷走了……有人给我介绍了一份薪水可观的工作，到安庆政法学校教书，我想带孙荃同去，我也该负起为夫为子的责任了。这个时候，我本不该离开，可……"

郭沫若马上打断他的话："你什么也不用说，收拾行装，立即就去，这儿有我顶着！"

"沫若……"

"放心去吧！留得青山在，不怕没柴烧！难道我真忍心让我们像伯夷和叔齐一样，饿死在首阳山上？我们死了，谁来创造新文学、照顾新文学啊，你说是不是？"郭沫若爽朗地说。

郁达夫无言以对，紧紧握住郭沫若的手，用力摇了摇。

第八章

困　境

1

　　1922年9月，郁达夫偕夫人孙荃再一次来到安庆政法学校任教。说是再一次，是因为一年之前，也是因为经济原因，他来此教过三个月书。安庆是安徽省治所在地，城里街面不宽，铺面挺多，十分的热闹。不过学校在北门外的百子桥，僻静得很。郁达夫在靠近学校的地方租了一处住房住了下来。每日他去教书，孙荃在家守着，做做家务，日子倒也过得平和安定。

　　听医生说，走动走动对分娩有好处，所以郁达夫时不时地陪孙荃到外面走一走。这天傍晚，一走就走到城里来了。孙荃好奇地四下顾盼，对那些觊觎她隆起的肚皮的目光视而不见。郁达夫则不一样，他的脚似乎充满了回忆，一走就走到了一个叫四牌楼的地方。他盯定一幢木楼的门，竟怔怔地不动了。

　　一年之前，那门上方是有个马口铁的招牌，牌子上是有着"鹿和班"三个红字的。一年之前的他，也总是那么苦闷寂寞，孤立无援的。所以，他就和鹿和班里一位叫海棠的妓女有了交往。他们互相给予了不少的安慰。有一回他正在与海棠聊天,隔壁突然失火,还是他帮着海棠将屋里的东西抢救出来的。离开安庆去日本参加帝国大学的毕业考试时,他还写了《将之日本别海棠》三首诗。诗里说:"海国秋寒卿忆我,棠阴春浅我怜卿"。后来,他和海棠之间的来来往往,都陆陆续续地进入了他的小说,在小说里,海棠还叫海棠,他却不叫郁达夫了,而叫于质夫。当然,小说是小说,不完全是他所经所历。为不至于使人误解甚至诟病,他还特别声明过,说"并不是主人公的一举一动,完完全全是我过去的生活"。现在,他的小说风行一时,可海棠到哪去了呢?

他悄然一声叹息,转过身,挽着孙荃缓缓而行。他听见自己的脚清晰地磕击在青石板铺就的街道上,像是一声声的询问。

刚出城门,迎面遇上了校长。郁达夫把孙荃介绍给了校长,互相又寒暄了一番。校长说,能够请到他这位大作家来授课,是全校师生的荣幸,又说他的英文课非常受欢迎,好几个班都要求增加课时呢!郁达夫谦虚地说,他不过是尽力而为而已。校长瞟瞟孙荃,欲言又止:"不过……"

"不过什么?但说无妨。"郁达夫说。

"有些事,我想给你提个醒。"校长将他拉到一边说。

"什么事啊?"

"也没什么大事,就是你要注意与同事们搞好关系……你是名人,十分引人注目,如果不拘小节,容易招人非议。"

"我做错什么了吗?"郁达夫很疑惑。

校长摆手:"没有没有!我只是告诉你,这里不光有说不清道不明的派别之争,还有一股嫉贤妒能的风气,谁的才能突出就嫉恨谁,诋毁谁。所以,我觉得你谦虚一点、超脱一点最好,如果冲突起来，我这个代理校长也帮不了你，好多双眼睛都盯着我，想取而代之呢！"

"君子之交淡如水，各教各的课，我跟他们几乎没什么来往啊，怎么就得罪他们了？是不是有人向您说什么了？"

"无非是说你恃才傲物，态度傲慢之类，还有联系到你的小说的，说什么对学生影响不好。当然，都是无稽之谈，你不必太介意，心里有数就行了。你既是我同学介绍来的，能帮衬到你的时候，我自然会帮衬的！"

"嗯，谢谢校长提醒，我心里有数了！"他说，心不由往下沉。

校长走了，孙荃关切地问："什么事啊？"

"没什么事。"他闷闷地说，回头望了望安庆城内，感觉一团浓重的黑雾将他从头到脚地笼罩了。

2

"这个郁达夫，写了《沉沦》还不算，还要来一篇《茫茫夜》，还是以学校为背景的，那个主人公于质夫就是他自己吧？"

"当然啦！不是自己经过的事，他怎么写得出来？"

"这么说来他真的跟那个叫海棠的妓女有来往啰？啧啧，居然不知羞耻，还拿来张扬！"

"让这种人来教书，简直误人子弟！"

还没进门，郁达夫就听到了这些议论。他已经习以为常。拿他的小说作材料，来做谩骂他的文章，差不多是司空见惯的事了。他默默地跨进门，扫屋内一眼，议论声便戛然而止。他的那些同事们一个个转过背去，作认真办公状。

他懒得理他们，径直走到自己办公桌前坐下，一声不响地翻着讲义。校工送来了报纸，他便郁郁地读着那些味同嚼蜡的文字。他知道，那些人是不甘寂寞的，沉默只是暂时的，若是不非议一下别人，那些人的日子就不知怎么过。

果然，只安静了一会，就有人高声道："哎，胡适先生在《努力周报》上写了篇叫《骂人》的文章！新鲜，标题就叫骂人，不知道他想骂谁呢？"

又有人说："你们细看就知道了，说不定骂的就是你呢！"

"我可没有这个资格，我看我们这里有资格挨胡大博士骂的，只有郁先生吧？"

还有人附和："那是，那是！"

胡适的文章他早几天已看过了。但是，在这些人面前，他能说什么呢？他脸色发青，将报纸拍在桌上。

"怎么？郁先生，真的骂的是你？"

"怎不是他？胡博士抓住了郁先生一个小小的译笔错误，居然骂我们郁大作家'浅薄无聊而不自觉'，还说他不通英文，真是太盛气凌人！"

"如果郁先生不通英文，那怎么能来我们学校教学生呢？胡博士真是太不给面子了！"

他听不下去了，嘴唇哆嗦着道："简，简直是仗势欺人！"连他自己，也不知道这句话是在骂胡适还是骂身边的同事。他是愤怒的，也是怯懦的，他抓起皮包就转身出了门。走了好远，他还听得见那些人的窃笑声。

3

回到家时，孙荃腆着大肚子，懒懒地躺在床上看书。见他进门来，她连忙起身，去接他手中的皮包。他却轻轻一掌，将她推开，将皮包往桌上一扔。皮包在桌上颠了一下，掉到了地上。

孙荃忙将皮包从地上捡起。他闷声叫道："别动我的东西！"

她拍一下包上的灰尘，小心地放在桌上，怯怯地："你怎么了？"

他一屁股坐下："我怎么了？我还能怎么了？"

"是不是，遇到什么不顺心的事？"

"我还会遇到不顺心的事？我是大作家，名扬天下，所有的人都另眼相看，我能不顺心？连胡适这样的名人，都要抽空出来骂我几句，否则他就不名人了，我能不顺心？我屋里还有一个吃闲食的老婆在等着我，我能不顺心？我顺心得很呢，我简直顺心死了我！"他觉出了自己的乖戾，可还是忍不住要这样说。

"对不起，我不会说话。"

"哪里，诗都会写，还能不会说话，你会说得很呢！"

"你累了，我给你倒杯水。"

"我不要。"

孙荃还是倒了一杯水递给他。

他不接，瞪孙荃一眼："我说了不要，莫烦我行不行？"

孙荃把水放到桌上，委屈地："你烦我了是吗？"

"烦你？我敢烦你吗，你是孙家大小姐！我是烦我自己，我求求你，请你别理我好不好？"他说。

孙荃沉默片刻，说："我做饭去，你一定饿了。"

他硬邦邦地说："不饿，气都气饱了，我饿个屁！"

孙荃忍着泪，走入隔壁厨房去了。他侧身一瞧，见她坐在灶前，火光映红了她伤心的面庞，眼中泪盈盈欲坠。他烦躁地从皮包里拿出几张稿笺，溜了几眼，看不下去，随随便便地往桌上一扔，然后背起手，在屋里来回踱步。这时他听到了孙荃压抑的抽泣。他一愣，叹息一声，走到孙荃身边，轻轻地搂住她的肩膀："对不起，我心情不好。"

孙荃拿出手绢擦去泪花，止住抽泣，闷声说："我知道，我不怨你，我只是为你我伤心……我也为你的遭遇不平！"

"都是我不好！在社会上，我是一个怯懦的受难者，回到家里，却成了一个蛮不讲理的暴君……特别是现在，你身怀有孕，我更不应该将外面受的气转嫁到你身上……唉，可怜的女人，我连累你不少了！"

"不、不，我知道，是我拖累你了！如果没有我，你会轻松得多！看到你烦恼，我心里也十分难受，如果你在外面受的气能在我身上发泄掉，能够让你好受一些的话，我是宁愿受你的委屈的！"

"你真是一个逆来顺受的女人，你为什么不和我争执、吵闹？你为什么要这般恭顺？你这样子我反而愈发伤心，愈发承受不了，你知道么？"他抚着孙荃的脸，一时悲从心来，流下了一行热泪。

孙荃忙替他擦去泪水，轻言细语："我是你妻子，我不对你好，谁对你好？你在外面受的委屈，你不对我说，又对谁说去？你要是闷在心里，我会更加难受的！"

"别说了，你越说我心里越愧疚！"

"好，不说这些烦心事了，你帮我烧火，我来烧菜。"

她递给他一条板凳。他在灶边坐下，边烧火边说："我所遭受的种种磨难，我所身处的如此困境，不知究竟是婚姻的过错呢，还是社会的罪孽？如若是婚姻的原因，这问题倒还不难解决；若因是社会的不良，致使我得不到合适的职业，发挥不了一技之长，你不能过安乐的日子，因而酿成什么家庭悲剧的话，那我们的社会，就不能不作根本的改革了！"

忙着炒菜的孙荃瞟他一眼，缄默不语。她听出了他话中复杂的内涵，可是她能说什么呢？她是一个无法主宰自己命运的人。

吃饭的时候，两个人都已平静下来。她不时地给他夹菜，而他则劝她多吃，因为她一张嘴要管两个人。他瞟瞟她的大肚子说："你买点鸡蛋和奶粉回来吧。"她说："你别管，我会安排的……兜里数来数去就那么几个钱，我得事事兼顾。"他问："是不是，手头又有些拮据了？"她点点头："家里的事，你放心吧，我会安排好的。"

他便不言语了，边吃边拿出皮包里的报纸看了看，皱皱眉，又放下了。

"达夫，我有句话不知当不当说。"她瞅瞅他，忧心忡忡。

"你说。"

"那些大名人，别去招惹他，咱们招惹不起。"

"不是我要招惹别人，是别人要招惹我！"他苦笑道。

"为什么？"

"因为你丈夫现在也小有名气了，树大招风，你不惹人家，人家也会打上门来。"

"奇怪，难道他们就不想过安静日子？"

"你说对了，他们就是不想过安静日子，"他转念一想，又说："其实，我也是不想过安静日子，不然何以要写那些小说，要把自己的苦闷、愤怒和不满向世人展示出来呢？"

"不管如何，别人的闲话，你不用去理，权当耳边风好了，否则，你有生不完的气！"

"外面的世界你不懂，该理的我还得去理。总之，我的事你不要置喙好么？你越插嘴，我心里越烦。"

"我不想插嘴,只是不愿见你生闷气。"
"我的事,你帮不上忙的。"
"嗯,我知道了。"
"我呢,今后也尽量不把烦恼带回家里来。"
"嗯。"

4

天气越来越冷,孙荃的肚子越来越大,郁达夫的心情也越来越压抑。学校成了一个他越来越畏惧,又不得不去的地方。特别是那间教员办公室,简直就成了他的刑场,他的自尊心每天都在那受到刻薄语言的蹂躏。一到办公室门口,他就会下意识地板起脸,关闭自己的听觉,但这样做的结果,往往是他听到的议论更清晰,受到的伤害更锐利。

这天他爬上楼梯,碰到一个女学生,毕恭毕敬地请他在一本《沉沦》上签字。刚刚签完,就有同事在一旁冷眼相看,说郁大作家,有不少漂亮的女崇拜者了吧?他默默地盯那人一眼,蹔身进了办公室。

他在桌前埋头整理着教案。一些目光苍蝇一样落到了他身上。他的背十分的敏感,它可以感觉到一些眼神在传递。接着,一些阴险的话语如他所料在他背后鼓噪起来。

"鲁先生,昨晚打麻雀牌三缺一,到处找你都不见,干嘛去了?"

"昨晚我在鹿和班里陪海棠姑娘呢,哪有时间和你们玩那种低级游戏呀!"

"是吗?看来你读《茫茫夜》有了心得,要向于质夫学习啰?"

"当然啦,瞧,海棠姑娘还送我一条手帕,好香呢!"

"啧啧,还为人师表呢,别恶心了,让学生们看见,都向你学了!"

"嘿嘿,我还要像于质夫一样,有了性苦闷,就在自己脸上刺出血来,以求发泄呢!"

"那你试试,看你敢不敢?"

郁达夫一直忍着,他不想和他们正面冲突。但是那个刀条脸的同事显然不想放过他,将一根曲别针掰直,走到他跟前,拿针戳着脸,嬉皮笑脸地问:"郁先生,是不是这样呵?"

"哈哈,你算是找对师傅了!"几个教员哄笑起来。

郁达夫腾地站起,涨红了脸,气愤地瞪大了细长的双眼。

"嘿嘿,可是,为什么你刺得出血,我却刺不出来呢?"

"那是因为你脸皮太厚了!"他忍无可忍,冲着刀条脸吼叫一声,转身摔门而去。

他一只手撩起长衫,匆匆地走出校门,憋着一股气走到了自家门口,正好看见孙荃腆着大肚子进门。这个时候回家,她肯定有气受。倏忽间,他有了一种无处逃遁的感觉。他站了很久很久,终于一声长叹,回过头,往城里踟蹰而去。

他进了城,来到了他最喜欢的地方,酒馆。他独坐一隅,自斟自饮,慢慢地就有了些醉意。他眼里含着泪,举起酒杯,自言自语:"沫若,大可,你们怎么不来和我干一杯啊?你们不来,它就成了一杯苦酒呢!唉,苦也罢,甜也罢,我总得一个人把它喝了下去!"他仰头痛饮,酒液从嘴角溢了出来。

他总算没让自己喝醉,天色暗下来时,他踉踉跄跄地出了酒馆,却没有回家,而是往江边而去。他蹒跚着,来到一处高高的江岸上,俯瞰着滚滚东去的扬子江。夜幕四垂,四野空寂无人,惟江声浩荡。凛冽的寒风把他的头发吹得飘扬不止。他全身上下从里到外都一片冰凉。他突然就有了一种欲望，一种飞身纵下，投入江水中的欲望。这欲望是那样强烈，以至于让他的身体发出阵阵的颤抖。他理了理头发，向江边走近两步。但是恐惧蓦地攫住了他的心，他紧接着又后退了两步。

这时，风中掠过一声尖锐的呼叫："达夫——！"

他慢慢地转过身。他看见他的妻子满脸惊恐，披头散发地向他奔跑过来。她的头发扬起在风中像一面黑色的旗帜。她扑到他跟前，猛地抱住他："达夫！你可别做蠢事，你可别做蠢事，你可别想不开！你要走了你让我怎么办啊！"她喊着叫着，号啕大哭。

他抓住她两只肩，摇动着："你怎么跑到这儿来了？我有什么想不开的？再大的难处我也得想开啊！"

她仰起一张被泪水弄脏的脸："那你不是来做蠢事的？"

他摇摇头："想是想过，可仅仅是想想而已。我再蠢也不会蠢到跳扬子江！我晓得身上的责任！我不过是来散散心的。"

她似乎还不相信："你真的只是来散散心的？"

"放心吧，我也苦闷，也忧伤，也烦恼，也愤怒，但我不会因此向世俗投降，更不会跳江！我只是来散心，仅此而已！"他信誓旦旦地说，瞟一眼江水，倒吸了一口冷气。

"哦——"她长吁一口气，全身一软，瘫倒在地上。

他急忙抱起她："荃！你怎么了？"

她抚着腹部，满脸痛苦："我痛，我要生了，快送我去医院！"

他连忙搀起她，摇摇晃晃往前走……他身后的江声越来越大，像一只巨大的手掌推动着他。他的意识渐渐地模糊了。他不知是怎么走完那条坎坷的小道来到医院，也不知是如何将妻子送进产房的。他被漆黑的夜色所笼罩。后来他听到了一声嘹亮的婴啼，于是那夜色便被划破了，一缕金色的阳光洒在了他的心头。

5

郁达夫有了他的第一个儿子,他叫他龙儿。龙儿喜欢笑,他一逗龙儿就笑个不止,这让他享受到了难以言喻的天伦之乐。

"荃,你说,龙儿长大了,会做什么呢?"

"跟他爹一样当作家?"

"我不希望他像我一样到处漂泊,生活无着……当然,如果是做他喜欢的工作,那另当别论。"

"我相信,以后的日子会好起来的。"

"但愿如此。孩子出生了,花费就更大了,付清医院的钱后,家里所剩无几了吧?"

"这个你别担心,过两天,我爹就有一笔作贺礼的钱到了,还有你大哥,也有一笔钱寄来。"

"我这么大一把年纪,居然还要家人接济,这脸放哪里搁啊!"

"达夫,你不要这么想。"

"我能不这么想吗?你要处在我的位置,你会怎么想?我不能不想,不得不想,不想想也得想!"他懊恼极了。

她轻吁一口气,不吱声了,伸出手来,怜悯地抚着他的头发。

他将她的手拿下,转身趴在桌上写起来。他得多写点稿子,多卖点稿费,这是他唯一可以做的。

6

在最需要钱用的时候,郁达夫辞去了教职。

辞职的原因很简单:校长成了学校派系倾轧、利益冲突的牺牲品，有人把状告到省教育厅去了，而聘用郁达夫来教英文，竟也成了校长的罪状之一，结果就免了校长的职。如此一来，无论在道义上还是在感情上，郁达夫都觉得不能在这儿干了，于是愤然递交了辞职书。

其实在郁达夫的内心，早就想离开安庆了，这地方的空气令他窒息。

孙荃心里怨他过于意气用事，却又不好多说什么，只是问他："奶妈还请不请？"

"怎么不请？"

"钱呢？"

他烦躁地说："钱，钱，又是钱！没钱用了我去偷、去抢，好不好？"

孙荃怀里的龙儿受了惊吓，哭啼起来。她急忙哄着孩子，哀怨地瞥郁达夫一眼。龙儿越哭越响，郁达夫不胜烦恼，叫道："都是你！你们简直就是我的镣铐！连个孩子都带不好！你不会让他不哭吗？哭得我的头都要炸了！"

孙荃连忙走入厨房，轻声哄着龙儿："宝宝不哭，宝宝要乖些，再哭爸爸就要讨厌我们了……"龙儿总算止住了哭泣，泪水却从孙荃脸上淌了下来。

见妻儿哭作了一堆，郁达夫心里不是滋味，走了过去，拿出手绢替孙荃揩脸。孙荃夺过手绢，转过脸去，自己轻轻揩着。他不禁长叹一声："唉，贫贱夫妻百事哀！你莫计较我了，我说的都是气话！"

"是气话也是真话，是我们娘儿俩拖累你了。"

"别说了，你们是我的责任，我堂堂七尺男儿，如连这个责任都负不起，真是无地自容！"

"这不能全怨你……辞了职,没了薪水,怎么办?你是不是有什么打算?"

郁达夫想想说:"安庆有家新开的银行,大哥与经理熟识,已答应我去谋个职位。"

"不是说,银行受一个案子牵连,还开不了业吗?"

"再等等吧,如果真的开不了业……那我们就回富阳去。我就不相信,我一个日本帝国大学经济系毕业的留学生,回国来就找不到一份养活老婆孩子的工作!"

他们又等了半个月,那家银行还没有开业的迹象。他们不能再等了,越等口袋里的钱越少,再等就会困在这里了。于是,郁达夫买了去上海的船票,带着妻儿离开了泥淖似的安庆。

这是1923年2月间的事。

7

本来,郁达夫是要带着妻儿回富阳的,但一到了上海,他就走不动了。因为,他碰到了老友郭沫若和成仿吾。成仿吾是从长沙赶过来的,本来是他大哥介绍他到商务印书馆去做编辑的,不过,到上海后,他却不想去商务印书馆了,而想用全部精力去搞创造社;郭沫若本来也要带着安娜和三个孩子回四川,见仿吾有这么大的决心,也被他鼓舞了,所以也决定留下,在创造社大张旗鼓地干一番。他们极力挽留郁达夫,说:"为了文学,我们在一起过'笼城'生活吧,有事一起做,有饭一起吃,有酒一起喝,岂不快哉!"

这样的生活对郁达夫是有极大的诱惑力的,但是现在情况不一样了,他不但是一个丈夫,还是一个父亲。他很为难。不过孙荃不让他为难,主动提出带龙儿回富阳,而让他留下。孙荃说:

"这里有你的朋友，有你喜欢做的事，留在上海，你会过得快乐的。你不用担心我和龙儿，回富阳后，有母亲和二哥照应，也不用租房和请奶妈了，花费不是很大的。"

于是，郁达夫送走妻儿，自己留了下来。他们仍在泰东书局编译所办公，楼上的王友德编辑已经离去，无须再忍受他的手风琴和洋泾浜英语，所以清静多了。因为另租了住房，床铺已拆去，虽然三个人的办公桌挤在一起，也显得比过去宽敞整齐了。

他们除了继续办《创造》季刊外又增办了一份《创造周报》，每天写稿、审稿、发稿、初校、二校、三校、出版，周而复始，没完没了，一周里没个消停的时候。郭沫若戏言他们简直像成了文学的奴役。不过这奴役却是心甘情愿的，就如一个陷入情网的男子情愿受美丽女郎的奴役，他不觉其苦，反觉其甜。

有一件事让郁达夫非常高兴，胡适之先生给他写信来，针对骂他的那篇文章向他道歉了。胡博士在信里说："我很诚恳地希望你宽恕我那句'不通英文'的话，只当是一个好意的诤友无意中说的太过火了，如果不爱听这种笨拙的话，我很愿意借这封信向你们道歉……我尤其希望你们要明白我当初批评达夫的话里，丝毫没有忌刻或仇视的恶意。"既然鼎鼎大名的胡博士都已道歉，郁达夫当然也要"费厄泼赖"，有君子之风，他立即复了信，说但愿从此将误会消除。

还有一件好事，《中华新报》希望他们每天编一页文学副刊，编辑费每月一百元。郭沫若起初不太情愿，说好是好事，只是《中华新报》政治上的色彩不好。郁达夫却认为，编辑的权力在自己，它的色彩就沾染不到我们，反过来，我们的色彩要沾染它呢！并且有一百元编辑费，可以弥补一下开销。他们做了分工，郭沫若主管《创造周报》，郁达夫和成仿吾主要做日刊，日刊名

就叫《创造日》。郁达夫特地写了一个"创造日宣言",发表在创刊号上:

"我们想以纯粹的学理和严正的言论来批评文艺政治经济,我们更想以唯真唯美的精神来创作文学、介绍文学。现代中国的腐败的政治实际,与无聊的政党偏见,是我们所不能言、不屑言的。我们这一栏是世界人类共有的田园,无论任何人,只须有真诚的精神和美善的心意,都可以自由来开垦!"

8

他们的努力得到了回报,发行量逐期增加,特别是《创造周刊》,由于刊期短,尤其得到了读者的喜爱,最近一期竟达到了六千份。一天,郭沫若拉着郁达夫和成仿吾往各个门市部跑了一圈,发现许多店子里都脱销了。他们还听到一些读者的议论,说郭沫若拨动了他们的心弦,点燃了他们的热情之火,郁达夫则把他们心中的苦闷和愤懑无畏地叫了出来,对不合理的社会提出了控诉。三个人都为此非常兴奋,走在大街上,一个个都气宇轩昂的样子。郁达夫说:"沫若,还记得上次赵南公说《创造》销路不好,我俩借酒浇愁的事么?"

"哪能不记得?呵呵,我晓得,你酒兴又发了!今是个可喜可贺的日子,走,我们一起喝酒去!"郭沫若挽起郁达夫和成仿吾的手,"今天,我们找个高级饭店,好好地畅饮一番!"

他们兴致勃勃地来到东亚大饭店,向着那扇吞吐着西装革履的先生和浓妆艳抹的女士的玻璃旋转门走去。然而刚踏上台阶,郭沫若就停住了脚步,苦笑道:"这样的高级饭店进去了不知出得来么,大家检查检查,看口袋里还有多少东西吧。"三人便各自摸自己的口袋。郁达夫浑身上下摸了个遍,才掏出一个银元,尴尬地："我……只有一块钱了。"

郭沫若从口袋里翻出一些纸钞和硬币来，看一眼，数都懒得数，便又塞回口袋里去，叹口气道："看来，这不是我们来的地方。"

三人只得怏怏地退下台阶。这时，他们听见了一声呼唤："沫若兄！达夫兄！"那声音如此熟悉，郁达夫和郭沫若一愣，回头望去，只见身着西服，头发油光水滑的许绍棣大步过来。"是绍棣呀，久违了久违了！"郁达夫和郭沫若各抓住许绍棣的一只手亲热地摇着。

郭沫若问："绍棣，我们好多年没见了，当年，怎么也想不到，你会成达官贵人呢！听说，你当厅长了？"

许绍棣谦逊地说："只是副的、副的！"

郁达夫道："绍棣是走对了他喜欢的路，如鱼得水，步步高升呵！"

"大家彼此彼此，你们不也走对了自己喜欢的路么？你们名气愈来愈大，我官越做越大，同喜同喜！不过，我这职位只不过是过眼烟云，二位兄长的作品才会流传人世呢，不可类比，不可类比哟！"许绍棣说。

郁达夫拉过成仿吾："来，我来介绍一下，这位是我和沫若在东京一高读预科时的同学许绍棣，现任浙江省教育厅副厅长；这位是我们创造社同仁成仿吾，也是我东京帝大的同学。"

许绍棣与成仿吾握手："久仰久仰！你的文章我也常读的！看来，今天是创造社三巨头聚首，我赶上了好时候啰？你们怎么不进去？"

郭沫若坦然地："嘿，想进去，一到门口才想起我们不具备资格！"

"笑话,你们没资格谁还有资格?"许绍棣看看三位的神情,明白了,会意地一笑:"走吧,今天我请客!"

进了饭店,要了一个包厢,许绍棣很熟稔地点了菜,然后就逐一地向三位敬酒。几杯酒下肚之后,许绍棣感慨地说:"若非亲眼所见,打死我也不会相信,写出了《女神》《沉沦》等杰作的大作家,将中国文坛闹得风生水起的创造社三巨头,生活上却落到了如此困窘的地步,连饭店都进不起,简直匪夷所思啊!"

郁达夫笑道:"这一点也没什么奇怪的,自古文人多潦倒,许厅长身居高位,养尊处优,锦衣玉食,所以少见多怪啦!"

"达夫兄,瞧你把我说得,跟不食人间烟火似的!我知道中国文人大多囊中羞涩,也历来耻于说金钱。可你们不是一般的文人,你们是驰骋文场的大将,是文化教育界无人不晓的大名人啊!这不是你们的可悲,而简直是国家的不幸啊。"

郭沫若道:"我等得感谢许厅长的同情啊,只可惜你的同情一点也改变不了现实!所以,还是改变话题吧,不然,就变成有辱斯文了!"

许绍棣忙不迭点头:"好,好,不说这个了,不说这个了!二位兄长,嫂夫人都还好吧?"

郁达夫和郭沫若都说还好,又问许绍棣:"你也有妻儿了吧?"

许绍棣道:"有了,有了,只是……"

"只是如何?"郭沫若问。

"哦,只是内人身体不好,难免时常让人心忧。"

郁达夫若有所思:"真是家家有本难念的经呵!"

许绍棣笑道:"在日本时,我就羡慕你俩有艳福,沫若有安娜,而且成了眷属,达夫有隆子,虽没成眷属,可那也是心头永远的念想啊！"

郭沫若开起了玩笑："艳福这东西，只要你想，这就会来找你的，你等着吧，只要你不怕麻烦。"

郁达夫道："绍棣，在日本时，你不是口口声声，弱水三千，只取一瓢饮么？你已经有了一瓢了，怎么，还想取一瓢额外的，不怕有违道德了？"

许绍棣："这不是见了你们高兴，逞口舌之快吗？呵呵……"

郭沫若道："我说啰，绍棣当了厅长，应当是愈加道貌岸然，才符合他的身份嘛！"在座人都嘻嘻哈哈笑将起来。

许绍棣想起了什么，说："哦，对了，达夫，吴若愚写过几篇骂你的《沉沦》的文章，看了吧？"

郁达夫点点头："嗯，知道，溜过几眼。"

"他是个迂腐的老夫子，看在是我老师的面子上，你别介意。"

郁达夫淡淡一笑："我一点都不介意，只要他对我不介意就行了。"

这时包厢外传来一阵喧哗，郁达夫不由转过身去观看，只见赵南公正送几个客人走。赵南公一回头，瞟见郁达夫，便走了过来："哈哈，达夫，沫若，你们也在啊？"

郭沫若笑笑："怎么，我们就不能来吗？"

赵南公笑得眼睛成一条线："哪里哪里，该来该来，你们不该来，就没人该来了！"

"来喝杯酒吧——"郁达夫给赵南公腾了一个座位，让其坐下，又将许绍棣介绍给他。

赵南公忙拱手："不知许厅长大驾光临，有失远迎！"

许绍棣也拱手说："赵老板，我很羡慕你呢，你知不知道，为你编刊写书的是当今中国最有才华、最有名望的三位大作家？"

"我哪能不知道？能和他们三位合作，我赵某三生有幸呢！"

"可据我所知，你一不发薪水，二不给稿费，三不开版税，如此对待我们的文化精英，也太说不过去了吧？"许绍棣说。

赵南公笑笑："我们可是有君子之约，等书局赚了钱了再考虑的。"

许绍棣道："嘿嘿，要等你赚多少钱才算个够呢？我看，你是抓住了文人羞于说钱的心理。眼光放高远一些嘛！你善待了我这几位朋友，就是善待了中国文艺，就是善待了国家嘛！搞得他们馆子都上不起，你这良心上过得去？"

赵南公心里不快，脸上却堆着笑："许厅长言之有理、言之有理，我赵某一定善待这几位大作家！不过，许厅长既是这几位的朋友，又权重位高，想必也财大气粗，何不就直接资助一下我们的作家，资助一下国家的文化事业呢？"

"如有可能，我一定资助！"许绍棣说。

赵南公举起杯子："好！冲你这句话，我敬许厅长一杯！"

郁达夫与郭沫若对视一眼，默默无语。赵南公一出现，这酒席就变了味道。当然，变了味道的还有他们曾经的同学。

9

酒席之后，三个人与许绍棣告了别，沿着霞飞路慢慢走着，个个心事重重。郭沫若低声说："达夫，仿吾，这种情形，再也不能继续下去了。"郁达夫点了点头。成仿吾忿忿地说："妈的，榨取了我们的血汗，他还装得蛮委屈的！看见赵南公那副资本家嘴脸，我就气不打一处来！"郭沫若说："达夫过去就曾建议我们自己经营，我看是时候了，不这么做不行了，我们成立一个创造社出版部，自己经营，创作、编辑、出版、销售，全由自己来做！"成仿吾立时说："太好了！我同意，早该如此了。"郁达夫思忖片刻，说："好是好，可是本钱呢？没有资本，就注不了册，也经营不起来。"郭沫若说："这个我想过了，大家募股吧！募来的钱都算股本，到年底决算分红。一块钱一股，我马上给家里写信，募它个五百股是没问题的！"成仿吾说："嗯，是个好办法，我也找家里去，保证不少于这个数！"郁达说："我尽力而为吧，争取也募到这个数。"

说是这么说，能不能募到这个数，郁达夫是没有一点底气的。家里本来已经够艰难的了，你不寄钱回去不说，还有脸向家里伸手？朋友是多，可大多是穷朋友，向他们借钱他开不了这个口。至于许绍棣这样有权势的朋友，又是他极不愿相求的。

万般无奈之下，郁达夫走进了赵南公的家。赵南公倒也还客气，问他光临寒舍，有何贵干？他红着脸，嗫嚅了半天，才说出想借五百元钱的话来。赵南公讶然，硕大的头颅摇晃不已："啧啧，你真是狮子开大口，别吓着我了！别看我摊子铺的大，其实没赚几个钱……哎呀，这么大一个数，你真是为难我了！我这书局，只是一个空架子呢，能维持就不错了，哪能借这么大一笔钱给你？哎，你不是有个当厅长的同学吗？你找他去呀，他不是还答应资助你们么？"

"他远在杭州，再说，那也只是场面上的话。"

赵南公点头："郁先生你还是个明白人，看那家伙官气凌人的样子，他也不会帮你们多大的忙。"

"所以我才求助于你。"郁达夫说。

"一借就是五百，我能问做什么用吗？"

"既然是借，当然是急时之需。"

"该不是来借钱，想另起炉灶吧？我听人说，你们想成立出版部自己干？"

"有这个想法。"

"有这个想法也自然呵！看来你们翅膀一硬，就想自己飞了……既是这样，别说我没钱，就是有，也很难有理由借给你了！再说了，即使我有借的，凭什么相信你能偿还，连个抵押都没有啊？"

"为你无偿地当编辑这么久，我这个人不就是最好的抵押吗？"

赵南公干笑几声："呵呵，让你这个名作家作抵押，我可担当不起！我可不敢留下骂名咧！再说了，把你抵押给我了，我还得管你吃喝，也划不来啊！"

"你……！"郁达夫涨红了脸。

"好了好了，买卖不成仁义在，借钱不成，饭还是有得吃的，我请客！"

"你以为，我会吃你的嗟来之食？"他胸膛起伏。

"你看你看，你们文人就是这样的臭脾气，肚子饿瘪了还要面子，装什么清高？赵某是个商人，也是个粗人，言语不妥之处，请多多包涵，别生我的气好不好？"赵南公说。

"放心，我气是气自己，气自己看错了人，做错了事，我不该与虎谋皮！"郁达夫铁青了脸，遂起身离开。出得门来，他简直不敢面对路人。他悔得肠子都青了，他感到脸上爬满了蚂蚁，它们将他的自尊心咬得千疮百孔了。

10

郁达夫手头越来越拮据，他几乎不敢和郭沫若成仿吾等外出了，如果要上馆子吃饭喝酒，你不能老让人家作东吧？还有募股之事，别人都有所收获，只有他两手空空。一听别人议论此事，他就只能羞愧地低头不语。

这一天，郭沫若和成仿吾正说着募股的事，郁达夫赶紧躲开，回到住处，仰躺在床，望着天花板发呆。这时二哥郁养吾来了，说是来上海购一些药品，顺便来看看他。郁达夫赶忙问："家里都还好吧？"二哥说都还好，只是龙儿病了一场。郁达夫大惊失色："啊？龙儿病了？孙荃没给我写信呀？"

二哥闷声道："她怕你担心，所以没跟你说。"

"那龙儿现在怎样了？"

"现在好了，幸亏我那天去得及时，给他打了一针西药，要不就险了！"

"这个孙荃，怎不早点去医治？"他埋怨道。

"也怪不得她，以为是一般的感冒发烧……而她又拉不下面子，不想去我店里赊药，就只买了点一般的药吃。"二哥说。

"她手头……也没钱了？"

"你一个大男人，一家之主，难道不知自己的家底？"

"真是为难她了！"他一时惭愧不已。

"三弟，不是二哥说你，既已成家，就要负起对家庭的责任！家里省吃俭用，送你出国留学，学成之后，不指望你出人头地，至少能安身立命吧？谁知你混到如此潦倒的地步！"二哥数落着他。

他垂下头，将手叉进头发，烦恼地："我也不愿意这样啊！"

"我知道你现在有名了，可你那只是虚名，既不能当饭吃，也不能作衣穿，有什么用？你一天到晚沉迷在文学里，可文学帮不了你老婆孩子一点忙！"

"二哥，情况会改观的，以后我会有稿费和版税，我能养家糊口的！"

"那你现在怎么办？你不能在一棵树上吊死！我真是没想到，你无能得连个正经工作都找不到！"

"二哥，在你眼里我真的那么无能了吗？光为混口饭吃，那还不容易？我不找工作，工作也会来找我！"说着他奔到桌边从抽屉里拿出一封信来。那是北京大学陈启修的来信，因他要到苏联讲学，邀请郁达夫去担任北大讲师，接替他教授统计学。

二哥看了信，不解地问："那你还不去，你还犹豫什么？"

"我不是舍不下创造社，舍不下文学吗？"他说。

二哥说："你若还有一点家庭责任心的话，还是先接下这份工作，把你的文学先放在一边吧！"他叠好信，缄默不语。二哥的话像真理一样结实，让他无可辩证驳。二哥又说："再说，到了北京，授课之余，你照样可以写你的文章啊！"

看来，也只有这条路可以走了。他在屋里徘徊了一阵，颓然坐到椅子上。

11

一个冬天的早晨，冒着黄浦江畔的寒风，郭沫若和成仿吾将郁达夫送上了北上的轮船。汽笛凄凉地鸣响，分手在即了，郁达夫还不敢看郭沫若的眼睛。郭沫若一直不赞成他北去，他是创造社的顶梁柱，他一走，几种刊物就只怕难以维持下去了。他知道，郭沫若为此伤心。他们无言地与他握了握手，转身下船去。郁达夫心里像堵了团棉花，闷得喘不过气来，从长衫的口袋里摸出四个桔子来，赶了过去，将它们塞在郭沫若手中，哽咽着说："总归是我不好……带给你的孩子们吧！"

郭沫若点了点头，眼泪顿时流了下来。

船开了，郁达夫又开始了他的漂泊之旅。此时此刻，他还不知道他这一辈子都将这样漂来漂去。他在船舱里坐下来，考虑着如何打发这几天枯燥的旅程。末了，他还是拿出他所依赖的纸和笔，呵了呵手，埋头写了起来："沫若、仿吾呀……我老实对你们说，自从你们下船上岸之后，我一直到了现在，方想起你们孤凄的影子来。啊啊，我们本来是反逆时代而生者，吃苦原是前生注定的。我此番北行，你们不要以为我是为寻快乐而去，我的前途风波正多得很哩！"

第九章

薄奠

1

到北京后，为了省钱，郁达夫还是寄居在巡捕厅胡同二十八号长兄郁曼陀家，仍住在西厢房里。第二天他便去北大授课，讲解他一点不感兴趣的统计学。工作枯燥，天气寒冷，内心孤独，可以说，他感受不到一点生趣。唯一让他兴奋的是，鲁迅先生在北大教小说史略，他们成了同事。而且，他们都居住在西城区，相距不太远。

没教几天课，郁达夫就急急地去砖塔胡同拜访鲁迅。鲁迅叼着烟斗坐在桌前写字，见他进屋，眼一眯，笑道："哦，是达夫先生来了，久违，久违了！"听鲁迅这么一说，他不由得有些激动，因为半年前来北京小住时，还见过了的，鲁迅这么说，说明他心里是记着他的。他殷勤地问："先生近来可好？"鲁迅笑道："饭有得吃，烟有得抽，黄酒有得喝，文章有得写，好啊！请坐！"

他恭恭敬敬地坐下，说："看来，先生忙碌得很呵！"

鲁迅吐了一口烟："忙倒也不忙，但是如同唱戏一样，每天总得到处去扮一扮，上讲台的时候，就得扮教授，到教育部去，就非得扮官不可了。"

他知道鲁迅在北大教书的同时，还兼着教育部的佥事，便笑道："嘿嘿，君子也为稻粱谋啊！"

两人慢慢悠悠地说了一会教员中间流传的闲话，以及学生习气之类。鲁迅忽然皱一下眉："让你讲什么统计学？应该讲文学嘛！"

"没办法，原来讲这门课的人出国考察，我只不过是来填空的。"他摇了摇头说，拿出一本书递给鲁迅，"这是我新出的一本小说散文合集，《茑萝集》，请先生指教！"

鲁迅接过书翻开，只见扉页上写着：鲁迅先生指正，郁达夫敬呈，十二年十一月。"唔，多谢啦！"鲁迅将书放进书柜，置于许多名家的作品之列。

他顿时有些受宠若惊，说："这本书应该是不太受欢迎的，因为读它的时候，并不能得到愉快。我只求世人不说我对自己的思想取虚伪的态度就行了，我只求世人能够了解我内心的苦闷就对了。作者没有任何的法子，可以救主人公于窘境。总之我们现代的社会和人类，是我们的主人公的榨压机，我们可以替他发几声呻吟和怒吼，却难以替他报复了仇怨。"

"嗯，你我描写的人物多有不同，他们的困境倒是相似的。"

"可先生的大手笔，那种内敛的风格，是我所学不来的。"

"也没有必要学呵，艺术不可求同，而要存异。正如你主张的'文学作品都是作家的自叙传'，而我的人物的模特儿却没专用过一个人，大抵是杂取种种人，往往嘴在浙江，脸在北京，衣服在山西，是一个拼凑起来的角色，故事也不一定是作者本人所经所历。有人说，我的这一篇是骂谁，另一篇又是骂谁，完全是胡说。"

"在挨骂这一点上，我和先生倒是相似的。"

"挨骂好，挨骂说明你有价值！不过，对《沉沦》的声讨，也该平息下去了吧？"

"嗯，现在骂声渐稀，寥寥无几了，"他兴奋地说，"周作人先生写了文章，说《沉沦》是一件艺术品，虽不太端方，却并无不道德的性质后，那些骂我诲淫的旧道德卫士们才收敛了气焰。可笑的是，倒是出现了一些只懂皮毛的模仿之作。"

鲁迅笑道："呵呵，文坛也好，政界也罢，都是这样，你方唱罢我登场！"

"就是，一来京城，就又听说曹锟贿选大总统之事，一片沸沸扬扬。"

鲁迅沉思片刻说："北京的风沙大得很，它还有一种沙漠似的寂寞，大约，你会对它失望的罢！"

2

郁达夫很快就感受到了鲁迅先生所说的那种沙漠似的寂寞。讲课之外，他无话可说，无事可做。坐在房间里，孤立无援，自己的心思像一条蛇在寂静的沙漠里爬行，不知从何而来，也不知向何而去。

这天上午，他正不知如何排遣寂寞之时，一封陌生的来信使他忘记了自己。这是一个叫沈从文的年轻人写来的。

"先生：在你看我信以前，我先在这里向你道歉，请原谅我！一个人，平白无故向另一个陌生人写出许多无味的话语，妨碍了别人正经事情，有时候，还得给人以不愉快，我知道，这是一桩很不对的行为。不过，我为求生，除了这个似乎已无第二个途径了！所以我不怕别人讨嫌，依然写了这封信。先生对这事，若是懒于去理会，我觉得并不什么要紧……我很为难，因为我并不曾读过什么书，不知道如何来说明我的为人以及对于生的希望……我是一个失业人，不，我并不失业，我简直是无业人！我无家，我是浪人——我在十三岁以前就成了一个无家可归的人了。过去的六年，我只是这里那里无目的地流浪……我坐在这不可收拾的破烂命运之舟上，竟想不出办法去找一个一年以上的固定生活。我成了一张小而无根的浮萍，风是如何吹——风的去处，便是我的去处。湖南、四川，到处飘，我如今又飘到这死沉沉的沙漠北京了……我想法去寻觅相当的工作，我到一些同乡们跟前去陈述我的愿望，我到各小工场去询问，我又各处照这个样子写了好多封信去，表明我的愿望是如何低而容易满足。可是，总是失望！生活正同弃我而去的女人一样，无论我是如何设法去与她接近，到头终于失败……一个陌生少年，在这茫茫人海中，更何处去寻找同情与爱？人类的同情，是轮不到我头上了。但我并不怨人们待我苛刻。我知道，在这个扰攘争逐世界里，别人并不须对他人尽什么应当尽的义务。生活之绳，看看是要把我扼死了！我竟无法去解除……"

来信深深地打动了郁达夫，他反复读了几遍，在屋子里徘徊着。他在屋里呆不下去了，便按照信上的地址，冒着风雪找到了湖南会馆。

当郁达夫推开一间厢房的门时，只见一个瘦弱的青年裹着被子坐在炕上，向他转过一张苍白的脸。郁达夫立刻从他脸上看到了许多与自己相似的东西：孤独，懦弱，忧郁，伤感……他举起那封信："这是你写给我的？你是湖南的沈从文？"他怜悯而亲切地注视着他。沈从文羞怯地点了点头,身子打着冷颤,脸上却浮出一层红晕。郁达夫将脖子上的围巾摘下,挂到沈从文脖子上。沈从文眼睛一下湿了,忙推辞着:"不,先生……"他拍拍沈从文的胳膊:"围上吧,我穿得比你多。"沈从文捏了捏围巾,感激得说不出话来。他问:"你还没吃饭?"沈从文窘迫地点点头。他一挥手:"走,咱们吃饭去!"

他将沈从文带到一个小饭馆,点了几样菜。他自己只象征性地吃了几口,却不停地往沈从文碗里夹菜:"你吃,别客气!尽量多吃点,肚子是不跟你讲客气的呢!"沈从文开始还有些忸怩,放不开手脚,吃着吃着就狼吞虎咽起来。看着沈从文饥不择食的样子,他有些好笑,又忍不住叹了口气。

饭菜很快吃光了,沈从文抹了抹嘴巴,不好意思地笑笑,恳求道:"先生,我希望在你面前当一个仆人,我只要生,不管任何生活我都满意,我愿意终日劳作,无论用手还是用脑,只要能活下去……请先生为我指一条活路。"

郁达夫想想说:"你别急,常言说得好,天无绝人之路!何况,你文章写得很不错的。下午我还要去上课,所以现在没有更多工夫与你谈天……我还得想想,也许会把我要说的话写下来。你看好么?"

"好。"沈从文感激地点点头。

交饭钱时,郁达夫将堂倌找回的两块多钱塞进沈从文手里,"这点钱,你先拿去零花吧!"

"这……"沈从文嗫嚅着,望着郁达夫,一时说不出话来。

当天夜里,郁达夫坐在桌前,闷闷地抽着烟。他的脑子里,怎么也摆脱不了沈从文那张苍白哀怨的脸。一股激愤之情像一头暴怒的马在他心头冲撞。他终于按捺不住,摁灭烟蒂,抓过笔,迅速地写了起来……数天后,他的文章在《晨报》副刊上发表了,这就是那篇著名的《给一个文学青年的公开状》。

沈从文是逐字逐句地看完这篇文章的,看到后半截,他的泪水已经止不住了。他边擦眼泪边读:"……我说了这半天,不过想把你的求学读书,大学毕业的美梦打破而已。现在为你计,最上的上策,是去找一点事情干干。然而土匪你是当不了的,洋车你也拉不了的;报馆的校对,图书馆的拿书者,家庭教师……没有人可以介绍,你也当不了的——我当然是没有能力替你介绍——所以最上的上策,于你是不成功的了……不失为中策的,我看还是弄几个旅费,回到湖南你的故土,去找出四五年你不曾见过的老母和小妹妹来,第一天相持对哭一天;第二天因为哭伤了心,可以在床上你的草窠里睡上一天;既可以休养,又可以省几粒米下来熬稀粥……但是我听说,你的故乡连年兵燹,房屋田产都已毁尽,老母弱妹,也不知是生是死,五年来音信不通;并且现在回湖南火车不开,就是有路费也回去不得,何况没有路费呢?上策不行,次之中策也不行,现在我为你实在是没有什么法子好想了。不得已我就把两个下策来对你讲吧……第一,现在听说天桥又在招兵……你若应募之后,马上开赴前敌,打死在租界以外的中国地界,虽然不能说是为国效忠,也可以算得是为招你的那个同胞效了命,岂不是比饿死冻死在你那公寓的斗室里,好得多么?第二,这才是真真的下策了,你现在不是只愁没地方吃饭而又苦于没有勇气自杀么?……但是有一件事情,我想你还能胜任的,要干的时候一定是干得到的。这是什么事情呢?啊啊,我真不愿意说出来——我并不是怕人家对我提起诉讼,说我在唆使你做贼。啊呀,不愿意说倒说出来了,做贼,做贼,不错,我所说的这件事情,就是叫你去偷窃呀!……"

沈从文拿着报纸，红着眼找到了郁达夫的住处。其时，陈翔鹤和冯至两个文学青年正与郁达夫进行热烈讨论。郁达夫把沈从文介绍给了他们。沈从文激动地向郁达夫鞠了一躬："郁先生，谢谢您，太谢谢您了！"

郁达夫摆摆手，笑道："谢什么呀，在报上写了几千字废话，一条正经道也没给你指出来！"

沈从文由衷地："可是我感到有了希望，朦朦胧胧地看到了一条可以走的路！"

"是吗？那太好了！"郁达夫想想说，"下回，我给你介绍几个投稿的地方吧，你的文章笔调清新，感情真挚，内蕴丰富，应当是大有作为的！"

"太谢谢郁先生了！"沈从文赶紧又鞠了一躬。

陈翔鹤说："其实这封信，应当说是写给所有文学青年的。是真正的大手笔，真正的春秋笔法啊！"

冯至说："正是，笔锋犀利，血性十足，好久没有读到过这么叫人酣畅淋漓的文章了！"

"各位高看郁某了，我不过是借着给一个走投无路的文学青年提建议，找活路的机会，向这个不合理、不公平的社会发几声叫喊而已！"郁达夫说。

陈翔鹤敬佩而不平地："居然还有人批评先生是'颓废主义'，哪里有颓废的影子？先生简直像个战士！"

郁达夫笑笑："我不否认，我的个性和我的作品中，都有一些颓废的因子，但人们为何不追索造成这种颓废的原因呢？其实，有时颓废就是对迫害势力的一种反抗，只不过是一种无力的反抗而已。"

沈从文和几个青年连连点头："对极了。"

这一晚，郁达夫与三个青年人聊到深夜了也还没睡意。大嫂陈碧岑特意给他们炒了一盘花生米。他们边吃边聊，直到凌晨了才四个人合盖一床被子，横躺在一张炕上。郁达夫的神经衰弱奇迹般的好了，睡得从未有过的甜，鼾声一直响到天明。他是被一阵开门声惊醒的。睡眼朦胧中，他瞟见门外飘着鹅毛大雪，沈从文正悄悄出门，便问："从文，你要走了？"沈从文嗯了一声。他随手抓起床头的袍子往门口一扔："把我的棉袍穿去！"倒下继续睡觉。

沈从文站在门外，抱着袍子，感动得半天没动弹。

3

一日，郁达夫特地告诉鲁迅，他想邀集几个人来，联手审读新出版的刊物，如其中有可取的作品，就为之评论宣扬，着重介绍给读者，使许多未成名的青年作家得到安慰和鼓励，激发他们努力去创作。

鲁迅十分赞赏，说："这想法好极了，这几年来，无名作者何尝没有胜于有名作者的作品，只是没人去理会，一任他自生自灭。我以为，应该搜罗各处的各种刊物，仔细评量，选印几本无名青年的小说集，来推广于世；至于已出专集者，则一概不收。"

"太好了！如能做成，文学幸甚，青年幸甚！"郁达夫兴奋不已，"如先生能拨冗，又不嫌达夫眼拙手笨，达夫愿与先生共同做好这件事！"

鲁迅点头："很好！你对年轻作家较熟，先拟个名单看看。"

郁达夫："好！我会尽快请您过目。"

鲁迅从容地磕磕烟灰，眯眼觑着郁达夫，微笑不语。

郁达夫被盯得有些腼腆了："先生，您是不是在我这张脸上发现幽默的材料了？"

鲁迅呵呵一笑："我一向很回避创造社里的人物，倒不是因为有那么几个人历来特别攻击我，甚至于施行人身攻击的缘故，大半倒在他们一副'创造'脸，总是神气十足，好像出汗打喷嚏也全是'创造'似的。从达夫先生的脸上，却看不出那么一种'创造'气，倒是觉得颇为稳健和平……可你却又创造出不少别人不及的作品来，可见这创造的话，是不必挂在口头，也不必放在脸上的。"

创造社的很多成员都曾写文章攻击过鲁迅，鲁迅却对同为创造社的他如此看重，这让郁达夫心里很受用，忙谦逊地说："先生过奖了。"

鲁迅起身为他续水，郁达夫连忙自己拿过茶壶："我自己来，自己来，"又下意识地问，"朱安太太呢，怎么没见到她？"

"在那边厢房为我缝棉裤呢，我是从不穿棉裤的，她也要缝。"

"朱安太太很贤慧呀！可您为何不穿棉裤呢？北京冬春都很冷的。"

"你是不是听说过什么了？"

"是的……有人说您不穿棉裤是为压抑欲望，不与朱安太太同房。"

鲁迅不予置评，苦笑一下说："她是母亲送给我的一件礼物，我只能好好地供养着，至于爱情，是我所不知道的。"

郁达夫默默点头。孙荃清瘦的面庞浮现在他面前。她不也是母亲送给他的一件不能拒绝的礼物吗？来北京之后，他几乎没有想到过她了。他叹口气道："没想到，像先生您这样一个反封建的勇猛斗士，也要身受包办婚姻之累。"

"嚆嚆，我们相同之处还不少呢。"鲁迅站起身来，拍拍郁达夫的肩，"不要在这惺惺相惜了，走，到东安市场逛逛去，我请你吃羊肉，喝白干！"

4

和鲁迅先生喝完酒，回到巡捕厅胡同时，已是半夜时分。用朦胧醉眼看看天上的半个月亮，像是一块被人咬掉半边的饼干。郁达夫摇摇晃晃地走到街坊老张家门口时，听到门里有老张的咒骂声，便推门走了进去。

老张是个洋车夫，老张的车擦得很干净，车把上还系着一根避邪的红布条。老张还知晓他去北大上课的规律，时常在门口候着他。一来一往两人就熟了。遇到什么事，租车费涨了呵，碰弯了弓子被老板扣了十个铜子呵，老张总是喜欢边拉车边和他说。

老张的家是一间昏暗的小屋，一张炕占了屋的大半，老张的妻子和两个孩子缩在炕上。老张立在炕前，指着妻子骂着："你、你这个败家子！"

他走上前去："老张，生什么气啊？"

老张指着炕上说："这臭东西把我辛辛苦苦积攒下来的三块多钱，一下子就花光了，去买了这些捆尸的布来！"说着他用脚往地上一踢，一团白色的布滚了过来。老张气咻咻地："我的心思，他们一点儿也不体谅，我要攒这几块钱干什么？不过是想自家去买一辆旧车来拉，可以免掉车行的租钱！天气热起来了，我们穷人，就是光着脊梁，又有什么要紧？她却要买这些白洋布来做衣服，你说可气不可气?！"

"是这样呵……不过，衣也是要穿的，你别生这么大的气，别吓坏了小孩子，布既然买了，就算了吧，三四块钱是不难再积攒起来的。"他劝道。

"对您来说是不难，可我……"老张抱着头蹲下了。

郁达夫无言以对。屋内一时沉寂，炕上的女人忽然低声地抽泣起来。他愈发不安，两手往身上摸着，却没有找出钱，最后却摸了一块表出来。他说："老张，消消气吧，反正钱骂也骂不回来了。"他边说边将表悄悄放到暗处的桌面上，然后，怜悯地看炕上的妇人一眼，回头出了门。他闷头闷脑地走着，月光下，他的影子拖得很长……

第二天一早，郁达夫蹲在门口刷牙，院门被人拍得咣咣响。他开门一看，是老张。老张从身上摸出那块表来，问："先生，这是你的吧？你昨晚掉在我家了。"他脸上红了红，马上说："这不是我的，我并没有掉表。"老张困惑地："这就奇了怪了，昨天我家就你去过，不是你的又是谁的呢？它怎么会跑到我家桌子上去了呢？"他说："反正不是我的，你管它谁的，既然它到了你家桌子上，你就受用了吧！"

"这怎么好呢？真的奇了怪了……"老张拉起洋车往胡同口走，走两步又回头说，"先生，打扰你了！"

郁达夫看着老张的背影渐行渐远，从胸腔深处挤出一声叹息："唉！"

5

郁达夫没有料到，老张竟然在一个多月后落水身亡了。

这日他上完课刚刚回到胡同里，见老张家门口聚集着许多人，门内还有嘤嘤的哭声传出，便急忙挤了进去。只见老张的妻子坐在炕沿上哭着，一个小孩坐在她跟前，泪水和着灰涂了一脸。围观的人议论着："真是屋漏偏逢连夜雨！""丢下孤儿寡母，以后怎么办啊……""真是可怜……"

郁达夫急忙问身边一个中年妇女是怎么回事，中年妇女擦着泪说，老张前天在水里淹死了，死的时候，张大嫂都不知道，是老张拉车的伙计认出他之后，才跑来告诉她的。她拉了两个儿子，冒雨跑到停尸场一看，就大哭了一阵。后来她自己也跳到附近一个水池里想自尽，亏得过路的把她救了起来。拉车的伙计们可怜老张，凑了钱把他埋葬了，要不，叫她一个穷当当的妇道人家怎么办呵？他们还给了她三十斤面票，八十吊铜子，才送她回来。回来之后，她白天晚上只是哭，唉……

郁达夫半天才回过神来，看着老张的妻子，眼睛忍不住就湿了。他走上前，低声问："大嫂，你还认得我么？"张大嫂抬起红肿的眼睛看他一眼，点了点头，仍哀哀地哭。

他劝慰道："大嫂，养育孩子要紧，你老是哭也不是办法，既然老张已经去了，你就节哀顺变吧……我若可以帮你的忙，我会为你出力的。"

张大嫂哭泣着说："我别的都不怪，我只、只怪他去得那么快……也不知他是自家沉河的呢，还是不小心跌到水里去的……"

他从钱包里取了一张五块的钞票，递向她："这钱虽不多，你先拿着用吧。"

张大嫂却不接，望他一眼，说："他，他死得太可怜了。他活着的时候，老……老想自己能买部车，但是，哪来的钱呵，他这心愿儿终究没有达到……前天我到冥衣铺去定一辆纸糊的洋车，想烧给他，那一家掌柜的要我六块钱，我没有定下来……老爷您心好，就请您、请您买一辆好、好的纸车来烧给他吧！"说完她又哭了起来。

"你别哭了,身子要紧!老张是我的朋友,那纸糊的洋车,我明天一定去买了来,和你一块去烧到他坟前去。"他说。

"谢谢,谢谢老爷!"张大嫂下了炕,跪在地上对郁达夫叩头。

郁达夫急忙将她拉了起来。

第二天,郁达夫就买了一辆冥车,带着张大嫂和她的孩子,将冥车烧在了老张的坟墓前。上坟之前,在一条小街上遇到一辆福特车,司机从车内伸出头来,冲着拉着冥车的洋车喊:"靠边靠边!没见老爷过来了吗?真他妈的晦气!"车内的一对男女伸出头来,厌恶地皱着眉头。

郁达夫突然对坐在车里的人充满了仇恨,狠狠地盯着他们,心里叫着:"看什么看?我的朋友老张,那位可怜的车夫,就是被你们这些人逼死的呀!你们还看什么看?!"

6

郁达夫想给老张写点文字,文章才开了个头,沈从文和陈翔鹤等几个文学青年来了。沈从文见面就说:"昨夜,我又把先生的《沉沦》看了一遍……"

郁达夫立即举手打断他的话:"别谈文学,尤其不要谈我的所谓小说。"

"为什么?"几个青年人都很诧异。

"我近来对于几年前热爱过的艺术,非常怀疑起来了,青年朋友们来和我聊天,自然是欢迎的,但请不要再讲关于文学上的话,对于我自己的几篇无聊的作品,更请他们不要提起,因为一提起来,我自己会羞愧得无地自容,我的郁闷苦恼也会加倍!"郁达夫闷闷地大口抽烟。

沈从文疑惑不解："先生，你……？"

"你不要奇怪！是的，我曾觉得艺术很神圣，文学很伟大，但是现在我发现，它们是那么渺小，对于目前混乱的社会，对于受压榨的人生，竟没有一丝实际的用处！"他拿脚尖拨了拨扔在地上的纸团，"你看它们，它们就是我的苦闷、忧伤和愤懑！我的一个拉洋车的街坊朋友，善良之极，贫穷之极，前些天落水死了，我想写一些可怜的文字，以祭奠一下他的不幸，题目都想好了，就叫《薄奠》，可是我竟写不下去……因为我总免不了想，对他来说，这文章还有意义吗？能改变他什么吗？"他望着窗外，眼神迷茫。

沈从文点头说："我也常有这种念头……可是，对我们自己，对读者来说，还是有意义的。"

"也许吧，可现在我感到这意义是如此飘渺，如此虚妄！唉……老张，你的灵魂飘到了何处？或许还留在你那个破旧的家，不肯离去吧?!"郁达夫说着眼睛便红了。

陈翔鹤劝慰道："先生，您别太伤感了，这样对身体不好。"

郁达夫自嘲道："古人云，书中自有黄金屋，书中自有颜如玉，可我枉自读了这么多书，到如今，除了满心的伤感，就什么也没有了！我所求的爱情，大约再也得不到了！在这荒漠似的北京城，我真的如同一缕无牵无挂无着无落的孤魂呢！"

沈从文道："先生，我们出去走走，散散心吧，要不，我请你去喝酒？"

"喝酒？是个好主意！"郁达夫腾地站起，拍拍袖子，"不过，你那几个稿费还是留着活命吧！我薪水不多，酒钱还是付得起的！"

与年轻朋友在一起，郁达夫总算慢慢地开心起来，于是免不了多喝几杯。喝完酒又到八大胡同一个班子里,叫个姑娘一起坐了一会,扯了些清谈。在他眼里,即使下贱的妓女,也比那些西装革履的官僚干净善良。他想起在名古屋时那个雪夜的放荡行为,虽然他现在的苦闷并不比那时稀淡,却不再采用那种饮鸩止渴的方式了。所以,他到最后,也只是轻轻搂了搂那个叫银娣的姑娘,叹道:"唉,我已经好久没亲近过女人了!"

可是回到他的窝里,忧伤就重新统治了他的心。他的神经衰弱又发作了,无法入眠。他颓然坐在桌旁,只见椭圆形镜子里塞着一张瘦黄扭曲的脸,颧骨高耸,蓬乱的头发盖在额头上,发红的眼睛痛苦而迷茫……他被自己的形象惊呆了。"你是谁?"他伸出手摸了摸镜子里的自己,"你难道是我么?"镜子里的他张大了嘴,无言以对。他气恼地冲着镜子叫起来:"不,你不是我,我没你这么丑陋,也没你这么颓废!我不过是有一点点伤感,一点点苦闷,一点点痛苦而已,而已而已!你不要这么夸张,听到没有?怎么,不听我的话?想丑化我?想嘲笑我是不是?好,好,你也想欺侮我,我让你粉身碎骨!"

说着,他抓起镜子猛地往地上一摔。啪的一声,镜子碎片四下溅开。他马上就后悔了。你怎么把它摔了?为了赎隆子,你曾将荃君送你的钻戒当掉,现在,你又把荃君从娘家带来的镜子摔了!没有它,你何以正衣冠,何以看见自己的面目呢?新生活你创造不了,搞破坏你倒挺在行:郁达夫呵郁达夫,你以为能一摔了之吗?

他抓起一盒烟,颤抖着划亮一根火柴,点燃一支烟吸了一口,觉得不过瘾,便又连点了两支。他将三支烟同时塞进嘴里,大口地吸着,吐着,烟雾笼罩了他的面庞,他剧烈地咳嗽几声,泪水流了下来。他气恼地揩一把泪,顺手从桌上抓起一本书,三下两下撕烂扔在地上，将未抽完的三支烟放进书页里，用火柴点燃。火苗窜起来了，他又将烟盒里剩下的烟全抽出来，扔进火里。

烟雾腾腾，火光闪闪。他蹲在一边笑着："嗬嗬，好，好，烧了好！旧的不去，新的不来！"

大嫂在门外惊叫一声："三弟，你干什么呀？"

他不在意地笑道："嘿嘿，没什么，我在焚烧我的痛苦呢！"

大嫂冲进门来，几脚将火苗踩灭，责备道："你怎么还像个小孩？要是着了火怎么办？"

他怪异地笑笑："不会的，这个世界如此冷酷，毫无热情，烧不起来的。"

大嫂看了看他："三弟，你没事吧？"

他摇摇头："没事没事，能有什么事呢？"

大嫂说："要不我给你做点夜宵？"

"不用，大嫂，我这肚子里积压得太多了，你歇着吧，我想一个人呆着。"

"那好吧，"大嫂走到门口，又回头说，"三弟，现在你不是单身汉了，为了孙荃和龙儿，你也得保重身体！"

他点头："我知道。"

大嫂担忧地觑他一眼，走了。他也随之走到门外，自言自语，是呵，你怎么没有想到，你还有妻子与儿子呢？你是想忘掉那份责任吗？对于他们，你还是有用之人，一个不可或缺之人呢！只有他们，还能证明你存在的意义呢……可是他们远在富阳，若是在身边，你可能不会如此孤独吧？你那可怜的妻子，她虽然不是你情有独钟的女人，如现在能给你抚慰，你也会感到很受用的……

他不知不觉踱到了哥嫂窗户下，听到了里面的对话：

"三弟怎么神魂颠倒的样子？说话也云里雾里，不会是精神出毛病了吧？"

"他就是这个样子，文人嘛，敏感多情，精神是要异于常人的。"

"长此以往，如何是好？弄不好真的会得病呢，即使不病，也太难受了！"

"唉，三弟这个人，对人对己都悲悯之心太重，感情丰富而又脆弱，吃苦是免不了的……不过，若非如此，他又怎么能当作家，又怎么能写出那样的小说来？得病我看不会吧？他有他的宣泄方式的。"

"我看，还是早点把孙荃和龙儿接来才是。"

"三弟得的是时代忧郁症，忧国忧民，忧人忧己，一旦受刺激，就会发作起来。这种病，别说妻儿，就是爱情来了，也未必有疗治之效。"

"那，只能听之任之？"

"不过你的想法还是对的，把妻儿接来，他就不会如此寂寞孤独了，也没有更多时间沉浸在他个人的世界里。只是我们这儿太狭小，住两家人，多有不便……"

"那还不容易，他另租房住就是，经济上我们可以再帮帮他，只是他一个人过惯了，会同意去接吗？"

"我去跟他说，会去接的，这点家庭责任心，他还是有的，再说，他也需要天伦之乐啊！"

郁达夫感到大哥大嫂的话像两把锋利的刀子，将他的脑子剖开了。一线清风吹进了他浑沌的思想里，他有些清醒了。

7

1924年4月,郁达夫回了趟富阳,将妻子和龙儿带到了北京。他在什刹海租了住房,将自己的家安顿下来。这是一个安静的小院落,院子里有两棵枣树,夏天一到,就挂满了累累果实。写作之余,他就和龙儿在院子里玩耍,甚至爬上树去给龙儿打枣吃。有一天,郁达夫趴在地上让龙儿当马骑,满院子乱爬。前来拜访的沈从文见到了,不禁哈哈大笑,问他们父子俩是唱的哪出戏。郁达夫抬起头道:"嘿嘿,给儿子当一回马,体验一下被奴役的滋味呢!"沈从文便刮一下龙儿的脸蛋:"龙儿,你晓得你骑的什么马吗?这可是全中国最有名的马呢!"

郁达夫确实享受到了天伦之乐,但对他来说,天伦之乐远远不能消除甚至于缓解他的苦闷和抑郁。《创造》季刊和《创造周报》先后停刊了,他总以为,这和他离开上海有直接的关系,明知这是无可避免的,也时常自责与内疚。

妻儿虽然到了北京,可天伦之乐仍是稀罕的精神享受。他在北大的聘期早已届满,所以,暑期之后,他就坐火车沿京汉铁路南下,到武昌教书去了。后来他在一篇文章里回顾这段经历时说:"这一年在武昌大学里教书,看了不少的阴谋诡计,读了不少的线装书,结果因为武昌的恶浊空气压人太重,就匆匆地走了。"

这一走,他又到了上海,一面与朋友们联络,想把创造社出版部建立起来,恢复《创造》季刊,一面编些书增添点收入。却不料由于长期的抑郁和奔波,他开始咳嗽吐血了。到医院一检查,竟然得了肺结核!他想回北京治病,可此时北洋军阀正在混战,南北交通阻隔,无法成行,他只好去杭州疗养。

病情稍有好转,他又回到了上海,与郭沫若等商议筹办出版部和《创造月刊》。他的生活极不安定，他称 1925 年是他不言不语、不做东西的一年。他在《五六年来创作生活的回顾》这篇文章里说："自我从事创作以来，像这一年那么的心境恶劣的经验，还没有过。在这一年中，感到了许多幻灭，引起了许多疑心，我以为我以后的创作力将永远地消失了。"这年年底，当他终于搭上沪宁线火车往北京赶的时候，又与妻儿分别有半年之久了。他感到他的一生，总是在途中奔波，不知何处是起点，也不知何处是终点，而经过的那些地方，不是叫忧郁，就是叫苦闷，或者叫伤感。

8

北京的春夜，寒意料峭，仿佛人的思维也被冻僵了。郁达夫坐在桌前冥思苦想，一只手夹着纸烟，另一只手捏着一杆狼毫小楷毛笔。纸铺开已久，却没落下几个字。他眼角的皱纹不知不觉加深了。龙儿跳跳蹦蹦地进门来，叫着："爸爸，我也要穿洋服！"他烦心地推开儿子："去去去，别打扰爸爸写作。"转过身又问孙荃："怎么回事？"孙荃说，刚才去大哥家坐了会，龙儿见堂姐郁风穿着洋服，就动了心思了。

他皱皱眉说："小小年纪，怎么就有了虚荣心？"

龙儿扯他的衣角："不，郁风姐姐有，我也要有！"

他又推龙儿一把："外面玩去，穿什么洋服，你没那个命，要耽误爸爸写稿了，饭菜都没吃的，还穿洋服！"

龙儿不依不饶："不，我就要，我就要！"说着抓着他的衣用力一拖，他右手一抖，毛笔在稿纸上画了一道墨迹。

他恼了，随手给了龙儿一巴掌："我让你捣乱！"

龙儿捂着脸哇哇大哭起来。孙荃急忙搂过龙儿，抚着他的脸："心肝！疼不疼？……"又冲着他叫道，"你，你怎么下手这么重啊？你就这点本事吗？"

他懊恼不已："你说对了！我升不了官，发不了财，也挣不了钱，就剩下打小孩这点本事了！"

"有气你冲我来啊，打孩子干什么？要是嫌我们娘俩累赘，你言语一声，我立即带龙儿回富阳去！"孙荃含着泪道。

"既然晓得自己累赘，那还不把孩子带好，还要来烦我？"

"好，我和龙儿烦你了，我们就走！"孙荃说着拉着龙儿就往门外走。

他慌了，急忙拦住去路："好、好、好，算我错了行不行？你们搞得我心烦意躁，就不允许我说几句气话？"

孙荃低头怨道："你不知道你的话有多伤人吗？"

"气头上的话嘛，当不得真的，别计较了好吗？你肚里又有了，别动了胎气，伤了身体。"他说。

孙荃点了点头，摸摸龙儿的脸："以后别打孩子，好吗？"

"放心吧，这是我第一次动手打他，也是最后一次……我常年在外，想打都没机会呢。"他别过头去，他不敢看妻子哀怨的脸。

孙荃将抽抽噎噎的龙儿哄上床睡着了，自己在一旁做着针线，不时地看丈夫一眼。安静地陪着丈夫写作，可能是这个可怜的女人最大的奢求了。郁达夫的笔却还停在空中，落不到纸上去。心里的事太多了，是无法进入写作状态的。他之所以坚持坐在桌前，或许是对写作的一种回味，抑或一种祭奠罢？他喟然长叹，依依不舍地放下笔，仰靠在椅背上。

夜渐渐地深了，他若有所思地从皮包里拿出郭沫若的来信。创造社已成立了出版部，郭沫若已到广州中山大学应聘担任文科院长，想要他去任文科教授，同时兼顾出版部广州分部的工作。

而此时，广州也已成为革命的发源地，讨伐军阀政府的革命力量正汇集于此，北伐战争一触即发，他很想前去参与其中，有一番作为。可他与家人离多聚少，才回家不久，他有点难以开口。

孙荃是敏感的，瞟瞟他手中的信，又觑觑他的神色，就明白了八九分："你又要走了？"

他讶然："你怎么知道？"

孙荃垂下眼帘，幽幽地："这两天，我眼皮总跳……一家人好不容易到一起。"

"上次离开上海后，创造社逐渐衰落，我就一直心里有愧。我的兴趣，你是知道的，除此之外，我也一无所长……我们写文章、办杂志，无非是想在这弱者处处被摧残的社会里，保持我们弱者的人格，发出我们微弱的呼声，或许可以为天下的无能力者、被压迫者吐一口气。"他说，看着地上妻子的影子。

"你去吧，我和龙儿你不用担心，还有大哥大嫂，可以互相照应。"孙荃说。

他不由感激地说："谢谢你……"

"自家人客套什么……我帮你收拾东西去。"孙荃说着站起来背过身去，悄悄地擦去夺眶而出的泪花。郁达夫走到床边，轻轻地亲了亲龙儿的脸蛋，他想不到，这是与龙儿最后的亲昵。

9

郁达夫抵达广州是在1926年3月底，但只过了两个多月，6月初，就接到孙荃龙儿病重的来信。他随即离开广州，乘轮船经上海北归。到达上海后又接连收到几份龙儿病危的电报，便立即转船北上。他坐在轮船上，心急如焚，眺望着遥远的北国，眼里一片浑沌。

6月19日傍晚，他终于回到北京什刹海的家门前。他举手敲门，焦急地喊着："荃！荃君！我回来了！"可是敲了半天，也无人来开门。院内悄无声息。他好像被这个世界抛弃了。后来他一抬头，见门上有一白色纸条，上面写着："宅主因故搬走，有信件请送往巡捕厅胡同二十八号。"他惊呆了。他明白这纸条的含义。他眼前一阵发黑，身子晃了几晃，扑通一声倒在地上……

他赶到大哥家，见到了妻子孙荃，才知道五岁的龙儿因患脑膜炎不治，已经埋葬四天了。夜里，夫妻俩一言不发，只是抱头痛哭。

第二天，孙荃带着郁达夫去看龙儿的坟墓。他们在南纸铺里买了好些冥钱，烧在龙儿的坟前。他们不声不响地在坟墓旁坐着，听着乌鸦在树上呀呀地叫唤，看着暮色如同一匹巨大的灰布从天上覆盖下来，笼罩了大树、小草、坟墓还有他们自己，以及他们的呼吸。从那新鲜的黄土里，郁达夫嗅到了儿子细嫩皮肤的香气，他深深地吮吸着，感到儿子随着那气息进入了他的身体。他头大如斗，心疼如裂，想起打儿子的那一巴掌，更是胸中锐痛不已！他实在不该，实在不该为了自己的事抛弃了家人，一个人在外面流荡，而致使龙儿那个可怜的小小灵魂，就这么无助地去了！

可是，他又怎能不去外面闯荡呢？三个月后，神情凄楚的妻子又一次将他送上了远行的火车。

第十章

新 欢

1

1927年1月的一天，郁达夫身着皮袍，袖着双手，穿过上海街头凛冽的寒风，来到位于北四川路的内山书店买书。他埋着头在书柜前挑了一会，有人在他肩膀上拍了一下，回头一看，孙大可正笑眯眯地看着他。

"是你呀大可！你是什么地方蹦出来的？"郁达夫喜出望外，与孙大可热烈地拥抱，互相拍打着。寒暄之后，他们找个地方坐下来。郁达夫看着孙大可眼角的皱纹，感慨地说："一晃几年不见，岁月都在我们脸上留下痕迹了！"

"是呵，岁月不饶人啊！"孙大可问，"还是在创造社？"

郁达夫点头："创造社成立了出版部，但是长期无人管理，账目不清，经营状况非常不好。而沫若呢，当了国民革命军的政治部副主任，北伐去了。仿吾也当了黄埔军校的政治教员，他们都忙于革命，只好派我来收拾乱摊子，担当总务理事，半个月前才从广州赶来呢。"

"哦……广州那边现在情况怎样?"

郁达夫摇摇头:"说是革命中心,可混乱得很,也是你争我斗,腐败丛生。孙先生逝世后,右派对左派排挤得更厉害了……总之,这一次的革命,仍复是离我们的理想很远。不说这些了,这些年来,你怎么样?"

"一言难尽!你呢?"

郁达夫苦笑道:"我更是一言难尽了!安庆、北京、武汉、广州、上海,南北奔波,漂泊不定,四海为家处处家,处处又没有家!"

"常在报刊上读你的文章,所以对你的行踪还是略知一二的。夫人呢?孩子不小了吧?"

提到家人,郁达夫脸色黯然,低声告诉孙大可,夫人住在北京,他的大孩子患病夭折了,不过还有一儿一女,前不久妻子来信说,可能又怀上了。

孙大可同情地:"你真是经历了不少磨难啊!看来,你的负担也越来越重了。"

"经济上倒有所缓解,不像过去那样拮据了,现在虽然薪水菲薄,到底也是一份收入,不像在泰东书局时那样,给赵南公白干活了。现在出书也有版税,自己再勤奋一点,多写点文章,挣点稿费,生活还是过得去的。呃,大可,你也来创造社吧!欢迎你归队,我们联手大干一场!"郁达夫热切地望着孙大可。

"达夫,难得你还有这么大的热情!可惜我暂时来不成,这些年我漂来泊去,现在杭州一所中学教书,聘期未满,不好擅作主张。这次学校放了寒假,所以把妻子带出来散散心的。"

"是嘛?你也成家了,恭喜你呀!"

"我们住在马浪路尚贤坊四十号,我先告辞了,有空来玩吧！"

"好的，我一定前来拜访！"

孙大可抽身欲走，又回头道："对了，我还带了一个郁达夫迷出来呢！到哪她都带着你的书！"

"是嘛，是谁？"

"你来就知道了！"孙大可说着笑了笑，转身走了。

2

郁达夫第二天下午就跑到尚贤坊四十号去拜访孙大可。这是一幢普通的上海弄堂房子，孙大可租居在前楼，卧室、膳厅、书房、客厅等等，倒也一应俱全。郁达夫进门时院子里阒无人声，他朝楼上叫了一声："大可！"没有人应。他稍作思忖，便寻到楼梯，拾级而上。

或许是不想打破那种寂静吧，他把脚步放得很轻，以至于走到楼上客厅的门口，也没有惊动那个坐在里头看书的年轻姑娘。他倚在门边，有些惊奇地瞟着她。他虽然只看见她的侧面，就已察觉了她的年轻美丽。她的神态是那样专注，两条修长的腿交迭在一起，仪态优雅。

他礼貌地叩了叩敞着的门。

姑娘抬起头来，嫣然一笑："你好，请问找谁？"

他瞥见她的面容，目光一颤，一时为她的美貌所惊呆：那清澈波动的眼神，那柔嫩白皙的肌肤，还有那线条优美、微微翘起的红唇……她简直就是刚从月历牌上走下来的美女！

她似乎觉得他的神态好笑，问："先生您是——？"

他这才觉出自己失态，脸一红，嗫嚅着："我……我，是孙先生的朋友。"

"孙老师和师母出去了,马上就回的,要不您进来等一会?"她随和地说。

"好的。"他进入客厅,拘谨地坐下,四下打量屋里的陈设,同时窥探姑娘的面容,但只要她一看他,他又立即把眼睛闪开。她的目光明亮而锐利,似乎可以穿透他的内心。

姑娘大方给他沏了一杯茶:"先生请用。"

"谢谢谢谢,不用客气,"郁达夫试探着问:"请问小姐是⋯⋯?"

"我是孙老师的学生,是跟随老师和师母来上海玩的。"她的眼里似有电光闪烁。

他点一点头:"哦⋯⋯"

姑娘重新拿起书来读,神态仍然专注。四周仍是那样寂静,可他觉得这寂静里将有事情发生,或者说已经发生了。他有些紧张,手一阵阵发凉。他将那杯热茶捧在手中,没话找话:"小姐喜欢看书?"

姑娘头也不抬:"嗯。"

"喜欢哪一类书?"

"文艺书籍。"

"是吗?"他感到眼前一亮。

姑娘亮亮手中的书:"像这本《茑萝集》,我就非常喜欢!"

"是吗?"他心中一跳,顿时一阵欣喜,因为这本书正是他写的。他赶忙问,"为什么喜欢?"

"喜欢就是喜欢,还要别的理由吗?"姑娘调皮地一扭头,盯着他问。

"是不是看这个作者小有名气,才喜欢他的作品?"

"才不是呢!他写的文章就是好看,十六岁的时候,我就看过他的《沉沦》了!"姑娘说。

他故作不屑:"是吗?这个人的小说,有什么好的!"

姑娘惊奇地:"嚯,好大口气,难道你写得出来?你还能强过郁达夫?"

"我只是不写,若是写,肯定比他那些颓废的文字强!"他说。

姑娘两道青眉立时竖起:"胡说,郁达夫只是苦闷、伤感、愤懑而已,他并不颓废!"

"嘀,看来,小姐不是他的知音,也是他的崇拜者了?"

"知音不敢当,崇拜却是真的。"姑娘认真地说。

他心里窃喜,脸上却假装严肃:"小姐千万不要随便崇拜什么人,特别是郁达夫一类人,是最不值得崇拜的!郁达夫的作品不但有颓废色彩,还写了一些别人不敢写,不敢道的东西,就连周作人也说,《沉沦》是受诫者的文学,对于你这种年轻小姐,是很不相宜的!"

姑娘睁圆大眼:"你小看人,我都二十岁了,什么都懂,还有什么不相宜的?他写别人不敢写、不敢道的东西,只是为了表达自己的心灵!这正好说明,他是一个坦诚、真挚的作家!"

他一震,不禁对她刮目相看,嘴里却说:"嘿嘿,你如此高看郁达夫,他会窃喜不已呢!其实,他哪能有你说的这么高尚?不过是低级趣味,有伤风化而已!"

姑娘生气了,站起身:"你这位先生,好没道理!简直是个伪道学家!我不允许你当我面诋毁郁达夫!"

他开心极了,忍俊不禁,笑道:"小姐这么护着郁达夫,他是你什么人啊?"

姑娘不假思索,脱口而出:"他是我精神上的朋友!"

他继续诋毁自己："我看他没资格当你精神上的朋友，他不过是一个无聊的文人……"

"我不许你再诬蔑郁达夫，否则就请你出去！"姑娘气愤地伸手指着门外。

孙大可和妻子张华正好进门来，一见这阵势都愣怔住了。他对孙大可挤挤眼，笑道："大可，这位小姐要赶我走呢！"

姑娘噘起了小嘴："孙老师，你这位朋友太可气，有意找我抬杠，说郁达夫的不是！"

孙大可顿时捧腹大笑："哈哈哈……！"

姑娘莫名其妙："怎么啦？"

"来来来，我介绍一下，先把人物关系弄清楚再说，这位，是我太太张华。"孙大可揽一下张华的肩，又指一下姑娘，"这位是我的学生，杭州名士王二南先生的孙女儿，王映霞小姐。"

郁达夫微笑颔首，目不转睛地看着王映霞。他不再惧怕她那电光似的眼神，他的目光已经舍不得离开她了。

孙大可指着郁达夫说："而这一位，正是我们映霞小姐竭力维护，却又要赶他走的郁达夫先生！"

王映霞一愣，眼光如电，直奔他而来："你，你是郁达夫？"

郁达夫微笑着反问："不像吗？"

王映霞涨红了脸，一跺脚："你是郁达夫，你还要逗我，郁先生，你太坏了！"

郁达夫赶紧赔笑脸："和小姐开开玩笑嘛，如果冒昧，还请见谅！"

"一个崇拜者，一个被崇拜者，你们这样相识倒很有趣，如今的社会，有趣的事情不多了！"孙大可兴奋地说。

郁达夫更是兴奋异常："是呵，今天我非常高兴！因为在人的一生中,这样的时刻是非常稀罕的。这样吧,晚上我请客,一来祝贺我和大可重逢,二来庆祝我和张华女士、王映霞小姐初次相识,三来向王映霞小姐赔礼道歉!"

孙大可击掌:"好!大家畅饮一回!"

郁达夫瞟见王映霞红了脸,并且悄悄地瞟了他一眼。这一眼让他全身一阵酥麻,差点瘫软倒地……他明白,他一生中最美妙的时刻降临了。

3

傍晚时分,郁达夫与孙大可领着两位女士下了楼。走动的王映霞又是另一番仪态,腰肢扭动,婀娜动人,身体的曲线起伏不已,令郁达夫喉头发紧,目不转睛。来到马路上,郁达夫殷勤地叫了一辆出租车,大家坐上去,直奔小有名气的新雅酒楼。

要了一个包厢,点好菜,斟上酒,郁达夫举起杯,左顾右盼:"来,今天高兴,我敬三位一杯!"说着兀自干了,目光灼灼地看着王映霞。王映霞脸色绯红,避开他的目光,浅浅地抿了一口酒。敬完酒,郁达夫想给王映霞夹菜,菜都夹好了,却竟有点胆怯,于是筷子一拐,将菜放进了张华的碗里。他涨红着脸说:"孙太太,不知上海菜对你的口味么?"

张华点头道:"上海离杭州不远,口味也差不多的。"

郁达夫又问:"城隍庙、外滩都去过了?"

"去过了。"

"可惜季节没到,龙华的桃花也是很好看的。"

张华笑道:"郁先生,你别光和我说话,把你的崇拜者冷落了呵!"

孙大可也说:"就是,你本来是来向她赔礼道歉的哟!"

"是啊是啊，只是……"郁达夫窘得竟不知说什么好。

王映霞凝视着他问："只是什么？"

"只是我这人遇到女士就口齿木讷，在漂亮女士面前就更是如此，所以……"他紧张得额上沁出了细汗。

张华立即打趣说："原来，你是见我不漂亮才和我说话呀？"

郁达夫更窘了，慌忙摆手："不不，不是这意思，怪我词不达意，多有得罪，多有得罪。罚酒一杯，罚酒一杯！"说着自己倒了酒，一口喝了下去，由于过于仓促，呛得连连咳嗽，脸于是就更红了。桌上的人见状都笑了起来。

王映霞面若桃花，轻声道："其实，郁先生先前和我打嘴仗，贬低自己的时候，倒牙尖齿利的。"

"那是因为我暂时摆脱了郁达夫这个角色的缘故，以别人的身份说话，那是极容易的。"他说，心里总算平静下来了。

"不知先生有何新作问世？"王映霞偏着头问。

"唉，杂七杂八的文章是写了不少，只是好长时间没正儿八经地写小说了。"

"为什么？"

"心情恶劣，进入不了创作状态。"

王映霞咬咬嘴唇，不作声了。她斯文地吃着菜，郁达夫瞟见了她细密雪白的牙齿忍不住舔了舔自己的嘴唇。他转向孙大可："大可，你最近写什么了？"

"我也好久没写了，离开了创造社，离开了朋友们，好像就没提笔的冲动了。"孙大可说。

"郁先生，您要是不写小说，太可惜了，好多我这样的青年崇拜者，都等着看您的新作呢！您可是我们的偶像呵！"王映霞说。

"文章当然是要写的，除此之外，我也不能替社会做别的什么了。不过我可不愿当偶像，板着面孔，高高地坐在神龛之上，不食人间烟火，那有什么意思啊！"他说。

孙大可笑道："就是，还不如做个凡人痛快，大块吃肉，大口喝酒！"

"谢谢王小姐，你的期待是对我最好的鞭策！"郁达夫抿了一口酒，若有所思，"看来，我是该奋发努力了……来上海之前，在广州时，我去看望过安娜夫人，她拿出沫若在北伐途中的戎装照给我看，还嘱托我，也要像他的男人一样，能够做一点事业才好！她是关心我，可这话却让我心里顿感悲凉，难道在别人眼里，我已成了不务正业的闲杂人等？"

"不能这么说，写作不就是你的事业吗？"王映霞直视着他。

在这样的目光注视下，他嘴里忽然挤满了话，诉说的欲望在胸中拱动不已。他眼中一热，感慨地说："并不是别人都像王小姐这么看我。就连我的家人，虽然关心我，却并不能完全理解我，都希望我升官发财，真是使我难为好人。我不屑与俗人争，我尤不屑与今之所谓政治家争。而今幸遇知我者，今后当努力创作，以笔墨来愉己悦人，抒心底之情感，发民众之呼声！"

孙大可举杯道："好！小弟也须向你学习，有感即发，形诸笔墨，来，干！"

郁达夫站起身来，喝尽杯中酒，目光四顾："离开广州前，仿吾等诸位朋友在粤东酒楼为我饯行，正值我三十岁生日，席间我朗诵了一首即兴做的词《风流子》，大家想不想听听？"

王映霞清亮的嗓音银铃般叫道："想听想听！"

郁达夫清清嗓子，抑扬顿挫地吟道："小丑又登场。大家起，为我举离觞。想此夕清樽，千金难买，他年回忆，未免神伤。最好是，题诗各一首，写字两三行。踏雪鸿踪，印成指爪，落花水面，留住文章。明朝三十一。数从前事业，羞煞潘郎。只几篇小说，两鬓青霜。谅今后生涯，也长碌碌，老奴故态，不改佯狂。君等若来劝酒，醉死无妨！"

　　话音未落，他的眼中已盈满了泪水。他好久没有这么激动过了。他迅速地瞟一眼王映霞，只见她两眼晶晶发亮，景仰地注视着他。他感到一股暖流顺着她的目光注入到了他的心灵深处。

　　"好一个醉死无妨！达夫，来，为你干杯！"孙大可举起杯子。郁达夫便又干了一杯。酒液从他的嘴角淌了下来，他赶紧掏出手帕揩干净。

　　"郁先生，别喝多了。"王映霞在一旁轻声说。

　　他感到了她声音里的关切之情，心里十分受用，嘴巴却故作豪爽："酒逢知己千杯少，这点酒算什么？"

　　"映霞，你这个崇拜者又有幸听到先生的新作了，印象如何？"孙大可问。

　　王映霞想想说："我希望郁先生从今往后要快活起来。"

　　郁达夫一怔，马上说："王小姐真是火眼金睛，一眼就看到了我骨子里的不快活！来，为了这一点，我也要敬你一杯！"

　　王映霞忙说："我不能喝了，你也不要再喝，别伤了身体。"

　　"没事，"郁达夫将王映霞杯中的酒倒入自己杯中，与她碰一下杯，仰头喝尽。王映霞有点无奈，又有点着急，手足无措地注视着他，好像她做错了事一般。有酒壮胆，郁达夫敢给她夹菜了。当他的筷子往她碗里去时，她举手欲推辞，于是两人的手碰了一下。他的手像触电似的一麻，心里就有一团火轰然燃了起来。

　　就在这个妙不可言喻的时刻，张华忽然想到似的问："郁先生,郁太太是不是在上海?"

就像一盆冷水劈头泼下,郁达夫心头的情焰立时就熄灭了大半。他情不自禁地打个冷颤,脸色也不自然了。他飞快地说:"她是乡下人,我没带在身边。"不待张华回话,他话题一转,对王映霞说:"王小姐,你祖父二南先生的诗,我从前在杭州的报纸上常读到,我一向敬佩他老人家的。"

"他现在年纪大了,不常作诗了。"王映霞淡淡地答道。

"我以前似乎见过王小姐呢。"他陪着小心说。

"也许在杭州什么地方碰到过吧?"王映霞敷衍道。

一时,几个人缄默下来,桌面上只听见碗筷之声。郁达夫不时地偷觑王映霞的脸色。她脸上的红晕已经褪去了,代之以一种没有活力的苍白。她仿佛遭受了打击,情绪一下子低落下去了。她的眉梢流露出淡淡的怅惘与哀怨。他明白这都是因为什么。他忍不住忌恨地瞥了张华一眼。

吃完饭夜已降临,出了酒楼,郁达夫提议道:"今日相聚,余兴未尽,不如我请大家再去看场电影如何?"

孙大可说:"好呵!看电影好,不过这回由我请客吧!"

张华挽起王映霞的手说:"映霞,难得郁先生如此盛情,去吧?"

"师母,你们去吧,我身体有些不适。"王映霞蹙起了眉头。

郁达夫关切地:"是不是酒喝多了?"

"可能吧,头有点晕。"

"哎呀,都怪我……这如何是好?"他自责道。

"没关系,我自己回去休息,你们去吧,别扫了你们的兴。"王映霞说。

"这怎么行?让你一个人回去,叫人不放心!"他说。

孙大可说:"既然如此,电影就下次再看吧,我们送映霞回去。"

"对对对,电影以后有得看,我去叫黄包车!"

郁达夫走到街面上,扬手叫了车来。四个人便分别坐了车,回到尚贤坊四十号。下车后,郁达夫抢先付了车费。他正想着好不好再上楼陪陪王映霞,孙大可说:"达夫,再上来坐坐?"他急忙顺水推舟,说:"好啊!"于是就又随他们上了楼。

郁达夫和孙大可在客厅窗前坐下。张华给他们沏上茶。王映霞过来,礼貌地说:"郁先生、孙老师,你们慢慢聊,我去躺一会。"郁达夫忙说:"去吧,好好歇着。"王映霞便步入隔壁卧室,随手掩了一下门,和衣上床,背朝外侧躺下来。

郁达夫悄悄瞟瞟隔门,门并未掩紧,透过门缝,可见到王映霞丰腴的背。隐约的,他看到她的身子在起伏,他甚至听到了她细微的呼吸,闻到了随那呼吸吹来的若有若无的温香。他的心全在她的身上,可他还得应付孙大可。他只好没话找话:"大可,住在这个地方还方便么?"

"还不错,映霞住这一间,我和张华住左边那间,此外还有专门的小餐厅。"

"这次来上海,打算呆多久?"

"这要看两位女士的兴致了。不过,说不定,我以后也会来上海做事。"

"那好呵,我们又可以经常在一起了,"郁达夫又往隔门那边瞅一眼——王映霞还是那个睡姿——压低嗓门说,"这王小姐现在没做事?"

"哦,她从杭州女子师范毕业了,是考大学继续读书,还是去教书,还没拿定主意呢。"

"人倒是挺聪明，也挺漂亮的。"他淡淡地说。

"那当然，人称杭州一枝花嘛。"孙大可一笑。

张华怕他们的谈话影响王映霞休息，轻手轻脚地过去，将半掩的隔门拉紧了。郁达夫朝那扇关上的门溜了一眼，起身道："大可，孙太太，你们休息吧，我也该告辞了！"孙大可也起身："好的，你也早点休息。"张华笑吟吟地："郁先生慢走！"

郁达夫下了楼，出了院子，走了十几步，脚走不动了。他回到院子里，往楼上望去，只见孙大可夫妻俩已入房就寝，而王映霞的房间还亮着灯。她还以那样的姿态躺在那里吗？他极想听听她的呼吸，极想再闻一闻他想象中的温香。他没有多想，像个小偷似的，轻手轻脚地重新走上楼梯，沿着楼廊向她的房间摸过去。

但是只到了孙大可夫妇的窗前，他就停住了。因为他听到了里面的对话。

"你看出来没有？"

"看出什么？"

"郁先生似乎对映霞有意思。"

"你多心了吧？"

"反正，我觉得他对映霞的热情异乎寻常，女人的感觉是很灵敏的，你不是女人，所以你觉察不到。"

"我看你是神经过敏。达夫是个性情忧郁，内心寂寞的人，老友重逢，又遇到年轻漂亮的崇拜者，所以才如此快乐热情。这对他来说，也许是一剂治疗苦闷的良药呢！"

"可是我觉得他也是一个内心浪漫的人。"

"浪漫是浪漫，可达夫不是一个没有责任感的人，他已经有妻室儿女，怎么还会追求一个小他十岁的千金小姐呢？"

"我还注意到,听说达夫有妻室之后,映霞的情绪就低落了,这说明,她对郁达夫的崇拜之中夹着一种微妙的感情。"

郁达夫不敢听下去了。他仿佛被当众揭穿了心中的隐秘,羞愧得脸皮一阵发烧,连忙蹑手蹑脚地退下楼来。

他回到宝山路三德里的创造社二楼的住处,躺在床上,辗转反侧,夜不能寐。满脑子都是王映霞美丽的面容和她清脆的声音。她竟然说他写别人不敢写,不敢道的东西,只是为了表达自己的心灵!她竟然还不允许他当她面诋毁郁达夫!特别是,她居然还声称他是她精神上的朋友!他从没想到会遇到这样的女子,特别是这样美丽的女子!这是天意,是命运,是绽开在他荒漠一样的生活里的一朵绚丽夺目的小花啊!

他的心悸动着,他起床披衣,拿出日记本,窸窸窣窣地写了起来:"……遇见了杭州的王映霞女士,我的心又被她搅乱了,此事当竭力的进行,求得和她做一个永久的朋友。"

4

只过了两天,郁达夫又匆匆来到尚贤坊,在院门口,差点与正要出门的王映霞撞个满怀。郁达夫又惊又喜,说话也结巴了:"映、映霞小姐,出、出去啊?"

王映霞也红了脸:"嗯,师母他们会朋友去了,我一个人在家闷得慌,想出来走走。"

他说:"那,那好呵,我陪你逛逛?"

王映霞垂下头:"……这不好吧?"

"有什么不好的?"

"我怕别人……"

"你怕别人误会?不会的。"

"你怎知不会?"

"在世人眼里,你这样美丽的女孩子,是应当有个漂亮年轻的男子陪伴左右的,而我又老又丑,别人只会以为我是你的叔叔……"说着,他心里就难受起来。在她面前,他确实自惭形秽。

"可你的文章漂亮,你的名声也漂亮啊,这些不比面孔漂亮更重要吗?"

"这要看你怎么看了。"

"好吧,咱们逛逛去。"她说。

他一喜,随着王映霞往弄堂外走:"你不怕别人误会了?"

"别人误会不误会关我们什么事啊?"她妩媚地瞟他一眼。

他眉开眼笑:"说的是嘛!"

他们来到街头,并肩漫步,喁喁而谈。太阳很好,没有风,虽然正是隆冬,郁达夫也感到全身心都是暖意。她温馨的体香一波一波地向他涌过来,他不时地做着深呼吸,想让那香味一点不漏地吸入他的胸腔里去。当有情侣勾肩搭背从旁边走过,他就饶有意味的瞟一眼她的脸庞。他相信她也会有美好的联想,因为她的眼里流出了羡慕的光彩。他很想像别人一样搂住她的腰肢,但那太唐突了,他不敢。他不能不想到欲速则不达这句话。不过,很快就有一辆汽车成全了他。车从近旁过时,他很体贴地揽住王映霞的腰肢,往路边靠了几步,用身体护住她。而她也显得十分温顺,车过去后,她很自然地挽住了他的胳膊。

噢,这是一种什么样的感受啊,他和她似乎就此连成了一体!她的胳膊柔软而温暖,就像一圈阳光套住了他!他们的身体和衣服亲热地摩挲着,似乎在窃窃私语,说着外人所不知的情话。而他们自己,反倒沉默了。是的,这个时候语言是多余的,只要用心感受到对方的存在，这就够了，这就够他们快乐地品味了……但是，这情形并没有持续多久，她颤抖一下身子，似乎是要系那颗大衣的领扣，她将手抽了出去。不过他并没有失望，快乐还在他心里持续着，他今天收获得够多的了，他要感谢命运，更要感谢她的垂青。走了一程，他亲昵地看看她，说："去创造社出版部，看看我工作的地方怎么样？"

"嗯。"她默契地点点头。

于是，他领着她来到了他的工作地点。一进门，几个年轻人都从办公桌前抬起头，投来惊异的目光。有人说："哟，郁先生，带这样漂亮的客人来，我们这就蓬荜生辉了。"他不无自豪地笑道："那当然！这位是杭州的王女士。"而她则落落大方地一笑，朝众人点点头。很轻易的，她就赢得了大家的好感。

他把她带到办公室一隅，拍拍桌子："这就是我的办公桌。"

她好奇地观察着桌上成摞的书、报纸和稿件，两片红唇微微地张开着。他将椅子从桌下拉出："坐吧，我给你倒杯水。"

"不用了，我不渴，"她缓缓坐下，翻翻摆在桌上的一份杂志。那是他刚刚编辑出版的新一期《洪水》，上面登载着他的一篇叫《广州事情》的文章。她指着那篇文章："这是你写的？"

"是呀。"

"小说还是散文？"

他笑笑："都不是，不过是就时局发的一番议论。"

"没想到你还关心时事与政治。"

"不当政客并不意味着不关心政治。毕竟，政治事关国计民生。再说，政治这东西，你不招惹它，它也会招惹你，还不如主动去关心它。"

"我也没想到，你那么多好文章，是在这样简陋的地方写作出版的。"

"人们总以为，作家的生活很浪漫的，富有诗意的，其实，既要苦其心志，又要劳其筋骨，有时是非常枯燥、乏味、揪心费神的。"他说。

"我常想，您一定有着非凡的经历，不然心灵不会那样丰富。"

"看了我的文章，对我的经历你会略知一二，不过……哦，这地方太杂了，我们还是到外面找个地方谈吧？"

她点点头，站了起来，温顺地随他往外走，同时不忘与办公室的其他人打招呼告别。她是有礼貌的，礼貌加上美貌，她的魅力就愈发的动人了。这愈加让郁达夫自豪，她的光彩照亮了他，也使他觉得自己的形象高大了不少。

天色已经不早，郁达夫便带她去了酒楼，进了一个僻静的雅座，要了些菜，又叫了一壶酒，两人边饮边聊。他主动地说了自己的家庭情况。他知道，对这件事，他越主动越好，越坦诚越好。说到动情处，他眼里泛起了泪花。

"我的婚姻状况大致就是这样，"他呷一口酒，感慨道，"就像这杯中物，苦里面还带点涩。"

她同情地瞥他一眼，默不作声。

"说来也没什么特别，在中国，这种包办婚姻遍地都是！我是这样，郭沫若是这样，就连鲁迅、胡适这样的大文豪，不也是这样？就冲这点，我们这个社会也得革它一命了！"他说。

她若有所思，沉默了很久才说："其实，你妻子也挺可怜的。"

"是的，她也是受害者，也让人怜悯，正是这样，我背上的十字架才愈发沉重！"

"所以，我觉得，你也着实可怜。"

他看看她，眼睛忽然红了，摆摆手："不说这个了，说就让人伤感……"

他举杯欲饮，她把酒杯抢了过去："别喝了……郁先生，别让酒伤了你的身子。"

"唉，酒不伤人人自伤啊！"

她给他倒了一杯茶："郁先生，为了喜欢你的读者，你也该保重自己才是！"

他面色赤红，额上青筋突起，颤声道："映霞，谢谢你在我们相识之前，就把我当作了你精神上的朋友……我极希望，在以后的生活中，我们也是极好的朋友。"

她两颊绯红："可我，只是一个不懂世事的小女子，哪有资格做先生的朋友？"

"你有、有，我还从未遇到，有哪个女子这样懂我的小说，懂我的心！"为掩饰内心的冲动，他端杯饮茶，手一抖，茶水洒了大半。他屏住气息，低沉地说，"你知道吗，有时我觉得，我的心像是一只冬眠的蚕，冰凉僵硬，行将死去。我多么渴望有一位你这样的朋友来激活我的生命力！"

她垂下头，嘤嘤低语："可是……"

"可是什么？"

"我怕……"

"有什么好怕的呢？我会非常、非常尊重你的！"他恳切地说。

她低头不语。显然，在她那一头黑发覆盖着的小脑瓜里，有着许多的顾虑，许多的想法。稍许，她起身，央求道："我有些不适，送我回去好吗？"

她那无助的眼光弄得他心里一颤，急忙点头："好的。"

他带她走上街头，远处霓虹灯暧昧地闪烁，黑糊糊的树影凉凉地掠过他们的身体。他们不再说话，她也没有再挽住他的胳膊。可身体不时地相碰让他心跳不已，他感到他们的心紧紧地贴在一起。

5

郁达夫送王映霞回到尚贤坊时，孙大可两口子正在客厅里坐着。见他们进门，孙大可两眼一亮，说："达夫来了？"

他莫名地有些慌乱，急忙夸张地一笑，说："古人说得好，'出门无知友，动即到君家'，下午来找你，你和太太出去了，我就和王小姐到外面逛了一圈。"

张华热情地让座，给他们沏上茶，笑问："映霞，和郁先生玩得快活吧？"

"还好。"王映霞淡淡地一笑，将脸扭向一旁。

"他们呵，一个见到了偶像，一个是遇到了知音，自然是聊得很开心的啦！"孙大可笑道。

"是啊，我们的确很开心，"郁达夫瞟瞟王映霞，心里有股温泉在往外涌。时候已经不早，按说他该告辞了，但他拔不动腿。他忽然有种预感，好像今晚他不明白地说出自己的心思，就有可能永远没有机会了。即使不好直接向她说，他也必须立即间接表达出来。他涨红了脸，鼓足勇气，用日语向孙大可说道："大可，一直以来，我寂寞得如同在沙漠中行走，前无去路，后失归程，只渴望有一片绿洲出现。现在，它好像就在我眼前。"

孙大可诧异地看了看郁达夫，也说起了日语："是吗？你能够确定？"

"我的心不会欺骗我。这两天，也不知何故，我几乎神魂颠倒了，作事无心，吃饭无味，梦见的是她，想念的也是她，她的影子总在我面前晃动——你知道我指的是谁。"他说着瞟了瞟王映霞。

孙大可错愕片刻，一时不知说什么好，也看了王映霞一眼。王映霞不懂他们说什么，但意识到话题与自己有关，便打个呵欠作掩饰，走到自己卧室，顺手掩了一下门。门仍敞着一条缝，从门缝里可以看见，她和衣躺在了床上。

郁达夫继续说着日语："你不要感到惊讶，坦白说，我是一见钟情了！见到她，我的灵魂似乎找到了归宿，和她在一起，即使不说话，我也觉得很欣慰……我心里有一股快乐的泉水，怎么也控制不住，咕嘟咕嘟往外冒险。"

孙大可也以日语作答："其实，我们已看出苗头来了，也替你们担忧。你是一时感情冲动，还是要作长久打算？"

"我的恋火已经燃起，它无法熄灭，我也不想熄灭，或许，它是我生命中最后一次爱情了，我当然要作长久打算。"

孙大可严肃地说："恕我直言，这种情感，对你们俩是很不相宜的！我劝你理智一点，冷静下来，如果实在冷静不了，先回北京去，你的妻儿会让你理智的。"

"不，现在要我离开，简直是要撕裂我的灵魂！其实我对她的情意，已有所表达，有所暗示了。"

"她的态度？"

"她应该了解我的意思，席间颇殷勤，只是态度含糊不清。我理解她，她有少女的羞涩，还有对世俗的顾虑，可能还感到突然……但无论如何，我不想放弃！所以，想请你太太在适当的时候，替我问一问她的意思。"说着，郁达夫为掩饰内心的激动，大口地喝着茶。

孙大可忧虑地看着他,不置可否。

郁达夫被看得不自在起来,孙大可的沉默更是叫他心慌,他于是瞟一眼壁上的钟,起身道:"哦,不早了,不打扰你们休息,告辞了!"他径直下楼去。他听着自己的脚步声清晰地回荡在寂静的黑夜里。他还感到背上落有两缕灼热的目光,当然,那一定是他心爱的王映霞的目光,她肯定透过夜色凝视着他。

6

郁达夫一走,张华就问孙大可:"你们叽里哇啦说了些什么?"

孙大可将通往王映霞卧室的门关严实,轻声道:"你的感觉应验了!"

"郁先生真的看上映霞了?"

"他还想请你探探映霞的口风呢。"

"那,怎么办呵?"

"一个是我的朋友,一个是我的学生,怎么办?该提醒的提醒,该告诫的告诫,到底怎么办,还是由他们自己决定。毕竟,这是他们之间的私事。"

"那,我替不替他去问映霞?"

"问一下吧,也好知道她是什么态度……唉,但愿达夫妥善处理,不要伤了自己,更不要伤了他人!"

张华点点头,随即推开王映霞卧室的门,蹑手蹑脚来到床边,轻声唤道:"映霞,睡着了?"

"没有呢。"王映霞坐了起来,揉揉眼,"……郁先生走了?"

"嗯,说了一大通日本话,就走了。映霞,这两天你和郁先生相处得挺不错嘛!"

"还好。"

"我看,你对他也挺不错的。"

"他是我崇拜的作家,我对他自然要热情周到一点,他盛情邀我出去玩,我也不能不应酬。"

"郁先生对你有意呢,还让我来探你的口风,看你是什么意思。"

王映霞咬着下唇不作声,脸颊慢慢地被羞涩涸红了。

"他是有妻室儿女的人,当然要慎重考虑……我的意思,你要是无心,就减少和他的来往,不要让他误会。"张华说。

王映霞点头:"师母,我知道的……我是看他可怜。"

7

因为与王映霞交往,郁达夫开销大了起来。这天他打了张支款条,想提前支五十块钱薪水。年轻的黄会计说:"郁先生,你好像花钱突然多起来了?"他颇为不快:"怎么,我花自己的钱还要你来审查?"黄会计说:"嘿嘿,自古文人多风流,不过为女人挥霍,实在是划不来咧!"他说:"你少啰嗦,快签字吧。"黄会计签了字,郁达夫去找出纳支钱。出纳边数钱边说:"呃,刚才我从外面回,看见上回来过的那个王小姐站在街口,好像在等什么人,又好像在犹豫上不上我们这儿来呢!"他心中一跳:"真的?"出纳说:"我看没错,就是她!"

郁达夫接过钱,都没来得及数一遍,就兴奋地跑出门去了。他一阵小跑来到街口,左顾右盼,只见电车来往,行人匆匆,却并无王映霞的踪影。他向左侧的街道跑了几步,觉得她不太可能在这一边,就退了回来,再朝右侧街道跑去。他瞪大两眼,紧张地搜寻。前面有个婀娜多姿的背影,颇像王映霞,郁达夫一喜,快步过去欲招呼，那背影转过来，却是一张陌生的脸。

各种可能都思想到了，她可能去的地方都找了，终是没有她的踪影。郁达夫回到街口，呆立着，惆怅不已。零星的雪花从头顶飘了下来，一粒一粒的冰凉落到他灼热的面颊上，发出嗤嗤的细响。不知不觉中，雪越下越大，一头乱发上沾染了一层白色，他仍呆立不动。来往的行人纷纷投来诧异的目光，他似乎懵然不知。

"达夫！"随着一声呼唤，孙大可撑着伞从雪中走来，"你站在这干嘛？"

郁达夫忸怩一笑："我听人说王小姐在这儿，特意来找……"

"映霞在家和张华围炉聊天呢，这么冷的天，她出来干嘛？你上人当了！"孙大可拍拍他的肩膀笑道。

"哦……"

孙大可将伞移过来，两人共着伞边走边聊。郁达夫问："大可，那事，张华替我问过了吗？"

"达夫，听我几句忠告吧，我们都是而立之年的人了，写小说不妨奔放不羁，随心所欲，但对自己心中的情爱之马，不可没有一根理智的缰绳。你想过没有，你倘若与映霞结合，势必要损害你完整的家庭？还有，你也得设身处地替映霞想想，以她的年龄、人品、学识和家庭背景，很容易找到比你更合适的对象，她何必自寻烦恼，去找一个必须要先毁了家，才能和她结婚的有妇之夫？你若真爱她，就必须考虑到她的前途和幸福，以及她的名誉。况且，你们年龄相差太大，现在无妨，时间一长，必有影响……我是旁观者清，希望你多方权衡，慎重考虑！"孙大可郑重其事地说。

"王小姐是不是明确地拒绝了？"郁达夫问。

"没有表示拒绝，可也没表示接受。"

"那就是说还有希望。"

"看来，我的话你根本没听进去。"

"大可，谢谢你的忠告，可我的情爱之马，已经无法勒住！爱，现在是我生命的全部意义！我希望你不要加以阻挠。"他执拗地说。

"这是你的私事，我无权阻挠，但我也不会鼓励。"

"我们是老朋友了，你就不能帮我一点忙？"

"正因为是老朋友，我才不能帮这样的忙，让你在歧途上越走越远！"

郁达夫停住脚："在这件事上，看来我们是没有共同语言了，再见吧！"说罢，兀自走进纷飞的大雪里。孙大可望着他那顶着风雪毅然前行的身影，苦笑着摇了摇头。

第十一章

恋 火

1

郁达夫又去尚贤坊看望王映霞,客厅没人,便踅入王映霞的卧室。只见王映霞侧躺在床上,用手绢捂着眼睛。张华坐在床头,抚着王映霞的肩,轻声安慰着她:"别哭了,看你,还像个小孩似的……"

郁达夫走到床前,瞟见王映霞脸上的泪痕,有些吃惊:"王小姐为何伤心?"

王映霞慌张瞟他一眼,将脸埋了起来。张华解释道:"她家里来电报,要她赶回去过生日,她不想离开我们,所以就伤心落泪了!"

郁达夫笑道:"嘿嘿,为这件小事还落泪?王小姐真是稚气未脱呢,可爱!

哪天生日啊?"

"农历十二月二十二,没几天了。"张华说。

"噢……"

"郁先生，你坐，我给你泡茶去。"张华意味深长地瞟一眼郁达夫。张华一走，郁达夫便在床边坐下。他立即闻到了王映霞颈子里散发出来的温香，不禁贪婪地深吸了一口气。她的一只丰满圆润的小手搁在被子外面，楚楚可怜的样子，他想了想，轻轻地将它握住，心里突突直跳，嘴里却说："这么点小事，哭什么呀，不想回去不回去便是，那么漂亮的脸，别让泪水弄脏了……"

王映霞抽了抽手，不动了。她的手就像一只温暖的小鸽子，安静地栖息在他的掌心。那种肌肤相亲的感觉真是前所未有。这时身后响起了张华的脚步声，郁达夫迅速地从怀中拿出一封信，塞入她的枕头下，然后立起身来，回头道："孙太太，我告辞了。"

"茶都不喝就走了？"张华问。

"我是顺便过来看看的，今天杂志发稿，忙着呢！"他说话时眼睛一刻不离王映霞。他看到她的脸色红润了起来，她还默契地捂住了枕头，像捂住了一个共同的秘密。他还感到她的目光粘在他的身上，他离开时，就将她的目光拉得又细又长了。

2

那封信只有一句话，那句话是一个约定。他约王映霞第二天上午九点来他住处谈谈。谈什么，那是双方都心照不宣的。当晚，郁达夫写小说写到凌晨一点才睡。谈情说爱是需要成本的，他的薪水不多，吃饭喝茶看电影之所需，只有通过多写文章多赚稿费来解决。因为她没有拒绝他的信，所以他异常兴奋，睡意也不多，第二天一早就起床了。草草地吃过早点，他就忙着整理房间。收拾好桌上乱放的书，藏好还没洗的臭袜子，又拍打拍打床单，在桌前摆上两把椅子。

光摆这两把椅子，就费了他不少心思。它们不仅仅是两把椅子，而是两个象征。如果隔得太远，就有点生分，可如果凑得太近，又似乎显得他有预谋。他将两把椅子搬来搬去，直到感觉它们不远不近，正好在双方都可以接受的距离内，他才消停下来。

他正襟危坐，开始专心等她。墙上的挂钟滴答作响，像是数着她愈来愈近的脚步。他忽然想到，她是喜欢吃零食的，她是个调皮的小馋猫，他应该买点水果呵酥糖之类的东西来的，可现在时间来不及了，时针已指向九点。他还是恋爱的经验不足呵。他牵起衣袖，紧张地擦拭一下旁边那把椅子，他不想让一丁点灰尘沾染了她那丰腴可爱的臀部。他竖起了耳朵，他盯着门，他屏住了呼吸……

可是门外寂静无声，门也不见被人叩响，而挂钟指针已经指着九点十分了。

他按捺不住了，起身打开门。楼道里阒无人踪，静悄悄的。有股冷风擦着他的脸窜了过去。他高悬的心缓缓坠落下来。他惆怅地掩上门，回到窗前，推开窗户往外眺望。高高低低的楼房挡住了他的视线，而马路上也只有别人的影子。

这时门砰砰响了两声。他感觉有两颗石子打在他背上。他浑身一抖，倏地转过身，颤声道："请，请进！"门开了，进来的却是一个十几岁的男孩。男孩问："您是郁先生吗？"他讶异不已："你找我？"男孩点点头，举起一张硬纸片："这是给您的。"

他接过纸片，举到眼前一看，只见上面用铅笔写着：因病不能来，请原谅。

那是她的字，他认得出来。他脸色泛白，摸出两个铜子给男孩，男孩好奇地瞥瞥他，转身走了。他满心冰凉。他捏着纸片来回踱步，时而沮丧，时而狂躁，时而冲动，自言自语："哼，托病回避……我太不知趣了,她根本就不喜欢我,她讨厌我……这一回的恋爱,还没开始就从此告终了?可怜我孤怜的半生,可怜我不得志的一世!我且把我的爱情,变作了对人类的博爱吧……不,她是崇拜我的,她只是矜持,只是害怕,她放不下面子,走不出这一步……或许,她是真的不愿和我来往了?……不!我不能没有她,老天爷呀老天爷,我情愿牺牲一切,但我不愿就此失掉了我的王女士,只要还有百分之一的希望,我就要做出百分之百的努力!我还是有希望的呀……是的,我不能守株待兔,我要主动出击!"

他穿上皮袍子,匆匆出门,一头钻进凛冽的风里。

3

郁达夫来到尚贤坊四十号,听得楼上笑语喧哗,男女声混杂,不禁有些诧异,也有些不快。他为什么要不快?他有理由不快吗?他不知道,但是他就是不快。

他默默地上楼,推开客厅的门,嘈杂的声浪扑面而来。一群男女在搓麻将,张华在一旁端茶倒水。其中有熟悉的面孔,有陌生的面孔,也有半生不熟的面孔,就是没有他渴慕的那张面孔。这反而使他吁了一口气,心里轻松下来。他不理睬那些问询的眼睛,急切地问:"孙太太,映霞呢?"

一个秃头男士打出一张牌,抬头笑道:"哟,映霞映霞的,叫得好亲热呀,这位就是大名鼎鼎的多情作家郁达夫先生吧?"

一个女士说:"不是他还有谁?可惜呀,郁先生,你来晚了!映霞呀回杭州去了!"

秃头男士说:"别诓人好不好?一点同情心都没有!君子成人之美嘛!郁先生,王女士是明天上午的火车,你还有机会!"

郁达夫面红耳赤，又不便发作，就拉着张华到了门外，问："孙太太，他们怎么这样说？难道王小姐把我的信公开了？"

"映霞是无意的，这些人喜欢闹，不知怎么就被他们看到了。"张华解释说。

"怎么能让这些不相干的人看呢？"他心里一堵。

"也没什么，都是朋友，大家开开玩笑而已。"张华笑道。

他问："王小姐真的要回杭州了？"

张华点点头："是啊，她上街买东西去了。"

"孙太太，我对王小姐是真心诚意的，无论如何，请让我在她回杭州之前见上一面，好吗？求求你帮帮忙吧！"他言辞恳切。

张华想想说："那，你就在这等吧，也许她一会就回来的。"

郁达夫回头瞟瞟门里那些打牌的人："我跟他们没话说，我能到王小姐房里等她吗？"

"也行。"张华带着郁达夫从前廊绕过客厅，进到王映霞卧室，说，"你就在这等吧，书也有看的，噢，桌上还有你的书呢。我给你倒茶去。"

郁达夫叫住她："呃，怎么几天不见大可了？是不是生我气，躲着我？"

张华笑道："你们是老同学，好朋友，有什么气好生呵？"

郁达夫说："他不赞成我和映霞好。"

"他虽不赞成，可也并不想干涉，那是你们的私事。别多心，他在忙自己的事呢！"张华说。

"他不是来上海度假的吗？还有什么要忙的事？他的行踪真是有点神秘。"

"这年月，谁没有要操心的事啊？"张华说罢，带上门走了。

郁达夫缓缓走到王映霞床前，小心翼翼地坐下。他又闻到了她身上特有的温馨气息。他伸出手，在床单上抚摸着，仿佛是抚摸着她的身体，手掌下波浪起伏……他的手贪恋地游移，挪到了她的香枕上。他发现枕上有一根黑亮的发丝，他尖起指头将它拈起，举在眼前仔细端详。这是她身上掉下来的呵，他嗅了嗅它，用两片嘴唇将它含住，然后用舌尖舔了舔。接着，他双手拿起她的枕头，紧紧地捂在自己脸上。他深深地呼吸着枕头上的气息，哦，那么甜美，那么香醇，他全身的每个角落都充满了她的芬芳……

他迷醉了，所以他的听觉也不灵敏了。他不知道王映霞进了门，来到了楼下。正好下楼的张华将一根手指压在嘴唇上，示意王映霞别吱声，然后凑到她耳边说："郁先生在你房间等你呢！"

王映霞的脸腾地红了："那，怎么办？"

张华悄声说："你若不想见他，上楼之后，就悄悄地到我房间去，暂时不要出来，有人打门也只当没听见。"

王映霞犹犹豫豫地点点头，轻手轻脚地上楼，进了张华的房间，反手关上了门。那门咯吱响了一声。还好，郁达夫没有被王映霞的体香迷醉到人事不醒的地步，一听到王映霞关门的声音，敏感的特性又回到了他身上。他霍地站起，走出门外，来到张华卧室门口。他听到了门内那细微的熟悉的呼吸声——是的，他认识她还没几天，他却非常熟悉她的呼吸了，它那样舒缓，绵长，富于韵律，芳香四溢，就像爱情本身。

郁达夫拍了拍门："映霞，是不是你回来了？"

门里静悄悄的，没人回应，但他感到她蓦然回首，眼波流动。于是他说："映霞，我知道是你，我听得出你的呼吸，我闻得到你的气息！"

屋内还是没有动静。她或许坐在桌前，捂着胸口，正感情复杂地倾听着他的呼唤吧。郁达夫舔舔嘴唇，低声诉说："映霞，你感觉不到我这颗为你而跳动的心吗？你就不能打开门，让我见你一面？"

他听到了很轻的两声脚步声，仿佛看到她向门走了两步，又停住了。他期待着她说话，将耳朵侧对着门缝。可是，屋里一点动静都没有了。过了很久，又过了很久，仍是一片死寂。他的心往一个黑色深渊里坠去。他叹了口气，凄然道："唉，话都不肯和我说一句，看来我真让你讨厌了！是呵，我已经不是你精神上的朋友了，只是一个一厢情愿的恋爱病患者！……好了，我不打扰你了，这就算是一场求爱的结束吧，你保重，但愿你遇到比我更爱你的人！我走了……"

说罢，郁达夫两眼含着泪，垂着头，脚步沉重地离去。

4

郁达夫如果在门外再坚持一会，也许故事就是另外的轨迹了。事实上屋内的王映霞已被他的情话弄得泪光闪闪，难以自持。郁达夫下楼的脚步响一声，王映霞的心就疼一下。他的脚步消失了，她似乎才惊醒，仓猝地打开门，急急地问张华："师母，郁先生走了？"

张华点头："嗯，走了。"

王映霞极为不安："我这样做，对他好像不公平，我伤了他的心……"

"我看，是你动心了吧？"

"我真的……可怜他，他恐怕又要去买醉消愁了，我心里真的很不安，不该这样对待他。"

"那这样吧，明天我陪你去找他，向他道个不是，你就心安了！"张华说。

于是第二天上午,王映霞和张华坐了黄包车,来到创造社出版部找郁达夫。可是黄会计告诉她们,郁先生不在,一早就出去了。王映霞问:"你知道他去哪了吗?"黄会计笑道:"王小姐都不晓得,我们这些小伙计哪里晓得啊?"

王映霞只好挽着张华离开,边走边说:"只怕是昨天得罪他了,生我的气,故意躲着我。"

"一点点冷遇都受不了,那他还追求什么爱情啊?正好让他接受一点考验。"张华说。

王映霞忧心忡忡:"也许,他再也不会见我了。"

"哎,该不是到火车站会你去了吧?昨天那几个打麻将的朋友诓他,说你今天回杭州呢。"

王映霞摇头:"不会吧?"

"我看有可能,要不我们打赌如何?我们马上到车站去,要是他在那儿,你们就交往下去,要是他没在,那朋友都没得做,你就再也别见他了!"

王映霞脸上又有了些红晕,点头道:"好吧!"

于是她们又赶到了火车站,径直上了月台。月台上送行的人不多,稀稀拉拉的。她们四下寻找了一会,没见到郁达夫的踪影。火车鸣响了汽笛,上车送行的人纷纷下车,其中也不见郁达夫。

列车缓缓开动了,一股肃杀的冷冽之气被巨大的车体带起,扑到她们脸上。王映霞丰腴的脸庞逐渐显现出苍白之色。她的眼光因为失望而无力地垂了下来。张华往一节车厢里窥探一眼,隔着玻璃,看见郁达夫正在里面张望。她拉一下王映霞:"他在车上!"旋即冲车厢里大喊,"郁先生,我们在这儿!"

车厢里的郁达夫一无所知,头都没回。张华和王映霞跟着列车跑了几步,便无奈地停下来。列车越开越快,很快就消失在远处。

"怎么样,我猜的没错吧?"张华拉拉王映霞的衣服。

"他会坐到哪去呢?"王映霞既兴奋,又忧虑。

"放心吧,这个痴汉,找不到你,他自会回上海的。"

"我真有点愧对郁先生了,不如,我干脆明天或后天回杭州算了。"

张华想想道:"嗯,这样也好,你们俩都需要冷静一段时间。反正春节没几天了,回去过完年再说吧。"

王映霞无奈地说:"也只能这样了。"

5

而坐在火车上的郁达夫,却不是这样想的。他只想找到王映霞,他怕不立刻找到她,就会永远失去她。他两眼紧张地睃寻,将所有的车厢都找遍了,也还不死心。他想她也许会从南站上车吧。他买了去龙华的车票,找个座位坐下。他望着窗外移动的景物,一遍一遍地回忆她的模样,回味他们之间曾有过的对话。

列车一进南站,郁达夫就盯着入站口。上车的旅客不多,他看得很清楚,其中并没有那个他牵肠挂肚的倩影。

他沮丧极了,四肢酸软无力。她究竟到哪去了呢?或许,她是坐下午的车吧?既如此,不如干脆到杭州去接她吧。他回到车厢里,找列车员补了一张去杭州的票。列车往南而去,铿锵的车轮应和着他的心,一路喊着:映霞、映霞、映霞、映霞……

到了杭州,他袖着手,在车站内外乱转了一会,然后就坐在候车室,盯着墙上的钟,计算着下一班火车到达的时间。脚冻得发僵了,也只得以跺脚取暖。火车还差半个小时到,他就早早地候在月台上,任朔风刮疼自己的脸。

然而下午他也没等到王映霞。他倍感孤独和凄凉。但是他还不想放弃，还有夜班车没来，她也许就在这趟车上呢。一不做二不休，干脆等下去，也让他深刻地尝尝这等待爱情的滋味吧。他随便买了张烙饼充饥，继续在车站转悠。摆摊的小贩，甚至要饭的乞丐，都对他这个穿皮袍的人投来诧异的目光。他们不会理解一个被爱煎熬的人的心情的，更不会晓得，这个看上去无所事事地转悠的男子是个大名鼎鼎的作家。

夜深了，灯影绰绰，雪花飘飘。他缩着脖子站在雪中，跺着脚，守在出站口。他怕在月台上人群拥挤，会错开她。上海来的夜班车到站了，下车的旅客涌了过来。他的心高高地悬起。他走近一个男子，明知故问："先生，是上海来的夜班车么？"那旅客回答："是呵是呵。"他兴奋起来，逆人流而上，急切地寻找，生怕漏掉那张等待已久的面孔。他被人撞到一旁，又立即挤到人中间去。无数的面孔在他眼里晃动，但是，那些面孔都是那样模糊，黯淡，平庸，世俗，毫无美感。

旅客们很快散去，出站口空空荡荡的了。

他孤零零地站在风雪里。融化的雪濡湿了他的鬓角。他瑟缩着，四肢冰凉。他不知道，王映霞到底回杭州没有，不过即使回来了，他也没法找到她，他并不知道她家的地址。看来，他是被那班打麻将的家伙捉弄了……映霞，你现在哪里？你真的就此离我而去了？我只好回上海，独自吞咽我的悲凉了！老天爷，你太残忍了，连见她一面这样小小的愿望都不愿满足我……

他哆嗦着，买了回上海的车票。

6

春节在郁达夫的心灰意懒中过去了。

一天，郁达夫写文章到深夜，忽觉伤感难耐，便买了一瓶酒和一些花生米来，自酌独饮，直到天蒙蒙亮了，才和衣睡到床上。他睡了个昏天黑地，在梦中，他隐隐约约地看到了王映霞的面容。他是被经久不断的敲门声惊醒的，起床开门一看，是孙大可。他揉着眼睛说："是你呵！又从哪里冒出来了？"

孙大可不回答，兀自进门，问："春节过得怎样？"

"还能怎样？被创造社拖住了，又不能回家，一个人在这里思念妻儿，品尝孤独，冷冷清清，凄凄惨惨。幸好，我还能写文章。否则，真是一点生趣没有。"他胡乱地推开桌上未来得及收拾的酒杯。

"嘿嘿，映霞这口软钉子，碰得你心灰意冷了吧？"孙大可笑道。

"也不全是，"他推开窗户，吐一口气说，"前几天工人们罢工起事，大喊打倒军阀，要求收回租界，遭到军警镇压，到处杀人，上海的空气里都是血腥味，真是恐怖之至！人民的性命如此不值钱，中国的前途又在哪里？所谓的国民革命，又会向何处去呢？"

"是啊，"孙大可道，"在这样的环境里你还坚守着自己的阵地，用自己的声音替民众说话，我倒是有几分敬佩你呢！"

"这有什么，位卑未敢忘忧国，我所能做的，不过写几个字而已。"郁达夫话锋一转，"呃，大可，我怎么觉得你行踪诡秘，像在从事一项神秘而神圣的事业似的？"

"呵呵，你的想象力总是很丰富的，"孙大可转移话题，"和映霞还有联系吗？"

"联系是有，我隔几天就写信去，她也回过一两封，可不咸不淡的，形同路人，你幸灾乐祸了吧？"

"怎么会呢？对你们的事，我是既不赞许，也不阻挠，严守中立，当然，也不排除偶尔地当一回信使。"孙大可笑眯眯地看着他。

他眼睛一亮："你是说……？"

"她又来上海了，还住在尚贤坊，让我捎个口信给你呢！"

"太好了！"他兴奋地拥抱一下孙大可，"谢谢你带来的好消息！我这就找她去！"

郁达夫撇下孙大可，急不可耐地去找王映霞。还没走到尚贤坊，就在街上碰到她了。她穿一件时髦的西式呢外套，系一条淡蓝色的绸头巾，轻移莲步，袅娜而行。瞟见她的刹那，郁达夫的眼睛就直了。他目不转睛地盯着她，紧走几步，赶到她面前，便立住不动了。他激动得颠三倒四："你来了？映霞……我，我……"王映霞咬着嘴唇不说话，默默地点点下巴。沉默一会后，两人并肩往前走。他抽着鼻子，他又嗅到了她那醉人的体息。而他们肩膀每一次的相碰，他都觉得惊心动魄。

"你好吗？"她嘤嘤地问。

"不好。"他说。

"为什么？"

"我……想死你了。"他颤声道，眼里泛起了泪光。

"你，没有怨我吧？"

"没有，"他说，"就是，《红楼梦》里那几句话，老在我心里盘旋。"

"哪几句？"

"'若说没奇缘，今生偏又遇着他；若说有奇缘，如何心事终虚话？'"

"对不起……"她垂下了头。

"我还以为,你不再来上海了呢,"他指着道旁的悬铃树:"你看,枝头已绽出点点鹅黄,春天来了!我希望我的生命也有春天的转机,从此蓬勃向上!"

"嗯,这也是我的希望。"她说。

他站住脚,凝视着她:"总算又见到你了。谢谢你,映霞!"

有风吹来,王映霞瑟缩了一下,郁达夫连忙用身子替她遮住风。

"春寒料峭,外面还是很冷……我们到旅社开个房间,作一次倾心长谈,好吗?"他涨红着脸,怯怯地征求她的意见。

王映霞不吱声,他赶忙改口:"不一定是今天,要不过几天再说好吗?"

王映霞犹豫片刻,点了点头,还给了他一个新的通讯地址——无疑,这是为了掩人耳目,方便他给她写信。郁达夫为此激动得一时不知说什么好。

7

几天后,郁达夫到江南大旅社开了一间房。

王映霞如约而来。他们各坐一把安乐椅,中间隔着一个茶几。早春的阳光透过窗户洒在他们身上。茶房送了茶水来,他们心不在焉地喝着茶,互相听着见对方压抑的呼吸。阳光使他们感到暖和,王映霞脱去了外套,于是她那既苗条又丰满的身段便显露了出来。郁达夫悄悄侧脸端详她的面庞,她仍是那样白皙细嫩,皮肤像瓷器般细腻光滑。

近几天里,郁达夫每天都要给她写去情意绵绵的信。她也复了信,可是她的态度有时显得很淡漠,有时又似乎热情难抑。总之,她还是没有一个明白的答复。他知道,她对他既有同情,也有顾虑，她的情绪起伏波动得很。她有种种的困扰，这他是能够理解的。他希望通过坦诚的交谈来解开她的心结。

"知道你又来了上海，我真是快活极了，我还以为永远也见不着你了呢！"他含情脉脉地凝视着她。

"见我还不容易吗？"她看他一眼，然后用长长的睫毛盖住明亮的双眸。

"自从和你初识之后，天天心里不安静，好像多出了一块，又好像少出了一块。而这一个月来，我就好像灵魂出窍，找不到自己了……"

"有这样严重吗？"

"当然！我说的是实话……我每天都好像在做梦，除了想你，别的什么也不想做，也做不好了……"他说，长长地叹了一口气。

"这样不好，我希望你能够振作，有所作为……若是因为我而影响了先生写作，那就是我的罪过了。我不愿意这样。"她抬起眼睛，深深地注视他。

他的心尖儿颤抖了一下，眼睛一热，轻声说："这不怪你，我愿意这样……你放心，你的话，我会记在心上。我以后会好的。"

"以后你有什么打算吗？"她关切地问。

"原来打算今年暑假后出国，所以想努力做几部书来卖，能够得到几千块钱，就有了盘缠。我已答应一家书店，写一部十万字的长篇。不过不管出不出国，写作是我唯一能做的，也是我的价值所在，我永远也不会放弃。但是，真要有所作为，还得有一个条件。"他期待地望着她。

"什么条件？"她问。

他心里有一团火窜了起来,他两眼发烫,吞口痰说:"条件就是非要得到像你这样的一位好友,常常刺激我,鼓励我。"

"别的人就不能刺激你,鼓励你吗?"

"除了你,没有第二个了,我已经落到了这步田地,要是没有你,只怕拿笔的气力都会没有了呢。"他越说越激动,眼睛一眨,竟然落下一颗泪来。

王映霞一时呆住,眼前坐着的似乎不是他,而是《沉沦》里的主人公。她仿佛听到了从小说里传来的激昂的诉说:"知识我也不要,名誉我也不要,我只要一个能安慰我体谅我的心,一副白热的心肠!从这一副心肠里生出来的同情,从同情而来的爱情,我所要求的就是爱情!"

她被打动了,在这种情况下,任何一个女子都会被打动的。然后这被打动的反应,竟是她不由自主地打了一个冷噤。

郁达夫急忙起身将窗户关上,体贴地问:"是不是有点冷?"

她摇摇头。天色向晚,阳光已经消失了,但她确实不冷,心里温温的。

"映霞,能不能告诉我,你心里到底怎么想的?"他将椅子移了一下,他们双膝相促,距离很近了。

"我不知道……总之这件事太不简单了,我说不清。"

"说不清,就不说吧。"

"原谅我……"她哀求地望着他。

"你又没做错事,不需要原谅,需要原谅的是我,是我给你带来了烦恼和压力……但是,我的本意,是想给你爱和快乐的!所以,我不想为难你,勉强你,如果你讨厌我,不喜欢我,对我一点情感也没有,你就明说吧,我会立即离你而去!"他信誓旦旦地说。

她不假思索地白他一眼，嗔道："要是那样，我会来见你吗？"

这句话令他卷过狂喜的潮水，他以为，这就是表白，她心里是有他的啊！他侧过身子，冲动地想拥抱她，但他立即控制住了自己。她的一只手搁在膝头上，距他的手不过一尺之遥，他极想抓住它，将它放在嘴边亲吻一番。但也只能是想象，他仍然不敢。他只能压抑他的冲动。压抑使他大口喘气，浑身颤抖。

"你怎么了？是不是病了？"她有些诧异。

他红着脸，竭力平静下来，说："没，没什么，我太快活了！"

她仿佛意识到了他的心理状态，也红了脸，身子往后缩了缩，婉转地说："郁先生，您别急，给我一点时间，好吗？"

"好的……"他赶紧点头，转移了话题，"过几天，我带你去吴淞口看海，好吗？"

"到时候再说吧。"她缓缓起身道，"我该走了，时间太久，师母会担心的。"

他很不情愿，但也只能让她走。他殷勤地给她穿上外套，送她到门口，恋恋不舍地盯着她。她回头道："你不用送，我自己回去。"

"那你路上小心啊。"他说，嗓子发干。

"别担心，我又不是孩子。"她笑道，大大方方地伸出手来，"再见！"

他急忙抓住她的手，紧紧地握了握："再见！"

王映霞出了门，郁达夫目送她离去，她到楼道口，又朝他招了招手，然后就消失了。郁达夫掩上门，无比兴奋地挥舞一下拳头，然后倒在了床上。在他看来，她虽没有明说，她的表现却已说明她接受他了。他将那只被她握过的手举到面前，着迷地嗅着、吻着，那上面已沾染了她的气息，那气息令他的灵魂发抖……

8

没过几天，郁达夫又兴冲冲地来到尚贤坊。他看到门外停着一辆黑色的福特轿车，也没在意。上了楼一看，客厅里没人，隔壁房间却有人声喧哗，便趑入张华的房间。抬眼一看，见张华躺在床上，王映霞在给她喂药。还有一个西服革履的男子也坐在床边，谈笑风生。郁达夫正觉得此人眼熟，那男子回过头来了——竟是许绍棣！

郁达夫一愣，随即走拢去，惊喜地："是你呀绍棣！你怎么会在这里？"

"我怎么不能在这里？我也惊奇，你怎么也在这里呢！"许绍棣笑道。

王映霞红着脸解释道："哦，许厅长来上海出差，我妈请他替我带了几件春衣来……郁先生呢，是孙老师的同学和朋友，所以也常来往。"

郁达夫愈发惊奇了，瞟瞟王映霞，又看看许绍棣："你们早就认识？"

"是啊，比你们认识可早多了，她16岁时就认识了，那时她正迷你的《沉沦》，我还向她隆重地介绍过你呢，不信你问她。"许绍棣说。

王映霞点点头："嗯，祖父与许厅长家是世交，所以……"

"天下真是太小了，几年不见，没想到又在这儿碰到老同学！"郁达夫说。

许绍棣点头:"是啊是啊。"

郁达夫看一眼床上:"孙太太,身体有恙?"

"是啊,有点感冒,病了两天了。"张华说。

"大可又不在家?"郁达夫问。

"他在忙他的事,不要紧,有映霞照顾我……哦,许厅长,郁先生,你们到客厅说话吧,我这样子,真是太不礼貌了!映霞,你先招呼客人吧!"

张华要坐起来,王映霞将她拦住,然后把两位客人带到客厅,又给他们沏上茶,说:"二位慢慢聊,我去照看一下师母。"

郁达夫点点头,目光一直跟着她移动,待她掩上了隔门,才回过头来,笑道:"绍棣,我俩硬是有缘分啊!"

"是啊,想不碰上都没办法,呵呵。"许绍棣笑道。

"门外的车是你的吧?你是越来越发达了!"郁达夫说。

"我不过是一个小官僚,哪能和老兄比啊!现在的青年学生,有几个不知道大作家郁达夫?可说是名满天下啊!"

郁达夫摆摆手:"徒有虚名而已!"

"说明你事业有成嘛!你编的《创造》月刊,还有《洪水》杂志,我是期期必看,所以虽然几年不见,对你的情况还是了如指掌。"

郁达夫笑道:"多谢关注,不知许厅长对我们杂志印象如何,还请赐教。"

"那我可直言!印象嘛,就是左派味道很浓,色彩嘛,也越来越'普罗',越来越鲜艳了!"

"呵呵,目光敏锐啊!你不如说它越来越赤色了!这只能怪政客和军阀,他们让民众流的血太多了,我们的文字不可能不染上这种色彩!"

"我敏锐的目光看到的还不止这些。"

"愿闻其详。"

"我还知道，多情的郁达夫又在恋爱了，而且对方是个小你十岁的漂亮小姐！"许绍棣瞟着他。

郁达夫惊奇不已："你从哪打探到的？"

"这用不着打探，看看你看她的眼神就知道了！怎么样，进展如何？"

郁达夫腼腆地一笑："还很难说，已经到了关键时刻。我对她是一见钟情，一发而不可收拾……"

许绍棣不无嫉妒地感叹道："一见就钟了情，我认识她几年了，都没动静……在日本，你有隆子，现在又有了她，你硬是有艳福啊！"

郁达夫不以为然："话也不能这么说。"

"还记得在日本，我们和沫若讨论'饮水论'么？弱水三千，只取一瓢来饮，家里替你取了一瓢，现在你又要自取一瓢了。"许绍棣说。

"你这是对我含蓄地提出批评了。"

"批评？我羡慕还来不及呢。况且我晓得，对热恋中的人来说，批评往往是火上浇油。唉，我也有感情饥渴的时候，可我为何就不敢去自取一瓢饮呢？"

他笑道："你要面子嘛！哎，以你的眼光来看，我这一回的恋爱会怎样？"

"结局难料，这要看你们两个人的态度了。"许绍棣说。

这时隔门开了，王映霞过来陪他们。郁达夫与许绍棣对视了一下，都不作声了。王映霞觉得奇怪："你们怎么都不说话了？"

郁达夫不自在地笑笑："哦，话都说完了。"

许绍棣起身道:"难得一聚,这样吧,我请大家吃饭?"

王映霞摇头:"我得伺候师母,下次吧。"

许绍棣也就不勉强,聊了一会天,就辞别了。因为张华卧病在床,郁达夫也不好久呆,坐了一会也走了。出门时他看到了许绍棣的轿车留下的车轮印。他心里有种怪怪的说不出的感觉。

9

许绍棣离开上海前,将王映霞约到了茶馆里。

"映霞,之所以单独把你约出来,是因为我觉得,作为你们家的一个老朋友,郁先生的老同学,在某些问题上,有责任给你提醒提醒。因为,我也和你周围的其他人一样,希望你能幸福。"许绍棣语重心长的样子。

"哪些问题?"

"你和郁先生之间的问题。"

"我和郁先生之间没问题。"

许绍棣笑笑:"别否认了!他都跟我说了,我也亲眼看到了,他对你是一见钟情,你对他呢,也是心有所动!"

"他这人,怎么这样?"王映霞尴尬地红了脸。

"他就是这么一个率真、直接、勇于暴露自己心事的人。"

王映霞埋头品着茶,沉吟片刻,问:"许厅长,你对这事怎么看?是不是觉得不合适?"

"难道你觉得合适?"

"我们的情况,局外人恐很难体谅,很难理解……"

"不,你错了!我非常理解,既理解你,也理解达夫。你是个追求个性解放、恋爱自由的新女性,又喜欢他的作品,仰慕他的才华,爱屋及乌,是很自然的事;而达夫呢,心灵孤独,渴望爱情，你与他习性相通，又美丽动人，不激情迸发，那才怪呢！只是……"许绍棣欲言又止。

"你怀疑他的真诚？"

"不，我了解他，他对你是绝对真诚的，只是，像他那样罗曼蒂克的文人，感情的流动性比任何人都大。当然，这绝不是说，他对你的爱不持久。"

王映霞迷惑不解："许厅长，你到底要提醒我什么呢？"

许绍棣笑道："人说恋爱的人都是傻子，我看不假。我就不多说了，说多了你也听不进去。我只提醒你一句：郁先生是有妻室儿女的，你这样一个有独立人格的新女性，难道甘心屈尊为妾吗？"

王映霞手一颤，茶水洒了出来。

许绍棣瞟她一眼，不动声色地说："当然，身份的问题也是可以解决的，如果他真的看重你的话……可那样一来，就必然伤害另外一个无辜的女人。你和达夫都是善良之辈，你们是不是忍心？当年，达夫因为屈从家人，为了尽孝，就曾放弃过一次爱情。"

王映霞面色发白，默不作声，她心里一时充满了莫名的喧嚣。

"你们若真诚相爱，我是希望有情人终成眷属的。多年以来，我一直把你当作一个可爱的小妹妹，你的幸福，就是我的快乐……我说这些，并不是妄加阻挠，只是希望你考虑得周全一些，以免伤害了自己。"许绍棣说。

王映霞点点头："谢谢许厅长的提醒，我会考虑周全的。"

"嗯，这样我就可以放心地离开上海了。"

王映霞想想说："许厅长，回杭州后，请您替我保密，别向我家人透露好吗？我不想让家人为我担心。再说，我也还没拿定主意……"

许绍棣说："这你放心吧，我不是那种喜欢告密的小人，再说，达夫也是我的老同学、老朋友了，我怎能打你们的小报告呢？我的人格可不允许！"

10

许绍棣说是这样说，但他一回到杭州，就去了王家。他告诉王家人，王映霞在上海很好，只是有件事不知当说不当说。王二南说，不管什么事，但说无妨。许绍棣为难地说，他可跟映霞保证过，给她保密的。王二南笑道："呵呵，小孩子，你给她保什么密呵，你说吧，她回来了，我们装着不知道就是。"

许绍棣吞吞吐吐地说："她……她好像和郁达夫好上了。"

"噢？"王二南捋一把胡子，"就是那个创造社的郁达夫，那个写《沉沦》的郁达夫？"

"正是他。"

"是他啊！呵，你们年轻人，只晓得追捧他的小说，其实他的散文也不错，诗词更是好上加好，少有人能与之媲美的啦。映霞与他神交已久，没想到真遇到他了，缘分啊！呵呵，我孙女若真能与郁先生成眷属，恐怕也成就了文坛的一段佳话呢！"王二南侃侃而谈。

"爹，你看你，见风就是雨，生怕你孙女嫁不出去似的！"王映霞母亲说。

王二南说："爹高兴嘛！我王二南一生无有成就，但有两大特点，一是识才，二是爱才，许厅长，你说是不是啊？"

许绍棣没料到他的通报会是这种效果，心里有些沮丧，应付着:"是呵,是呵。"他立即话头一转,"不过,郁先生是有妻室的啊!"

王家人这才不约而同地一怔,面面相觑。

11

郁达夫给王映霞捎了封短信,要她这天别出门,他要来与她晤谈。可当他匆匆来到尚贤坊,却没见到王映霞。张华病已痊愈,正在楼廊上晾衣服。她告诉郁达夫,王映霞有事出去了。

有什么事比与他见面更重要呢?郁达夫闷闷不乐。张华告诉他,映霞是有意躲出去的。他大为惊讶,问:"为什么?"

"郁先生,映霞的心思,你难道不明白么?"张华说。

"我知道她顾虑很多,和我在一起,她总是不太说话……所以我才想和她多沟通,打消她的顾虑……可她,怎么又开始回避我了呢?"他说。

"映霞的意思,你们两个最近一段还是少见面的好。郁先生,一个无瑕的黄花闺女,与男人交往,名声上总是有一些影响的。加之郁先生是有妻室的人,尤其容易使人误会。映霞年纪还轻,将来总要结婚的,像她这样一位名门闺秀,总不能屈尊为妾,给人家填房当姨太太吧?"

郁达夫点点头:"嗯,这件事是可以商量,可以讨论的。"

"所以呀,如果郁先生真打算与映霞缔结连理,就得赶快把自家身子弄得清清爽爽。"

"这是映霞的意思么?"他问。

"我想是的吧。"张华点头道。

郁达夫想想说:"请你转告映霞,别躲着我,我会想办法的,无论如何,这一回的事情,总要使它成功。"

郁达夫转身下楼，意识里的温馨之气逐渐地淡了下去。他的步履变得格外沉重了。他知道，他的爱河流泻到此，遇到了一块巨大的岩石，绕是绕不过去的了。

12

爱上王映霞后，郁达夫几乎将留在北京的妻子忘记了。情爱这种东西具有如此的排他性，心里装上一个人，就必将把另一个人挤出去。可是妻子从来没有忘记他。他身上的皮袍是她寄来的，她还时常有信来，诉说她的思念与忧愁。他是她的丈夫，她不向他诉说，又向谁诉说呢？

这天郁达夫正在出版部埋头校对文稿，收到了孙荃的来信。他的手颤抖了一阵才将信撕开。他几乎不敢看她那熟悉的笔迹。信封里似乎还装着北京特有的寒气。他首先觑见的是一首诗，他的眼眸回避了一下，才敢正视它。他战战兢兢地默念着："仰视百鸟飞，大小必双翔。人事多错迕，与君永相望！"

每一个字都像一颗子弹，准确地击中了他脆弱的心。可怜的女人，她还在乞求与君永相望，可她的丈夫却在苦苦追求另一个女人，而这个女人还要求他把身子弄得"清清爽爽"呢！他抖抖索索地叠起信，藏进贴身的口袋里，双手叉进头发，狠狠地揪着。可是烦恼不是长在脑袋上的草，它是揪不掉的。

他在出版部呆不下去了，出了门，步履蹒跚地往前走。他不知该走向何方，真有个上帝来给他指点一下就好了。风迎面吹来，刮得他的脸一阵生疼，他的头发在风中发出金属丝一样的鸣响。他的眼前浮出了孙荃憔悴哀伤的面容，对于她，他是有责任的。她的诗不仅让他自责，而且感到痛苦……他胸中一阵隐痛，蹲在马路边咳嗽起来，直咳得眼冒金星。他咳出的痰里有星星点点的血红。

远处传来了教堂里的钟声,仿佛是一种召唤和指引。他迎着钟声彳亍而去。不知不觉,他来到了天后宫桥上。他依着栏杆,俯瞰着灰黑色的河水。河水像他的心情一样,一点不清爽。他怎么能够把自家身子弄得清清爽爽?难道,难道他真的抛弃可怜的荃君和儿女不管,做一个不忠不孝之人?可是,他也不能没有映霞,他不能放弃他的爱情,没有爱情的生命是行尸走肉,与死去无异……我咒诅你老天爷,你把我抛入这么一个不可解的境地,把我变成了一个可怜的哈姆雷特……是的,生,还是死,这是一个问题;爱,还是不爱,这更是一个问题!

忽然,就像那年在安庆的长江边徘徊时一样,他产生了纵身而下的愿望,只要跳入那冰冷的河水中,一切的问题都消失了。这愿望是如此强烈,强烈得让他害怕了。他打了个寒噤,赶紧背过身……

不管如何,日子还得往下过。

13

郁达夫心事重重地来尚贤坊找王映霞。王映霞尽管有意回避,他还得去找她的,除非他愿意就此了结。望得见四十号的大门时,他瞥见王映霞陪同一个拄文明棍的青年男子出门来。他怔了怔,不知是出于什么心理,急忙往旁边一躲,悄悄窥探。

他认识那个年轻男子,他是一个银行小职员,也是麻将桌上的常客。数天前给王映霞送那封短信时,他又去过张华房里。这个男子当时与王映霞都坐在床边。王映霞一边照应张华一边与这男子说说笑笑,却对他不理不睬。他几次给她丢眼色,她也只当没看见。他只好故伎重演,转到王映霞的房间,将信塞进她枕头下。

　　王映霞笑盈盈地陪着那男子往前走，两人的肩挨得很近。他们从郁达夫很近的地方经过，却没有瞧见他。她现在眼里是没有他了！那男子油头粉面，一口娘娘腔。他真不明白，出身书香门第、举止高雅的大家闺秀王映霞，为何热衷于与这样的俗物交往？他瞪圆了双眼，嫉妒像一只毒虫，一口一口地咬着他的自尊心。与此同时，恐惧从心头慢慢地升起：她要是挽了他的手，他该怎么办？那意味着什么？他的心缩紧了，他看见王映霞的右手缓缓地抬了起来……但是刹那间，他的视线模糊了。等目光恢复正常，他只能看到她的背影，他不能断定，她已经挽住了那男子的手，还是将自己的手插在上衣口袋里，或者是捏着胸前的一粒纽扣。

　　王映霞和那男子走远了。郁达夫依着墙站着，浑身瘫痪了一般，四肢无力，迈不开脚步。他喘息着，身体忽儿冷，忽儿热，打摆子一样颤栗不已。唉，还有什么必要知道她挽没挽那俗物的手呢？她逼着你把身子弄清爽不说，躲着你不见不说，还和这种俗不可耐的小白脸约会！

　　郁达夫浑身哆嗦地回到出版部，傍晚时分又接到王映霞的来信，她竟明白地表示拒绝他了。也罢！把闲情付与东流水，想依身后，总有人怜。晚上出去找个地方大醉一场吧，就从此断绝了烟，断绝了酒，断绝了寡情薄义的妇人们。

　　可当他半夜里醉了酒回来，终于情难自禁，又写了一封信给她。他不知他究竟犯了什么病，对于她会这样的依依不舍。他流泪了，哭了一个痛快。泪水打湿了他正写着的信笺。他希望她明天会有信来，后天会有信来，他还是在梦想他和她两人恋爱的成功。可是他写着的，却是一封绝交的信。

14

"映霞，这一封信希望你保存着，可以作我们两人这一次交往的纪念。

两个月以来，我把什么都忘掉了，我心中只有你！为了你我情愿把家庭、名誉、地位、甚而至于生命，也可以丢弃，我的爱你，总算是真切而诚挚了；我从没这样爱过人，我的爱是无条件的，是可以牺牲一切的，是如猛火电光，非烧尽社会，烧尽己身不可的。内心既感到了这样热烈的爱，你试想想，还能与你同路人一样长不相见吗？

这一种爱情的保持，是要日日见面，天天谈谈心，才可以使它长成，使它洁化，使它长存于天地之间……若两个人既感到了爱情，而还可以长久不见面的话，那么结婚和同居的那些事情，简直可以不要……我曾很生气，气你不肯和我见面，但现在，思前想后想透了的现在，是丝毫没有气怨你的了。爱情本来要两人同时感到，同样的表示，才能圆满的成立，才能两情相悦，像现在我们这样的情形，我想是我一厢情愿，是庸人自扰，并不合乎爱情的原则的……我爱你的热度愈高，你所受的困扰也愈甚，而我现在爱你的热度，已将超过沸点，那么你现在所受的痛苦，也一定是达到了极点了！……正因为我爱你，所以我想解除你现在的痛苦……今后，我会遵守你所望于我的话，我永远地将你留置在心灵的神龛上顶礼膜拜……

映霞，这一回我真觉得对不起你，因为我盲目的爱，而让你受了这么久的苦！我希望你不要因此而断绝了我们的友谊，不要因此而混骂一班具有爱人资格的男人……最后我还要说一句，你所希望我的，规劝我的话，我一定牢牢记着，假使将来我有一点成就，那么我的这一点成就的荣耀，愿意全部归赠给你……映霞，我写完了这一封信，眼泪就忍不住地往下掉了……"

15

信一寄走，郁达夫就后悔了。他跑到邮局，要求将信件取回，可是邮局不允许。他只好听任命运安排了。他整个人都像被掏空了，晃晃悠悠，无知无觉，纸一样轻薄，没有重量。

第二天下午，郁达夫披着袍子，站在窗前发呆。门忽然哗地被推开，王映霞绷着脸走进来，举着那封信，脆声叫道：

"你，你为什么要写这封绝交信？"

"我……"

"是你的本意吗？"

"我……你避而不见，我很绝望，你若不能信任我，我也没办法了……"

"你不也疑心我的感情吗？我们的情况与众不同，我当然有所顾虑，再说，像你这样罗曼蒂克的文人，感情的流动性比任何人都大……"她泪水盈盈了。

他急忙打断她："我对你完全是一种纯粹的、强烈的、永恒的感情，决不是一时的调情！如果你连这都不相信我，疑心我的话，我只好死在你面前了！"说着，他痛苦地揪着自己的胸襟，泪水也下来了。

"你别这样，我相信你好了。"王映霞颤声道。

"我想知道，你心里到底如何想的。"他擦了把眼泪。

王映霞涨红了脸，毅然说："我们的事，既不同意于家人，又难见谅于亲朋，但自己认为既已踏入了这一条路，总望委曲求全，抱着百折不回的毅力，在荆棘丛中，勇往直前的走去……"

"真的?"他错愕地瞪着她。

"唔!"王映霞郑重地点头。

"映霞!"他激动万分,猛地搂住王映霞,将头埋在她热烘烘的胸脯上。他微闭了双眼,尽情地呼吸她温馨的体香,他因为迷醉而一阵晕眩……噢,他沉沦在温柔之乡,他没有了感觉,没有了思维,他情愿这样死去,永不醒来……

第十二章

心　结

1

爱情有了重大转机，郁达夫的心灵也安妥下来。他把挂在王映霞身上的心思收回来大半，继续他的文字生涯。这日他坐在创造社出版部删改文章，眉头紧锁，心无旁骛，以至于王映霞领着张华蹑手蹑脚走到了他背后，他也懵然不察。张华笑着咳了一声，他才惊醒："哟，孙太太，映霞，你们来了！"

"嘻嘻，我们这两个不速之客，好像不怎么受欢迎呢！"张华说。

"哪里，哪里，你们是请都请不来的贵客！"

"只怕是来得不是时候，我看你，眼角眉梢都是怨！"王映霞敏感地说。

"也不是怨，有些烦恼而已。"他解释道。

张华笑道："你呀，运交桃花，还有什么好烦的？"

他便告诉她们，郭沫若写了信来指责他，说那篇《广州事情》的文章不该写阴暗的东西，容易成为反对广州革命政府的口实；成仿吾也寄来反驳文章，甚至还说，再发那样的文章，《洪水》杂志还不如不办。对于时局的看法，他们有很大分歧。这虽然说是正常的事，可好朋友之间的误解，总是让人烦恼。

"你们这些男人呀，总喜欢为这些事争争吵吵！不知郁先生，对时局有什么高见？"张华问。

他忧虑地说："目下中国的革命，正处于转换方向的途中，中国的封建思想很深，而民众的觉悟并不彻底，一旦出现个人独裁，那么这一次的革命成果要全部化为乌有，中国的民众，中国的无产阶级，至少要吃十年大苦！"

张华瞟瞟王映霞说："嘿嘿，以为郁先生沉溺爱河，不食人间烟火了的，谁知你不仅如此关注时局，而且还如此悲观！"

"世道左右人生，正因为拥有了爱情，才更加爱惜生活，关注时局！国民革命左右摇摆到如此地步，对所有中国人都有影响的！"他说。

张华点头："嗯，说得好，很实在。"

"映霞，你先带师母到楼上我房间去坐会吧，我急于发稿，编完仿吾这篇文章就上来。"他说。

"你不是不赞同他的看法吗？还编他的文章？"张华问。

"哦，我可以不同意他的观点，但我必须捍卫他发表意见的权利。"他说。

"嗯，你对待朋友似乎比对待爱人还大度一些呢！"王映霞噘起嘴，调皮地笑笑，带着张华到楼上去了。

一到郁达夫的房间，王映霞就好奇地翻着他乱放在桌上和枕边的书籍。张华在桌前坐下，四下看看说："看这屋里的模样，就知郁先生是个大忙人啊！"

王映霞拿起一个日记本，边翻边说："他也该忙一阵子了，老和我纠缠不休也不行,会荒废他的才华的。"

张华点头:"嗯,他还是很有事业心的。你们两个,真是天造地设,郎才女貌呢!"

王映霞不作声,紧盯着日记本,两道眉聚了拢来,脸也渐渐红了,鼻子里重重地哼了一声。接着她将日记本摔到床上:"师母,我们走!"

"刚才还高高兴兴的,怎么回事?"张华问。

这时郁达夫放心不下他的客人,笑嘻嘻地上楼来了,见状道:"怎么,就要走?"

王映霞指着郁达夫,眼泪流了下来:"你,你虚情假意!"

郁达夫莫明其妙:"我怎么了?"

"郁先生,你日记里写了些什么?映霞看了很生气呢!"张华说。

他恍然大悟:"原来如此!前些天她不是躲着不见我吗?我写了一些气话在里边,误会、误会!"

"什么误会?都是你的真实思想!你居然这样说我,说我可恨,还说什么女人是下等动物,只晓得要虚空的荣誉。不是你死皮赖脸地追我么,倒骂起我来了!"王映霞气咻咻的。

他解释道:"那不是我绝望的时候写的几句过头话么?莫计较好吗?"

"我敢跟你计较吗?你是大作家、大名人!你早想和我绝交了,绝交信都还在我手里呢,又要绝交,又要纠缠我,你究竟要怎么样啊?"王映霞扬眉瞪眼。

他急白了脸:"映霞,你听我解释!"

"没什么好解释的,师母,我们走!"

王映霞拉着张华,撞开郁达夫,往楼下走去。郁达夫愣愣神，追了过去。他一直追到门外的马路上，大叫着："映霞，你别走！"可王映霞板着脸，头也不回。张华拉住她："映霞，还是听听郁先生怎么说吧？"王映霞倔强地："不听，我们走。"张华抓着她的手不松。王映霞赌气地甩开张华的手："你不走我走！"独自往前走去。张华对郁达夫使个眼色，郁达夫大步赶到王映霞身后。王映霞蓦地回头叫道："不许跟着我！"

　　郁达夫惊得一颤，只好原地站住，望着王映霞离去的身影，急得直搓手："如何是好、如何是好！"

　　张华过来，笑道："你们呀，真像两个孩子！"

　　郁达夫焦灼不安，团团打转："你还笑，这一回，我怕是真的失去她了！"

　　张华安慰道："郁先生，别太担心，越吵越离不开！映霞心里一直有个结，晓得吗？这个结，是非得要你去解不可的，这个结解开了，一切都好了。"

　　"什么结？"郁达夫有点茫然。

　　"这还要我说？你设身处地地替她想想嘛！实在想不起，就去问她！"

　　"她都不许我跟着她，怎么问、怎么解呀？"

　　"她不许你跟着你就真的不跟着了？一点不懂女人，还是作家呢！快去吧，等会你找不到她了！"张华说。

　　郁达夫恍然醒悟，噢了一声，转身追去。

2

　　王映霞看来是真生了大气了，他跑得慢，她也走得慢，他追得快，她也跑得快。郁达夫本来体质虚弱，加上心中一急，就很久没能追上她。于是这天的上海街头出现了一幕怪异的情景：前面跑的时髦女郎一脸怒容，却从容不迫，后面追的男士气喘吁吁，狼狈不堪，斯文全无。

后来跑到了街旁的一个小花园里，郁达夫总算追上了王映霞，哀求着："映霞，你消消气，听我说好么？"王映霞头也不回，只顾往前走。他紧跟在她屁股后说："映霞，你怎么这么大的脾气？就不能谅解我的几句气话吗？"

王映霞仍不理睬，沿着甬道走上一道小桥。

他紧跟不舍："我知道你心里有个结，这个结，也只有我能解，我们俩若往下走，也非得解开它才行。可是你要给我解开它的机会呀！你这样拒人于千里之外，我怎么解？"

"谁求你解了？"她气鼓鼓地，总算搭腔了。

"我自己求自己解行不？"郁达夫挡住王映霞的去路，"映霞，你何以这样的多心，这样的疑我？我们两人到了这个地步，难道还能抛离得开吗？我们之间若有缘分，我只希望早些成功，再这样折磨下去，荒废事业且不去说，我的心和身体恐怕都不能支持了。"

她脸一别，道："我们都别做梦了，我至多只能与你长作朋友，只作朋友，就不会互相折磨了。"

他抓起她一只手："不！不仅仅是做朋友！映霞，你以为我们还退得回去？没有你，我不知道该怎么活！"

"我可管不了你！"她用力抽走了她的手。

"你不管我，我就只有死了算了，倒落得干净，免得受煎熬！"他叫道。

她推开他往前走。他在后面叫道："我真的要死，死给你看！"但她只是走，仍不回头。他急了，想也没想，就往桥下纵身一跳。霎时，他竟有一种飞翔的快感。哗啦一声响，他落入了水沟里。他扑倒了,冰凉的液体涌了而来,淹没了他下巴以下的身体。这时他听到王映霞发出一声恐怖的尖叫:"救人啦——!有人跳水啦!"这声音如同天籁,直穿入他的内心深处,竟让他快乐无比!他挣扎着站了起来,水并不深,只齐他的大腿。他的身体湿透了,冷得直哆嗦。可是他不觉得自己狼狈。他平静地看着王映霞和几个行人奔到水沟边,其中有人向他伸出一根竹竿:"快,快抓住,快抓住!快上来!"

他却不伸手抓,他像个英雄,或者说像个无赖似的,盯着王映霞问:"你管不管我?你不管我就不上来!"

王映霞哭笑不得,大声说:"我管你还不行吗?"

他这才露出顽童般的笑,抓住竹竿,从污水中走了出来。

3

幸好离住处不远,郁达夫拿了换洗衣服,到澡堂洗了个澡,才又回到自己房间里。这时王映霞已替他熬好了姜汤,催他喝了下去。他浑身顿时就暖洋洋的了。他坐在床沿,有些不好意思地瞟着王映霞。看着他那模样,王映霞不由嗔道:"没见过你这样傻的!"

他憨憨地一笑:"情人都是傻子。"

"又倔,又死皮赖脸!"王映霞一只手戳一下他的额头。

"别说得那么难听,这叫锲而不舍!再说,我要不死皮赖脸,怎么攀得上美丽高贵的王映霞女士?"他嬉皮笑脸。

"别说好听的了!你晓得我崇拜你,经不起你的魅惑……"她噘起嘴唇。

他抓起她一只手,轻抚着:"映霞,你看,我们好的时候有多好、多甜美!我们不要再互相折磨了,好吗?这样一种苦,我真受不了,你有什么话,尽可以直说,即使是你不能爱我,或真的不爱我,也可以直截了当地说,我不至于真的赖着你,把我的快乐建立在你的痛苦上。我渴望心心相印,两情相悦。"

"其实,你日记里那些怨我骂我的话,平心静气地想想,多少可以理解的,我也并不太介意……可我看到的不止这些。"她幽幽地说。

"还看到些什么?"

"那件事,你好像并没打算去做,或者说还没下定决心去做,你痛苦、矛盾、牵挂……我不知道,你究竟把我摆在什么位置?在你以后的生活中,有没有我的位置?"

"我晓得,这就是你的心结……映霞,你在我心目中,是至高无上的!可是,你别把自己和她摆在一起,去比较,好吗?你们是不一样的……她毕竟是我妻子,是我的家人,她还替我养育了孩子,我的痛苦、矛盾和牵挂,是可以体谅的……况且,她快临产,此时提出那件事,对她来说太残忍了,她是一个可怜的人……"

她轻轻点头:"我知道,我也时常心怀愧疚,我不能逼你抛妻别子……可是,我怎么办呢?要我,还是要她,你总要有个决断。"

他想想说:"映霞,船到桥头自然直,别着急,给我一点时间好吗?这件事情若不解决,三年之后我一定死给你看!在这件事解决之前,我对你不会提出过分的要求,好吗?"

她点点头:"嗯。"

"你能挨着我坐会么?"他红着脸,哀求道。

她坐到床上,挨着他,却垂头不语。他侧脸觑觑她,透过她鬓边的青丝,他看到她白皙的脸蛋泛起了酡红。他似乎接收到了某种信号,心慕地跳荡不已。他伸出手,轻轻搂住她的腰,她则把头慢慢地靠到他肩上。他呼吸急促起来,将她越搂越紧,同时她也抱住了他。

他们搂抱倒在了床上。他浑身炽热,像在燃烧。她身上的温馨气息仿佛是一种助燃剂,使他的欲望之火越烧越旺!他扭动着身躯,紧闭双眼。他的脸因为冲动而呈现出痛苦的神态。慢慢地,所有的欲望都集中到了他的右手上,于是它僵硬得像一截铁棍,可它抽搐了一下之后,就变成了一条蛇。这条蛇吐着贪婪的信子,毫无廉耻地钻进了她的衣襟,贴着她温暖的肚皮,向一个美妙的境地爬去……可是它很快就遇到了阻拦。她隔着衣服按住了他的手。她轻声说:"你,不可以做别的事,但是可以……kiss。"

那条蛇马上冷却了,它慢慢地缩了回来。可是他还是满心欣喜。她的允诺是他意想不到的收获。他迫不及待地噘起唇在她嘴上碰了一下,然后就吻住她不松了……他们很快就被他们的初吻弄得头昏眼花,喘不过气来了。

4

热恋中的郁达夫收到了北京妻子的来信:

"达夫,你又有个女儿了。我生产很顺利,大嫂照顾得很周到,你尽管做你的事,不用担心……只是,开支越来越大了,手头十分拮据,我不好意思再向大哥他们开口,你手头若有钱,请尽快寄些来,以解燃眉之急……达夫,不知你什么时候能回北京?每到夜深人静,我们孤儿寡母感到特别的孤单,要是你在身边和我们说说话,多好呵……跟你之后,总是聚少离多,天各一方。命运如此,奈何?妻无奢望,但愿你认真做事,谨慎为人,保重身体……"

透过孙荃娟秀的文字,他看到了一双充满了忧伤无助的眼睛。他的心因为愧疚而颤栗了。妻儿身陷困境,而他却在这十里洋场寻欢作乐,这无论如何都是他的罪过。荃君,我对不起你,你饶恕我吧,饶恕我……他心里默默念着,心头一酸,一颗泪珠从他黯淡的面颊上滑落下来。

怎么办?只有尽快给她汇点款去。他将信收好,又清点了一下钱包,匆匆往银行而去。可是刚走一程,就被人撞了一下,定睛一瞧,密集的人群堵住了街道。他一问,才知为防止工人游行,租界戒严了,任何人不准通过。他急得直跺脚:"这如何是好?这如何是好?"

有人建议他走另一条街试试。他急忙踅身,来到另一个街口。但是这儿刚刚划出了一条警戒线,一排荷枪实弹的英国士兵如临大敌地站在那里。他向一个穿黑制服的中国警察求情:"我有急事,能让我过去吗?"警察瞥瞥他,摇头:"任何人不许过,这是洋人的命令。"他问:"那,几时能取消戒严?"警察说:"今天是不会取消的了!"他忿忿地:"路都不让人过,太不讲道理了!"警察说:"这都是共产党鼓捣工人游街示威闹的,你找共产党去吧!"他压着火气,赔着笑脸:"你能不能通融一下?"警察说:"要通融你找外国人通融去。"

郁达夫想想,便走到一个英国士兵跟前,用英语说:"先生,能不能让我过去?我要去银行汇款,我妻子生孩子了,等着钱用!"

英国士兵瞟瞟他,摇摇头。

他火了,大声道:"中国人在自己的土地上路过都不行吗?"

英国士兵也用英语道:"这儿是英租界,就是英国的土地。"

"你放屁,这是我们中国的土地!"他往前走了一步,英国士兵立即将枪刺对准他的胸膛。

这时那个中国警察过来将他推开:"好大胆子,你敢顶撞洋大人!以为你喝了几点洋墨水就了不起?快走吧,弄不好就把你抓去坐牢了!"

他恨恨地朝地上吐口痰,只好悻悻离开。

气愤,焦虑,自责,沮丧,哀伤,种种情绪积压在他心里,无法排解。他只好又来到尚贤坊,进了王映霞的房间。他坐在椅子上,紧紧地抱着皮包,垂着头,一声不吭。

"你怎么了?"王映霞关切地问。

他眼湿湿的,不言不语。

"出什么事了?"她又问,顺手摸了摸他的头发。

"没,没什么事……"郁达夫下意识地瞟了手中的皮包一眼。

"你不说,我也猜得出八九分。"她说。

"你别乱猜,我心里急死了……"他神情惶悚。

她利索地拿过皮包,从里面摸出孙荃的信,伸到他面前:"是因为它是吧?"

"你怎么知道?"郁达夫怔怔,颤声道,"我女人生产了,手头拮据,急等钱用……可街上戒严,我想去银行汇钱,却过不去,真急死我了!"

"原来是这样……可是你早干什么去了?怎么要她来信才汇钱呢?你早该替她作准备啊!你对她,简直太不负责任了!"她疾言厉色。

"是的,我真是个不负责的男人……这都是我的罪!"他揪着自己的头发。

她读了一遍信皮上的地址,问:"你打算寄多少钱?"

"一百块吧。"

"这点钱怎么够?"

"我现在手头只有这么多,过两天再筹了再汇……不管如何,我要负起为夫为父的责任!"

"嗯,这样才好……尽管我和你是这样的关系,但是一个对妻儿不负责任的男人,我也是不会去爱的。"她说。

"你这样,我也更爱你!"他忍不住将她拉进自己的怀里。

"你也别太忧心了,钱今天汇不了,明天总可以汇的,明天汇不了还有后天,她也不至于急这一两天的。"她安慰着他,用她温暖柔软的手摩挲着他的面颊。他享受着她的抚爱,一颗躁动的心也渐渐地安静下来了。

第二天他正要去银行,她坐一辆黄包车找他来了。她拿出一张汇款存根给他。她已经替他汇了两百块钱给孙荃了。她问他:"你看够不够?"

"你……"他感激得一时说不出话,少顷,开玩笑道,"你真傻,我可没有还的啊!"

"嘻嘻,不是有人说,恋爱的人都是傻子么?"

他深情地凝视她:"映霞,谢谢你!"

"怎么个谢法?"王映霞调皮地眨眨眼。

他想想,左右瞟瞟,见四周没人,便一把搂了她,在她耳根下亲了一下,低声道:"这么谢你够不够?"

她抱住他的脖子,娇嗔道:"不够不够。"

他不顾一切地捧起她的脸,两张嘴久久地粘连在一起。

5

与王映霞相爱的事,郁达夫没有跟家里任何一个人说。他觉得还远远没到时候。但这天偶然地在街上碰到了二哥郁养吾,他便知道，纸已包不住火了。

这天本来是要往印刷所跑一趟，看看《达夫全集》第一卷印得怎样了。他邀了王映霞同往，两人挽着手信步而行，相依相偎，十分亲密。王映霞问他："哎，一般只有要收笔了的老作家才出全集，你怎么也出全集啊？"

他笑笑："谁规定要收笔了才能出全集？我现在出，一是对自己的创作来一个总结；二呢，也想挣一笔版税。我现在的生活，没有孔方兄帮忙也不行啊！以后有了新作，全集可以一卷一卷往下编嘛！再说了，相对于你来说，我不是老作家了吗？完全有资格出全集了！"

她就捏一把他的鼻子："就是！你就是老作家，好老好老的了，幸亏还老而不朽！"

"嗬嗬，嫌我又老又丑吧？现在后悔还来得及哟！"他打趣道。

"去你的，不理你！"她打一下他，手却将他挽得更紧了。

"有了这一笔可观的版税，我们就有组织小家庭的经费了，你呀，也不至于跟着我受穷！"他说。

"钱的事你还是少想吧，到时，我家里不会袖手旁观的。当然，如果他们同意我们的话……你还是想你该想的，做你该做的吧，千万不要懈怠了你的事业。"她说。

"你放心吧！你以为，我成天除了和你恋爱，就没别的事了？小说、散文、杂论，我白天黑夜都在写，你越对我好，我就越来劲了！文学与爱情，是我的两大精神支柱，缺一不可，它们也是我毕生的事业！"他语调高亢地说。

她仰望着他，喃喃道："这也是我爱你的缘由！"

他冲她欣然一笑，感到心里一股温泉在涌动。就在这个时候，二哥郁养吾从对面走来，叫道："三弟，是你?!"

他也高兴地叫道："是你呀二哥！"

王映霞迅速地将手从他臂弯里抽出来，落落大方地看着他们哥俩。二哥迅速地瞟王映霞一眼，说："我正要去创造社找你呢，没想到在街上碰到！"

他说："我正要去印刷所呢，这么巧！"

王映霞礼貌地冲二哥点点头，说："达夫，你二哥来了，就陪陪他吧，印刷所下次再去，我先告辞了！"

他忙说："也好，你慢走，路上小心。"

王映霞一走，二哥就问："这女子是谁？"

"哦，她叫王映霞，杭州王二南先生的孙女，其实是二南先生长女所生，因王二南无子，便随母姓，过继以传王氏之宗。"他介绍说。他想二哥可能已瞧出端倪，心里怦怦直跳。

又寒暄了几句，郁达夫便随二哥来到他住的旅馆聊天。二哥告诉郁达夫，母亲身体还好，这次他路过上海去北京，母亲千嘱托万叮咛，叫他一定来看看他。郁达夫知道，他们三兄弟中，最让母亲放心不下的就是他。二哥又问他，有什么带给孙荃的吗？郁达夫从身上摸出几张钞票来："这一百块钱，你带给她吧，叫她多保重，信我就不写了，前天才写的。"

二哥接过钱，想想说："本不想过问你的私事的，但我还是想问问，你和那个王映霞是怎么回事？我看你们非常亲密。"

他知道瞒不过去了，坦白道："不瞒二哥，我是十分的爱她。"

"你作何打算？"

"当然是想和她长久地在一起。"

"那，孙荃那里，你怎么安排？"

"映霞是要求我有个清清爽爽的身子，才能和她成婚的，我也答应了。可是，我怎么和孙荃说得出口？我正犯愁呢！"他烦恼地说。

"是不是想让我和孙荃说？"二哥问。

"不不，这个时候千万别说，她还在坐月子呢，对她打击太大了，以后再说吧。"

郁养吾叹了口气："我晓得，你一直对自己的婚姻不满，也晓得你十头牛也拉不回的倔脾气，你自己的事，我也懒得说你了，好自为之吧！"

二哥话虽然这么说，郁达夫还是晓得，一旦二哥到达北京，就难免向孙荃透露口风的。在北京，他有三岁的女儿文儿，两岁的儿子阿熊，现在又有了刚降生不久的胖妞，再加上他的原配夫人孙荃，不可能不对心怀隐秘的二哥造成心理上的冲击。果然，没有多久，郁达夫就知道，二哥没能守口如瓶。孙荃是从兄嫂的态度上看出苗头来的，他们忽然间对她变得格外客气了，于是她知道，丈夫肯定出了什么事情了。女人是敏感的，她问二哥达夫是不是爱上别的女人了，二哥的沉默昭示了一切。郁达夫料不到的是，在这样的情境下，孙荃会说出那样一番话来。孙荃哽咽着说："大哥、大嫂、二哥，你们不用担心我，没什么大不了的，达夫爱上别人，也是早晚的事，我不怨他，只怪自己命不好，不能让他爱我……他爱上了别人，还如此牵挂他的妻儿，我知足了。他一个人在上海，孤独寂寞，日子难熬，有个知心体己的女子，替我关心他、照顾他、爱他，是件好事，我有什么好抱怨的呢？不，我还要感谢她呢……"

当后来郁达夫从二哥嘴里听到这番话时，心中的愧疚又增添了一层。

6

除了喝茶聊天看电影，逛商店也是郁达夫和王映霞恋爱的节目之一。只要王映霞的消费欲上来了，郁达夫总是耐心耐烦地陪着她。这日进了一家鞋店，郁达夫叫售货小姐拿了双皮鞋出来，说："映霞，这鞋式样挺漂亮的，试试？"

王映霞瞥一眼说："这鞋我能穿吗？"

"怎么不能穿？"他问。

"太小了，给你北京的女人穿还差不多！"她说罢，掉头而去。

他心里咯登一跳，追上她说："请你别把我妻子搁在心里好么？"

"不搁心里搁哪里？绕得开么？"

"你……这不是找别扭吗？"

"是的，我是找了个大别扭……你以为，不搁在心里就不别扭了？"

他无言以对，随她走出店门，在大街上默默地走着。他欲替她拎包，也被她推开了。

"又生什么气呀？"他陪着小心。

"你是名作家，我敢生你的气么？"她狠狠地挖了他一眼。

他苦笑一下："你不生气，嘴巴翘得能挂包了！别这样好么？别人见了会骂我，说这么漂亮的小姐我都欺侮，太不绅士了呢！"

"你绅士，你高尚，哪里会欺侮人呢？只是那件事情，从没听说有什么进展！"

"哪件事情？"

"你不知道吗？别装傻！"

"不是说了，多给我点时间吗？"

"要多长时间，一辈子吗？你怯懦，你回避，怕跟家里说，怕伤你女人，就是不怕伤我！也许，你根本没打算去办？"

郁达夫忧虑地："我们的事，即使我不说，家里恐怕也知道了……我北京的女人，要她不对你我干涉，默认我们结婚，我想是办得到的，所怕的是你母亲要我正式离婚，那就事实上有点麻烦，要多费一番手续。"

"我母亲的关节，由我去打通好了。"她的脸色开朗了。

"映霞，我们的爱情已不可逆转，精神上我们也已经结合了，我想形式上可以不去管它，我只希望早一日和你同居，我们早一日得到安定。"他说。

王映霞红了红脸："我母亲要是不同意呢？"

"你母亲若是真爱你，总不至于这样的顽固罢？只要你我心坚意决，没有不成功的道理。"

"嗯，我想，今年之内，总可以把这件事情解决，达到我们的目的！"

"年内解决就好！但以我现在的心情来讲，怕就是三、四个月也等不得呢！"他抓起她一只手，紧紧地握着。

"耐心点嘛，心急吃不了热豆腐！"王映霞眼珠一转，"哎，要不干脆我明天回杭州，去母亲那里把话讲通。"

"好哇，明天我去火车站送你！"郁达夫高兴地道，"可是，你不会像上次一样让我扑个空吧？"

"上次是你自己捕风捉影，怪谁呀？！"

她亲昵地拧一下他的胳膊，他疼得眼睛一眯，心里却乐开了花。

7

1927年4月12日清晨,一阵凄厉的枪声将郁达夫从梦中惊醒。他手忙脚乱地穿上衣服,匆匆下得楼来,只听外面枪声炒豆子般持续不停,其间还夹着警笛声和呼喊声。他刚到门边,黄会计惊慌失措地从门外跳进来,反手关上门,靠在门上喘息不止。

郁达夫急忙问:"外面出什么事了?"

黄会计惊魂未定:"吓、吓死我了,好多当兵的和工人纠察队在对打呢!听说要缴纠察队的枪,要抓共产党!到处都在抓人、杀人,我出去走一路,踩了两脚的血!"

他惊得瞪圆了眼,想出门探探虚实,黄会计顶着门不让:"去不得,太危险了!郁先生,要去也要等一阵子再说!"他只好回到办公室,拿出一叠文稿来审阅。但他哪里看得下去?几个月以来,他一直预感时局处于变换方向的途中,总有一天会发生某种逆转,现在果然不出所料,终于出大事了!

郁达夫扔下文稿,在屋子里走来走去,不停地抽烟。突然,大门被拍得嘭嘭响,他奔到门前,欲开门,黄会计拦住了他。他们倾听着门外动静。"达夫,快开门!是我!"门外有人嘶哑地叫喊。他一打开门,满身血迹的孙大可踉跄着跌进门来。

郁达夫大吃一惊:"大可,怎么是你!你受伤了?"

孙大可哗啦一声关了门:"我没伤,身上都是别人的血……我要换身衣服,你有吗?"

"有、有,"郁达夫搀着孙大可往楼上走,"大可,到底怎么回事?"

"蒋介石为首的国民党右派发动反革命政变,昨天的革命军,今天对革命者举起了屠刀!抓左派,杀共产党,白色恐怖……你文章里担心的那些事都发生了！"孙大可咬牙切齿说，一脸铁青。

到了房间里，郁达夫打了盆水来，让孙大可洗干净身上的血迹，换上衣服。他问孙大可："局势如此凶险，你打算怎么办？"

"只能带张华回杭州，暂时避一避了。"孙大可说。

"好端端一场国民革命，也许就此葬送了！"郁达夫叹息道，又问，"你还会回上海么？"

孙大可摇头："难说了。"

郁达夫想了想说："是不是你也卷入其中了？这几年你东奔西走，活跃于工人之中，却又行踪诡秘，我猜，你早就是共产党了。"

孙大可没有认可，说："达夫，你也得小心，在他们眼里，你也是个赤色分子。"

郁达夫点头："我会的，你多保重！"

送走孙大可，吃过午餐，外面的枪声稀疏了，郁达夫按捺不住，悄悄开门走上了街头。只见街面上行人寥寥，商店也大都关着门，所有人脸上都有惶恐惊戚之色。他到了几个文友家，谈及当日的事变，大家都愤愤不平，却又无可奈何。到了日暮时分，街上仍然乱糟糟的，军队还在频繁调动，市民惶惶不安。局势将如何演变？一切都不得而知。郁达夫又悄悄潜回创造社出版部的住处，心中暗暗庆幸映霞已回杭州，不然她也会受惊。

天黑时郁达夫收到了王映霞发来的电报："十分担心你的安危，速来杭州。"他感激不已，除了自己心爱的人，还有谁这么关心他？他亲了一下电报，即刻收拾好东西，跟黄会计交待了一番注意事项之后，赶往火车站乘车。

但是他没能走得了，因为工人和士兵在火车站激战，打得一片狼藉，沪杭线的火车已经停开了。

无奈,他只得回到住处,又忐忑不安地过了一夜。

第二天一早,他冒雨赶到轮船码头,挤上了一条装满难民的轮船。直到中午时分,这艘船才慢慢悠悠地开动。郁达夫夹在臭气熏天的人群中,躲避着左右的碰撞,不禁忧心如焚。他心里默念着:"映霞,生在这样的乱世,做人真是没有意思。就是有钱的人,也不能安稳,更何况我们这样的一种穷文士呢。我真想做一篇大的文章来发泄心中的牢骚,来咒骂这些乱世扰民的兵枭⋯⋯"

8

轮船在路上走了一天一夜才到达杭州。郁达夫在西湖饭店住下后,便来到金刚寺巷七号,王映霞的家。又要见到心爱的人了,他既兴奋,又不安。由于动身匆忙,他事先没有告诉王映霞今天来见面。更重要的是,不知王映霞的工作做得怎么样了,她的母亲和祖父对他们的关系抱什么样的态度。他们不会把他看作一个诱惑无知少女的下流男人吧?要是那样,他这样贸然登门,一顿辱骂是少不了的。他夹着皮包站在黑漆大门前,犹豫再三,才惴惴不安地叩了叩门环。

门吱呀一声开了,露出一张中年妇女和蔼的脸来:"请问您是——"

郁达夫见过相片,认出她就是王映霞的母亲王守如,赶紧鞠了一躬:"伯母您好,我是郁达夫。"

"哦,是郁先生呀,快请进!"

王守如微微一笑,郁达夫便如释重负了。没有遇到冷脸,这是一个好兆头。他毕恭毕敬地跟随王母进了门,来到客厅坐下。王守如悄悄地观察着他,问:"路上还顺利吧?"

他欠欠身:"谢谢伯母关心,一路都还顺利。"他喝着茶,小心翼翼地与王守如寒暄。他左顾右盼,没见到那个朝思暮想的倩影。

王守如看出他的心思,笑道:"映霞出去了,一会就回。"

"没关系,我等她就是,"郁达夫恭敬地问,"伯母身体还健朗吧?"

"托老天的福,没什么大毛病。"

"那就好啊!本来早该来看望你们的,可是创造社的事一时不能脱身,又有一些别的拖累,一直拖到今天,真是抱歉得很!"

"哪里哪里,你是忙人,是贵客,我们不敢当哦……听说上海又抓人、又杀人,我们都担心得很,你来了就好呵!"

"让伯母你们担忧了,我真的于心不安。"

"唉,这世道,乱成什么样了!"

与王守如聊了一会,郁达夫心里便轻松下来了。虽然尚不知王家是否已接受他和映霞的关系,至少对他是不反感的。这时王映霞闯了进来,惊喜地叫道:"啊呀!你来了?沪浙线火车不通,还以为你来不成了呢!"

郁达夫压抑着内心激动,说:"没有火车还有轮船啊,我是坐船来的。"

"你们俩聊吧,我去准备晚饭去。"王守如笑着退出了门外。

"映霞,你母亲真好,又和蔼,又通情达理,看来你的关节打通得差不多了?"郁达夫抓住王映霞一只手。

"那当然,我还把你好好地吹嘘了一通呢,不然,你今天哪能来坐享其成?"王映霞巧笑嫣然。

"谢谢你……这事看来八九不离十了?"

"嘻嘻,我祖父对你特别感兴趣,急着要见你呢!"

"他老人家会不会考我？"郁达夫有点担心。

王映霞调皮地捏住他的鼻子："那可难说，郁先生，你可得小心点哟。"

当天傍晚，郁达夫就见到了杭州名士王二南。王映霞挽着他，陪着王二南在庭院里散步。他瞟一眼王二南的身板，又是感慨又是奉承地说："祖父年逾古稀，鹤发童颜，思维敏捷，达夫不仅感到欣慰，也自愧弗如啊！"

"呵呵，诗书为伴，衣食无忧，夫复何求？"王二南捋须笑道。

"祖父不仅是老寿星，而且呀，活成个老神仙了呢！"王映霞说。

"嘿嘿，我这孙女呀，嘴巴最甜的时候，就是她要小心眼的时候。"王二南笑眯了眼。

"才不是呢，人家由衷的赞美，你还不领情！"王映霞撒着娇。

郁达夫附和着："是呀是呀，我们都是肺腑之言！"

王二南觑觑郁达夫的脸，忧虑地："你的气色，倒确实不如我好呢！"

郁达夫点点头："我体质不好，胃长期有毛病，睡眠也不佳，又不太讲究养身之道，所以——"

"你呀，就是烟抽得太多，酒喝得太凶！"王映霞责怪道。

"养身之道不可少，养心也不可或缺，所谓淡泊明志，宁静致远，身心健康，相辅相成。以老夫之见，清心、寡欲、怡情，乃延年益寿之关键，也是人生幸福之必需，不知孙婿以为然否？"王二南侃侃而谈。

一听王二南称他孙婿，郁达夫心中悬着的一颗秤砣落了地，忙说:"祖父所言甚是!只是连年以来,军阀混战、生灵涂炭,如今国民革命功亏一篑,屠刀四举,杀人如麻,民众不堪压迫,国家前途堪忧,哪里还清得了心、寡得了欲、怡得了情?"

王二南颔首:"是啊,国家兴亡,匹夫有责,何况一个为民众代言的作家!舞文弄墨,不为附庸风雅,而为忧国忧民,就是这一点,你让老夫深为佩服!再加上,你的文才也是我所欣赏的,所以,我才爽快地答应了映霞,认可了你们的终身大事。"

郁达夫欣喜地鞠了一躬:"谢谢祖父的激励和首肯,我一定善待映霞!"

王二南思忖片刻道:"孙婿乃留洋人物,新派作家,讲究个性自由,追求婚姻自主,这我都理解,只是对你的前妻,也要妥善处理,使她衣食有着,生活无忧。"

"这我都想好了,一旦离婚,祖产都留给她,子女的抚养,我也都会负担。"郁达夫说。话题一转到他的妻儿身上,他的心立刻又沉重起来了。

9

他们的爱情得到了王家的首肯,郁达夫快乐极了。他暂时将上海的血雨腥风抛在脑后,一连数天,和王映霞纵情于西湖山水之中。

四月中旬,可以说是西湖最美好的季节。他们在湖上泛舟,去苏堤赏桃花,玩了个不亦乐乎。这日天气晴好,他们先坐公共汽车去了灵隐寺,然后又乘黄包车去了九溪十八涧。他们走的是西湖最清静的地方,游人稀少,常常是前后左右就他们两个,再无别人。他们两人真把世事都忘尽了,坐在理安寺前的涧桥上,上头看着晴天的碧落,下面听着滴沥的泉声,拥抱着,狂吻着,觉得世界上最快乐，最尊贵的体验，就在这一刻中间得到了。他在王映霞耳边说着源源不断的情话，有些话炽热得让王映霞羞红了脸，嗔道："就你嘴甜！"

"就你知道我的嘴甜！"他快活地调侃，环顾四周景色，迷醉地道："我好像在这里做专制皇帝，我好像在这里做天上的玉皇。我觉得世界上比我更快乐、更如意的生物是没有了。你觉得怎么样？"

王映霞吟诗般地说："我就是皇后，我就是玉皇前殿的掌书仙，我只觉得身体意识，都融化在快乐之中，我连一句话也说不出来……"

他们手拉手在一条山坡的小径上徜徉。近旁溪水淙淙，草木青青，蝴蝶飞舞；远处西湖碧绿沉静，船影点点。景色美得无可形容，郁达夫不禁信口吟道："一带溪山曲又弯，秦亭回望更清闲，沿途都是灵宫殿，合共君来隐此间。"

"合共君来隐此间？"王映霞眨着大眼睛，拍手道，"好呵！在此修间茅屋，开一块地，种一些花草——"

"还要生一堆孩子。"郁达夫眯眼笑道。

王映霞掐了他一把："想得美，你想让我受很多苦呵？！"

他笑笑说："避居乡间，耕读自娱，颐养天年，这是自古以来失意文人的理想，所谓达则兼济天下，穷则独善其身，其实是一种不得已的选择。"

王映霞偏头问："这么说，你还是要食人间烟火啰？"

"那当然，否则我为何要苦苦地追你？"郁达夫望着远处，皱起眉头，"出来六七天了，也不知上海情况如何，出版部是不是完好无恙？"

"哦，你此行的目的达到了，就想逃回上海去了？"

郁达夫亲亲她："什么叫逃回上海去？我本来就是从那儿逃出来的，我只是担心——"

"好了，我不阻挡你了。"王映霞兀自往前走，"我晓得，那是你的责任所在，有时候，爱情是要为责任让位的。"

郁达夫赶紧追上她，陪着小心："对不起……"

王映霞白他一眼："你别小心翼翼好不好？我又没生气。我理解你，你该回上海了，我呢，也该按原计划，到嘉兴教书去了。你回去后，我只有两个要求。"

"请陛下明示。"他将一条腿跪了下来。

王映霞转过身来，背倚一树桃花："一，天天想着我。二，少抽烟，少喝酒！"

"遵旨！"他说。

王映霞瞪眼道："还不谢主隆恩？"

"怎么个谢法？"他抬起头问。

"你还用我教？"

郁达夫笑了，走拢去，搂住她直往怀中勒，长久地吻她……他们纠结的身体灼热无比，他们的动作撞得桃树直晃，几瓣桃花从颤抖的枝头飘荡下来，落在他们的头发上。

第十三章

结　缡

1

　　在杭州过了一周神仙日子后，郁达夫记挂着出版部，乘火车赶回了上海。在火车北站下车时已是晚上十一点多，正碰上闸北戒严，不能出车站一步，他只好在寒风里坐到天明。天亮后戒严解除了，他慢慢地走回出版部去，路上碰见一伙士兵押着几个被铁链缚着的工人走过。他倒吸了口凉气，感到那铁链的冰寒直砭着他的骨髓。

　　回到出版部，却见大门紧闭。郁达夫用力拍打着门，边拍边叫。过了半天黄会计才从门缝里露出脸，紧张地左右看了看，放他进去。

　　他问："怎么半天不应？"

　　黄会计说风声很紧，他可不敢随便开门，还说出版部的几个伙计都逃走了，他若还不回来，他也要走了。

　　"为什么要走？"郁达夫一听就急了。

　　"前天来了个戴礼帽的家伙，盘问了半天，说创造社出的都是赤色书刊,说不定哪天要查封,还要抓人!郁先生,我们都赶快躲躲吧!我可不想坐牢吃苦头,更不想掉脑袋!"黄会计说。

郁达夫气愤地:"躲什么躲?我们是合法经营,他说查封就查封?真是岂有此理!去,你赶快把那几个伙计找回来,我们照常营业。"

"我可怕……"

"有什么好怕的?我是总务理事,天塌下来有我顶着,要抓也只会抓我,跟你们当伙计的无关!人家讹诈几句,你就尿裤子了?"

"我看,还是避一下风吧。"

"我们又不是共产党,有什么好避的?这里的事,我说了算,快去找人吧!你要走也行,以后就别在这儿干了,你仿吾表叔问起,别怪我不给你面子!"

黄会计挠挠脑壳,只好找伙计们去了。郁达夫赶忙处理几天里积压下来的社务,又给王映霞去了一封报平安的快信。到邮局寄信时,他顺便买了份外国报纸来读,才知道蒋介石在南京成立了与武汉国民政府相对立的另一个国民政府。当晚,他在日记里写道:"可恨的右派,使我们中国的国民革命,不得不中途停止了。以后我要奋斗,要为国家而奋斗,我也不甘再自暴自弃了。"

2

日本《文艺战线》的两名记者来出版部找郁达夫,一个叫小牧近江,另一个叫里村欣三。他们说在国内时就久闻郁先生大名了,先生又在日本留学过,愈发感觉亲切,仰慕之至,这回有幸来上海,特意前来拜访。郁达夫用多年不用了的日语说:"你们来得真不是时候,恶势力正嚣张,革命者在喋血!"

里村欣三却说:"或许应该说,我们来得正是时候!我们很想知道,我们的读者也很想知道,郁先生这样的作家,对中国眼下的状况有什么样的看法?"

郁达夫直言不讳:"我丝毫不隐藏自己的看法,那就是:中华民族,现今在一种新的压迫之下,其苦闷比以前更甚了!民众的痛苦,也愈发深重了!现在我们不但集会结社的自由没有,就是言论的自由,也被那些新军阀剥夺去了!"

小牧近江问:"对新成立的南京国民政府和蒋介石先生,您有什么评价?"

"我可以断定,这是一个独裁和专制的政府!至于蒋介石,他头脑昏乱,封建思想未除,这一回中华民族解放运动,功败垂成,是他一个人的责任!现在他还反过来,勾结英国帝国主义者、日本资本家和中国的旧军阀、旧官僚等,联合成一气,竭力地施行他的高压政策,虐杀政策!凡将枪口对准不同政见之党派和民众,都是暴君和独裁者,无论中西,概莫能外!所以我们觉得,蒋介石之类的新军阀,比往昔的旧军阀更有碍于我们的国民革命!他是一个犹大;是一个革命的背叛者,他比旧势力更懂得如何扼住革命的喉咙。"郁达夫越说越激动。

里村欣三说:"嗯,很精辟!先生可不可以把这些言论写下来,交给我们《文艺战线》发表?"

郁达夫说:"完全可以,标题嘛,可以叫作《诉诸日本无产阶级文艺界同志》,明天就可交给你们!"

翌日,郁达夫就将写好的文章交给了两位日本记者,并送他们上了回国的轮船。回到出版部后,黄会计忍不住多嘴道:"先生,我看您太不谨慎了。"

"我哪里不谨慎?"他问。

黄会计说:"我昨天听你和日本人说话,好像说了蒋委员长的名字吧?会惹麻烦的!"

郁达夫没好气地:"什么麻烦,会掉脑袋吗?连说话的自由都没有了?如果连说话的自由都没有,那我们还活着干什么?不如死了算了,那就什么麻烦也没有了!"

话是这么说,可麻烦果然还是惹下了。

3

麻烦之一,就是郁达夫一直视为朋友的许绍棣这天来到上海,与市党部宣传部长周士杰进行了一番饶有意味的谈话:

"不知哪阵风把许厅长给吹来了?"

"还有哪阵风?委员长的清党之风呗!"

"噢?主管浙省教育的许厅长,也抓清党?"

"兄弟有所不知,近日我亦到省党部兼了职,做了党官。"

"那恭喜你呀,不知任何职?"

"跟兄弟一样,也是宣传部长。"

"啊呀,羡慕之至,羡慕之至,既当部长,又当厅长,既是党官,又守着肥缺,这样的美事,天下少有!"

"周部长见笑了,教育厅长能有多少肥水?为国效力而已。"

"三年清知县,十万雪花银,何况厅长乎?哎呀,北京政府当政,你是厅长,现在南京政府主权,你还是厅长,许厅长真是左右逢源呵,佩服佩服!"

"周部长还有所不知,多年以前我就是国民党员,为党国做事了!"

"这说明你有先见之明嘛,佩服,佩服!无事不登三宝殿,不知许厅长、许部长前来,有何贵干?"

"我是上任伊始,特来向周部长讨教呢,在清党方面,听听你的经验之谈。"

"清党嘛,主要是组织部门联合内务部门在做,无非是查出那些亲共通共的人,重则逮捕,轻则开除,我们做宣传的嘛,主要是发些宣传资料,组织学习委员长的训示,诸如此类,许兄,你总不是来听这些老生常谈的吧?"

"确实不是。"

"我就知道老兄肚子里另有小九九,不妨直说。"

"知道郁达夫么?"

"怎不知道,创作社的作家,大名鼎鼎啊!不过,我们早就查过,他既不是共产党,也不是国民党,跟清党挂不上钩啊。"

"他虽不是共产党,可是你不觉得他对党国的危害,比一个普通共产党都大么?"

"这还用你说,最近他在日本杂志上发了一篇文章,竟敢指名辱骂蒋委员长,搞得上头很恼火,为此我还挨了一通训斥!"

"你们打算如何处置?"

"目前还是监视着。"

"怎么不把他抓起来?"

"许厅长,你跟他是不是有什么过节?"

"没有没有。"

"我可不信,或许,是跟女人有关?"

"看你想哪去了,我这个人,向来生活古板,从没风流韵事的。"

"那,他又不在你的辖区,我们都不急,你急什么?"

"我这纯粹是为党国利益考虑。"

"这就更不对了,难道只有你为党国考虑,我们就不为党国考虑了？我们是尸位素餐？我们上海抓这么多共产党，你们浙江抓了多少？用得着你从杭州跑来指手画脚么？"

"周部长，请别误会，我完全没有这个意思，说实话吧，我和郁达夫既没有过节，也没有私人恩怨。相反，我和他是老同学、老朋友，有着很好的私人交情。"

"噢？那我就更听不懂了！"

"我是这样想的，现在清党运动如火如荼，正是考验我们对党是否忠诚的关键时刻，我既与郁达夫这样一个危险分子有来往，就该表明我的态度。再者，我也担心自己受他的牵连。"

"嗯，你这么一解释，我倒能体谅你的苦心了。只是，这个郁达夫，真让人头疼呢！不抓他吧，他乱写文章，制造麻烦，抓他吧，又目标太大，现在影响又扩大到国际上去了，恐怕那些民主友邦又有话说，到时非但替委员长解不了忧，反而增加麻烦。"

"以我对他的了解，他是会不断地对政局说话的，最近他正和一漂亮女子恋爱，可连男欢女爱都不能令他忘怀时局于一时。如果不好抓他，就只能取打草惊蛇之法，让他疲于奔命，无暇他顾了。"

"嗯，许厅长高见。呃，是不是还可以用招安之法，封之以官，许之以愿，让他来帮我们做党务？"

"他不会吃这一套的。"

"不见得吧？他不肯帮助党务，就是诓他来市党部坐一会，喝杯茶也行，那就有得文章做了！许厅长，既然你与他是老同学、老朋友了，对党国又如此忠诚，是不是劳你辛苦一趟，替我们当一回说客？宴请的花费嘛，当然由我们来报销了。"

"你这样说，我都没理由推辞了。你看，我是羊肉没吃着惹一身膻啊！"

"哪里哪里，能者多劳、能者多劳嘛。"

"唔,这样吧,你们的人就不要参加宴请了,连我,也得隐瞒新身份,否则他郁达夫是不会端我的酒杯的。"

"一切由许厅长安排好了!许厅长,祝你马到成功,早日抱得美人归啊!"

"周部长,何出此言?"

"许厅长就别谦虚了,我是什么人?你心里的小九九,我早了然于胸!这一石二鸟的好事,我举双手赞成啊!"

4

许绍棣的鸿门宴摆在东亚酒楼的一个包厢里。其时正好吴若愚来上海,于是他汤下面,同时为老师洗尘。许绍棣与吴若愚先到,郁达夫迟迟没来。吴若愚就说:"绍棣,菜都凉了,你那个神秘贵客怎么还不露面?好大派头啊!"

"他既不神秘,也不派头,不过是懒散自由惯了而已。你还认识他呢!"许绍棣说。"谁呀?"吴若愚问。"嘿嘿,那个你赞扬过、也痛骂过的人呀!"许绍棣说。"我赞扬过、痛骂过的人多呢!"吴若愚说。"我的同学郁达夫,还有印象么?""是他?岂止有印象!"吴若愚说着起身就要往外走。许绍棣急拦住他:"老师,您这是为何?"吴若愚拍一下袖子:"我耻于与他同桌共饮!"许绍棣劝道:"您这是何苦呢?事情都过去了,他那些离经叛道的文章,现在也被社会接受了。""这正是国人的悲哀啊!世风日下,道德沦丧,他的文章负有不可推卸的责任!"许绍棣说:"你说得太严重了吧,几篇小说,能有这么大能量?我看你太抬举他了。既来之,则安之,您请坐吧!"

吴若愚只好闷闷不乐地坐下了。这时郁达夫走了进来,看了看吴若愚问:"许厅长,这位是……"许绍棣笑道:"怎么,认不出来了?"郁达夫定睛一瞧,拱手作揖道:"噢,是吴先生啊,久违,久违了,上次见面,还是七、八年之前吧,别来无恙乎?"吴若愚口气很冲:"托孔夫子的福,我还活得很硬朗!"郁达夫在吴若愚身旁坐下:"记得当年参加高等文官考试,吴先生阅卷时还给过我高分呢!"吴若愚乜郁达夫一眼:"你记得的肯定不止这些吧?"郁达夫爽朗地笑笑:"那当然,不打不相识嘛!"许绍棣举起酒杯:"来,大家难得相聚,我先敬二位一杯。"郁达夫豪爽地一饮而尽。吴若愚勉强地抿了一口。

"吴先生,我还得感谢你对我的关注呢,从某种程度上来说,我现在这点虚名,也是吴先生骂出来的!抛开观点不说,吴先生文笔老辣、言辞犀利,达夫很是欣赏呢!"郁达夫抹抹嘴巴说。"嗬嗬,这就是惺惺惜惺惺,英雄识英雄了,老师当年也称赞过你文章写得好!"许绍棣说。吴若愚气哼哼地:"那是我有眼无珠!"郁达夫举起杯:"相逢一笑泯恩仇,吴先生,过去的事不再提,我敬你一杯如何?"吴若愚端起酒杯,与郁达夫碰了一下杯,但他即刻将酒泼在桌下,站起说:"绍棣,今天老师没有喝酒的心情,告辞!"便头也不回地走了。

"绍棣,对不起呵,扫了你们师生的兴!"郁达夫抱歉地说。

"别在意,这个老古董,性子跟你一样倔!"许绍棣说。

"又来上海公干?"

"是呵,我可没你自由闲散,东跑西颠的!"

郁达夫笑道:"得了吧,大厅长,别得了便宜还卖乖的!如今我们是不同阶级的人了!呃,找我来,除了喝酒叙旧,还有别的事么?"

"当然有哇!"

"我洗耳恭听。"

许绍棣想了想,问:"达夫,你自己欲取的那一瓢水,饮到了么?"

"嘿嘿,也差不多了呢!怎么,你关心这个?"

"我不仅关心,而且还嫉妒呢!"许绍棣说。

郁达夫一愣,盯着许绍棣问:"是不是,你早就喜欢她了?!"

"看你紧张得!别担心,我是早就喜欢她了,可那是一种大哥哥对小妹妹的喜欢。我之所以问你这个,是怕你太心急,饮这瓢水时呛着了呢!"许绍棣笑道。

郁达夫这才吁了一口气:"我还以为,你是我的情敌呢,吓我一跳!把我叫来,就为说这事?"

"当然不是。"

"那是什么事?"

"是性命攸关的事。"许绍棣说着起身到包厢门口,左右看看,将帘子放下,回到郁达夫身边,压低嗓门道,"你惹了大麻烦了!"

"什么大麻烦?"

"上海市党部里我有几个朋友,听他们说,你编写的《洪水》等赤色刊物,早就引起他们注意,几次想查封,只是因为忙,没来得及实施;这回你又写文章在日本杂志上指名道姓地骂蒋委员长,更是开罪了上峰!"

"蒋介石杀了那么多人,还不许人说吗?我说了几句话,就开罪他了?"

"你呀,太不谨慎,现在是什么时候?学学达尔文的进化论吧,适者才能生存!"

郁达夫缄默片刻,问:"他们是不是要采取行动了?"

"他们知道你我的关系,要我传句话,市党部可以保证不查封创造社,但有一个交换条件。"

"什么条件?"

"以你的一技之长去帮助党务。"

"我会干这种助纣为虐的事么?"

"我知道你不会答应,但他们说如你不愿意,还可以变通,可以安排你到哪个部门当个委员,有份薪水拿。"

郁达夫冷冷一笑:"我早已决定做一个穷文士而终,再也不想出去做什么工作!"

"你实在不想做,也不用勉强,我知道这不符合你的性格。不过,我觉得,你有空去市党部沟通一下还是必要的,你若去的话,就找这个人吧——"许绍棣掏出一张名片放到他面前。

郁达夫看也不看,将名片往许绍棣面前一推:"我不会去的,该写的文章我仍会写,想说的话我还会说,他们爱怎么着就怎么着吧!"

许绍棣焦急地:"达夫!现在不是意气用事的时候啊!你不为自己的安危着想,也得为创造社着想,为你的文学事业着想,更要为映霞着想啊!"

"嗯,谢谢你的忠告,我会小心行事的。"

"我奉劝你,写小说就写小说,以后还是莫参与政治为好,你不是玩政治的料!我说到这里为止,你多保重吧!"许绍棣显得忧心忡忡。

"放心吧,我没事的,"郁达夫坦然地笑笑,举起杯道:"谢谢你,老同学!"

5

郁达夫嘴里说没事的,但心里还是很紧张。他知道许绍棣的话不会是空穴来风。一天他跑到四川北路的内山书店,与日本友人内山完造先生聊了半天,买了几本书,回出版部时,忽然感到有点不对劲。有个黑色的人影像只苍蝇般远远地跟在他身后。到门口时，他突然掉转头，想去质问那人为什么跟着他。可那个人影倏地闪到一棵法国梧桐树后去了。他只来得及窥见，那人戴着一顶皮礼帽。毫无疑问，那是个密探。此后，他吩咐出版部的职员小心行事，每天将门关紧，熟人敲门才打开。

这天一早，郁达夫意外地收到王映霞从嘉兴拍来的电报："速离沪来杭，我在嘉兴上车与你会合，切切！"来杭就来杭，为何要切切，并多余地写上离沪两个字呢？而且她没有说明原因，肯定是有难言之隐。他敏感到危险在悄然逼近，一股阴森之气袭入了他的心头。事不宜迟，他收拾好简单的行李，将出版部的事务向黄会计作了一下交待，匆匆赶往火车站。

就在郁达夫乘坐的火车缓缓开出车站时，戴礼帽的密探带着几个警察冲进了出版部，口口声声要找郁达夫。几个职员都说郁先生去日本了。他们将出版部翻了个底朝天，最后，将黄会计等几个人带到警察局去了。

6

火车在嘉兴停车时，郁达夫与王映霞顺利会合了。车上耳目众多，两人只能压抑着内心的激动，执手相看，窃窃私语。

"映霞，到底怎么回事？"

"我得到消息，警察要对你不利……你都安排好了？"

"安排好了，明天《福尔摩斯报》会登出消息，说是郁达夫将去国，再赴日本了！"

"你学聪明了。"

"本来就聪明嘛！难道王映霞会爱上一个傻瓜？"

"有时候呵，你就是一个傻瓜。"

列车向着杭州疾驶，车轮铿锵。郁达夫实在忍耐不住，不顾旁人的白眼，紧紧地搂住王映霞。他凝视她丰满柔润的面庞，嗅着她身上的气息，心里十分熨帖。王映霞依偎着他，沉浸在甜蜜的沉默中。

郁达夫忽然想到一件事，凑在她耳边轻声问："哎，你在嘉兴，怎会得到消息的？"

"是许厅长来嘉兴公干时特地向我透露的……他说碍于身份，他不好向你说。你这次能脱险，多亏了他通风报信……"王映霞凑到他耳边低声道。

他点点头："是啊，要不是他，说不定我此时此刻在受牢狱之苦了呢！绍棣这个人，虽然世故圆滑，也沾染了一些官场的坏毛病，可待同学、待朋友，真是没说的。"

"我最早知道你的信息，还是他传递的呢！"

郁达夫笑道："看来，他是无意中充当了爱情信使！"

"他通风报信，也是担了好大风险的。"

"是啊，以后这件事我们闭口不谈，不要连累了他。"郁达夫顿了顿，抚抚她的胳膊，"映霞，抱歉得很，让你跟着我担惊受怕了！"

"没什么，我还觉得有点新奇刺激呢！过去常读那种革命加爱情的小说，嘻嘻，没料到，一不小心，自己好像成了主人公，真过瘾！"王映霞噘噘嘴，"不过，我可不想有第二次。你写文章何必要指名道姓骂大人物呢？俗话说祸从口出。以后，为了我们的爱情，你也得注意点。"

"放心吧，我既不是革命家，也不是共产党，不过是一个卖文为生的作家，站在民众的立场上，凭着良知，为正义和公理说了几句真话而已。风声一过，就没事了的。"

"但愿如此。"

"对了,我给你看样东西。"说着,郁达夫从箱子里拿出一本崭新的《郁达夫集》第一卷《寒灰集》,递给王映霞。

"啊?出版了?怎不早告诉我啊!"

"耳闻不如目睹,现在告诉你也不迟呀!"

王映霞爱不释手,抚着封面,又将它凑到鼻子下嗅嗅:"噢,真香。"

"你看看扉页。"他微笑道。

她翻开扉页,只见上面印有题辞:"全集的第一卷,名之曰寒灰,寒灰的复燃,要借吹嘘的大力。这大力的出处,大约是在我的朋友王映霞的身上。假使这样无聊的一本小集,也可以传之久远,那么让我的朋友映霞之名,也和它一道传下去吧!"她边读边咧开嘴笑了。

"如何?"

"这题辞什么时候写的?也不告诉我!"

"不好吗?"

王映霞心里高兴,嘴里却说:"不好不好,这样天下所有你的读者,都看到我的名字了,算怎么回事啊?还以为我虚荣,靠你的题辞出名呢!"

"我就是要天下人都知道,你在我心中的地位!我的心,就是一堆熄灭的寒灰,是因为有了你的助力,它才重新燃烧起来!"他又凑近她耳边,诚挚地说。

"真的?"

"悠悠此心,苍天可鉴!难道你还不相信?你真的不喜欢这几句题辞?"

"傻瓜!"王映霞嗔道,举起书来,在扉页上轻轻吻了一下。

郁达夫心花怒放，抓过王映霞一只手紧紧握着，旁若无人地说："映霞，我的生命，真的只有靠你的激励，它才能燃烧起来，发出绚丽的艺术之光！我真的离不开你了，我忍受不了与你的分离，我只想天天和你在一起……"

"我也一样……要不，这次回杭州，我们干脆把婚订了？"

"真的？你愿意？"郁达夫惊喜不已，盯着王映霞，"你，你不再要求在这之前，把那件事办了？"

"我知道你的难处，那件事也不是一朝一夕办得好的，慢慢来吧，只要你有心去办就成。"

"太好了！我们要办一个盛大的订婚宴，向天下人公布我们的爱情。"郁达夫激情澎湃地，"订婚之后，我们就……"

"就怎样？"

"就那样。"

"那样是怎样？"

"那样就是两个字……同居。"

"不，是三个字。"

"哪三个字？"

"在一起。"

"还不是一回事。"

"你尽想美事！"

"美事谁不想啊？"郁达夫思忖一下说，"不过订婚之前我得回一趟富阳，既然是我们订婚，郁家也得有人来。"

王映霞点头："嗯。"

7

郁达夫回到富阳，忐忑不安地坐在母亲跟前，颠三倒四地把与王映霞订婚的事说了一遍。母亲叹口气说:"唉,你的事情,你二哥早就告诉我了,我老了,不想管,也管不了啦!我一个没见过世面的老婆子,腿脚又不好,杭州也不想去了,你去找你二哥吧!"

他如蒙大赦,赶紧去了二哥的诊所,央求道:"二哥,这次我订婚,无论如何也要劳你大驾去一趟,不然,我没面子不说,王家那里也交待不了。"

二哥蹙眉道:"我去是可以的……只是这位王小姐娶过来之后,算是妻呢,还是妾?"

他一下就语塞了,他还没有认真想过这件事。

二嫂笑嘻嘻地插言:"这有什么为难的?依我看,'两头大'就很好嘛,家乡有一个结发妻子,外面有一个相伴的夫人,如今挺时兴的呢!"

他心里一动,愣愣神说:"以映霞的意思,我最终还是要与孙荃离婚的,这个事情,只能走一步看一步了。不过,不管怎样,我都会对孙荃尽到经济上的责任的。毕竟,她是我的结发妻子,也是个可怜的人。"

8

阴历五月初六这天傍晚,杭州聚丰园酒楼红灯高挂,笑语喧哗。郁达夫与王映霞的订婚宴在这儿举行。两人身着新装,喜气洋洋地站在门口恭候客人。此时的王映霞略施粉黛,明眸皓齿,粉颈红腮,愈发光彩照人。他们首先迎来了以介绍人身份出席喜宴的张华。郁达夫拉着王映霞向她深深地鞠了一躬。张华亦恭喜他们终于修得正果,感慨地道:"只道是带映霞去上海玩,哪知带出一段好姻缘?不过,我可是无心插柳柳成荫啊!"

许绍棣也来了,并且送上一个红包作为贺礼,以恭喜他们终成眷属。郁达夫推辞道:"使不得,哪能收你的礼呢?你的友情,就是给我们的最好礼物了!"许绍棣笑道:"到底是作家,真会说话。不过这礼是给映霞的,给你的话,怕你打酒喝掉了呢!"说罢将红包递给映霞。郁达夫笑道:"好呀,当映霞面揭我的短。非灌你几杯不可!映霞,你带许厅长进去吧!"许绍棣跟着王映霞入席,他盯着她扭动的腰肢,瞥瞥那双在丝绸旗袍下滑动的玉腿,不由得咽了一口痰。

宾客到齐了,郁达夫从主宾席上立起,大声道:"西子湖畔,订婚之宴,承蒙诸位亲朋光临,达夫和映霞不胜感激!聊备薄酒,望各位开怀畅饮!"客人纷纷举杯:"恭喜新人!干!"一时间,杯觥交错,喧闹异常。

郁达夫满面春风,拉着映霞,逐一向王二南、王守如、许绍棣、郁养吾等敬酒。酒过三巡,许绍棣说:"达夫,今夜良宵,既有美人佳酿,岂可无好诗乎?二南公向来对你的诗词功力赞赏有加,何不当场吟来,让诸位一饱耳福?"众宾客也附和,要郁达夫赋诗。张华还说:"光是诗还不行,还要与你和映霞的情事有关!"

"那是自然!这个丑我是必须献的!"郁达夫清清嗓,略略思索,吟诵道,"走马重来浙水滨,歌舞西湖最有名。由来春兴夸三月,风流还许到红裙。相思倘化夫妻石,便算桃源洞里春。知否梦回能化蝶?富春江上欲相寻!"

众人一齐拍手:"好!"

王二南拈须点头,微笑道:"曹子建七步成诗,孙婿亦乃捷才啊!"

郁达夫得意而感激,又敬了王二南一杯:"蒙祖父赏识,玉成我与映霞的美事，达夫心下不胜感激！听说祖父年轻时，曾有一篇《江城五月落梅花赋》，受到浙江按察使的赞赏，我就拿它再作一副对子吧！"沉吟片刻，郁达夫就将对联念了出来："聚丰园谈诗，穷士千秋逢伯乐；二南公作赋，江城五月落梅花。"

"呵呵呵……好，好啊！"王二南乐得白须直颤，端起酒杯道，"来，美酒润佳联，我敬孙婿一杯！"

郁达夫忙举杯："岂敢岂敢，还是我敬祖父吧！"

酒宴进行了一会，郁达夫欲敬许绍棣，却不见他人影。他端着两只酒杯寻到餐厅门外，才发现许绍棣站在廊柱旁。郁达夫递给他一杯酒："我正要再敬你一杯呢，衷心感谢你及时报信，使我得以逃脱魔爪，来，干！"

"区区小事，不足挂齿。"喝干杯中酒，许绍棣问："不知你和映霞以后如何打算，家安在哪？"

"只能等一阵子，看看情况再说，风声一过，还是要去上海的，我的事业在那里。"郁达夫说。

"噢，你不用担心什么风声，我找上海市党部朋友打听了一下，他们暂时不会管你了。我估计，他们也就是敲山震虎的意思。你以后说话写文章，谨慎点就是。"

"奇怪，怎么又不管我了？"

"你才奇怪，管你才好么？说到底是你的名气害了你，也是你的名气帮了你，他们也不想把事情闹大。"

"管他呢，我还是做我想做的事。"

"我看，你还是珍惜眼前的幸福吧。"

"我当然会珍惜的。来，绍棣，我们进去喝个痛快！"

郁达夫拉着许绍棣回到席上，继续向客人敬酒。最后，郁达夫和许绍棣都喝了个酩酊大醉。醉了的郁达夫一脸紫红，狂呼乱叫，吟诗不止；而许绍棣则是面色苍白，郁郁寡欢。自然，他们除了神态迥异之外，醉酒的含义也是相去甚远。

9

郁达夫订婚之后就回到了上海。他奔波了好几天，找人打通关系，将警察带走的伙计赎了回来。关闭了多日的出版部总算又重新开门经营了。不料世事多变，人心亦难测，一天，郁达夫突然发现出纳不见了，而且卷走了一大笔钱款！这让出版部陷入了经济危机。郁达夫更没料到的是，这件事引起了创造社成员对他的攻击，并最终导致他与创造社的彻底决裂。

这日郁达夫在出版部清理账单，成仿吾来了。成仿吾一进门，就没给他好脸色，黑着脸冲他吼："没想到，好端端一个出版部，让你弄成了这样！"

郁达夫很愧疚，痛心地说："责任在我，我照料不周，没想到出纳会趁机携款逃走，一去不返。"

"这不是主要问题，人跑了可以再请，钱亏了可以再筹，可若是今天来搜查一通，明天又来带个人走，这出版部还如何办？创造社的事业如何发展？"成仿吾弓起指头叩着桌子。

"这国民党太坏！居然背叛孙中山先生，搞起了秦始皇的那一套！"郁达夫忿忿地说。

"国民党固然很坏，可你也不该乱写文章乱说话，以意气用事，逞口舌之快！"

"我是逞口舌之快吗？该说不说，那还要这根舌头作甚？"

"总而言之，你没有顾全大局，致使创造社遭受了惊吓和损失！"

"我是做得不够好……"

"你又招惹蒋介石,又迎娶新夫人,沉溺于温柔之乡也就罢了,不该将出版部抛之脑后!"

郁达夫涨红了脸:"你……怎么能这么说?"

"难道不是吗?"

"这不是事实!没想到,你对我的歧见这么深!"

"这不是我一个人的看法。"

郁达夫满腹委屈,愣愣地说:"是吗?朋友们都这么看我?"

成仿吾缓和了口气:"也许,言辞上有些尖刻,可是……"

"你不用说了,我感到心寒!"郁达夫心里一酸,眼睛就湿了。

成仿吾拉过一把椅子,闷闷地坐下来。两人缄默以对,很久没有说话。朋友之间,竟有这么多的误会和龃龉,让郁达夫沮丧之极。他懒得辩解了,似乎已经没有了必要。出版部里浓郁的纸墨味道竟变得令人窒息。他清理了一下自己的文稿和日常用品,然后把一串钥匙递给成仿吾:"这是出版部所有门柜的钥匙。"

成仿吾惊讶不已:"你这是干什么?"

"我应该为出版部的现状负责任,我这人恶习难改,管不住自己的舌头,为了以后不再连累创造社,我把出版部的事务全移交给你吧。"他说。

"达夫,这可不是我们的意思。"

"这是我的意思,我已经心灰意冷了。"

"你还是再考虑考虑吧。"

郁达夫摇头:"不用考虑了,这样对创造社,对我都好。我会在报纸上登一个启事,宣布脱离创造社,这样我就永远不会连累到创造社了。"

"达夫,你不用这样!"成仿吾叫道,站在他面前,似乎想挡住他的去路。

可是，不这样又能怎样呢？只能这样了。他很脆弱，他是个受不得委屈的人。目前的情况，也让他无法工作下去，他不想这样，也只能这样了。他默默地推开成仿吾，默默地走出门去。他不敢看门上的招牌，他怕自己会哭出来。

数天后，郁达夫在《申报》上刊登了他的声明：

"人心险恶，公道无存，此番创造社被人欺诈，全系达夫不负责任，不事先预防所致。今后达夫与创造社完全脱离关系，凡达夫在国内外新闻杂志上所发表之文字，当由达夫个人负责，与创造社无关。特此声明，免滋误会。"

第十四章

裂 痕

1

郁达夫在偏僻的赫德路嘉禾里租下一幢东洋式的单幢住房，将他和王映霞的爱情之家安顿下来。此前他们在南京路东亚酒楼请了客，正式宣布了他们的结婚。

他对这个住处非常满意，一是住房租金很低，可以节省一些钱，以弥补家用，二是这里比较隐蔽，周围住户都是平民百姓，利于他们隐居。因为一直以来，不断有当局对他不利的消息传出。他虽然脱离了创造社，国民党显然并没有忘记他，他还得躲着点。也正是这个原因，搬来之初，他们没有把这个地方在朋友们面前公开过，所有信件，也由书局代转。

在这个地方，既无亲友来访，他们也很少外出探望亲友。郁达夫除了埋头写作，就是与爱妻对坐聊天，或者教她做饭炒菜。两人觉得烦闷时，就到附近的几条人行道上散步，谈着恋爱的过去，谈着家庭的未来，谈及将要出生的小生命，心里充溢着欣慰与憧憬。

郁达夫原以为没人可以找得他到的。可是这天，久没谋面的孙大可突然出现在郁达夫面前，倒把他吓了一跳："你、你怎么找到我了？"

"找你确实不容易，但是难不倒我！达夫，我可是来兴师问罪的。"孙大可问，"喜酒也不请我喝，怎么回事？"

郁达夫说："这可不能怪我们，你老兄行踪诡秘，飘忽不定，我到哪儿找你去？呃，现在你在哪儿落脚？是授业解惑呢，还是搞你的地下工作？"

"我来上海了，跟你一样，做些文字方面的工作。"孙大可笑笑。

"那太好了！"

郁达夫很兴奋，急忙吩咐王映霞炒了几个小菜，温了一壶黄酒，与孙大可边喝边聊。自从结婚之后，王映霞一直控制着他的酒量，从不让他多喝，他馋酒已经多日了。孙大可仔细瞟瞟王映霞，又看看郁达夫，赞叹道："啧啧，有没有爱情，就是不一样！映霞呢，越来越漂亮了，达夫呢，气色也比过去好多了，而且，一面要提防国民党的迫害，一面还写了这么多文章！"

郁达夫笑道："连我自己都感到奇怪，生命力好像突然迸发出来了！妙思泉涌，灵感不断，写都写不赢，这是自《沉沦》以来又一个写作高潮！"

"正在写什么呢？"

"除了一些零星的散文与杂论之外，正在写长篇小说《迷羊》。"

"表面上你隐居简出，实质上你正以文字介入社会，而且一点不悲观失望，难得、难得！"孙大可说。

"在上海闲居半年，看了些愈来愈险的军阀的阴谋，尝了些叛我而去的朋友的苦味，本来是该一沉到底，不去做和尚，也该沉大江的了。可是这前后却得到了一种外来的助力，把我的灵魂，把我的肉体，全部都救度了。"说着，郁达夫深情地看了王映霞一眼。

"据我所知，你还不止于写作，还办了一个叫《民众》的月刊？"孙大可问。

郁达夫点头："是与几个青年朋友办的。多数的民众，现处于水深火热之中，他们受的苦、受的压迫，倒比未革命之前，反而加重了。办这么一份刊物，意在唤起民众，反抗迫害。"

"唔，不错，以后有机会，我们可以联合起来做些事的……你和创造社的朋友们还有来往吗？"

郁达夫摇头："暂时没有了。"

"都是朋友，走到这一步真遗憾！"

郁达夫笑道："没什么，是真朋友的话，还会走到一起的。沫若曾批评我《广州事情》写得不好，给当时的广州革命政府抹了黑，现在他也看清蒋介石的面目了，还发表了讨蒋檄文，结果被迫逃亡！我们这不就殊途同归了么？"

"看来爱情不仅使你快乐，而且使你变得豁达开朗了，来，为你们俩的幸福干杯！"孙大可将杯子高高举了起来。

孙大可走后，郁达夫兴奋得在屋子里来回踱步，细长的眼睛炯炯有神。在这幢僻静的屋里，他是憋得太久了。他虽然性格孤僻而忧郁，从本质上来说，却又是一个少不得朋友的人。

2

更让郁达夫高兴的是，鲁迅先生带着许广平女士从广州来上海了。在北新书局宴请鲁迅的酒席上，他们不期而遇。分别多年，郁达夫有满腹的话和鲁迅说，可碍着席上还有外人，许多敏感的话题就只能闷在肚子里了。当天晚上，郁达夫就兴冲冲地带着王映霞去旅馆拜见鲁迅。要见中国的大文豪了，王映霞兴奋而慌张，在梳妆台前足足折腾了半个小时，衣服换了一身又一身，直到郁达夫等得实在不耐烦，扬言再不走就一个人去了，她这才作罢。

郁达夫领着王映霞一进门，鲁迅就起身迎了过来，笑眯眯地看着王映霞："这位女士就是密斯王吧？"王映霞慌忙握住鲁迅伸过来的手点头称是，她紧张得手心都出了汗。鲁迅将一旁的许广平拉过来："这一位是密斯许。"许广平笑笑说："大家都请坐吧，我去给你们沏一壶龙井茶来。"

郁达夫恭请鲁迅先坐，自己才和王映霞落座。鲁迅觑着郁达夫："达夫，许久不见，你神态仍是那么稳健平和，气色却比过去要强多了呢！"

郁达夫笑道："这要感谢两个人，一个是蒋某人，他的高压政策让我疲于奔命，锻炼了身体，强健了筋骨；另一个人是她，"他指指王映霞，"是她激发了我的生命力，安妥了我的灵魂！"

鲁迅笑道："照你这么说来，我也要感谢两个人，一个是蒋某，另一个则是她。"说着指了指许广平。许广平端上茶来，沉静地一笑。

"看来，我和达夫又有了新的共同之处了。"鲁迅眯起了眼睛。

"能和先生有共同之处，我感到十分荣耀！不知先生在广州这段时间，境况如何？"郁达夫欠身问道。

鲁迅操起烟斗，吐出一口烟："广州与上海无异，也是充满镇压和血腥，我除了愤而辞去中山大学教授的职务，没有别的事好做。闲居的半年中，我譬如是一只雄鸡，在和对方呆斗。这呆斗的方式，并不是两边就咬起来，却是振冠击羽，保持着一段相当的距离的对视。因为对方是伪君子，背后是有政治力量的，你若一经示弱，对方就会用无论哪一种卑鄙的手段，来加以压迫……有一次，大学里来请我讲演，伪君子正在庆幸机会到了，可以罗织成罪我的证据，但我却不忙不迫的讲了些魏晋风度之类，而对于时局和政治，一个字也不曾提起。"

郁达夫说："可是在你文章里，只要有机会，你就会把恶势力的代表押解出来，刺上一枪！"

鲁迅笑道："那是自然的，谁让他们当那活风车，因为我就是那个堂吉诃德！"

郁达夫关切地："先生身体还好吧？"

许广平插话说："身体不如从前了，老是咳嗽，烟又抽得多！"

郁达夫："先生要多保重呢！"

鲁迅笑道："没事，胸中郁闷一多，免不了要拿烟斗熏一熏！达夫，还记得那年在北京，我们选辑青年作家作品的计划么？"

"记得，可惜未能实施。如今沈从文他们也慢慢成名了，不过，还有许多未成名却有才华的青年需要扶持呢！"郁达夫说。

鲁迅沉思着："或许，我们还能联手做些事情，比如办个刊物什么的……哦，我还在编着《语丝》周刊，你给我写点稿子吧！"

郁达夫爽快地："行啊！"

许广平见两人谈得热烈，怕冷落了王映霞，便拉着她到一旁拉家常去了。王映霞与许广平轻声交谈着，耳朵却听着鲁迅和郁达夫的谈话，生怕漏掉一言半语。离开旅馆时，她满心愉悦地挽着郁达夫的手臂，步履轻盈地走在马路上，感到自己罩在一层荣耀的光晕中。

3

原本写作计划就庞大，编刊的事务也多，再加上鲁迅约稿，郁达夫的写作就更勤奋了，时常是左手一支烟，右手一支笔，直忙到凌晨才休息。熟睡中的王映霞经常被灯光刺醒，这时她就爬起床来，为他披件衣服，或者夺去他的烟代之以一杯热茶，再半嗔半怨地噘起嘴，与他亲热一下。

郁达夫与鲁迅过往甚密。这日，他又来到闸北景云里的鲁迅寓所。一进客厅，许广平就说，郁先生来得正好，先生正在生闷气呢！郁达夫忙问："为何生气啊？"许广平说，收到一些报刊，几乎每一份上都有攻击先生的文章，先生就有点沉不住气了。郁达夫连忙踅进书房，只见鲁迅先生手持烟斗站在窗前，面色冷峻。郁达夫便笑道："先生，堂吉诃德是不是有点招架不过来了？"

鲁迅转过身，一见他，脸色便开朗了："没有，只是有点不习惯打群架而已，不过以我的脾气，是一个也不饶恕，一个也不放过，统统的要回敬的！"

"先生不必太在意，跟他们生气没意义，也划不来。这几个月，攻击我的也不少，罗织的罪名也与先生大同小异。"

"我注意到了。其中几个，还是你创造社的朋友，以革命文学自居，骂你是个人主义者，是颓废派，说我则是'有闲阶级，封建余孽'。"

"我也回敬过几篇文章，但文章写过之后，感觉有些无聊，有些悲凉，曾经的战友居然反目成仇！应当同仇敌忾，将火气对准头上的政治迫害和文化压迫才是啊。"郁达夫说。

"有些是非与歧见还是应当厘清的。也好，笔尖多经磨砺，便会变得无比锋利！哦，骂上阵来的人中，还有个叫吴若愚的，这个人倒是没见过！"鲁迅眯眼道。

郁达夫笑了："他呀，我倒认识，真正的前朝遗老，封建余孽的帽子扣在他头上不大不小正合适！当年，就不遗余力地攻击《沉沦》是诲淫之作，说我是堕落文人！"

鲁迅惊奇地："是吗？他也说我是堕落文人，这么多年，他连罪名也创造不出一个新的来？"

"哈哈哈！"郁达夫开心大笑，"真没办法，让先生戴我戴过的旧帽子，恐怕都没洗过，有点脏，只好委屈先生了！"

鲁迅笑道："既然达夫也戴过，我再戴也不足为奇了，就欣然受了吧！嚙嚙，请坐。"

二人入座，许广平端上茶来。两人慢悠悠地品着茶，天南地北地聊着，随意而闲适。聊了一阵，鲁迅望着窗外，似乎在想什么很遥远的事，却话锋一转说："骂人是世上最简单的事，骂人者之所以气势汹汹，是自认真理在他手中。我有个想法，办一个月刊，偏重译作，旨在介绍国外的无产阶级文艺理论与作品，不知达夫有兴趣否？"

郁达夫欣喜地："好啊！非常高兴与先生联手做这件事！"

"刊名嘛，我想就叫《奔流》。"

"日月经天，江河奔流，此乃自然之态，无产阶级的文艺也有它自己奔流的规律，这刊名好！"

"那，我们就立即开始筹办吧。"

"嗯，我会不遗余力！提供一批译稿是没问题的。"郁达夫从皮包里拿出一叠文稿来,"这是我给《语丝》的稿子。"

"好,你总是有求必应啊!"鲁迅欣慰地道。

郁达夫又拿出一幅字:"我的涂鸦,让先生见笑了。"

许广平接过去,将纸在桌上展开。这是郁达夫题写的一首墨迹朴拙的诗,诗中嵌入了鲁迅两部著作《彷徨》与《呐喊》的名字。鲁迅默读着诗句,一缕笑意从眼角皱纹里流了出来。

诗曰:"醉眼朦胧上酒楼,彷徨呐喊两悠悠。群盲竭尽蚍蜉力,不废江河万古流。"

4

郁达夫不知道,吴若愚一直对他耿耿于怀,一直惦记着他,他就是气不过他。甚至偶然地想起郁达夫那不太明晰的面容,吴若愚就心情郁闷。气不过郁达夫的吴若愚从北京回到杭州,又搭许绍棣的便车来到了上海。到了上海,他就不打算走了。许绍棣说:"吴老,您这个孔孟的信徒,也对灯红酒绿的十里洋场感兴趣了?"

吴若愚一吹胡子:"怎么,没喝过洋墨水就不能来了?他郁达夫来得,他鲁迅来得,我吴若愚就来不得?"

"来得来得!这么说,您是冲这两个人来的了?"

"一看这两个人的名字我就有气,没想到,现在他们搞到一起去了,愈发令人气上加气!我一向以反对郁达夫的堕落文字为己任,没想事隔数年,他倒愈来愈嚣张了。是可忍,孰不可忍!明天,我要制造一个轰动上海滩的事件,放把火烧一烧郁达夫的屁股!"

"您准备怎么做?"

"到明天你就知道了。"

"您这把年纪了,可别有什么闪失啊,说出来,我给你参谋参谋。"

"我不说,我说了你肯定阻止我。"吴若愚摇头。

"吴老,我看就算了吧,任何针对郁达夫的举动,都只会使他扬名。"

"我就是气不过,我不能让他高枕无忧!"

"其实,扬汤止沸,不如釜底抽薪。"

"我若有能力抽薪,还用得着来扬汤么?这都是上海当局失职所致!所以,明天我在烧一烧郁达夫的同时,也刺一刺市党部,提醒他们的职责所在!"

"吴老,你千万谨慎,不要乱来。"

"我的事,你毋庸置喙,有兴趣的话,你来市党部看看吧!"

许绍棣知道他的劝阻只会是火上浇油,让吴若愚烧把火也好。郁达夫与王映霞的幸福生活让他隐隐心痛,这把火一烧,或许他的心痛会减轻一些。许绍棣公事已完,本该返回杭州的,可是许绍棣留了下来。许绍棣想可能有好戏看了。

5

消息是孙大可带给郁达夫的。

这天孙大可匆匆来到郁达夫住处,给他念了一则报纸的报道:"以抨击郁达夫成名的国学大师吴若愚昨日抵沪,下车伊始,即对本报记者发表声明,言泱泱神州,乃道德之源,伦理之邦,如今却世风日下,人心不古,一些腐化兼赤化的不良文人要负责任!其中,以郁达夫为首要代表,他的《沉沦》、《茫茫夜》等有伤风化之作至今没有得到禁止与清算,实乃文坛之耻辱,国家之悲哀!有鉴于此,明日上午十时,吴若愚先生将在市党部门口跪请禁绝郁达夫所有文字,以正视听。吴若愚年迈体衰,乃郁氏文坛宿敌,此举必将受到各界的极大关注。"

郁达夫毫不在意:"嘿嘿,这个姓吴的,又要跟在国民党屁股后打太极拳了。"

"达夫,来者不善,善者不来,此公不可小觑。"孙大可道。

"没事,随他去好了。"他问王映霞,"你看,我像不像个腐化分子?"

王映霞抚着大肚子,噗笑道:"笑话!我堂堂杭州一枝花,会有眼无珠,嫁给一个腐化分子?赤化分子倒有点像,酒总是喝那么多,一喝就是虾公脸,不是赤化是什么?"

她这么一说,郁达夫和孙大可都笑将起来。

孙大可还是有点担心,提醒道:"达夫,此事不可大意,说不定真做出什么奇文来呢,你千万不要好奇跑到现场去,免生不测!"

郁达夫说:"我才懒得去看呢,哪有这闲功夫?"

6

话虽这么说,可是一到第二天上午,郁达夫的好奇心就压抑不住了。他戴上一顶礼帽,将帽檐压得低低的,再往鼻子上架了副墨镜,还把上衣领子竖起来掩住腮帮,悄悄地去了市党部。远远地,他就看到一些黑色人影簇拥在台阶前,指指点点,议论纷纷。而市党部的大门紧闭着,门口站岗的士兵持枪肃立,视若无睹。

郁达夫侧身挤进人群中。吴若愚果然跪在台阶上,他身穿黄袍马褂,双目紧闭,两手高举着一块纸板,纸板上用红笔写着一行醒目的大字:跪请禁绝郁达夫!可能由于跪了一段时间了,吴若愚头上淌着汗,五官挤作了一堆,显得非常痛苦。他的身子也在颤抖,摇摇欲坠的样子。

这是何苦呢？郁达夫觉得他既可怜，又滑稽，差点动手去扶他起来。但这样做显然是不明智的。他立即转身往外挤。刚出人群，他就仰天透了一口气。这时又有许多看热闹的人跑过来，撞得他身体一晃，接着又有一只手从他脸上划过，将他的墨镜打掉了。他赶紧捡起墨镜戴上，但有个记者认出了他："呃，这不是郁达夫先生吗？"郁达夫急忙低头往外走。几个记者闻声追了过来，其中一个拦住他："郁先生，面对此情此景，请问作何感想？"

他正正眼镜，边走边说："言论自由乃公民自由的基本前提，也是社会公正的起码条件，我尊重吴先生的言论自由，但他决不可以用自己的自由来剥夺他人的自由。他跪请市党部禁绝郁达夫所有文字，先不说是否禁绝得了，但我想问吴先生一句：他是不是想让我们回到焚书坑儒的秦始皇时代？！"

又有记者问："那，您是不是觉得吴先生此举有哗众取宠之嫌？"

郁达夫反问："你觉得呢？我倒愿意相信吴先生是认真的，我佩服他的道德责任感，不过以我看来，对自己认为离经叛道的文字大加挞伐，而对民众的苦难和知识阶级所受的政治压迫视而不见，充耳不闻，那才是真正的不道德，最大的不道德！"

立即有人鼓掌："说得好！"

记者又问："除此之外，你还有什么感想？"

郁达夫本来还有话说，但他不能说了，人越聚越多。他赶紧分开众人，一走了之。

7

与此同时，郁达夫的朋友许绍棣就在市党部里。他和周士杰站在窗前，透过窗户，看着楼下跪着的吴若愚和聚集在四周的人群。许绍棣皱着眉说:"周部长,你们就听之任之,不闻不问啊?"

周士杰苦笑道:"怎么闻?怎么问?众目睽睽之下,嘘寒问暖,拍照留念,让报纸去大做文章,说我们已接受吴若愚的跪请,准备禁绝郁达夫的文字了?传到南京,上峰又会骂我们不会办事了。文章可以查,书也可以禁,但这些事还是只做不说好!"

"那就让老先生这么跪在那里,未免太残忍了吧?"

"那没办法,这是他自讨苦吃。"

"周兄,你这么说未免有失厚道,不管如何,他替我们查处赤色作家提供了口实,制造了舆论吧?他是在帮党国的忙啊!"

"帮什么忙啊?纯粹是添乱!我们要查处赤色作家,还用得着他来提供口实?欲加之罪,何患无辞!但这查处是得讲究方式方法,还得看时机和火候的。看来许部长对政治还是不太懂啊!嘿嘿,我看你呀,还是专心当好厅长吧,部长一职还是让别人去干算了!"

许绍棣恼火地:"什么不懂?不就是多费点心机么?你呀,不要为你们的无能找借口了,你们若早抓了郁达夫,釜底抽了薪,还用得着老先生来扬汤止沸,受这皮肉之苦?"

"这就奇怪了,你怎么对没抓郁达夫耿耿于怀?你们不是老同学、老朋友么?据我所知,你还吃过他的喜酒啊!"周士杰盯着许绍棣说。

"这有何奇怪?交情归交情,责任归责任,私人友谊与党国利益,孰轻孰重,我心里很分明,一个党员的忠诚,足可以解释这一切!"

"可我怎么老觉得,这忠诚的后面,有一个美人的影子在晃来晃去啊?"

"你是不是看鸳鸯蝴蝶派的小说看多了？什么事都往男女私情上扯！"

"罢，罢，在我面前，老兄没必要戴那假面具，我也是男人，爱之愈切，恨之愈深，妒之愈烈！我衷心祝老兄心想事成啊！"

"丑话说在前面，你们若老是无所作为，我们浙江省党部就会有所动作，也许会呈请中央缉拿鲁迅、郁达夫等归案，到时别怪我们管了你们辖区的事，有损你们的面子噢。"

"行呵，你代我们讨一把尚方宝剑来，求之不得呢！"

"我毕竟是吴若愚的学生，让他的耄耋之躯无休止地跪在那里，于心不忍。你们真的不打算过问？"

"今天就让你见识见识，什么是政治艺术吧！这不过问，就是过问呵！他要的不就是影响么？跪的时间越长，影响越大。当然，我们不会让他无休止地跪下去的，他就是有两只铁打的膝盖，我们也不会让他跪。你等着瞧吧！"

话说到这一步，也没必要再费口舌了。况且，许绍棣关心的并非吴若愚的膝盖。吴若愚这样做除了给上海滩上增加一点笑料和谈资之外，毫无别用。他愿意自讨苦吃，就随他去吧。

许绍棣悻悻地从市党部的侧门出来，上了自己的那辆半新不旧的黑色福特轿车。司机欲开车，许绍棣却要他等一等。静等了片刻，警笛声骤然响起，几辆警车疾驶而来。车上跳下数十名黑衣警察，手持警棍开始驱散围观者。一警官站在警车上，手举喇叭筒，扯着喉咙大喊："非法聚会，有碍观瞻，影响公务，法纪不容！所有人请立即散去，否则一律拘留！"

围观者们立即作鸟兽散。一名记者欲对警车拍照，一个警察夺过相机，啪一声摔碎在地上。眨眼之间，人们悉数散去，只有吴若愚还孤零零地跪在那里。

车里的许绍棣挥了挥手，司机便启动了引擎。他的福特车从吴若愚身边迅速地驶了过去。

8

1928年冬天，王映霞生下了一个白白胖胖的儿子。郁达夫给他取名飞，又因为生在"十月小阳春"的时节，小名就叫阳春。郁达夫很喜欢这个儿子，写作之余，逗孩子玩成了他最大的乐趣。儿子一哭，郁达夫就抱着他颠着哄着："莫哭噢莫哭噢，再长大一点，我还给你买酒喝呢，你陪爸爸一起喝酒好吗？"

王映霞这时就出来干涉："这还用你教？有其父必有其子！你还想培养出一个酒鬼呀？拜托你教他点真本事吧，比如写写文章什么的，别跟他提酒了，你也要少喝点！"

可也怪，他一提酒，小阳春就慢慢地止住了啼哭，睁大眼睛望着父亲。郁达夫就乐了："嘻嘻，你看，一听有酒喝他就不哭了呢！小阳春啊，你看妈妈又说爸爸了！告诉我，你是喜欢喝酒呢还是喜欢写文章？李白斗酒诗百篇，所以呢，有时候酒就是诗，诗就是酒！知道不，爸爸喜欢写文章，写文章就是爸爸的命，可是爸爸一看到酒呀，就命都不要了！"

"真是拿你没办法！哪有这样教孩子的？幸亏他还听不懂！不过我得跟你约法三章，喝酒可以，再也不许喝醉！万一喝醉了，也一定要让你的朋友送你回来，莫像上次那样，喝醉了躺在大街上吹风，若不是那个好心人送你回来，你的命呵，真的丢在外面不要了！"

王映霞说的确有其事，那次郁达夫本来是应朋友之约外出洗澡的，不料就喝上了酒，一喝就喝到了半夜，他跟跟跄跄地还没走到家，就醉倒在马路上了。王映霞自然有许多的怨言，可他有他的道理，他认为人须有一嗜好，才好对付寂寞与苦闷。王映霞一生气，他就答应以后少喝或不喝，但只要一说到酒，他的眼睛就发亮，一有酒，他就总还是十分的贪。

有了小阳春之后，他就更有了喝酒的道理了："喝酒嘛，就是要尽兴，人生有酒须尽欢，莫使金樽空对月！呵，呵，有这么美丽的妻子，这么可爱的孩子，酒不醉人人自醉，岂有不醉之理？阳春你说是不是呵？"

9

终于，因为饮酒，郁达夫与王映霞起了争执，并导致他们的感情出现了第一道裂痕。这天二哥郁养吾来上海购药，顺便来看望他们。郁达夫让王映霞炒了几个菜，他要陪二哥喝几盅。既然是陪客，又是陪二哥，王映霞也就失去了反对的理由，只好替他们温了酒。

哥俩有滋有味地喝着酒，慢条斯理地聊着天。

二哥说："哎，三弟，阳春别的都像妈妈，唯眼睛像你！"

郁达夫笑道："映霞不满的就是这一点呢，老自怨自艾，说没有把自己一双美目遗传给阳春，其实有什么要紧，男无丑貌嘛！"

王映霞见郁达夫一杯接一杯喝个没完，心里本来就不高兴，鼻子一哼："哼，纯粹是自我安慰。"

郁达夫毫不在意，与二哥碰了一下杯："二哥，又有很久没见面了。妈的身体还好吧？"

"挺好的，一天到晚守着她的炒货摊。"

"二嫂和侄子们都好？"

"都好,都好!"

郁达夫还想问什么,看看坐在一旁的王映霞,又把到嘴边的话吞回去了。此时,孙荃已经带着孩子回到了富阳,他很想知道他们的情况。王映霞很敏感,一瞧他的神态,就明白了几分,装出懵懂的样子到厨房去了。

郁达夫便抓紧时间压低嗓门问:"她还好吧?"

二哥也低声回答:"还好的。"

"我那几个孩子呢?"

"也都好,放心吧,我和母亲照应着的。"

郁达夫喝了一口酒,眼有点红了:"真过意不去,留给家里一堆麻烦事,尽不到我为夫为父之责……明日你回富阳,替我捎点钱去。"

二哥点了点头。

郁达夫想了想,又问:"她,怨我了吧?"

"有些事,是可想而知的。不过,她口头上,从没说过你半句不是。只是……"

"只是什么?"

二哥叹了一口气:"唉,从北京回富阳之后,就几乎看不到她的笑脸了,而且她开始吃斋了,在家里设了个小佛堂,每天烧香、念经、拜佛……"

郁达夫一时竟说不出话来,只好又喝了一大口闷酒。他怔怔的,眼神迷茫,似乎觑见一缕青烟从面前袅袅升起,木鱼声声,不绝于耳,而孙荃的一双泪眼,正在那烟雾后面凝视着他。一股凉意顺着他的脊背流了下来。

二哥朝厨房里努努嘴:"她现在不说要你和孙荃离婚的事了吧?"

"时不时地,还要暗示几句的,这是她心里的结……现在这种状况,我怎么和孙荃说得出口?她太可怜了……恐怕,到头来我两个人都得罪……"

"但愿,映霞慢慢地接受这个既成事实。"

"但愿吧。"郁达夫倒了一满杯酒,仰头便喝。

"三弟,别喝了。"

"没事。"郁达夫抹抹嘴巴,又倒了一杯。

王映霞过来,夺走他手中的酒杯:"二哥来了,你这是浇的哪门子愁哇?"

"浇什么愁?我高兴,我喜欢。"他硬邦邦地说。

"高兴也好,浇愁也罢,反正不能再喝了,都喝成红虾公了!"

郁达夫伸手去夺酒杯,王映霞不给,酒洒了一地。郁达夫脸一板,就起了高腔:"怎么,我在自己家喝酒都不行?我连喝酒的自由都没有了?国民党不给我自由,你也不给我自由吗?"

王映霞委屈地对郁养吾道:"二哥,你看他!"

郁达夫愈发生气:"你把二哥扯进来做什么?不喝就不喝,这世界上还少了酒吗?家里不许我喝,我到外头去喝!"说罢,将筷子往桌上一拍,起身走了出去,砰地将门摔上了。

王映霞冲到门口:"你给我回来!"

他感觉她的声音砸到了他的背上。那声音里有愤怒,有恐惧,也有哀求,都是他从未感受过的,令他心惊胆战。可他不能回头,另有一种莫名的力量拽着他一直往前走。他感到身不由己。他的身影迅速隐没在上海的夜色里。

王映霞急得团团转:"二哥,这如何是好?"

二哥安慰道:"别担心,没事的,他就这犟脾气,自己会回来的。"

王映霞说:"我得找他去。"

二哥说:"偌大一个上海,你到哪去找呀?再说黑灯瞎火的,你一个妇道人家,太危险了!等会回旅社,我顺便到附近找找,你就在家等着他,他会回来的。"

也只能这样了。送走二哥后,王映霞无奈地在家里等着。她时而打开门往漆黑的夜色里看一会,时而掩上门坐在椅子上发呆。等着等着夜就深了,远处偶尔传来几声汽笛的鸣叫,显得格外凄清。此时母亲王守如已来上海,就住在离他们不远的后弄,王映霞把她叫了过来。母亲得知情况后,唉声叹气地陪着她一起担忧。墙上的自鸣钟响了,指针已指向凌晨一点。王母劝道:"映霞,睡去吧。"

可她怎么睡得着呢?说不定他又喝得烂醉如泥,躺在什么地方不省人事呢!她忧心如焚。王母叹气道:"唉,你急也是白急呀!他又不是小孩,不会出什么事的。睡去吧,明天再说。"

王映霞已经头晕脑涨,昏昏欲睡,难以支撑,只得回卧室躺下了。这一夜她做了许多梦,其中一个梦是郁达夫蜷伏在冰冷的水门汀地上,她双手去摇他,用脚去踢他,他双眼紧闭,就是不醒。最后她冲着他大叫了一声,却把自己从梦中叫醒了。

10

王映霞醒来时窗口已透进晨光,她往身边床上一摸,空空荡荡的。他一夜未归!她急忙爬起床,草草地洗漱一番,胡乱吃了点东西,就外出寻找郁达夫。她先到了内山书店,向内山完造夫妇打听。内山先生说这几天都没见郁先生来。她又急急地找到鲁迅先生家。也没有他的踪影。鲁迅笑眯眯地安慰她:"不要心急,达夫呵有点小孩子脾气，气消了就会回来的，说不定，还会向你磕头求饶呢！"

但是她怎能不急？她又跑了几个他常去的地方，还是没有一点消息。各种可怕的猜测涌上她的心头。她真后悔，昨晚不该抢他的酒杯的。她心里明白，他的负气出走不单是酒的原因，可她若不抢杯子的话，他就没有生气的理由了。要是他出了事，她该怎么办啊？

王映霞寻找了一天，担忧了一天，傍晚回到家中时，收到了郁达夫的电报。她的悬在半空的心终于落了下来，不觉长长地吁了一口气。但一看电报内容，不禁又气不打一处来："钱和手表被窃，速送一百元来宁波顺天旅社。"你替他担惊受怕，他竟跑到宁波去了，还让人偷去了钱物！一生气就不计后果离家出走，在外面一遇到为难事，倒晓得要依靠家人了！不管，随他去！她将电报扔到了地上。

可是她不管，谁管他呢？她不去宁波，他回不来呢。想到他的安危，王映霞也顾不得生气了。手头钱不够，她将手镯当了，凑齐一百元后，买了当晚去宁波的船票。深夜，王映霞孤单地坐在船舱里，听着轮船的轰鸣声，闻着船上特有的气味，心里如同打翻了一只五味瓶。

11

次日早晨，船抵宁波，王映霞找到了顺天旅社。这是一个很简陋的旅馆，到处弥漫着一股烟和酒的味道。她问门房，有没有个叫郁达夫的住在这里。门房摇头说没有。她让他查登记簿。门房说是没有，只有一个叫于质夫的。她忙说："哦，那就是他，于质夫是他小说主人公的名字。"门房说，那就是了，他们这住了好几个文人呢。

门房带着王映霞来到客房前,她举手叩了叩门。门开了,露出一张惊讶的脸。王映霞认识这张脸,他是郁达夫的朋友楼适夷。

"哟,王女士来了。"楼适夷回头道:"达夫兄,太太捉拿你这个逃犯来了!"

屋里立即迸发出一阵哄笑声。王映霞进门一看,屋里男女七八个,坐的坐躺的躺,都好奇地看着她。郁达夫笑眯眯地迎上来:"你来了?刚我还在掐算,这个时间你该到了呢!"

王映霞心里有气,却也只能扮出笑脸:"我要是不来呢?"

"你怎么会不来?你是我太太呀!"

"你就这么有把握?"

"那当然,知妻莫过其夫嘛!"

她瞥一眼桌上的酒瓶与残羹剩菜:"又喝酒了?你倒过得有滋有味嘛!"

"嘿嘿,我这人,就是有朋友缘,一到宁波,就遇到这一群文学朋友!刚才,他们正要拷问我,如何当了逃犯了呢!"郁达夫说。

楼适夷叫道:"现在好了,映霞女士来了,达夫就不好虚构了,从实招来吧!"

郁达夫毫不在意地:"从实招来就从实招来。"

王映霞急忙冲郁达夫使眼色,不让他说。哪有人愿意家丑外扬的?但郁达夫似乎不明白她的意思,兀自侃侃而谈:"说起来,事情也是因酒而生。前夜二哥来沪,说起家乡人事,感慨良多,我不觉就想多喝两盅,可我家娘子铁面无情,硬是不准再斟,居然夺走了我的酒杯!弄得达夫煞是恼火,一气之下,弃家出逃!

踉踉跄跄，晕晕乎乎，漫漫长夜，找不到我的归途！只好倒在码头水门汀地上酣睡了一夜；窃贼光顾，也一无所知，幸好另一口袋尚有余钱，便买了船票来到宁波……现在太太追踪至此，我只好俯首就擒，听从发落了！"

众人哈哈大笑，王映霞却羞得满面通红。

当天夜里上床之后，郁达夫脱光衣服搂着王映霞，想和她亲热，她却将身子扭向一边。他欲亲她的脸，她也用手护住了面颊。他说："你还在生我的气啊？"她仍不理他。郁达夫只好平躺下来，惘惘地瞪着天花板，长长地叹了一口气。夜深人静之时，一颗豆大的泪珠从王映霞眼角滚了下来，接着，她听到了一声轻微的开坼的声音……如果说，他们的爱情是一只原本就有一条看不见的裂纹的玉镯的话，现在，那裂纹延伸到了表面，她看得见它的存在了。

第十五章

漩 涡

1

1930年2月,郁达夫和鲁迅、宋庆龄等11人共同发起组织的中国自由运动大同盟在上海成立,郁达夫出席了秘密召开的成立大会,领衔发表了《中国运动大同盟宣言》,该宣言称:"我们处在现在统治下,竟无丝毫自由可言……我们组织自由运动大同盟,坚决为自由而斗争,感受不自由痛苦的人们团结起来,团结到自由运动大同盟旗帜下来共同奋斗!"

一天,孙大可来找郁达夫,说他们对郁达夫参与发起组织中国自由大同盟之举非常欣赏,还说,他们其实已把他视作同路人了。郁达夫当然知道他们是谁,笑笑说:"是吗?我荣幸之至!"孙大可还说,他们有一个想法,想听听他的高见。郁达夫说,愿闻其详。孙大可便压低嗓子跟他说,蒋介石的独裁统治和文化专制,不仅压迫着广大民众,也压迫得知识阶级,特别是为民众代言的左翼作家们喘不过气来。他们想把所有左翼作家组织起来,团结起来,以便更有力量反抗国民党的压迫。这就好比将五个指头攥成一个拳头,打出去才有力量!孙大可还说,这个组织的名称嘛,就叫中国作家左翼联盟,他们非常希望郁达夫也参加。

郁达夫很感兴趣:"想法不错啊,我一定参加!"

"那太好了!"孙大可郑重其事地握了握郁达夫的手:"另外,我们还想请你做一点联络工作,你在文化界朋友多,可以为我们牵牵线,搭搭桥。最好是动员鲁迅先生也参加,要是有鲁迅先生加入,左联就更有号召力和战斗力了!"

"没问题,走,我这就带你去鲁迅先生家!"郁达夫爽快地带着孙大可出了家门,跳上一辆电车,往景云里而去。

2

郁达夫到印刷所送小说清样回来,见王映霞抱着阳春在门口焦急地眺望。见了他,王映霞埋怨道:"你怎么才回来呀?阳春病了,又发烧又说胡话!"

他摸摸阳春的额头,热得烫手,说:"那还不送医院?"

王映霞白他一眼:"不是在等你吗?"郁达夫立即从她怀中抱过阳春,转身往门外走去,王映霞提着个包颠着碎步紧跟其后。

他们坐了汽车到了租界医院,请一个德国医生给阳春看了病。医生说是扁桃腺发炎,引起上呼吸道感染,不用担心,打几针就会好的。他们这才安下心来。阳春哭叫着不肯打针,叫得王映霞心里直疼,便问医生能不打针吗?洋医生说打针好得快,孩子反而少受痛苦。护士一将针扎下去,阳春就尖声哭叫起来,如是那针就如扎在两人的心口上。他们一齐抓着阳春不敢松,眼睛却一点不敢往阳春屁股上看。

看完病回到家天已黑了,王映霞这才将一封信交给郁达夫。那是一封左联成立大会的邀请函,会期就在几小时前。郁达夫眉头一皱道："你怎不早点把信给我？"

"你不一早就出去了么？"

"后来我不是回来了么？"

"后来不是要送阳春上医院么？是阳春重要还是你的信重要？"

"都重要！你弄得我连左联的成立大会也参加不成！"

"你这人，倒怪起我来了！告诉你了又怎么样，你难道丢下阳春不管？"

"我怎么能不管？你早告诉我，我好有个安排，至少，也好请个假嘛！这样不明不白地缺席，别人还以为我对左联有意见呢！"

"你这人，从来都是我行我素，今天怎么变得如此多虑了？一个会没参加，多大的事嘛！"

"我说了参加的，我不能失信于朋友！"

"事已至此，你怨我又有何用？阳春病成这样子了，你还嫌心里愁得不够？"

这时孙大可来了，他们才停止口角。郁达夫连忙向孙大可解释了他没能参加左联成立大会的原因。孙大可说："原来是这样啊！大家都希望你出席成立大会呢，真遗憾。哎，孩子怎样？好些了吗？"

"没大问题，打了一针，睡着了。会开得怎样？"郁达夫问。

孙大可告诉他，会开得很热烈，很成功，差不多所有知名的左翼作家都到场了。鲁迅先生提名他为左联发起人，他还被选为左联执行委员。郁达夫一听，高兴得两眼眯成了一条缝："是嘛，嘿嘿，鲁迅先生总是忘不了我！"

孙大可说："不光鲁迅先生，大家都忘不了你呀！你替我们联络了不少作家，特别是鲁迅先生，若不是你牵线搭桥，恐怕也不会进入左联，所以，我要代表左联执委，向你表示衷心的感谢！"

"区区小事，何足挂齿！哎，大可，你在左联是什么职务？"

"哦，我是执委常务委员，也就是经常做具体工作的人。"

"好哇，左翼作家聚集起来，力量就大了，就不是独往独来、孤立无援的堂吉诃德了！"

"为了发挥左联的作用，以后我们会经常开展活动，希望你积极参加。"

"会的，没有左联时，我们也常编刊啦、出书啦，有了左联，自然更有劲头了！"

孙大可笑笑："编刊出书当然要做，不过近段左联打算多搞一些飞行集会，散发传单等，向当局和社会显示我们的力量！"

郁达夫愣了一下："还要搞飞行集会？"

"对！让国民党当局穷于应付，也让他们知道，左翼作家是不会屈服于高压政策的！我们要用行动打破他们的文化封锁！"

郁达夫犹疑地："这样做有效果吗？"

"这样做的效果比写文章更直接！后天，我们就准备去霞飞路一带游行集会，达夫，你也来吧。"

"这……"

"达夫，现在你是左联一员了，希望你以身作则，积极投入！"

郁达夫想想，很勉强地答应了。

3

小阳春的病慢慢好了，王二南来看过曾孙之后，却还不放心，说是西药只能治标，中医才治本，给了一个祖传的方子，要阳春再吃几副中药。郁达夫接过方子欲去抓药，忽然呵呀一声说，我还要去游行呢！王映霞断然说，你不能去，你去会惹麻烦的！郁达夫很为难，因为是左联的活动，他不好一再缺席。王映霞又说，你是作家，作家就是坐在家里写作，游什么行？那是革命家的事！郁达夫心里也是这么想的，可是他已答应孙大可了，他不想再一次失信于他。他还在犹豫，王映霞气呼呼地说，孩子不是我一个人的，你一定要去，抓完了药再去！

郁达夫只好先去抓药。

从中药铺出来，看看时间来不及了，他便提着三副药径直去了霞飞路。刚到街口，就听到前面人声喧哗，街两侧聚满了围观的市民。一支游行队伍从前面蠕动过来。游行者有的一袭长衫，有的西服革履，大都是知识分子的模样。他们举着小旗，呼喊着口号，并且不时地给路人分发传单。郁达夫快步走过去，很快，他就看许多熟悉的面孔在队伍中晃动。

郁达夫踌躇不前了，他的感觉有点怪。平常这些朋友都是在书斋里写作，在报刊上发表他们的主张的，现在却直接跑到马路上来喊口号，多少有点赌气的味道。

这时，郁达夫看见了走在队伍前头的孙大可。孙大可脸色通红，颈上青筋突起，领头高呼着口号："反独裁！……反迫害！……要民主！……要自由！"

郁达夫到底也是个易于激动的人，他很快被感染了，站在路边挥起拳头跟着喊起来。有几个警察提着警棍子站在一旁冷眼相看，郁达夫还故意冲他们瞪了几眼。

孙大可发现了郁达夫，冲他招手："达夫，过来！"

他跑到孙大可身边，孙大可塞给他一叠传单："你怎么迟到了？"

他举举手中的的药："哦，去抓了几副药。"

"来了就好。"孙大可说了一句，又忙着领喊口号去了。郁达夫机械地跟着呼喊，喊口号的间隙，笨拙地将传单散发给路边的民众。很快,他手中的传单就散发完了。

突然,警笛骤响,几辆警车呼啸而来,挡住了游行队伍的去路。一个警察头目从警车驾驶室伸出头来,手里举着一支铁皮喇叭,大喊:"非法游行,坚决取缔,如不散去,咎由自取!"那粗糙的声音直冲郁达夫的耳朵,让他耳朵一阵轰鸣。郁达夫变了脸色,紧张地拉拉孙大可:"怎么办?"孙大可说:"不要慌张,他们不敢把我们怎么样!"

一辆消防车抵近了,车顶的高压水枪对准了游行队伍。双方对峙着,气氛顿时紧张起来。警察头目又喊:"给你们十秒钟,十秒钟再不散,就别怪我们不客气了!一、二、三、四……"

孙大可蓦地跳起来大喊:"反迫害!"众人随即跟着呼喊口号,迎着警察排成的人墙往前走。郁达夫夹在其中,紧张得透不过气来。孙大可挥起了拳头,可没等他把下一句口号喊出来,高压水柱就射到了他身上。孙大可摇晃了一下就跌倒在地上,郁达夫急忙将他拉起,赶紧闪躲到路旁。

警察蝗虫般围了上来,挥舞警棍驱赶人群。游行队伍大乱,人们惊呼着四散奔走。郁达夫将药揭在胸口,惊慌四顾,一时不知如何是好。他的头发已被水枪喷湿,眼睛也有点看不清了,逃窜的人影在他眼里只是一些游移的斑点。这时他的手被孙大可抓住了:"跟我来!"他跌跌撞撞地跟着孙大可拼命地往前跑,他们忽然间变得力大无比,居然将一个警察撞倒了。

他们跑进一条狭窄的小巷,见没人来追,才停下来。他们蹲到地上,喘气不止。郁达夫感到肺部像是撕裂了般疼痛。孙大可狠狠地抹一把湿漉漉的头发,冲他笑了笑。郁达夫惊魂未定,问:"大可,你没伤着吧?"

"没事,回家换身干衣服就行了,明天我们再来!"

"明天还要游行？"

"是呵，高压水龙头可吓不住我们！"

"可是大可，这样做，有意义吗？"

"怎么没意义？向国民党显示我们的存在，表达我们的抗议，唤起普通民众，鼓舞斗争信心，意义大得很！"

"说实话，这有点蛮干，我不敢苟同。"

孙大可想想道："达夫，你身上有小资产阶级的摇摆性，这不足为怪，你和我们，到底还是有区别的。今天你能来，就很不错了！"

郁达夫坦率地："可是明天，我不想来了。"

"为什么？被国民党军警吓倒了？"

"我是一个小资产阶级出身的人，上街散发传单这一类事，是不能做，也不想做的，也许一次两次还可以，多了就会烦……我不明白，在报刊上发表文章，不是更能表达我们的主张吗？再说了，老是游行集会，不是容易授人以柄，遭受迫害吗？这对斗争何益，对左联何益？"

"迫害总是免不了的，过去你没有上街游行，国民党不是也把你逼得逃亡吗？不能因为怕迫害，就不活动、不斗争了。"孙大可面色冷峻。

"这与怕不怕迫害是两回事，我实在适应不了你们这种方式。"

"这么说，你是打算不参加了？"

"我还是做适合我做的事吧，我是作家，作家的工作就是坐在家里写作，用作品说话。"

"你不要以为，只有你是作家……我们少了你，一样能做，只是你这样做，是不服从左联的安排，会造成不好的影响！"

"若是我妨碍了你们，我可以退出的。"

孙大可怔住了，半晌才问："你真这么想？"

"我这人,缺点很多,又较散漫,我不想影响左联,就算我的口头声明吧。"

孙大可看看郁达夫,转身就走了。显然他很生气,这让郁达夫心里很不安。虽然,他只是坦诚地说出了心里话,但他还是觉得自己像个做了错事的孩子。他垂头丧气地跟在孙大可身后,等走出小巷之后,才发现孙大可已没了踪影。而他手中的三副中药也早已经丢失,幸好药方还在口袋里,他只好重新去药铺抓药。

4

几天之后的一个黄昏,郁达夫一家正在吃饭,孙大可来到他家门前。郁达夫邀他一起吃顿便饭,他却不肯进屋,说还有事,讲几句话就走。郁达夫不明白,多年的朋友怎么一下变得生分了。孙大可犹豫了一会才告诉郁达夫,昨晚左联执委会开会,把他从左联开除了。投票表决的结果,大部分人赞成,只有冯雪峰、柔石等四人投了反对票。

郁达夫有点意外,但也很坦然,笑笑说:"这没什么,我是个超脱之人,再说我不是已经向你声明,宣布退出了吗?其实投票都是没必要的。以我的个性,真的不适应做你们的工作。"

"大家对你很生气,也很失望,你要退出,当然就要开除你了。"

"就为这个,你都不进我的家门了?要与我划清界限?"

孙大可埋怨道:"你什么时候跟外国记者说过 I am a writer, no fighter.(我是作家,不是战士)?弄得影响不好,大家都有意见!我也不好替你说话了。"

郁达夫确实跟诗人徐志摩和美国记者史沫特莱说过类似的话,可他不以为然:"我这人是根直肠子,怎么想就怎么说。再说作家的武器不就是手中的笔吗?你可以在家里写文章,大可不必到马路上去大喊大叫呵!"

"唤起民众有多种方式,你也有你的道理,可毕竟你是左联一员……"

郁达夫大度地:"好了好了,现在我不是左联一员了,开除就开除,我不介意的。只是,鲁迅先生怎么说?"

"哦,鲁迅先生没有参加会议,今天冯雪峰把此事转告给他了。"

"鲁迅先生的态度呢?"

"他很不高兴,说极左最容易变右,右的也可以变化,还说达夫即使不写什么斗争文章,不上街示威呐喊,国民党对他也不会好的。"

郁达夫高兴地说:"还是鲁迅先生了解我!"

5

虽然脱离了左联,郁达夫还是那么繁忙,日子也过得并不安宁。写作到深夜,常常被疾驶而过的警车和鬼哭狼嚎般的警笛所惊醒,这时他就打开窗户往远处眺望一番。他很担心他那些朋友的安危。岁月在人心惶惶中前进着,不知不觉就到达了1931年。

这日郁达夫顺手撕下一页日历,不禁感叹道:"这日子也过得太快了!"

王映霞说:"是呵,转眼我们结婚都三年了!你有什么感想没有?"

"感想?就是我们在一起,很幸福啊!"

"除此之外,你没想起什么?"

"想起什么?"

"我问你呢,三年这个时限,真的没让你想起什么?"

郁达夫摇摇头,伸手抚了抚王映霞隆起的腹部。

王映霞叹口气道："唉，想当初，你信誓旦旦，说什么那件事情不解决，三年之后就死给我看。男人的承诺，真的是如此靠不住哇！"

郁达夫恍然醒悟："你是说这个呵，现在我和你生活在一起，连她的面都见不到，不跟离婚差不多吗？何必一定要走那个形式，搞得她连个虚名也没有呢？"

"事已至此，我也不一定非逼着你办那道手续，反正就这么回事。可是你连自己的承诺也忘记了，让人心闷！"

"既然如此，记不记得那个承诺，又有多大区别？"

"区别可大呢……算了，不说这些了，说也白说。《达夫全集》第四卷快印出来了吧？"

"快了。"

"不知发行会怎样，这次能得多少版税？"

"你就少操这个心吧，好好保养身体。"

"我能不操心吗？孩子会越来越多，开销也越来越大了，我可不好意思再找家里要钱！"王映霞皱起了眉头。

"放心吧，只要我不死就会写，只要我写就会有钱，饿不死你们的！"

王映霞白他一眼："尽说不吉利的话！"

郁达夫起身，亲了亲她的脸颊。这是他出门时的习惯性动作。王映霞便问："要出去？"

郁达夫说："想去书店转转。"

王映霞交待道："不许去喝酒，早点回来噢。"

6

郁达夫竖着大衣领子，冒着冷风往前走，还没到达书店，就在街头被人撞了一下。那人戴着顶鸭舌帽,一条格子围巾将脸掩得严严实实,看不见面孔。郁达夫踉跄一下,不满地冲那人叫道:"你没长眼睛啊。"

戴鸭舌帽的人说:"对不起!"嗓音非常熟悉。郁达夫定睛一瞧,竟是很久没见了的孙大可。他欲打招呼,孙大可低声说:"别说话,装着不认识,跟我来!"

郁达夫心领神会,跟着他踅进一条弄堂。走到一座关闭着的石库门前,孙大可停下来掏烟,眼睛四下逡巡。郁达夫走拢去,拿出打火机,替他点燃烟,低声问:"大可,你怎么这身打扮?"

孙大可急促地说:"国民党正疯狂抓人!柔石、殷夫、胡也频、冯铿和李伟森已经被逮捕。刚才我们在东方旅社开会,李初梨又被抓了,送进了警备司令部……"

郁达夫不由得张大嘴啊了一声,忙说:"我能帮你们什么忙吗?"

"找你就是想请你帮忙的,李初梨刚刚进去,可能还没暴露身份,你的关系多,看能不能打通关节,把他营救出来?"

郁达夫不假思索地应承下来:"行!我一定尽力!我大哥已调到租界法院任职,他可能有办法,我立即去找他!"

"那太好了,你自己要小心。"

"你更要小心!"

孙大可感激地拍拍郁达夫的肩,转身走了。

事不宜迟,郁达夫也不去书店了,匆匆赶回家,找出一沓钞票,揣进口袋,转身又要出门。王映霞见状拦住他说:"刚刚回来,又要出去?"

"噢,去找大哥说点事。"

"昨天不是才去过吗?又有什么事?"

"男人的事女人莫问!"

王映霞不满地剜他一眼:"有什么见不得人的吗?神神秘秘的,我也要去!"

郁达夫厌烦地:"你掺和什么嘛!你身子不太方便,在家歇着吧!"

"你不让我去,我偏要去!"王映霞不依不饶。

郁达夫心急如焚,懒得和她多说,径直出了门。此时已是薄暮,路上行人稀少,郁达夫找了很远也没找到黄包车。他偶尔地往身后一瞟,却发现王映霞臃肿的身影摇摇晃晃地跟在后头。他走得快,她也跟得快,他若停下脚,她也会停下来。他真没想到她还会跟踪他,这是从来没有过的事。霎时,一口气憋得他脸都青了。他装着没发现她的样子,趁她不注意,闪到路旁一排冬青树后。

后面的王映霞失去了目标,焦急地左顾右盼。当她走到冬青树前,郁达夫突然钻了出来,吓得她打了个冷噤。郁达夫冷眼相向,厉声说:"你跟踪我?"

"我……我要跟你去!"

郁达夫哭笑不得:"你认为我不是去大哥家是不是?我值得你这么不放心吗?"

王映霞嘴一噘:"反正我要去。"

这时正好一辆黄包车过来了,郁达夫招了一下手,没好气地说:"上车吧!"王映霞上了车,郁达夫随即也挤了上去。车夫却不情愿了,说:"先生,一次拉两个人,可要双倍的车钱哟!"郁达夫说:"放心,我给你三倍。"车夫不解:"那又为何?"郁达夫拍拍王映霞的肚子:"这里边还有一个呢!"王映霞这才忍不住扑哧笑了。

黄包车徐徐前行,车上两人晃晃悠悠。王映霞抓过郁达夫一只手紧紧握着,他却坚决地把手抽了回来,并且板着脸不理她。

7

一到租界大哥郁曼陀的家,郁达夫就拉着大哥的手到书房密谈,将王映霞留在客厅与大嫂聊天。大嫂笑盈盈地拉着王映霞的手说:"映霞,你有几个月的身孕了,不要跟着达夫到处跑,要歇着保养身体呢。"王映霞说:"谢谢大嫂关心,跑一跑不要紧,适当的运动对分娩有好处的。"王映霞瞟着书房,又说:"达夫心急火燎的,也不知他找大哥什么事,问他也不说。"

大嫂笑道:"管他呢,男人们不是这个事就是那个事!放心吧,达夫你还不了解?他呀,做什么都优柔寡断,就是写文章大胆。你就是借给他一个胆子,他也不敢干坏事的!"王映霞觉得大嫂说得对,就笑笑,不说这个话题了。

在大哥书房里,郁达夫将李初梨的情况简要地说了一下。郁曼陀蹙眉说:"这事有些棘手,不过我会尽力去办。英国领事馆我有个朋友,请他去警备司令部说说,也许有用。"

郁达夫欣喜不已:"那太谢谢大哥了!"

郁曼陀说:"但是为稳妥起见,最好多管齐下,我再想想,看有什么用得上的关系,你呢也再找一找别的朋友试试。"

"好的,就这样办!"

郁达夫说着就出了书房,拉起王映霞急着要走。王映霞很不乐意:"怎么才来就走呵?"郁达夫说:"我还有急事呢!"大嫂说:"稍坐一会吧,茶都没喝一口。"大哥过来说:"喝什么茶呀,三弟好的是酒,下回来你给他准备一瓶花雕就是!"大嫂说:"那说定了呵,下次来喝花雕!"郁达夫说:"好哇!我现在就闻到花雕的味道了。大哥大嫂,我们告辞了!"

郁达夫叫了黄包车将王映霞送回家中，吩咐她好好歇着，便又要出门。

王映霞极为不满："你还要出去？"

郁达夫说："不是说了我有急事吗？"

王映霞说："急得晚饭都不吃了？"

郁达夫说："人命关天的事，还吃什么饭？"说罢，匆匆出了门。

"人命关天？究竟是什么事呢？"望着丈夫隐入夜色的身影，王映霞喃喃自语。她觉得郁达夫有一点革命家的神秘味道了。

8

二月的上海，细雨霏霏，天光晦暗，空气潮湿阴冷。郁达夫站在寓所窗前，默默地望着远处。在一片乌云的下面，耸立着教堂的尖顶，有钟声隐约传来。电车的影子幽灵般掠过建筑物之间的空隙。弄堂里的人如同一只只甲虫，缓慢地蠕动着。屋前的梧桐树上，几片残留的树叶忽然瑟瑟颤抖，于是他感受到了风的侵袭。冰凉的水一样的风，贴着他面颊爬向他的颈脖，钻进他的衣领，布满了他的四肢。他全身都僵硬无比，不能动弹了。他手里捏着的那份报纸抽搐了一下，发出窸窣之声。他感到那些铅字纷纷掉下，落了一地。一股血腥的气息从那些铅字里散发出来，窒息着他的呼吸。2月7日，左联的五位年轻作家朋友，被当局枪杀在龙华刑场，那一阵凄厉的枪声穿透了手中的报纸，长久地回荡在他的脑中。

他伫立良久，神情木讷。

王映霞过来欲关窗户，他拦住她，神经质地叫道："枪声！你听那枪声！"

王映霞被他的怪异表情吓住了："达夫你怎么了？"

"枪声!"他眼神直直的,"你没听到吗?刽子手的枪声!"

王映霞凝神听听,摇头:"只有屋檐滴水的声音,哪有枪声呵!"

他一怔,说:"又响了一声!听,又响了,你难道没听到?是从龙华那边传来的!"

王映霞担忧地摇摇他的胳膊:"达夫,你怎么了?"

"你真没听到?你听觉那么迟钝?就是这几声枪响,杀了柔石、杀了胡也频、杀了殷夫、杀了冯铿!还杀了李伟森!他们手无寸铁,他们还那么年轻,竟然就被国民党杀了!"他说。

"达夫,他们已经被杀了几天了!你那是幻觉!"

"是吗?是幻觉吗?可我不觉得是幻觉,它们像钉子一样钉在我脑子里……"

"达夫,你无能为力,你改变不了什么,别把自己神经绷得那么紧,会绷出病来的,我为你担心!"

"我还苟活着,你担心什么?你要担心的是,在这种独裁与专制的恐怖里,我还能不能活得像个人,能不能有人的尊严,能不能发出正义的呼喊……"

"你想得太多了!别想了好吗?你再悲愤、再难过也无济于事,只能伤自己的神。放松点,安安静静地看书,好么?"

王映霞将他从窗前拉开,让他在书桌前坐下,然后拿过两本书,放到他面前。他瞟了瞟书的封面,竟然看不清书名。他的眼睛一片模糊。他颓丧地垂下头颅,将书推开,沙哑着嗓子说:"今天不读书,权当为几个朋友志哀。"

9

时至三月,天气转暖,郁达夫低落的情绪稍有好转,便想去书店淘书。首选书店当然是内山书店。他一进书店,内山完造迎上来,谦恭地鞠一躬:"郁先生来了?!"

郁达夫忙还了一礼:"内山先生可好?"

内山完造说:"好、好。昨天鲁迅先生来,还和他说起你呢。鲁迅先生在我这订了两本德文版的歌德《谈艺录》,他自己要一本,另一本说是送给你的。"

郁达夫说:"呵呀,上次我随意说了一句,想要一本德文版的《谈艺录》,没想到先生还记在心里了,让他如此费神,真是不胜惶恐!"

内山完造说:"最近又到了一批新书,郁先生随意翻吧。"

郁达夫便走到书柜前,悉心地挑起书来。郁达夫从高处抽了一本书,正欲翻看,一个陌生男子擦肩而过,将他手中的书碰掉了。陌生男子迅速地弯腰拾书,交还给他,默默地瞥了他一眼。他连忙说了声谢谢。陌生男子却压着嗓门说:"应当谢谢您,郁先生。"

郁达夫愣住了,因为他并不认识这个人。

"我是孙先生的朋友,他让我告诉你,李初梨先生已经出来了,特向您表示感谢!"陌生男人说,眼睛却瞟着大门进出的人。

郁达夫欣慰地说:"那太好了!"

"可是您必须赶紧离开上海!"

"为什么?"

"我们得到可靠消息,你和鲁迅先生都在他们秘密通缉的黑名单上了,赶紧避一避风头吧!"

"真的?"郁达夫将信将疑。

"确定无疑!"陌生男人说。

"那……我回去收拾一下就走。"

"不要回去了，恐怕来不及，先走了再说！"陌生男子说完，转身迅速地离开了。

郁达夫有点懵，他没想到危险突如其来。他匆忙出了书店，四下一张望，竟感到景物都有些不真实，好像是在梦境之中。他向电车站走去时，觉得行人都用暧昧的眼光打量他。他离电车站只有数步之遥了，但他猛地止住了步伐。靠着站牌柱子站着一个穿大衣的男人，虽然那男人背对着他，但刚才悄悄转身窥视了他一眼。而且，那人的面孔似曾相识，好像就是过去在创造社周围游荡过的那个密探！郁达夫脑子嗡地一声响，倒抽了一口凉气。他定定神，毅然侧转身，拦住一辆黄包车跳了上去，对车夫说："去火车站，要快！"

车夫拉起车就跑。他将衣领竖了起来，尽量往下缩着身子。他心急火燎，满眼的景物都在跳动不已。他一遍遍地催促车夫快点跑。黄包车越过一个街口，他忽然想起了鲁迅夫妇，赶紧叫车先不去火车站了，而直奔鲁迅的寓所而去。

终于到了鲁迅寓所前，郁达夫跳下车，要车夫稍等他一会，然后就砰砰地拍门。门开了，露出女佣的脸，女佣原是认识他的，很礼貌地说："郁先生好！"

郁达夫忙问："先生在吗？"

"先生已经搬走了！"女佣说。

"你怎么没走？"

"我是来拿东西的。"

"搬哪了？"

女佣摇摇头："不知道。"

郁达夫诧异地："不知道？"

女佣红红脸说："先生说，不能告诉任何人。"

郁达夫释然："你做得对，不能对任何人说，搬走了就好！你转告先生，请他多保重！"

女佣点头说："好的！"

"你也快走吧，这儿不能久留！"

郁达夫吩咐她一声，回头跳上黄包车，直奔火车站。到火车站后，他先去买了去杭州的车票，然后又到附近的邮政所给王映霞发了一个电报。他夹在拥挤的人群中上了车，袖着手，不声不响地龟缩在车厢一隅，警惕地注意着周围。

直到汽笛鸣响，车轮开始向前滚动，他才吁出一口气来。这时，天色已经暗下来了。

10

郁达夫何时回家吃饭，向来是没个准的。这天傍晚，桌上的饭菜都快凉了，王映霞和母亲还在等他。可是等到天黑，他也没回，王映霞就有些担心了。她焦虑不安，望着门前路灯下那条空荡荡的路，心想他莫非又醉卧街头了？

她们只好边吃边等他了。

可饭吃完了也没等到他，倒等来了他的一纸电报："因故外出，勿念。"

王映霞一颗担忧的心还是放不下，因故外出……他是因什么故，又外出到哪里去了呢？

第十六章

乡　愁

1

郁达夫提着一个袋子，惴惴不安地走向老家熟悉的院门。路边的小草拂过他的脚背，沙沙作响。树上有喜鹊在叫。风从富春江里吹来，带着温暖的腥味轻轻地抚着他的面颊与头发。宁谧的氛围笼罩了他，倒让他怯怯地立住了身子。

从上海逃到杭州后，他在乡下的朋友家躲了几天。一日他看到了扫墓的行舟，忽然间就动了乡愁，于是找朋友借了些钱，乘车往富阳而来。现在，到了家门口，他却有些迟疑了。他不知该如何面对被他冷落的家人。他倚着那扇斑驳的黑漆大门，悄悄向里观望。

院子里空空荡荡，几把旧靠椅散落在走廊上。两只鸡举起头看看他，又埋头刨食去了。节奏缓慢的木鱼声从某个角落隐约传来，如同一个久病不愈的老者的呻吟……他的心颤栗了，他惶惑四顾，寻找木鱼声的方向。

一个五岁左右的男孩从客厅跑出来，一直跑到郁达夫跟前，脆声问:"你是谁?"

他一眼就从男孩脸上发现了自己的特征,蓦地激动起来,一只脚跨入院内。

男孩指着他,厉声道:"不许进来!"

他下意识地收回脚,问:"为什么?"

男孩说:"你是生人,妈妈说了,不许生人进来!"

他心里被扯动了一下,伸手抚一下男孩的头:"你,是阿熊吧?"

男孩说:"你这个生人,不许你叫我的名字!"

他眼里一热,说:"阿熊,我不是生人,我是你的爸爸!"

阿熊惊奇地瞪圆了眼睛:"你是我爸爸?"

他眼露泪光,点头:"嗯!"

阿熊偏着头问:"你没骗我?"

"当然没骗你!"他从袋子中拿出个拨浪鼓:"给你!"

阿熊接过拨浪鼓摇了摇,想想说:"你等等,我要看看,你到底是不是我爸爸。"说着,转身奔上台阶,跑过走廊,上了木楼一侧的楼梯。

他仍站在门口,听着阿熊脚步响到楼上去了。他不知他这个几年没见的儿子要做什么。他心里热热的,有点发疼。不一会,楼梯上又响起了阿熊的小脚板声。阿熊下了楼,一溜小跑来到他跟前,举起一只小相框,问:"他就是你?"

他看到了相框里自己的相片。那是他在名古屋读书时拍的,穿着一身黑色学生制服。这还是订婚之后他寄给孙荃的,没想到她还保存得这么好。他鼻子一酸,点头道:"嗯,他就是我。"

阿熊一只指头点着相片:"你就是他?"

他说:"对呀,我就是他!"

阿熊眼珠骨碌碌一转:"那你就是爸爸!"

他冲动地将阿熊抱了起来:"聪明儿子!"

这时一个六岁多的女孩怯生生地过来,看看郁达夫,红着脸说:"我也晓得你是爸爸,你一进门就晓得了!"郁达夫侧过身子,叫一声:"文儿!"就一手一个,将一双儿女紧紧搂在怀里……积压多年的愧疚与思念之情猛然迸发,他抽动着双肩,两行热泪潸然而下……

他的泪水滴到阿熊脸上,阿熊擦把脸,仰头说:"你怎么了?"他忙扭过头去。文儿说:"爸爸哭了。"说着伸手替他擦眼泪。他赶紧直起腰,这样文儿就够不着了。在一双小儿女面前,郁达夫感到很不好意思。阿熊仰头看看爸爸,嘟哝着:"大人哭起来真奇怪!"文儿说:"有什么奇怪的?"阿熊说:"就是奇怪!他怎么跟妈妈一样,光流泪,不出声啊?"

郁达夫连忙擦干泪水:"爸爸不是哭,爸爸是高兴呢!"说着,从皮包里拿出一个蝴蝶结给文儿。文儿很懂事,轻声说:"谢谢爸爸!"

他问:"妈妈呢?"

文儿朝一个小侧门指了指:"妈妈在念经呢!"

"带我去见妈妈好吗?"他牵起女儿的小手。

"嗯。"文儿拉着他的手,向小侧门走去。

穿过小侧门,木鱼声骤然清晰起来。院墙外侧是一间偏屋,屋里设了一个小佛堂,神龛上供着观音菩萨。香炉里青烟缭绕,孙荃跪在蒲团上,双眼微闭,手敲木鱼,念念有词。郁达夫感觉她手中的木鱼槌每一下都敲在他的胸口上,令他的心狂跳不止。他随文儿来到孙荃身后。他瞟着那个变得佝偻了的背影,心里阵阵发紧,一别多年,他不知该对她说些什么,也想象不出她会对他说些什么。

木鱼声悄然消失,孙荃停止了念经,缓缓地回过头,淡淡一笑:"你回来了?"

郁达夫怔住了。他没料到她会这样平静。他不敢正视她的目光,慌乱片刻才忙不迭地说:"嗯,我回来了。"

孙荃慢慢地站起身子,揉揉膝盖说:"我晓得你今天会回来。昨天夜里我梦见一大片青菜,青幽幽的,就晓得有亲人要回来了。"

她的眼角有了很深的鱼尾纹,颧骨显得更突出了,她虽平静如水,可那是一张饱经风霜的脸。在那张脸的后面,埋藏着深深的忧伤,那是他给她带来的。突如其来的愧疚攫住了郁达夫的心,他赶紧抱起文儿来掩饰自己复杂的感情。

阿熊见了,也张开手:"我也要抱!"郁达夫便一手一个,同时将一双儿女抱了起来。可他力不从心,面红耳赤,摇摇欲坠。孙荃忙叫道:"文儿、阿熊,都给我下来,别把爸爸累坏了!"两个孩子听话地溜了下来。孙荃拍拍衣襟,冲郁达夫说:"走,回屋里去吧。"郁达夫点点头:"嗯。"

于是,两人一人牵了一个孩子,像一对恩爱夫妻一样离开小佛堂,穿过侧门,往正屋里而去。倏忽间,郁达夫有一种感觉,他感到此情此景在某一次梦境中遇到过,而现在,不过是在重复那个梦而已。

2

孙荃带郁达夫到堂屋里歇息,帮他清理袋子时问:"你就带这么点东西?"

他解释说:"哦,出来得急,换洗衣服都没来得及带。"

孙荃说:"只要你不嫌旧,换洗的衣服家里倒是有。"

他瞥她一眼,没作声。

"出了什么事吗?"

"嗯,有点小麻烦,避避风头就没事了的。"

"我就知道,不是遇到什么事,你是不会回来的。"

他舔舔嘴唇,无言以对。

"回来了就好,也好让孩子们认一认相片之外的爸爸是什么样子。你坐吧,我给你泡茶去。"她说,转身到厨房去了。

他静静地端详着家里的一切。地面有些发潮,墙脚长了些浅浅的绿苔。茶几和几把太师椅都擦拭得脱了漆,露出了白白的木质。两侧墙壁上的字画有些发黑,它们也跟着岁月苍老了。而他与孙荃结婚时贴的喜联还没撕去,虽然有些褪色,却也还红得醒目……他的目光颤抖了,不敢在喜联上流连,连忙垂下头,端详自己交叉相握的手。

孙荃端茶上来时,他终于主动说了话:"你也坐吧。"

她想了想,在他一旁坐了下来。

他闻到了她脸上搽的廉价的蚌壳油的香味,那是与王映霞身上的气息截然不同的味道,它显得卑贱,矜持,羞怯。两人一时无语,都沉默着。

后来,还是孙荃先开腔:"她……还好吧?"

他没料到她会问到王映霞,脸一红,点头道:"嗯,还好的。"

"孩子也还好?"

"也还好。"

"听二哥说,她又快生了?"

"是的。"

"那,你们的开销也不轻松呵!"

"还好,我的稿酬比过去多了……"他不自在地扭扭身体,"你和孩子们都还好?"

"我没有什么好不好的,孩子们一好,我也就好了。幸亏有天照应,文儿和阿熊身体都还好,也蛮听话,你不用担心的……唉,就是龙儿没福气!"她长长地叹息一声,似乎将她心中积压多年的东西都叹出来了。

他端茶杯的手颤抖一下,问:"在北京住了那么久,回富阳来,住得惯吗?"

"自己家,哪有住不惯的?唉,当初就不该去北京的,在家千日好,出门一时难呵,不去北京的话,也许龙儿不会……不说了,最难的日子,都过去了!"

他叹口气,看着自己的脚。

"什么时候,也带她回来住几天?"她看着他,脸上静如止水。

"这……再说吧,妈还好吧?"他赶紧转换了话题。

"还好,就是闲不住,天天摆摊,只是年纪一大,脾气就跟你一样,有时像小孩。不过我都让着她的,我身边也就这么一个遇事可以商量的人了。"她说。

"那我看看她去。"他说,站起身来。

"叫阿熊带你去吧。阿熊!"她朝院子里喊,"快带爸爸看奶奶去!"

阿熊应声跑进堂屋,抓住郁达夫的手便往门外拖。他如释重负,赶紧随阿熊走出门去。到了门外,不知为什么,他又回头看了孙荃一眼。她正望着他们父子俩,那安详满足的神态跟天下所有的妻子与母亲一个样。

3

见郁达夫回了家,母亲乐得脸上的皱纹成了堆,吩咐孙荃做了饭菜,把二哥二嫂叫来,一家人高高兴兴吃了顿晚饭。自然,富阳米酒是少不了要喝几盅的。大家边吃边拉家常,只是都小心翼翼地回避着有关王映霞的话题。二嫂实在忍不住,说了一句:"三弟,几时把上海的弟妹带回来呀?听说她是个大美人,我还没见过她呢!"郁养吾立即瞪她一眼,把话岔开:"就你话多!你不是有些酒量的么?快陪三弟多喝几杯!"

晚饭后,郁达夫和郁养吾到江边散步,他才告诉二哥,他是惹了麻烦,被通缉逃亡回来的。二哥十分讶异,你犯了哪一条?他说,欲加之罪,何患无辞?罪名总是赤色分子、诋毁当局之类。这一回,他和鲁迅先生同在一张黑名单上了,倒感到挺光荣呢!二哥便告诫他,既然这样就得小心点,回来了也要少抛头露面。郁达夫说不怕,天高皇帝远,风声一过就没事了,他不是头一次遭遇通缉了。二哥问映霞知道么?郁达夫说出走前给她拍过一个电报,说是因故外出了,没有细说原因怕她晓得了更担心。还有,她若知道他回富阳了,他怕她还会有别的想法。二哥点点头说,那是,你答应过她要离婚的,可你至今没离。难道她不计较了?郁达夫说,她嘴里不计较,心里肯定计较的,只是没有办法,才默认了现在这种状态。二哥又说,你来富阳的事,她迟早会晓得,不说反而不好。郁达夫想想说,过几天再说吧,反正不会呆得太久,等风头一过就回去的。

送二哥到他的诊所,郁达夫又坐了一会才回到家中。夜已经深了,四周是蛐蛐细密如雨的鸣叫。孙荃还在堂屋里收拾,瘦弱的身影在灯光里晃动不已。他走进门,清清嗓子说:"你还在忙?"

"嗯,就忙完了。"

"孩子们都睡了?"

"嗯。母亲本想等你回来聊聊,后来瞌睡来了,也就歇息去了。"

"你也歇着吧,我想跟你说会话。"他坐下说。

孙荃顺从地在他身边坐下来。

"还写诗吗?"他问。

"很少写了,忙,也没有了那份心情。"

"哦……"

"不写好,省得伤心。"

"……你的诗才其实很不错的,可惜了,都是我害了你!"

"现在说这些何益?反正诗一不能当饭吃,二不能当衣穿,那时候,也是少年不知愁滋味,为赋新词强说愁,等到知道愁滋味,反而不想拿笔了。"

"你过去写给我的那些诗,我可还都记得!"

"记得诗,却忘了人。"

"对不起……"

"不说这些了吧!"

"其实,我并没有完全忘记你,只要一想起你,想起龙儿,心里就像针刺,总觉得自己造了孽,对你不住!"

"你没有和我离婚,没有抛弃我们母子,晓得你心里还替我们着想,我就很感激你的了,不要说什么对不住了。我晓得,她是曾要求你跟我离婚的。"

"所以说来,是我负了你们两个人,只有我才是罪人啊!"

"不要说这些了,说来总让人伤感,如今我每天带带小孩,拜拜菩萨,心安了。"

郁达夫沉默了,思忖片刻,说:"这样下去也不是办法,我不想让你为我守活寡……其实你文采斐然,知书达理,是不是有可能出去做事,走你自己的路呢?"

孙荃凄然一笑:"你以为,我是你见过的那些读过洋学堂、有文凭的新潮女性呵?你看我这样子,拖儿带女、徐娘半老,又是三寸小脚,路都走不稳,能出去做事吗?还有我自己的路走吗?连你都不要我,还有谁可怜我?"

郁达夫直直地看着孙荃,一时语塞。

"所以,我只能是,生是郁家的人,死是郁家的鬼。"

"可是……"

"可是你也不要以为,我是乐于现状的,我只是无奈,只是认命而已!菩萨慈悲,有我一口饭吃,有我一个地方安身,我就心安理得,并不奢望更多。假如真像你所说,这世上如果还有我的路走,我是会走的,我不会赖在郁家,你不找我离婚,我也会找你离婚的!我相信,天下没有哪个女人,愿意当徒有虚名的妻子,愿意将自己的丈夫拱手送给另一个女人。"

她显得很平静,但是在她看似轻柔的话语里,却有着一种坚硬的元素。郁达夫似乎是第一次窥见她真实的内心,他受到了震撼,不由得垂下头,双手捂住羞愧的面孔,喃喃地道:"是我错了,当初我就不该违心地与你相亲,后来……"

"算了,别想了,世上没有后悔药吃,我不想责怪你,实际上,也不全是你的错。你稍等,我给你铺床去。"

她起身,从他面前款款而过。她带起的风扑到了他的脸上,很凉爽。她打开了客房的门,细心地铺着床。他站起身,走到门边,看着她忙碌的背影,心头布满忧伤。

她铺好了被子，回头说："好了，你早点歇息吧。"

"我……睡这里？"

"不睡这里睡哪？"

"这是我自己的家，我怎么成了客人了呢？"

"这要问你自己。"

他面色难堪，沉吟一会才说："荃，我知道你心里怨我，恨我，这都是应当的，事已至此，我只想尽量对你有所补偿，以弥补我的过错……"

"覆水难收，这种事无可弥补，你已经伤害我了，但愿你以后不要再伤害她。"

"你是个好人，可你越好，我的自责越深！"

"自责何益？徒增烦恼而已。我不需要你的自责，事情已经过去了，我也平静下来了，你就不要再想了，也不要再说了。今天你赶路累了，早点休息吧。"

他怔怔地凝视她，蠕动一下嘴唇，没说出话来。

孙荃觑他一眼，退出门去。这一眼明亮清澈，其中透着一种深深的怜悯，竟让郁达夫有自惭形秽之感。他还能说什么呢？他颓丧地和衣倒在床上，侧身盯着桌上那盏马灯，眼里不觉泛起一层泪光。于是，他眼里的一切都模糊起来……

4

他打了个激愣，醒了。四下瞧瞧，一时不知身在何处。揉揉眼睛，才发现自己衣也没脱躺在客房里。他缓缓地坐起，下了床，走出门去。

院子里铺着一层淡淡的月光，他在月光里徘徊。夜色就荡漾不已。他的影子是模糊的一团，萎缩在他的脚下，好似因为恐惧而不肯须臾离开他半步。

他抬头往楼上望去。

楼上，曾是他和孙荃的新房的窗户还亮着灯，窗户上的喜字还清晰可见。她的影子印在窗户上，像是皮影戏里的人物，只是她一动不动，似在写着什么。这个时候了，她还写什么呢？她不知道，楼下有她的丈夫吗？

她的影子摇晃起来，灯光倏然熄灭了。窗户成了一个黑黢黢的方块。他隐约地听见了她的脚步声。他想象她轻盈地躺在了床上，在她的左右，酣睡着他和她的一双儿女。

他喟然长叹，怏怏地回到客房里。在床上坐下了，他还觉得他的叹息声还在院子里萦绕。这长夜，怎得安息啊！他揪住头发，只觉无数的念头蜂子一样在脑子里飞舞，却不知自己想了些什么。

后来，他沉思了一会，提起那盏马灯，绕过走廊，来到了楼梯口。他看着那架被踏得有了凹痕的木楼梯，犹豫了一下，才将一只脚放上去。楼梯立即不轻不重地响了一下，像是抗议，又像是召唤。他不管那么多，硬起头皮拾级而上。他尽量地将脚步放轻。可是木楼梯实在是太破旧了，而夜呢实在是太寂静了，脚步再轻，也弄出了一些吱嘎之声，听上去惊心动魄。

蹑手蹑脚，走到楼梯拐弯的地方，他停了下来。他有点害怕了自己的脚步声了。它太张扬，太尖锐，太刺人神经了。他一步一步地往楼下退。

可是往下退楼梯照样吱嘎响，由于后退更不好把握，它甚至响得更清晰了，听上去不像后退，而是像往上走。既然如此，他有什么必要后退呢？他停下想了想，听了听周围的动静，重新往上走。

回到拐弯处,他再次往上观望,又畏惧地不敢前行了。他索性坐下来,将马灯光捻小,放在脚边。

他双手撑着腮帮,发着呆,一动不动,仿佛已溶入黑暗之中。隔着木板壁,他似乎听到了儿女们的呼吸声。还有她那哀怨的面容,也从夜色里浮了出来。他是有义务给她一些温存的,她太苦了。

他鼓鼓勇气,缓缓站起,继续往上攀登。他终于到了他曾经的洞房门前,他浑身都感应到了屋里妻子的气息。他仿佛又回到了初婚之夜。他举起手,他想要轻轻地礼貌地敲她的门,这样才不至于突兀,才不至于惊扰了他的妻子。她当然还是他的妻子啊。他弓起的手指就要落到门上,却察觉门有点异样。上面贴有一张纸。上面为什么要贴张纸呢?他举起马灯一照,只见那张纸上,有四个墨迹未干的大字:闲人免入。

郁达夫呆住,先是愕然,继而赧然,脑子里那些蜂子飞到了他的脸上,放肆地蜇他的面皮。满脸的刺痒!他仓皇地转身走下楼去。他的脚步慌张得很,他为自己的慌张而羞愧不已……

5

第二天一早,郁达夫刚醒,就听到不紧不慢的木鱼声在耳边萦绕。他伸手抓了一把,想把它抓到,当然是徒劳,他只抓到一把清冽的空气。他爬起床,草草洗漱之后,悄悄穿过小侧门,来到小佛堂里,看了看孙荃念经的背影,又悄悄地离开了。

这一整天他都在访朋寻友。傍晚时约了几个少年时的同学,到鹳山脚下的春江第一楼划拳饮酒,喝了个酩酊大醉。他还逞强,坚决不要朋友送,一个人摇摇晃晃地走了回来。

孙荃在院门口接到他,埋怨道:"也不知道爱惜身体!"

他醉眼迷离:"我,我这讨人嫌的身体,有什么好爱惜的?有谁喜欢?嘿嘿,国民党还想抓我呢,他们倒对我的身体感兴趣……"

"别胡言乱语了,别人听见了会惹祸,快进屋歇着去吧。"孙荃连忙将他搀进院子。

"荃,我对你不好,你还管我干什么?你让我自己走,我有脚……哦,我的脚呢?我的脚到哪里去了?"他胡言乱语。

"你呀,不光找不到自己的脚,连头都找不到了!"

"是的,我迷失了,我找不到自己了……"

孙荃将郁达夫搀到客房床上,叮嘱道:"你坐一会,我打水去。"

"打水干什么?"

"给你洗脸!"

"用不着洗,要那个面子干什么?我要洗心!我心头的郁闷太多了,不把它们洗掉,我会闷死!"他双手在胸前乱划,接着,倒在床上自言自语:"郁闷呵!国民党没抓到我,郁闷倒把我抓住了……"

孙荃端来一盆水,拧干毛巾,替郁达夫擦脸。他似乎没有知觉,仍胡言乱语:"我不怕国民党,只怕郁闷,郁闷一来我就无处可逃……我何尝不想清清爽爽做人啊,可我做得到么?达则兼济天下,穷则独善其身。真想效仿那辞官不做的严子陵,避居乡里,稳坐钓台,优哉游哉……"

"严子陵钓台又不远,要不你就去散散心吧。"孙荃说。

"说的是!明日就去桐庐访严陵钓台,真是,知我者,荃君也!"说着,郁达夫抓住了孙荃一只手。

孙荃愣了一下,轻轻地将手抽了出来。郁达夫似乎一下子醒了酒,仰望着天花板,眼神散乱,不再说话了。孙荃替他擦完脸,又替他洗了脚,然后说:"你早点睡吧。"

郁达夫没有回答,他已打起了鼾。孙荃抱起他的双脚,慢慢地挪到床上去。

6

郁达夫没有忘记自己的酒话,他坐了小火轮从富阳溯富春江而上,到达桐庐县,在码头边的旅馆宿了一夜。翌日一早,便雇一条双桨小船,买了些酒菜,向着钓台出发了。

天气晴朗,霞光映照在江中。轻柔的风拂过脸庞,令人心旷神怡。郁达夫坐在船头,一边饮酒一边听桨声咿呀,欣赏着风景。过了桐庐,江面就狭窄了,江水清浅,两岸尽是青青的山峦。一片沙洲移了过来,洲子上开满了油菜花,无数的蜂蝶在其间飞舞。郁达夫不由赞叹道:"青山绿水油菜花,真是美不胜收!船家,你是生活在画里面呢,寿命都要长一些!"

船夫用力划动双桨,说:"我们划船是讨生活,哪像你们当老爷的,有欣赏风景的雅兴!"他一想,也是,人的生活如受压迫,风景再好,与他又有什么关系呢?

船走上水,速度很慢,快近中午时,总算望得见钓台了。

这时右岸出现了一个小小码头,码头旁有个依水而建、飞檐翘角的小楼。楼上酒旗招展,极是惹眼。郁达夫问这是个什么所在,船夫告诉他,这是临江仙酒楼,时常有杭州的老爷们,跑到这里来喝酒呢!

小船慢慢地靠上了码头。郁达夫在船夫的搀扶下跳下船,沿小路上岸。从酒楼一侧经过时,楼里的欢声笑语吸引了他,于是侧脸望去。透过临江酒楼的月形窗户,只见许绍棣正与一群人喝酒说笑。郁达夫一喜,立即趸进酒楼,拱手道:"许厅长,久违了!"

许绍棣一怔，随即起身道："哎呀，达夫兄，没想到在这儿遇到你！"

郁达夫笑道："这就叫来得早不如来得巧呵！"

"是呵是呵，无巧不成书呵！"

许绍棣立即叫堂倌加了椅子和碗筷，又将座上宾客一一向郁达夫作了介绍。其中有市党部的书记，也有杭州市的副市长。当许绍棣介绍到他时，他欠欠身，不卑不亢地："布衣郁达夫！"

席间立即有人不以为然："哎，哪有你这么著名的布衣？鼎鼎大名的著作家郁达夫！"众人也都说着幸会与久仰的话。郁达夫说："这么说来，各位都是党官啰？"那个副市长说："什么官不官，为党国效力而已。"郁达夫笑笑："呵呵，只有党官才把为党国效力挂在嘴上，平民百姓可从不说这话。阳春三月，踏春沽酒，各位雅兴不浅呀？！"副市长说："还不是向你们文人学的，也想有点闲情逸致，附会附会风雅呗！"郁达夫笑道："嘿嘿，别的不学，这个倒学上了！"

许绍棣端起酒杯插话："达夫兄，意外相逢，我先敬你一杯！"

"谢了！"郁达夫举杯一饮而尽。

"不知达夫几时回来的？"

"有几天了，在杭州乡下闲游了几天才回富阳的。"

"噢？怎么没找我？"

"晓得你许大厅长政务繁忙，所以没敢打扰。"

"你看你，还跟我讲这一套！"许绍棣话题一转："哎，你在上海待得好好的，怎么突然回来了？回来了也不说一声！"

"我要是在上海待得好，还会突然跑回来吗？"

"怎么？跟爱妻吵架了？"

"跟爱妻吵架还用得着跑？不瞒各位，我这次仓促回家，其实是逃亡之旅,上海有人要缉拿我呢!"他说。

众人一时都怔住了,面面相觑。

许绍棣马上笑道:"达夫说笑了!你不过是个文人,充其量是个左派作家,文章带点红色而已,又不是造反作乱的共产党,谁会缉拿你呀?"

郁达夫气呼呼地:"可就连我这种写写红色文章的左派作家,中央党帝也容忍不得!民权何在?公理何在?让人疑心历史真要倒退到秦皇时代!"

许绍棣说:"我想这其间可能有误会。"

众人附和:"对对,一定是误会了。"

"若不是误会呢?在座各位是不是要将我论罪发落呀?"他说。

"达夫兄,你玩笑越开越大了!牢骚太盛,会影响你的才情呢!来,喝酒喝酒!"

许绍棣举起杯子,郁达夫也不客气,一仰头,就将一杯酒灌了下去。那位副市长也来凑热闹,与他干了一杯,然后说:"达夫文久负盛名,我对达夫先生的诗文一向佩服得五体投地,不知有新作否?"

"卖字为生,新作嘛总是有的。"他说。

"何不吟诗一首,以助酒兴?"

"对对,吟诗一首!"

"那我就恭敬不如从命了,正好有一首过去写的诗,倒与我现今的境况十分契合,且听我吟来。"郁达夫站起身,深吸一口气,抑扬顿挫地吟道:"不是尊前爱惜身,佯狂难免假成真。曾因酒醉鞭名马,生怕情多累美人。劫数东南天作孽,鸡鸣风雨海扬尘。悲歌痛哭终何补,义士纷纷说帝秦!"

众人开始时摇头晃脑,击节称道,听到最后一句,不禁又面面相觑了。

"这是一首让我自鸣得意的诗,大家感觉如何?"他环视着众人问。

"嗬嗬,达夫毕竟是性情中人,总是锋芒毕露,而且,总是不忘风月!"许绍棣连忙打着圆场。

言及风月,众人立即活跃起来,你一言我一语:"是呵是呵,达夫是风流才子,狂放不羁,爱恨自如,令人羡慕呢!""听说达夫兄是'两头大',家有原配,外有爱人,艳福不浅呀!"

郁达夫微笑不语。

副市长摇头晃脑:"'曾因酒醉鞭名马,生怕情多累美人',达夫先生真是怜香惜玉呀!只是不知生怕累了哪位美人?是富阳美人呢还是杭州美人?"

郁达夫坦然道:"自然是指杭州美人。富阳美人乃母亲所赐,已分居多年,达夫虽然不爱,却也累及她一生,于心有愧呵!"

许绍棣道:"当作家的,就是多情善感啦!"

众人点头称是。这时船夫怯怯地来到门边,说时候不早了呢,要是再不去爬钓台,恐怕今天赶不回桐庐县城了。郁达夫于是起身拱手道:"各位,达夫先告辞了!"有人说:"哎,再坐会吧,那钓台有什么好看的?"他说:"达夫今天就是冲钓台而来,想发发思古之幽情,学学不吃嗟来之食的严子陵的为人处世之道!后会有期!"

许绍棣送郁达夫出了酒楼,低声问道:"达夫,你说的事是真的?"

"当然是真的!不是有过一次了么?"

"这一次通缉你,我怎么会一点风声没听到呢?"

"你在杭州,能听到什么呀?"

"嗯,也许是上海方面自行其是,与我们浙江党部无关。不过既然这样,达夫,你一定要小心行事,不要抛头露面!还要少说为佳,管住自己的舌头,像刚才,我都不怎么好替你圆场了!"

"我就这么个性子,你还不知道?"

"但愿不要传到上头去,否则我也会惹麻烦。"

"那对不起了。"郁达夫歉意地,"我没想这么多。"

"我现在是夹在党国与朋友之间,左右为难呐!喔,你逃出来,映霞知道么?"许绍棣又问。

"只晓得我出来了,却不晓得我是逃亡,而且逃到了富阳。"他说。

许绍棣点头:"嗯,不知道也好,免得她担惊受怕……哦,你就在乡间多呆几,一定要等风头过去了再回上海!"

他说:"我知道的,谢谢你了绍棣!"

两人遂握手告别。

7

郁达夫还在富阳避风,许绍棣又来到上海看望了王映霞。

王映霞十分欣喜,说:"许厅长,哪阵风把你吹来了?"

"还不是公干,做不完的事!"许绍棣赞美说,"映霞,你怀孕之后,脸色更红润了,更有女人味了呢!"

王映霞羞涩一笑:"哪里呀,脸上都有蝴蝶斑了!"

"可在我看来,你是愈发美丽了呢!"

"让许厅长见笑了!"

许绍棣四下看看:"达夫呢?"

"他外出十来天了。"

"他还没回来?"

"你知道他外出了?"

"知道呀，我还碰到过他，我以为他早回来了呢！"

王映霞急忙问："你在哪里碰到他？"

"在桐庐钓台的江边，那天我与一帮朋友在酒楼喝酒，与他不期而遇，他还乘兴朗诵了一首诗呢！"

王映霞一愣："这么说，他回富阳了？"

"怎么，你不知道？"

"他根本没对我说！"

"也许，他怕你担心吧……"

王映霞愤愤地："那肯定是的，他担心我知道他回富阳了找他闹！"

"你别错怪他了，他是听到通缉他的风声了才逃到富阳去的。"

"借口！哪里不好逃，要逃到富阳去？杭州我祖父家也可以住呀！明明是有意瞒我，另有所图！"

"哎呀，都是我不好，我不该随便说的……你们都是我的好朋友，我可不想引起你们闹纠纷！"许绍棣坐立不安。

"这与你无关。"

"映霞，你可别乱想，你们走到一起不容易，要珍惜！"

"正因为珍惜，我才生气呢！"

"都是我不好，口没遮拦，唉！"

"他还跟你说了些什么？"

"没说你，都是些与时局有关的牢骚话，我还劝他，都听说被通缉了，就该收敛一点，免得授人以柄。"

"他还吟了诗？"

"那是他的爱好，酒兴一起，就要吟诗的，李白遗风嘛！"

"吟些什么？"

"我记不全了,只记得两句……"许绍棣犹豫地看王映霞一眼。

"两句什么?"

"不说了吧,要不然,我倒像个搬弄是非的小人了。"

"许厅长,你是我们的朋友,朋友之间无话不谈,我了解得越清楚,心里才越踏实。"

"我看映霞你是多虑了,其实达夫是很爱你,很在乎你的,他逃到富阳不告诉你,是他有他的考虑,也有他的苦衷。"

"你说呀,两句什么话?急死我了!"

"其实没什么,就是'曾因酒醉鞭名马,生怕情多累美人',两句很好的诗,他还特地解释,是怕情多累及杭州美人,而不是指富阳美人呐!"

王映霞默想着,不吱声。

"映霞,你千万别介意!这根本就没什么,你千万不要跟达夫计较!你们要是闹矛盾,我就罪该万死了。"

"许厅长,你言重了,我们之间的事跟你没关系,放心吧。"

许绍棣挠挠头:"我希望你不要透露是从我这里知道他回富阳的,我可不想失去你和达夫这两个多年的朋友!"

"这你也放心吧,我珍惜我们的友谊,本来你就是无意透露的,我说了,这与你无关。"

"映霞,我看你是太爱达夫了,才对他如此在意。不过我还是要奉劝你,心胸豁达一点好,这对你身心健康有益呢!你一定要多保重,我希望你一切都好!"

"我知道的,谢谢你,许厅长!"

许绍棣一走,王映霞气愤地一扬手,将桌上的茶杯扫落在地上:"他、他居然瞒着我到富阳去了!"

第十七章

伤 情

1

郁达夫潜回上海时天色已晚。想到就要与分别了十余天的王映霞重逢，他不禁心如兔跳，根本没料到会吃上闭门羹。他急切地拍打着寓所的门，叫着："映霞，我回来了！"可是，没有人应。难道家里没人？他继续拍打，还是没人应。家里当然是有人的，王映霞就坐在客厅里，可她心里有气，她不给他开，母亲王守如欲去开，也被她制止了。郁达夫徒劳地往身上摸钥匙，自然也摸不到，他是个懒散之人，出门总是懒得带钥匙的。不祥的预感袭上了心头，难道家里出事了？他连忙绕到小楼一侧一看，客厅窗户里有灯光呵，分明是有人的情形，为何没人开门呢？他急了，重新拍打大门，而且一声比一声重，惊得隔壁楼上都有人伸出头来观看了。

门总算开了，开门的正是王映霞。他忙进门，眼一亮："你在呀？我还以为没人呢！"王映霞冷冷地说："你还晓得回来？没认错门吧？"他不在意地说："当然晓得回来呵，风筝飞得再高，也有一根线牵挂着,即使我得了健忘症,我的脚也晓得带我回来,怎会认错门呢?"

他放下手中的袋子,欲亲吻王映霞,她却将他推开了。他心里咯噔一下,问道:"这几天你还好吗?"

王映霞说:"你还想着我好还是不好?"

"废话,你是我的爱妻,我当然想着的呀!"他说。

"别说得那么肉麻!什么爱妻不爱妻的!把我当爱妻的话,还会不告而别?"

"不是事出有因吗?再说我还给你发了电报。"

"到底出了什么事,连你的枕边人都说不得?"

"还不是跟那年一样,有人告诉我当局要缉拿我,我只好跑了再说。"

"要抓你还跑得了?别说跑到杭州,就是跑到天涯海角也会把你抓回来!"

郁达夫生气了:"这么说要抓了我你才信啰?难道你希望我被抓?好,我这就到警察局去自投罗网!"说着起身往门口走。

"你别跟我来这一套!"她说。

"你不信我,可以信鲁迅先生吧?他也躲起来了,我们在同一张黑名单上!你难道要我们坐以待毙、引颈受戮不成?"

王映霞咬着嘴唇不吱声了,可一张脸憋得通红。郁达夫回到她身边,搂着她的肩:"好了,莫生气了好么?生气对宝宝不好,对你也不利呢!一生气,人就不好看了!"

"我知道,你已经嫌我不好看了!"

"哪里呀?你是鲜花,我是牛粪,我才不好看,委屈你了呢!"

"幸亏你还有一点自知之明。"

"我知道你替我担心,以后出门之前,无论事情大小,我都向你报告,行么?这一次,你就把账记在国民党头上吧!是他们想剪除民众的喉舌,不让作家自由说话!"

王映霞斜乜着郁达夫:"这次你跑到哪些地方去了?"

"你不是知道我到杭州等地去了吗?"

"等地是哪些地?"

"你要知道那么详细干嘛?"

"我感兴趣,不可以说吗?"

"有什么不可以说的?还去了桐庐严子陵钓台。"

"不会还去了富阳吧?"

郁达夫一愣,红着脸:"不会、不会。"

"从杭州去桐庐要路过富阳,你就没回家看看?"

他掩饰着:"我这一次是逃亡,又不是走亲访友,不好到处抛头露面的。"

王映霞鼻子一哼:"哼,真没回去看看你的原配?"

他矢口否认:"真没去!"

王映霞起身往楼上走,郁达夫去搀她,她将他再次推开。他只好跟在她屁股后,手足无措地往楼上走。他心里一阵阵发慌,头上冒出了一层虚汗。

王映霞一进卧室,立即反手将门关上了。

他推门,叫着:"映霞,你这是干什么?"

屋里的王映霞不言语躺到了床上。

他焦急地叫道:"有话你说呀,把我关在门外干嘛?你怎么这样啊?真是莫名其妙!"

这时,王守如看不过意了,过来悄声对他说:"她晓得你去了富阳。"

郁达夫哦一声，一时竟头大如斗，搓着手转了两圈，对岳母说："妈，请你把门叫开吧，我进去跟她解释。"

王守如说："她正在气头上，怎会让你进去？过一会我再试试吧。"

郁达夫只好退回客厅里，胡乱吃了点东西，忧心忡忡地等着。是谁向她透露他回了富阳呢？也许没有谁，是她猜出来的，因为这是人之常情，是可想而知的事。他默默地想着。

2

等了约个把小时，王守如找个借口让王映霞开了门。

郁达夫走到床边，说："映霞，请你听我解释。"

王映霞立即翻身朝里而卧。

他坐到床上，凑近她："映霞，请你听我说——"

她手捂住耳朵："不听不听！"

郁达夫将她的手拉开："不听不行，我们只有对话，才能明真相，解开你心里的结！"

她愤愤地："你还有脸说真相！"

郁达夫镇定一下情绪，诚恳地："映霞，我首先应该向你检讨，刚才，我是向你撒了谎，说了假话，我确实去了富阳，回去看了一下家人。但，我并不是有意为之，更不是蓄谋已久！我之所以不敢对你言明是怕你生出误会……"

她恨恨地说："放心，我不会误会的，我的感觉灵敏得很，不会冤枉你的！"

"映霞，情形不是你想象的那样！"

她倏地转过身来，盯着郁达夫："你敢说，你回去没有见孙荃？"

他舔舔嘴唇，斟酌着词句说："我们虽然分居了，但她还是我名义上的妻子，我的孩子的母亲，我既然回了家，自然会见到她……"

她激烈地叫道："请问郁达夫先生，既然她还是你名义上的妻子，那我算什么东西？你的二房太太？你的小妾？"

"映霞，话不能这么说，我和孙荃的关系，不是有名无实么？她那只是一个虚名！"他急切地说。

她噙着泪："可我，连个虚名都没有！可怜我堂堂王家乖乖女，人称大家闺秀、杭州一枝花，因为追求新思想，爱慕名作家，结果却落入为人做妾的境地！多么老套可悲的故事！这是老天对我爱慕虚荣的惩罚，我活该！"说着捂住面孔，抖动双肩哭泣起来。

郁达夫连忙搂住她的肩："映霞，你不是说过，在我们认识之前，你就感到我是你精神上的朋友了么？我俩是真正心灵相通的！而且，我们终于生活在了一起，我们相亲相爱、同甘苦、共患难，只有你，才是我真正的妻子啊！"

她手将他一推："我不要听你骗人的鬼话！你不是说过，三年后若还没与她离婚，就死给我看的么？现在几年了？你去死呀！你死给我看呀！"

郁达夫噎住了，沉默片刻才说："当初，爱你是我的最高目标，总觉得，只要和你在一起，别的事情以后总会解决的……可事情远比想象的复杂。再说，人心都是肉长的，她是个弱女子，我已经有负于她，不好对她太绝情，将心比心，实在不忍。那样做，就有可能断了她的活路。你也是个心善之人，应该体谅这一点。如果那样做了，我们没法对世人交待，也没法对自己的良心交待，我们会在自我谴责的十字架下过一辈子！"

王映霞叫道:"托词!全都是托词!当初你追求我时为什么不想到这些?若不是你死乞白脸穷追不舍,我也不会落到今天这种地步!看着是个宝,到手就成了草!你的诺言早被你抛到九霄云外去了!这倒也罢,我已经无奈地接受了这种状况,可你!竟然借故跑回富阳和她同居去了!"

"我没有和她同居!"他高声反驳。

"这不可能!"

"真的没有和她同居,我住在楼下客房里,我可以对天发誓!"

"你以为我还会相信?你的誓言跟诺言一样,狗屁不值!"

"真的没有!要不你去富阳一趟,问问我妈就知道了!"

"你妈还不向着你?你明知我不便远行才这么说!我就是能去,也不会去的,我不会那么无聊!"

"那,要怎样你才相信呀?"

"你还值得我相信吗?"

"那我就没有办法了。"他手一摊,非常无奈。

王映霞用手擦泪,他急忙取了一条毛巾过来递给她。她犹豫了一下,才接过毛巾,问:"你真的住在客房里?"

他点头:"真的。"

"你是心善心软的人,她那么可怜,孤立无援,你就没想到给她一点安慰,给她一点温暖?"

他避开她的目光,不作声。

"她还是你名义上的妻子呢,你就那么冷酷?"

"我是想到了的。"

"所以你就给了她安慰和温暖?"

他一时不知怎说:"这……"

"所以你半夜就去了她的房间,你认为,那也是你的房间?"

"我……"

她盯着他:"说,去没去?"

"我是上楼去了一趟……"

"天啊,果然不出我所料!"王映霞捂着脸抽泣起来。

郁达夫慌了,急忙说:"听我说,我是到了她的门前,我想敲门,可是……"

"你不用说了!"王映霞披头散发地怒吼了一声。

"不是你想象的那样!我只到了她门前,没有进屋去!"

"我不听!你给我走开!"

王映霞曲起腿,猛地朝郁达夫一蹬。郁达夫没有防备,一下子跌到床下。他狼狈地爬起来,想想说:"好,你情绪不好,听不进去,今天我不多说了,你好生歇息吧。"

王映霞侧身朝里,不再理他。郁达夫在房子里徘徊了一阵,和衣躺到床上。他刚躺下,她冷冷地喝道:"下去!"

"为什么?"

"这是我的床。"

"这也是我的床。"

"你的床在富阳!"

"这床至少有一半是我的,我睡在我这一半上!"他孩子气地说。

"你倒是算得很清楚!你走不走?"

"我不走。"

"你不走我走。"她说着从郁达夫身上爬过来,下了床。

"你这是干什么呀?"

王映霞不理睬他,披上件衣服走出门去。郁达夫躺着没动,过了片刻，觉得不对头，连忙爬了起来。这时王映霞已到了客厅门口。王守如问："映霞，这么晚了，到哪去呀？"她说："别管我，我出去走走。"拉开门，就走了出去。王守如忧愁地叹了口气。郁达夫赶下楼埋怨道："妈你怎不拦住她呢？腆着个大肚子，要是被车撞了就坏了！"王守如说："你都拦不住，我怎拦得住？"

郁达夫追到门外，他视力不好，已经见不到王映霞的身影。其实她就在前头不远处慢慢走着，她抱着双臂，眼里泪光闪烁。郁达夫边走边唤："映霞，你在哪？你别走远了，夜里危险！"她闻声便躲到一丛灌木后。郁达夫四下张望着，从她的身边走了过去。等他走远了，王映霞便闪了出来，回寓所，重新上床睡了。

郁达夫寻出老远，见无法找到她，索性到一小店喝了两杯酒，才走回家来。王守如告诉他映霞已经回来了。他吁了一口气："那就好，免得为她担心了！"说着就上楼去叩卧室的门。但王映霞仍不理睬他，他想想说："好吧，我不打扰你了，好生休息吧，有话明天再说。"而在卧室里，躺在床上的王映霞把牙咬得痒痒的。她并没有关门，他这呆子却不知推一下门。她望着窗外的月亮，听着郁达夫下楼的脚步，委屈的泪水汩汩流了下来。

当晚，郁达夫睡在客厅沙发上。

3

上午八点半了，郁达夫还在沙发上打鼾，突然一阵粗暴的打门声把他惊醒了。他迅速地穿上外衣。门外有两条嗓子在叫："开门开门！"王映霞和她母亲也被惊动了，一齐来到客厅里。

郁达夫匆忙跟她们说："我得躲躲，别人要是问起我，就说我不在，不知道哪儿去了！"然后，迅速地钻进楼梯下的贮藏室，蹲在一只箩筐里，还拿一只麻袋顶在头上。

王守如打开门,两个便衣走了进来。其中一个戴鸭舌帽的问:"这是郁达夫的家吗?"

王映霞迎上去:"是的,我就是郁太太,不知二位长官有何贵干?"

两位便衣好奇地看看王映霞,似乎为她的华贵气质所慑,收敛了几分,异口同声道:"噢,是郁太太呀,我们奉上峰命令,想找郁先生谈谈。"

王映霞问:"他是不是犯了什么事?"

鸭舌帽说:"这个嘛,由上司说了算,我们只是奉命行事,要找到郁先生!"

王映霞说:"那太好了,我也正要找他呢!"

两个便衣对视一眼,鸭舌帽问:"他不在家?"

王映霞说:"跟我吵了一架,跑出去半个多月,也不知到哪去了,我怕是到哪找他的新相好去了!两位长官要是找到他,告诉我一声好吗?"

"他真不在?"

"不相信的话二位可以上上下下里里外外搜一遍。"王映霞板起脸说。

鸭舌帽四下看看,走走,回头对王映霞说:"既然这样,我们就不打扰了,还请郁太太谅解,告辞!"

"二位慢走!"

便衣走了,王守如急忙关上门。王映霞一手扪胸,长长地吐了一口气。她紧张得脸都煞白了。郁达夫从贮藏室走出来,佩服地说:"映霞,真有你的!"

王映霞瞥他一眼,没有作声。她的脸又慢慢地恢复了红润。郁达夫说:"怎么样,证明我所言不虚吧?"

"能证明什么？证明你对我的忠诚？证明你没与她同居？什么也不能证明！"

"你要是这样说，我就无言以对了。"

"你是理屈词穷！"王映霞气哼哼地往楼上去了。

郁达夫颓丧地吁了一口气，他没想到王映霞还这么不依不饶，而密探也找上了门，真是屋漏偏逢连夜雨。他感到陷入了从未有过的困境之中。显然，这个家已经不安全，他只能暂时先避一避了。

郁达夫到附近不远处租了个亭子间，独自搬了过去，吃饭都由王守如送。他昼伏夜出，在那个不为人知的地方过了一段鼹鼠般的生活。

4

便衣们没有再来惊扰，郁达夫觉得风头差不多过去了，心里轻松了一些。可是，王映霞心头的气怨尚没有消散。她对他不理不睬。虽然睡在一个床上，却只拿背对着他。郁达夫已经有很久没有行夫妻之事，身体蠢蠢欲动，他想，共享一番鱼水之乐，也许她的哀怨也就得到宣泄了。可是他的手刚想有所作为，就被她一巴掌打开了，说："你还要不要脸？"

郁达夫窝心之极，只好跑到租界大哥家去倾诉："大哥、大嫂，我真是老鼠钻进风箱里，两头受气啊！"大哥说："这可是你自己钻进去的，受气你也得自己忍着！"大嫂也说："是啊，当初是你追求映霞的。"他说："我气的是，在这国民党逼得我四处逃亡的时候，她最关心的，似乎不是我的安危，而是我有没有背叛她的感情！"大嫂说："话不能这么说，作为妻子，她岂能不关心你的安危？我看，你还是站在她的立场上，多体谅体谅她吧！"

他是想体谅她，可他回富阳，确实没有与孙荃同居，她硬是不相信，奈何？他能做的，似乎又只有借酒浇愁了。

比郁达夫更窝心的自然是王映霞，她无法解开心中的结。这日她发了电报，把在杭州的祖父叫到了上海。王二南一进门，王映霞就带着哭腔说："祖父，您可要替我作主！"她抽抽噎噎地把所受的委屈诉说了一遍，噙着泪说："我真没想到，他借回富阳避难之机，就与孙荃同居了！"

王二南问："他承认了？"

"这种事，他会承认么？"

王二南沉吟道："你和达夫的婚事，当初我就是支持的，祖父实在是爱才心切，同时，我也觉得达夫不是没有责任心的人。你可不要错怪了他！"

王映霞揩着泪说："我不会错怪他，她还是他名义上的妻子，也许正是他的责任心和负疚心理，才造成了他们的同居。"

王二南捋着胡须沉默不语，半晌才说："元稹作《莺莺传》流传后世，其文品为人称道，然对他心爱的女子却是始乱终弃，其人品遭人诟病，莫非达夫也有蹈其覆辙之意？"

王守如插话道："对这桩婚事，我心里一直是有顾虑的，像达夫这样的浪漫作家，若是始乱终弃，一点不奇怪，要是那样，可就苦了映霞一辈子了！"

王二南想郁达夫还不至于是这样的人，决定找他深谈一次。于是王守如把郁达夫从隐居的亭子间找回来。郁达夫没料到王映霞搬救兵来了，心里虽有所不满，但对德高望重的王二南却是不敢怠慢的。他把事情原原本本地说了一遍。

王二南语重心长："你和映霞走到一起很不容易，双方都应该珍惜！"

郁达夫诚恳地说:"祖父年老体衰,还让您为我们的家庭琐事奔波,达夫心里过意不去!"

"老夫走动走动没什么,正好松松筋骨,我是惟愿你们好。"

"祖父放心吧,我对映霞从来没生过二心,更谈不上离弃之意!这一次的纠纷,完全是误会而已!"他说。

"这样就好,可解铃还得系铃人,我只能给你们敲敲边鼓,你说应该怎么办?"

郁达夫想想说:"关键在于,她要信任我,只要信任我,问题就迎刃而解了!我实实在在、确确实实是没有与孙荃同居,我不知该如何使她相信这一点!"

"要映霞相信这一点,只怕很难。我觉这不是最重要的,重要的是你还深爱映霞,还珍惜她。如果是这样,退一步来说,既使你在某种情形里,与孙荃同居了,也是情有可原的。当然这只是我的看法,映霞肯定是不这么看的。"

就在他们谈着时,王映霞悄悄踱了过来。她自然关心他们谈的内容。郁达夫瞟到了她,假装没看见,无限烦恼地说:"我当然还深爱着映霞,不然我也没必要如此痛苦烦恼!我希望她能体谅体谅我!唉,我怎么才能使她不再介意,把这一页翻过去呢?!"

王二南说:"只要心诚,办法总是有的。"

郁达夫实在无计可施,就说:"这样吧,我来立一纸保证书。"

说着,他拿来纸和笔,当即在茶几上写了起来:"郁达夫在此郑重保证,此生此世伴随爱妻王映霞左右,永远不离不弃,并且永无与原配同居之念,在尽可能的情况下,不再与原配见面。口说无凭,立此书为证。"

他写的时候王映霞走到了旁边，一字不落地读完了上面的字，但她面无表情。王二南将保证书递给她："映霞，你看看。"王映霞接过保证书，粗粗瞟了一眼，折叠起来放进口袋里，嘴里却说："一纸保证书，就能保证对我的感情不变吗？"郁达夫赶忙说："没有保证书我也不会变！"

王二南皱起眉头说："感情的事，真是难说的，一纸保证，并不能让老朽放心。达夫啊，不要怪老夫多虑，也不要怨我重利轻义，若是真有一天你们婚姻生变，我这宝贝孙女如何是好？若不能保证她经济上的权利，我终是放心不下呢！"

郁达夫想想说："祖父，我理解你的心情，这事好办，我明天去书局，找律师写一份版权赠予书给映霞好了，这样她的经济利益就有终身的保证了！"

王二南问王映霞："孙女，你看呢？"

王映霞瞥郁达夫一眼："看着办吧。"说完，转身去了。郁达夫总算松了一口气："感谢祖父的调解！"王二南说："一家人，何须言谢。老夫但愿你们和睦相处，和好如初！以后，大家都好自为之吧！"

5

第二天，郁达夫将北新书局经理和律师徐式昌请到家里，由他亲手写了版权赠予书，一式三份，签署之后，曹律师、书局和王映霞各执一份。赠予书规定，从今以后，凡郁达夫在北新书局出版的所有书籍，包括《达夫全集》在内，版权都归王映霞所有。

这场家庭风波，似乎就此了结了。但郁达夫心里并不舒服，并且，他从王映霞优雅的脸上，第一次看到了世俗的表情。是的，是他主动提出赠予她版权的，可那不是她逼出来的吗？她还是美丽的，可是在他心里，她的美已经打了折扣了。她毕竟脱不了俗，她不像是当初他苦苦追求的高贵的王映霞了。当晚上床时，郁达夫忍不住说："这一回，你总该满意了吧？"

王映霞说："我有什么好满意的？这能代表你把所有的感情给我了么？听你的口气，就不是诚心诚意的！"

郁达夫说："我怎不诚心？我人都是你的，版权算什么东西？我只是有些憋闷！如果婚姻要靠版权来维系，那真是一种悲哀！"

"可要是没有它，那悲哀以后也许更深。告诉你吧，我情感上受的伤害，也不是这张纸可以弥补的。"

郁达夫面色发灰，低语："真是没想到……"

"想说就说吧，别说半句话。"

"我有点不认识你了。"

"我对你也有同感。"

"我知道，你疑心我用情不专。"

"我也知道，你认为我未脱世俗，把钱看得太重，不尊重你的感情。"

"你看，我们心里都明镜似的。其实，对爱情来说，看得太明，算得太清，并不是一件好事。我希望我们努力克服心里的障碍，消除芥蒂，不要让保证书呀版权书呀这两张纸成为我们之间的隔阂，好么？我们和好如初，好么？"

"我何尝不希望这样？"

"那，我们共同努力？"

"嗯。"

两人之间的气氛总算缓和了，郁达夫双手轻轻搂住王映霞，慢慢地倒到床上。她没有拒绝，可也没什么回应。他又闻到了她的身体散发的香馨之气，却不能使他感到陶醉。他瞥见她的脸，忽然觉得她的面颊过于肥大，而且僵板。他久久地搂着她，久久地冲动不起来，这是怎么回事？他十分惶惑。

而对王映霞来说，物质是交换不到过去那种感情了。送祖父回杭州那天，她心中阵阵发酸。从火车站回到家中，突然觉得这个家已经不像是她的家了。她站在客厅中央发着懵，直到阳春过来叫了一声妈，才恢复了神智。她知道，两人的心里都留下了伤痕，她对未来感到茫然。这以后，她胆子大了不少，做了许多郁达夫不愿意她去做的事，如去探望几个独身的同学，向她们诉说她的苦楚，郁达夫不在家中的时候，约她们到家中来玩。她不再像前几年一样老是死守在家中了。

6

1932年1月28日，日军借口日本和尚被殴打，向闸北一带进攻，燃起了"一·二八"战火。郁达夫与鲁迅、茅盾、叶圣陶等人联名发表了《上海文化界告世界书》，强烈谴责日本人的侵略行径。之后，郁达夫还前往各大学演讲，号召青年们用文学作宣传，唤醒本国民众起来反抗日本帝国主义。

这日，郁达夫在外忙了一天，口焦舌干地回到家，只见阳春和弟弟殿春在地上玩，却没见到王映霞。奶妈告诉他，太太出去会朋友了。他问是几时出去的，奶妈犹豫了一下才说早饭后出去的。郁达夫很是恼火："早饭后就出去，吃晚饭了还不回来！"

"谁说我还不回来？"一身旗袍的王映霞忽然走进门来，眉一竖，"背着我说我的闲话是不是？"

郁达夫说："谁敢说你的闲话？"

王映霞反唇相讥:"你谁的闲话不敢说?"

"嗯,这倒是真的,蒋委员长我都敢说,他几次抓我,我还止不住嘴!"郁达夫转而问,"一个什么重要的朋友,值得你奉陪一整天?"

"我的一个同学赵女士,三年没见了,聊了一上午,下午又硬拉着我去百乐门跳了一回舞,好久没跳,舞步都生疏了。"王映霞说。

郁达夫闻言色变:"你、你也太不像话了!"

"我怎么不像话了?"

"闲聊跳舞也不看看时候!"

"看什么时候?谁规定了今天不能闲聊也不能跳舞吗?"

郁达夫指着门外:"淞沪抗战的枪声还在耳边响着,马路上还血迹未干!国难当头,你竟然还有闲心去跳舞!"

"哦,是不是聊天跳舞就是不抗战,就是投降主义了?"

"什么叫'商女不知亡国恨,隔江犹唱后庭花',知道吗?"

"你不要跟我讲什么大道理!我一天到晚给你带孩子,为你守着这个家,偶尔出去透透气都不行?你不是几乎天天出去吗?口口声声男女平等,这个时候你不讲男女平等了?"

"你跟我比?我是出去演讲、编刊、联络朋友、出版书籍,哪一件不是正事?"

"是的,你的事都是正事、大事,你高尚,你伟大!可是,我就连会朋友的自由都没有了么?"

"你不知道日本人已经打上门来了?"

"我倒觉得,不光日本人打进了国门,日本式的压迫也进了我的家门呢!"

郁达夫面红耳赤:"你,胡搅蛮缠!"

"谁胡搅蛮缠？我只是去会了一天朋友，你就不依不饶！我又不是去会我的'原配'，你急什么急？"王映霞毫不示弱。

"你！"郁达夫两眼大睁，气得嘴唇颤抖，猛地转身，夹上皮包，摔门而去。

一看他摔门的架势，王映霞就晓得他一时是不会回来的了。郁达夫往往是这样，脾气一发作，也就不会顾及后果，明知这样做不好，也控制不住自己。他的出走已经不稀奇了，那已成了他发泄闷气的方式。

7

这一回，郁达夫在外面朋友家住了十几天。除了忙他的事，他还特别写了一篇文章，用春秋笔法将王映霞与赵女士跳舞玩乐的事指责了一番。直到他的不满宣泄得差不多了，他才没事一样回来了。

郁达夫是夜里回家的。他到卧室一看，王映霞坐在床头，正望着窗外发呆。他也不和她说话，不声不响地脱去外衣，往床上一躺。

王映霞郁郁地说："在你眼里，我已经是不存在的了。"

他坐起来："什么意思？"

"你以前回家是这样吗？真是判若两人了！"

"哦，对了，忘记一件事了。"郁达夫说着便去亲吻她。

"去去去，我不要这徒有形式没有内容的吻！你应该先看看日历牌。"她推开了他。

"看它干什么？"

"你这次赌气外出几天了？"

"嗯，时间是不短了，够到富阳去一个来回了。"

"你！"她气得泪水在眼里打转转，"我这次并没有怀疑你又去会原配！你一去就杳无音信，我作为你的妻子，没有权利知道吗？郁达夫，你怎么对我这么刻薄？"

他垂下头想想，说："对不起映霞，我其实并不想对你刻薄，只是气一来，就管不住自己的嘴……"内疚那么一忽悠就来到了他的心里。

王映霞的泪下来了："你只想着自己受气，没想过也气了我吗？"

郁达夫坐到床沿上，用手掌揩去王映霞脸上的泪："我想过的，我的内心，并不想你受委屈。"

她把头靠到他胸脯上："想过你还对我这样？"

他抚摸着她的面颊："其实，这次十来天未归，并不光全是跟你赌气……要说是赌气的话，我也是在跟国民党赌。"

"又出什么事了？"

于是，他跟她说起了时事，告诉她，日本鬼子已占了山海关，大敌当前，南京政府还在推行不抵抗政策，这且不说，还对上海爱国文化人士加紧了镇压，又抓走了不少人，许多出版社和书局都遭到了搜查。

"那你还不赶紧回家，还到外边走？"王映霞说。

郁达夫说："我得和朋友们联络，想办法帮助那些被抓的朋友一点忙。再说我们也不能任由国民党宰割，我们得发出自己的声音。"

王映霞抽了口冷气："达夫，上海这个地方太凶险了。"

郁达夫还告诉她，他那本刚出版不久的小说《她是一个弱女子》也被查禁了，罪名是"诋毁政府"，书局遭了重大损失，而他们也损失了一大笔版税。

此时的王映霞已完全忘记了他们之间的芥蒂，搂住他一只胳膊说："版税倒是小事，就怕又给你扣上红帽子！达夫，我们离开这个是非之地吧！"

郁达夫心有所动："去哪？回富阳吗？"

"富阳我是不去的！"王映霞撇撇嘴说："我们可以回杭州呀！离开上海，多少可以避去你一点'普罗'嫌疑，人身安全比什么都重要！再说了，上海的生活开支愈来愈高，北新书局开出的版税又愈来愈少，总有一天要陷入经济拮据的窘境。而在杭州过日子，自然要比上海节省便宜许多，我这个家庭主妇，不能不未雨绸缪，早作打算。"

"嗯，有道理，其实，飞鸿倦旅，我也早有了归去之意，只是在杭州那个地方，到哪里去找一处合适的住宅呢？"郁达夫遐想不已。

王映霞憧憬地说："先搬去，租个屋住下再说，杭州我熟人多，总有办法想的！你还记得那年我们在西湖漫游吗？你还曾幻想在山上修幢茅屋，耕读自娱，颐养天年呢！要不以后我们干脆'结庐在人境'，在杭州修幢自己的房子？"

"嗬嗬，想法挺不错嘛！"郁达夫难得的笑了。

王映霞欣喜地搂住他脖子："你答应回杭州了？"

"嗯"。郁达夫想想说，"不过不要操之过急，过两个月再说吧。"

"太好了！"王映霞在郁达夫面颊上亲了一下说："你快洗洗去！"

郁达夫笑眯眯的问："洗洗干嘛？"

"明知故问，坏！"王映霞亲昵地拍了他一下。

他们度过了一年多来最缠绵的一夜。

365

8

1933年4月，郁达夫带着全家老小，离开寓居8年之久的上海，来到了杭州，在大学路场官弄租了一幢两楼两底的中式楼房住了下来。到了年底，郁达夫携王映霞来到上海，特别去拜访鲁迅先生。

鲁迅是一直不赞成他们移居杭州的，一见面就直率地说："达夫啊，为何非要搬到杭州去呢？"

郁达夫说："杭州嘛，乡土乡人。"

鲁迅摇头道："乡土也不见得有什么好。湖边闷热，蚊子又多，那年我在旅馆里一夜没睡着，第二天就逃回上海来了。再说乡人吧，呈请国民党中央通缉六十多个文化人，将你我列上黑名单的，不就是杭州党部的诸位先生么？"

郁达夫说："这件事，我倒知道得不确切，也颇感诧异，我们在上海，又不在浙江辖区内，与他们何干？"

鲁迅说："这毫不奇怪，奴才向主子献媚邀功，就是这副作派！"

两人又交换了一些文艺圈子里的情况和对时局的看法。王映霞过来插话："先生，请您给我们写个条幅好吗？我和达夫计划造一幢房子，房子的名字，达夫都取好了，就叫风雨茅庐。房子建成后，我们好将先生的墨宝挂在客厅里，也好让我们的蓬荜生辉呢！"

鲁迅点头："好呀！其实我早就凑成了一首七律，想要送给你们的。"

郁达夫笑得眼睛成了一条缝："那太好了！"

鲁迅眨眨眼说："不过，写字耗费气力，看你能不能替我讨口烟抽,让我提提神了!"王映霞不解地看着坐在一旁的许广平。许广平笑道:"先生是借机向我抗议呢!他肺部不好,我让他尽量不抽或少抽。好,看在达夫和映霞的面子上,今天破例,就抽几口吧!"

鲁迅连忙就拿出烟斗,笑眯眯地点上了。

郁达夫道:"不过,为身体计,先生最好还是不抽呢!"

王映霞白他一眼:"你还劝先生,你自己还不是一样?"

"对对,我与先生的许多好恶都相同,呵呵,我对此感到非常荣幸!"郁达夫说。

说话间,许广平铺好了纸,鲁迅噙着烟斗走到桌边,沉思片刻,便操起毛笔写了起来。郁达夫和王映霞围在两边观看。鲁迅边写,郁达夫边念:"钱王登遐仍如在,伍相随波不可寻。平楚日和憎健翮,小山香满蔽高岑。坟坛冷落将军岳,梅鹤凄凉处士林。何似举家游旷远,风沙浩荡足行吟。"

鲁迅一放下笔,郁达夫就问:"先生,这诗的头一句,意思是——?"

"我在宋朝郑文宝的《江表志》中查阅到许多钱武肃王对百姓滥施暴政的故事,这一句,就是喻指现今杭州党政诸人的无理高压!"鲁迅的绍兴口音显得很激愤。

郁达夫点头:"哦——"

"你我虽然文学见解有异,可在他们眼里,都属'普罗'一族,同穿'左翼'一裤,总之是肉中刺眼中钉,必除之而后快!"鲁迅扬了扬手。

郁达夫自嘲地:"所以我虽然不是战士,只是一个作家,也不能幸免!"

鲁迅说:"他们哪里会管你是战士还是作家,只要不肯'为王前驱',统统贯以'堕落文人'、'攻击政府'的恶名。"

"嗯,我们除了横眉冷对,也别无他法。"郁达夫提起条幅欣赏着,欣喜不已,"写得真好,太珍贵了!"

鲁迅的诗是写在四幅笺纸上的,正好可裱成四个条屏。数年之后,郁达夫不止一次地想,要是当年听从鲁迅先生的劝告,不移居杭州的话,也许不至于毁掉他的家吧?

第十八章

嬗　变

1

1936年5月1日，郁达夫全家迁入杭州场官弄自建的新居"风雨茅庐"。它是按照郁达夫自己的设计造起来的，正屋是一幢南向的三开间平房，中间有后轩用作客厅，左右皆为卧室，三面有回廊，廊下是水泥通道和草地，种有玉兰和蔷薇等花木。沿甬道往东穿过月亮门，则是坐落在后花园里的书房，因有墙与正屋相隔，十分清静。鲁迅先生题写的诗做成了四个条屏，悬挂在客厅里。

其实风雨茅庐的建造，主要是在王映霞的操持下进行的，因为此时郁达夫已应福建省主席陈仪之邀到了福州，先是担任省参议员，后又兼任了省政府公报室主任。当然都是闲职，他除了处理很少的公务之外，主要的活动还是到学校演讲，与文学社团交流，给报刊写稿等。职务虽闲，每月有三百元薪水，这对开销过大日益拮据的他来说，是个不可或缺的弥补。

郁达夫是特意赶回杭州乔迁新居的。他亲手将镶有鲁迅题诗的条屏挂到墙上,又让帮工将它们擦拭得没有一丝尘埃,这才满意地欣赏它们。就在这时,听得王映霞惊喜地叫道:"哟,许厅长大驾光临,有失远迎呵!"

郁达夫回头一看,许绍棣拱着手道着喜进了客厅。他忙拱手还礼,笑道:"绍棣,你总是来得这么及时,我这风雨茅庐,你是第一个登门的客人呢!"

许绍棣打趣道:"达夫兄荣升庐长,我当然要赶早道贺呀!"

郁达夫不解其意:"何谓庐长?"

"就是这风雨茅庐之长嘛!"

郁达夫哈哈一笑:"那可不敢当!这风雨茅庐是映霞一手主持修建的,她又是家庭主妇,当庐长嘛她是当仁不让,我就当当书房的房长、客厅的厅长算了!"

"那好呀,这么一来我也是厅长夫人了!"王映霞玩笑道。

郁达夫一怔,不由得觑了她一眼,这本是一句戏言,却令他心里颇不自在。自回到杭州后,官场人物与各界名流纷纷来访,让他们应接不暇,郁达夫的书斋早已失去应有的宁静。没完没了的交际与应酬让郁达夫烦不胜烦,他之所以要远离妻儿到福建任职,也有摆脱世俗包围之意。而王映霞却是乐此不疲,她逐渐地与那些官老爷阔太太过从甚密,加上天生的美人胚子,又是风华正茂的年龄,如同一朵盛开在西湖边的荷花,红艳魅人,很快就赢得了"杭州四大美人之首"的名声。她戴起了时髦的首饰,在家里时常不着袜子,赤脚跐一双镶珠子的拖鞋,趾甲还染上猩红的蔻丹。郁达夫喜欢她打扮得时髦,却感到她的时髦是炫耀于人,而不是为取悦于他的。她出门就要坐汽车,外出就要住洋房,她在交际圈中风头愈健,郁达夫越不是滋味。从她的眼神可以看出,她开始羡慕那些达官贵人了。她的虚荣心不仅让郁达夫不快，而且让他隐约有些担心……

郁达夫还在胡思乱想，许绍棣从怀中掏出一份礼单："达夫兄，今日乔迁之喜，略备薄礼，不成敬意，请笑纳！"

他忙推开许绍棣的手："哎，听映霞说，你为这风雨茅庐出谋划策，出了不少力，帮了不少忙，我们心里已感激不尽，哪还能收你的礼？"

"哎，帮忙是帮忙，送礼是送礼，你要不收，以后我就没脸到风雨茅庐来了！"许绍棣手一拐，将礼单塞进王映霞手中。

王映霞一看礼单，上面写着名贵花木十盆、太湖石两尊、儿童玩具六件等等，忙说："许厅长，让您破费了，真不好意思！"

许绍棣说："礼轻情意重，只要不嫌弃，许某心满意足了。"他转向郁达夫道，"达夫兄，你到陈仪主席麾下当了公报室主任，倏忽间就升了官了，也可喜可贺呀！"

郁达夫说："我那是个闲职，福建情势复杂，陈主席要个精通日语的人来应付，所以把我召去了。我呢，和朋友聚聚会，自己写写文章，游览游览闽地风情，也乐得个充实又悠闲，倒是家里的事把映霞累着了，心里有些不安！"

王映霞说："行了，你心里知道我就算没白累！"

说话间，门外响起阵阵鞭炮声。登门贺喜的人一拨接一拨的来了，全是西子湖畔的达官贵人。郁达夫和王映霞赶紧出门迎客。等大家道过喜，递过礼单，说了一大堆客气话，到客厅坐定之后，免不了又要对风雨茅庐的布局陈设评点一番。那位肥头大耳的周市长背着手四下看看，点头道："嗯，布置得挺不错！到底是名士之家，风雨茅庐，这名字就取得风雅，寓意深刻，门口马君武先生题的横匾，也很有气魄……你们看，这里还有鲁迅先生题写的条幅呢！"

于是众人都往墙上看过去。周市长摇头晃脑地念道:"钱王登遐仍如在……嘿嘿,鲁迅先生笔锋向来犀利,头一句就用钱王之典,不知是为何意?许厅长,你知道吧?"

许绍棣谦逊地笑笑:"小弟才疏学浅,还是请达夫兄这个当事人回答吧。"

郁达夫上前解释道:"哦,鲁迅先生同我说过,他曾从古书里看到,浙江百姓被钱王压榨,民不聊生,这一句即喻指……"这时王映霞急忙碰了他一下,他才没将那句"喻指杭州党政诸人的无理高压"的话说出来。他眼睛一扫,可不,在座的不都是杭州的党政诸人吗?他尴尬地噤了声。王映霞不满地横他一眼,大声招呼:"哎,各位贵宾,到后面小花园看看吧,我有一些不错的盆景花卉呢!"

王映霞替他解了围,郁达夫心里却并不轻松,望着妻子忙碌的背影,他有一些忧郁。

2

晚上,风雨茅庐的客厅里仍旧是灯火通明,高朋满座。郁达夫正陪着客人们聊天,王映霞附在他耳边说,孙大可来了,不便进来,想和他说几句话。郁达夫急忙出门,将孙大可引到书房里。

孙大可一进书房,就看到墙上郁达夫手书的条幅:"避席畏闻文字狱,著书都为稻粱谋。"便对郁达夫说,"达夫,看来龚定庵这两句诗很契合你的心境呵!"

郁达夫点头:"是的,鲁迅先生是'忍看朋辈成新鬼',我则畏闻文字狱,所以才跑到杭州来了,其中也有一种无声的抗议。"

"来杭州之后过得怎样?"

"来杭之后，可以说是座上客常满，杯中酒不空，想附会风雅的达官贵人竟纷至沓来，也不忌讳我这有'普罗'之嫌的人了！每日里迎来送往，不亦乐乎，不亦烦乎，也不亦累乎！你知道，这根本不是我要的生活！"郁达夫感慨地摇头。

"这只会让你心浮气躁，无所适从。"

"正是！倒是映霞如鱼得水，乐此不疲，简直……成了一朵交际花！幸好，陈仪邀我去闽任职，我便欣然前往。在那里，我还可以做一些实实在在的有意义的工作。这一次，是风雨茅庐落成，才匆忙赶回来的。"

"原来如此！"

"你还在左联工作？"

"嗯，只是早转入地下了。"

"我这人，自由散漫，个性又强，随意性也大，难得善始善终，当年左联之事还请多多包涵啦！"

"哪里话呀？其实，你才是个一以贯之的人！你看，你退出创造社，却仍在创造；你不在左联，仍在替左联奔走帮忙，你还自称不是战士，只是作家，可你却一直在战斗！"

郁达夫一笑："过奖了、过奖了，我这算什么战斗，写写文章骂骂日本鬼子，骂骂欺压民众的恶势力而已！"

孙大可告诉他，这次来，其实是来道别的。现在局势一天天恶化，日本帝国主义正在大举侵占中国，他被派到南洋去，在华侨之中作抗日宣传工作，以动员海外力量，为祖国抗日出力。走之前，他还想提醒他，要防备一个人。

郁达夫问："谁？"

"这个人现在是你的座上客。"

郁达夫想想："你是说许绍棣？"

"正是他!"

"何出此言?"

"上一次呈请国民党中央缉拿你和鲁迅先生等人的,就是浙江省党部的人。"

"我听鲁迅先生说过,但不见得有许绍棣,民国十六年那一次,正是许绍棣让映霞报信于我,我才逃脱了抓捕的。他可是我的老朋友了!"

"他不仅是你的朋友,还是国民党省党部的宣传部长!"

"我又没有介入党派之争。"

"通缉你都两次了,你还没介入?"

郁达夫语塞,半响才说:"反正,我难以置信,许绍棣会对我落井下石。"

"知人知面不知心,还是小心点为好!"

"谢谢提醒,我会的!"

两人互道珍重,然后郁达夫就送孙大可出了门。他回到客厅里时,正见王映霞和许绍棣谈笑风生,他心里隐约地暗了一下。他觉得王映霞笑得太灿烂了,有那个必要吗?

3

俗话说小别胜新婚,郁达夫与王映霞分别已久,很想与她亲昵一番。所以送走客人之后,他就半躺在了卧室的床上。可是王映霞似乎不懂他的心思,时候已经不早,她还坐在桌前打着算盘,计算账目。他当然是不好去拖她的,不知何时起,他也变得矜持了。再说,她若没有这种渴望,强求又有什么意思呢?

新窗半开,郁达夫望着挂在窗户一角的半轮月亮,不觉叹了一口气。算盘的响声令他烦闷。他想叫她上床来,话一出口却变成了自言自语："唉，自家想有一所房子的心愿，总算了却了！"

王映霞闻言头也不回地说："要不是我操持，你永远是画饼充饥。"

"唔，信然！风雨茅庐乃夫人心血之作，达夫内心感激不尽，今天忙了一天了，你也早些睡觉吧！"他总算抓住机会把话说了出来。

"账不算清，我怎么睡得着？"

"算不清莫非就不睡？明天再说吧！"

"你反正是一概不管的，睡你的吧，我有了个大概了。"

话说到此，他也只好关心关心了，问："大概花了多少钱？"

"地皮之外，木工、泥水、花匠、装修、材料、家具等等，总共差不多一万五千多块。"

他吓了一跳，立时坐了起来："这么多？"

王映霞皱眉道："你是不当家不知柴米贵！若不是许厅长帮忙省下了许多钱，远不止这个数呢！"

"你别许厅长长、许厅长短的好不好？"

"怎么，伤你的自尊心了？早知如此费力花钱，我也不想造这房子了！这回你从福建带回多少钱？"

他苦笑道："我哪还有钱带回来？闽省财政拮据得很，常拖欠薪水，我月薪虽有三百元，但去了几个月，总共才领到一百元薪金，而花费却在五百元内外了！人家是做官发财，殊不知我做官却是债务加身！"

"你还好意思说？"王映霞满面愁容，埋怨说："我自己的积蓄已经用罄，你又带不回钱来，书局的版税也常常拖欠，这五千多元的欠账，拿什么去还？可你照旧花钱如流水，买那么多没用的书回来！"

他说:"书能花几个钱?你若少宴请几个朋友,生活不那么奢华,也不至于如此拮据!"

王映霞生气了,抢白道:"我为造屋呕心沥血,事必躬亲,你还来说我生活奢华?有这么奢华的吗?我不宴请朋友,我不交际应酬,风雨茅庐只会花这些钱?不靠朋友,别说造屋,连块地皮都弄不到!"

他说:"那怎么办?要我像巴尔扎克那样日夜写作,卖文还债?"

王映霞讥讽道:"就怕你有巴尔扎克那份心,也没巴尔扎克那个命!"

他一筹莫展,只好开玩笑:"其实筹款还债倒也不难,过去的人曾经用过种种妙法,一是发自己的讣告,其次是做寿,再其次是兜会;我们不妨学学,总可以从别人口袋里掏点钱出来。"

王映霞杏眼圆睁,发起火来:"你还有闲心说笑!这十余年来,你若能节省一些买书买烟酒的钱,怕就有我们全家一两年的好生活了!可我苦口婆心劝你,你只当耳边风!这个家,就靠我自己节省,独木支撑!我最厌烦你的就是你不事生产,不思富家立业!今后如果我有女儿,就是终老闺房也不要她嫁给你这样的文人!"

郁达夫的自尊心被刺疼了,跳下床,挥着手叫道:"什么?我不事生产?这些年养家糊口的钱,不是我一个字一个字写出来的么?"

王映霞讥诮地:"你那一点点钱,还好意思拿出来炫耀!你跟你的同学许绍棣比比,你过的是什么日子?"

他气得脸都黑了:"你既然贪恋荣华富贵,早该嫁个厅长!"

王映霞眯一下眼,嘲讽道:"我是嫁了个厅长呵,嫁了你这个客厅厅长!"

"你!"

郁达夫气得浑身一抖,说不出话来。王映霞的脸依然美丽,他却感到很陌生,他像是认不出来了。他还能说什么呢?他只好故伎重演,趿上鞋,摔门而去。出门之后,他走得很慢,并且朝自家的门窥了几次——但是王映霞并没有追出来。她已经习惯他的行为了,也可以说,她已经不在乎他这样做了。如此想来,郁达夫愈发恼怒,索性叫了辆黄包车,一车坐到了西湖边上,背倚一棵老柳,望着月光闪烁的湖面烦躁地吸烟……唉,乔迁之夜,又是久别重逢,本应花好月圆,行鱼水之欢,孰料竟成反目!

郁达夫回到家中已是凌晨两点了,王映霞已经睡着。不过他上床时她惊醒了,并且主动地搂住了他。他们总算有了一次难得的做爱——但这哪是什么做爱?她睡眼惺忪,看上去就知是应付,是例行公事,而他呢,虽然动作很猛,却更像是一次发泄。没有亲昵,没有缠绵,没有柔情蜜意……应该有的都没有,有的只是发泄,如此而已。

4

郁达夫想在回福州前,和王映霞一起带孩子们回富阳看看母亲。不料这么一件小事,也引发了一场口角。他刚在饭桌上提出来,王映霞就说:"去年你妈七十大寿不是才回去过?"郁达夫说,母亲年纪大了,看一回是一回。王映霞倒没有再反对,只是要他去找许绍棣,借他的车用一用。

郁达夫说:"客车轮船都有,到富阳又不远,方便得很,摆那个阔作什么?"

王映霞没好气地说:"我想摆阔么?拖家带口的,有个车送不方便得多？"

郁达夫脸一绷："我不会去借的。"

王映霞说："你不借我去借。"

他说："你也不许去借！"

王映霞说："怎么，又伤你自尊心了？"

他针锋相对："你就这么需要满足你的虚荣心？"

王守如不满地插话了："别吵了，吃饭也堵不住你们的嘴！孩子们看了也会学你们的坏样的！"

两人不吱声了。埋头吃了几口，王映霞嘀咕道："我知道，你是宁愿伤我的心，也不肯满足我的心的。"

郁达夫瞥她一眼道："以后，你少拿我跟许绍棣比。"

"反正，你不去借车，我是不去富阳的。"

"不去就不去，不去我就回福州去了，你给我收拾东西。"

"你这么快就要走？"

"你不是说我不事生产么？我得赶过去，赚几个薪水回来。再说，也免得在家老跟你口角，让你眼不见心不烦。"

"是说你自己吧？什么赚薪水，分明是牵挂你那自由自在放任无羁的文人生活！"王映霞说。

郁达夫放下碗筷，擦擦嘴："你说对了，自由是人的天性，没有人能够剥夺的。"说着，转身就进了卧室。他拿过皮箱，往里放自己的东西。他的心情跟他随便塞进箱子的东西一样乱糟糟的。

过了一会，王映霞进门来，将他推开，把箱子里的东西重新整理好。她垂着头不言不语，眼里有薄薄的泪光。郁达夫心头一颤，忍不住从后面将她轻轻搂住。王映霞不动了，一颗泪珠从她脸上滑落下来。

他低声道："对不起，也许我对你太苛刻了……"

王映霞抽一下鼻子："你就这个本事，说出来的话像刀子一样，从来不怕伤了别人……"

"我也不明白怎么回事，在福州时，我天天都思念你，只想早日回到你身边，可一回来，又忍不住和你吵架。"他说。

"你不爱我了。"

郁达夫把嘴埋进她脖子里，低语着："不，我对你的爱还那么热烈，只是它更深沉，没那么表面了，或许，吵架也是爱情的一种方式吧？吵过之后，我心里就悔得要命，内疚，自责，想到你就心里发烫，发颤……"

"是吗？真奇怪，我也是这样……我有些话也说得过火，我不该跟你吵。今后我们不要再吵了，太伤人了……"

"嗯，以后我们都尽量控制自己，尽量不吵……我过两天再回福州，好吗？"

"当然好呵！"王映霞红了脸，低头轻声说，"你去把门关上。"郁达夫蹑手蹑脚地走到门边，悄悄把门关上了。然后，他们拥在了一起。他们不再说话，手脚却忙碌不停。他们以难得的默契配合着对方。在眼看要达到快乐的顶点时郁达夫脑子里忽然冒出一个念头：也许，他们是以这种特殊的方式弥补他们之间那显而易见的裂痕吧？

两天后，王映霞送郁达夫上了去上海的火车，他将从上海转乘去福州的轮船。火车开动的刹那，郁达夫两眼一热，伤感的泪水潸然而下。

5

一天，孩子们去外婆家了，王映霞拿着抹布，正专心地擦拭客厅墙上的污渍。许绍棣来了，笑道："映霞是个完美主义者啊，一点点污迹都容不得!"

王映霞就说:"这客厅就是人的面子,谁能容许面子上有瑕疵呢,许厅长您说是不是?"

"是呵是呵,只是这些粗活,应当叫佣人去干,你看你这纤纤玉手。"许绍棣很自然地抓住王映霞一只手,接着从口袋里掏出手绢,轻轻地揩着,"它都沾上灰尘了呢!"

王映霞抽回手,红着脸说:"没想到,许厅长还如此怜香惜玉啊!"

许绍棣笑道:"我向来如此,你怎么才发现呀?"

王映霞请他落座,沏上茶来,说:"许厅长,风雨茅庐终于落成,还得感谢您的大力帮助啊!"

"朋友之间不言谢,你老这么说,反而见外了!"

"我和达夫有你这么个朋友真是幸运!"

"这个达夫,好不容易回来,也不多陪你几天。"

"没办法,他有他的事。"

"嗯,当个作家不容易,当作家夫人,更不容易啊!"

王映霞眼圈微红:"是呵……没想到许厅长比达夫更能体谅我的苦衷!"

"那是因为旁观者清嘛!"许绍棣拍拍王映霞搁在桌上的手,"你放心吧,有什么难处只管对我说,我会帮你的。"

"嗯,"王映霞点点头,问,"夫人的身体好些了吗?"

提到夫人,许绍棣就脸色黯然了:"哪里好得了哇,请了最好的医生,用了最新的药,也不见好转,长年辗转病榻,病人家人,都苦不堪言!好是不可能的,苟延残喘罢了!"

王映霞叹了口气:"夫人也真可怜!"

"她几次要求给她打一针,让她静静去了,免受痛苦,可我怎么做得了这样的决定？见她呻吟受难的样子，我心如刀割……她自己也知道，时日不多了，清醒时，就哀叹自己枉作了一回厅长夫人，什么都没有享受到！"

"值得庆幸的是，她有你这么一个怜惜她的丈夫，要是换了别人，说不定早就另觅新欢去了！"

"我也是没办法，于她于我，这都是命中注定，无可违抗的……哦，病急乱投医，因为她，我最后还和一个看相的先生学了一手呢！"

王映霞问："许厅长也信这个？"

许绍棣道："这是信则有、不信则无的事，我给有的人看了，还真灵呢。要不我给你看看？把你的右手给我。"

王映霞犹豫片刻，把右手伸出来。

许绍棣小心地捏着她的手，一根指头在她掌心划动，喃喃自语："嗯，这是寿线，寿线倒挺长的……这是婚姻线……"

王映霞问："婚姻线如何？"

"这……不好说，这个地方分了叉。"

"什么意思？您照直说吧。"

"可能会有波折吧。"

"这没什么，我和达夫本身就是经过了几番波折才走到一起的。"

许绍棣悄悄瞥她一眼："不过，从你的情线来看，还是很不错的，有个男人长久地、死心塌地地爱着你。"

王映霞说："这个不用你看我也知道。"

"这个人可能不是你所指的人。这个人也许你心里有数，也许你心里没数，也许你心里有数，表面却装着没数。"

王映霞脸一红："你这么一说，倒把我说糊涂了！"

"糊涂好呵,郑板桥说过,难得糊涂!不过,糊涂也好,清醒也罢,这个人的心里,永远有你的位置!"许绍棣说着,拿着王映霞的手往嘴边送。

王映霞用力抽回手,涨红着脸:"许厅长,我非常珍惜你的友情,我和达夫都不愿失去你这个朋友,所以,我不想陷入尴尬的境地……"

"放心吧,我不会给你造成任何麻烦,你的意愿就是给我下的圣旨。这个话题,就说到这里为止?"

"嗯,这样最好!这样相处起来就轻松自如些!"

许绍棣站起身:"映霞,为了风雨茅庐,你累了很久了,也需要轻松轻松了!今天我特意来,想请你吃顿晚饭,然后去西子乐园跳舞,不知肯不肯赏光?"

王映霞忸怩地道:"我是愿意奉陪,可不知我还会不会跳呢,好久没跳了。"

许绍棣笑道:"你天生一副跳舞身材,不跳可惜了!更不用担心舞步生疏,只要一下舞池,你的脚就会跳出花来!"

"是嘛?!"王映霞嫣然一笑。她本不想笑出来的,可那笑好像被挤压了的牙膏,它自己一下就冒出来了。

当晚的西子乐园,乐曲悠扬,舞者甚众。许绍棣搂着王映霞夹在其中。王映霞着一袭白色旗袍,光彩照人。她一边跳,一边兴奋地顾盼四周。许绍棣西服笔挺,两眼微闭,似乎陶醉在舞曲之中……浓妆艳抹的歌女在唱着:"夜来香,我为你歌唱,夜来香,我为你思量……"一开始,王映霞确实有点生疏,可才跳了一曲,全部感觉就回到了她的身上。她的四肢充满了灵性,她的腰特别的轻盈,她心里洋溢着舞蹈带来的快乐……旋转之中,她感到头发上悄悄地落了一个吻,她的心颤抖了一下,即刻就沉迷在乐曲中了。这没什么，在这样的时空里，有这样一个亲昵的吻是很自然的，是可以接受的，甚至是不可缺少的……他们的舞步越来越轻逸，也越来越花哨，四周的舞伴却越来越少，都停下来欣赏他们的舞姿了。这愈发让王映霞兴奋不已，她喜欢这样，成为众人的焦点是令人快慰的。她感到自己飘起来了。众人的眼睛成为了璀璨的星星装点在四周。舞池里最后只剩下了许绍棣和王映霞，他们愈发兴奋，四目流盼，舞步翩翩……观赏者们情不自禁地鼓起了掌。掌声过后，人们开始指指点点，议论纷纷……她毫不在意别人说些什么，她知道杭州一枝花的名声正盛开在人们嘴边。她只想尽情享受这难得的兴奋和愉悦……舞曲戛然而止，她还余兴未尽。她两颊绯红，神采飞扬，细密的汗珠濡湿了她光洁的额头。许绍棣掏出雪白的手绢给她。她揩着额头的汗，闻到手绢上男人特有的气息，不禁心里一阵晃悠。霎时，竟有一种令人窒息的感觉。

舞会散后，许绍棣亲自开车送她回家。在那辆黑色的福特汽车里，当许绍棣的嘴唇向她的嘴唇压过来时，她已经没有力量拒绝了。

6

秃顶的老季是郁达夫省公报室的同事，也是杭州同乡。老季回了一趟杭州，王映霞托他给郁达夫带了些衣服来。郁达夫道过谢后，问他路上还顺利否，老季说路上还好，就是提心吊胆，生怕轮船在海上碰到日本鬼子的炮艇。郁达夫又问杭州近来有什么新闻没有。老季说："除了过几天搞一次防空袭演习，倒没听说有什么别的……哦，对了，听说许厅长新近借得一夫人，有沉鱼落雁之貌，艳福不浅呢！"

郁达夫没在意，笑笑说："这个许绍棣，不是个中规中矩的人么？怎么也变得不安分了呢？！"

到了晚上，郁达夫独自呆在寓所时，变得心神不宁起来。望着窗外一望无际的天空与摇曳的相思树，他忽然想起了他说他只是客厅厅长时，王映霞回答的那句戏言："那好呀，这么一来我也是厅长夫人了！"他心里发起慌来，一时焦躁不安。某种不祥的预感像一根针刺入了他的脑中。他无法安宁，只好又叫上几个朋友，跑到酒馆里醉酒去了。

7

一连数天，那种预感就像一个密探尾随着郁达夫，让他无法摆脱。正当他为此无比苦恼时，陈仪把他叫去，交给他一个秘密使命。陈仪说，这次是南京政府要借重他。郁达夫大为惊讶："南京政府对我恨之入骨，几次缉拿我，它还会借重我？借重我来骂它？"

陈仪笑道："此一时彼一时嘛！如今情形不一样了，日军大举进攻，咄咄逼人，委员长也得捐弃前嫌，集中各种力量对付日本帝国主义。"

"他不是口口声声攘外先安内么？"

"那也看怎么安法呀。哦，这些我们不必讨论了，总之，现在是一致对外的时候。所以，国民政府的意思，是想让流亡日本的郭沫若回国参加抗日工作。所以想请你当密使，去一趟日本，向郭氏传达南京方面的意思。你们不是老同学、好朋友么？"

郁达夫苦笑道："只是曾经的老朋友，自从我退出创造社后，又打了几番笔仗，早就疏远了！"

陈仪道："我晓得，你们那是书生意气，我晓得你们这帮人，吵归吵，争归争，打断骨头还连着筋。游说郭沫若回国，你是最合适的人选！"

郁达夫点头："好，既然如此，为了国家，我就走一趟！只是，南京政府的通缉令若不取消，沫若他岂肯回来？"

"如果他肯回来，通缉令的事好商量。"

"那意思是不是说，如果不回来，通缉令就永远不取消？"

"话不能这么说吧，政府没有要挟他的意思。我想，你们都是深明大义的人，这一趟日本之行，定会成功！"

"嗯，我会竭尽全力。"

"事关重大，你一定要谨慎小心、秘密行事，不能向任何人透露。到了日本后，特别要小心日本特务的跟踪打探。"

郁达夫笑道："放心吧，这方面我还有点经验，我已经被党国的特务们培养出来了！"

8

于是，在阔别十五年之后，郁达夫再一次踏上了日本的土地。

与从前一样，他又是在神户港下的船，然后坐火车去东京。他是以购买印刷机的名义赴日的，因为他是名人，日本各大报纸也都刊登了消息。一到东京，他就跑到工厂装模作样地看了货，把戏做足。他的到来受到了日本各文学团体和文化界人士的欢迎，有的举行欢迎宴会，有的请他演讲，邀请不断。这日他刚出席了一个座谈会，散会时瞥见郭沫若在马路对面向他挥手。他兴奋不已，正想打招呼，倏地瞟见近旁一个日本人暗暗窥探他。他只好装着没看见，一转身上了一辆出租车。

他想郭沫若可能误会他了，因为郭沫若并没有来住处找他。

于是第二天他急忙赶往千叶县市川市，径直去了郭沫若家。到达郭家时，他明白地听到郭沫若在里头说话："他居然假装不认得我，居然！既然这样，我也没必要往他跟前凑，谁没有个自尊心？真是，人一阔，脸就变！你也只有那么阔嘛，一个小小的省公报室主任！"

郁达夫赶忙进门，笑眯眯地说："谁人一阔，脸就变呀？"

郭夫人安娜惊喜不已："哎呀是达夫！"

"你？"郭沫若惊讶不已，摘下眼镜揉揉眼，"你到底是哪个郁达夫？"

郁达夫哈哈大笑："哈哈，天底下就只有一个郁达夫，哪里还有第二个？！"

"那我昨天叫你，你怎对我不理不睬？"

"我不是有尾巴跟着吗？"他说。

"原来是这样！"郭沫若一拍大腿，"那，你怎么不早说？！"

"在人家眼皮底下，我怎么说？"

"是我糊涂，是我不对，是我鸡肠小肚，我还以为因为创造社闹的那点矛盾，你就永远不理我了呢！安娜，快拿酒来！"

说着，郭沫若起身与郁达夫紧紧拥抱。两人不约而同地吟出了那两句流传千古的诗句："度尽劫波兄弟在，相逢一笑泯恩仇！"他们相对而坐，一遍又一遍地为他们的重逢干杯。屈指一算，他们竟然有差不多整十年没见面了，人生有几个十年啊？他们泪光闪烁，唏嘘不已。

郭沫若说："广州别后，我就参加了北伐，后来蒋某叛变革命，我就跟着周恩来参加了南昌起义，接着一纸讨蒋檄文惹恼了蒋某，以一纸通缉令回应，逼得我流亡日本已近九年！回首当年，真是感慨万千！"

"还记得在上海街头，我们自称为首阳山孤竹君之二子，借酒撒疯的事么？"郁达夫问。

"怎不记得？历历在目呢……有了，安娜，快给我纸笔！"郭沫若一声呼唤，安娜颠颠地拿来了纸和笔。郭沫若持笔思忖了片刻，一挥而就，一首就落到了纸上。

郁达夫吟道："十年前事今犹昨，携手相期赴首阳；此夕重逢如梦寐，哪堪国破又家亡……嗯，不错，言简意深！"

"想当年创造社之初，郁、郭、成亲如兄弟，文如泉涌，倏忽间劳燕分飞作了三处：我到了日本，你现在福建，仿吾也当了红军去了延安，真是万万也没想到哇！"郭沫若感叹不已。

"还有一个你万万没想到的，我这次赴日，是因你而来！"郁达夫笑道。

"因我？报纸不是说你来日本是为采购印刷机的么？"

"那是遮人耳目的，实际上，我是来……"郁达夫附在郭沫若耳边，说明了他的来意。

郭沫若惊讶而又兴奋："真是没想到，他蒋某人也有借重我的一天！"

"怎么样，你的意思呢？"

"为了民族大义，我当慨然应允，可是通缉令未取消，我怎回去？"

"这个好办，我一回去就去交涉，一旦交涉好，就叫南京方面寄钱给你。到时候，我到上海码头接你！"

"好！你几时回去？"

"还要呆一段时间，我还要出席几个文学团体的欢迎会，也想利用这个机会，发表一些演讲，表示我们中国人反对侵略的态度，另外还想见见几个日本老朋友。"

郭沫若兴奋地说："那好，我就静候佳音了！"

不过，这佳音也让郭沫若静候得够久的了，直到来年的五月，在福州的郁达夫才接到南京当局的电报，说通缉令已取消，要他致函郭沫若，促其迅速回国。郁达夫见奔走有效，喜不自胜，立即给郭沫若发了航空信。他还特地赶到上海，迎接郭沫若的归来……

9

到底是书生，在日本呆了几天后，郁达夫就无所顾忌了，不仅让郭沫若陪着他参加了几次活动，还直言不讳地抨击日本当局的侵略政策。于是，原定于十二月五日在东京学士会馆举行的演讲被警察取缔了。

郁达夫事先并不知道演讲取缔的事，他按时来到了会馆。在会馆门口，他看到演讲广告牌上被刷上了一个大大的禁字。他正愣怔着，有人唤道："达夫！"他回头一看，田中蝶如已走到面前。他喜出望外，抓住田中蝶如的手，操着日语说："是你呀田中兄！我正想挤时间去看你呢！"

田中蝶如道："我也正想来听你演讲呢！"

郁达夫指指牌子："可惜，我的演讲被警方取缔了！"

田中蝶如说："你到处抨击日本政府，怎能不取缔呢？要不是你名气太大，早把你抓起来了！走，到我家去，让我给你一个惊喜！"

郁达夫问："什么惊喜？"

田中蝶如淡淡一笑："你去了就知道了。"

郁达夫感到田中蝶如的神情有点神秘，还有点犹豫，好像在某种复杂的心情下邀请的他。郁达夫没顾得多想，跟随着去了他的家。命运马上就要将他的初恋情人推到他面前,他却仍蒙在鼓里,毫无预感。

进门时,田中蝶如叫了一声:"客人来了!"

里屋马上有个女声应道:"我知道了。"

郁达夫感到那个声音有点熟悉,它恍若穿过了长长的岁月才来到他的耳边。他在记忆里搜索了一遍,还是没有想到它属于谁,毕竟,时间是太久远了。而且,它有点压抑,不是那么明晰。

郁达夫和田中蝶如盘腿而坐。

"田中兄,还写汉诗么?"郁达夫问。

"怎么不写,我还出了几本诗集呢!不过,在文学上可不能与你比,现在日本研究你的学会都有好几个,八高、帝国大学等你读过书的学校,都以你为荣呢!不过,我写了我最得意的一首诗。"田中蝶如眼眸闪烁着。

"噢?能否让我拜读?"

"你马上就会看到,这首诗,就是我现在的妻子——"说着,田中蝶如手朝里屋一指。

一个身穿和服的中年日本女子端着茶具款款地走了出来。郁达夫抬头一望,一时竟瞠目结舌,说不出话来!尽管她变了许多,尽管她不再那么苗条,脸上不再那么有光泽,尽管她眼角有了细密的鱼尾纹,但他还是一眼就认出来:她是隆子!他半晌才从喉咙里挤出两个字:"是你——?!"

隆子平淡地笑笑:"是我,达夫君。"说着,她将茶具放在桌上,从容不迫地表演起茶道来。

郁达夫扭头问田中蝶如:"这,怎么回事?你怎么找到她的?"

"她会告诉你的,你们谈吧。"

田中蝶如微笑着点点头,退出门外,并且轻轻拉上了门。郁达夫的目光在隆子身上流连,心神恍惚,如在梦中。他一时不敢说话,怕一说话就会打破了梦境。隆子姿态优雅地操持着茶具,茶水汩汩地响着,仿佛直接注入了他的心里。隆子将一盅茶摆在他面前,柔声说:"请用。"

直到这时,郁达夫才相信这一切都不是梦,而是伸手可触的现实。他情不自禁地抓住隆子的一只手,颤声道:"隆子,你好吗?这、这究竟是怎么回事?"

"我很好,真的,我现在过得很好……那一年,我其实并没有离开你见到我的地方,为了让你不再为我操心,所以就骗了你……你回国之后,田中君感念你对我的感情,就去找我……他很容易就找到了我。后来,他前妻病逝,他就把我赎了出来,娶了我……"隆子低垂着眼帘说。

郁达夫喃喃地:"原来是这样……"

"命运对我太好了,总让我遇到好人,先是遇到你,后来又碰到田中君,我这一辈子,知足了!"隆子说着,眼里闪出了晶莹的泪花。

郁达夫心里一热,不禁也流下泪来:"这……这样真好,太好了!"

隆子点头:"是的,再好没有了!做梦也没想到,十几年后,还能见到你!"

郁达夫擦了一下眼睛,叫道:"田中君呢?田中君!"

田中蝶如进门来:"达夫兄!"

郁达夫握住他的手:"谢谢你,田中君!"

田中蝶如也眼含热泪:"达夫兄,放心吧,找到她后,我一直努力地像你一样去爱她!"

郁达夫喉头哽咽:"谢谢、谢谢你,谢谢你给了她一个好的归宿!"

离开田中蝶如家,郁达夫久久不能平静。他忍不住想,当初要是他继续寻找隆子,并且找到了她的话,一切会是怎样呢?不知道,命运是无法设想的。直到他站在了回国的海轮上,眺望着徐徐远去的那个岛国时,他才明白,这样的结局再好没有,他遥远的初恋,也可以真正地打上句号了。

第十九章

妒　忌

1

1937年8月13日，日本侵略军以两名军士在上海虹桥机场被击毙为借口，向上海发起了进攻，爆发了"八·一三"战事。9月，国民政府宣告联共抗日，从而拉开了全国抗日战争的序幕。毗邻战场的杭州危在旦夕。风光秀丽的西子湖畔，天天警报凄厉，市民奔突，一片混乱。王映霞急得团团转。此时郁达夫远在福州，风雨茅庐肯定不能呆了，形势危急，怎么办？幸亏此时许绍棣想到了她，特地给她找了一辆汽车，让她先带家人去富阳。他还告诉她，省政府机关可能也要往丽水、金华方向撤退了，估计富阳也难逃战火，要她有所准备，一旦战火蔓延，就再往那边逃。于是，王映霞带着母亲和阳春、殿春、建春三个儿子以及简单的行李，仓皇地逃到了富阳。

到富阳后，王映霞没有直接去婆婆家，而是先托二哥郁养吾到街上租了两间房子。她不想与孙荃住在一个屋檐下，那样太尴尬了。她留下母亲在屋里收拾行李，然后抱着才两岁的建春，又带上阳春和殿春，去拜见婆婆。

看到儿媳带着三个孙子来了，郁母陆氏笑逐颜开，眼角的每一根皱纹都舒展开来，苍老的手指一一抚过孙子们稚嫩的面庞。城里的孩子总是那么乖巧伶俐，奶奶奶奶地叫个不停。这时候，王映霞听到隔壁木鱼声不紧不慢地响着，接着她又看见两个大孩子在门外觊觎着她，她认识，那是文儿与阿熊。她想对他们笑笑，可还没等她笑出来，他们就消失了。

见祖孙亲昵得差不多了，王映霞就让阳春带着两个弟弟到院子里玩去了，她想和婆婆说说话。"妈，您身体还好吧？"她亲切地问。"还好，只是人老了，毛病总是少不了的。"郁母晃着一头白发说。

孙荃端着茶盘过来了，迈着细碎的步子。她将两杯茶放在桌上，冲王映霞礼貌地一点头："妹妹来了？！"

王映霞一怔，不自在地嗯了一声。这时她才注意到那木鱼声已经消失了。

郁母察觉到了她的窘态，忙插话道："哎，映霞，怎么没见你带东西？空着手来的？不会今天就走吧？"

王映霞说："东西都放下了呢。妈，日本鬼子要攻杭州了，我们是逃难出来的，临时租了两间房子，我妈正在收拾！"

"原来这样！"郁母说，"自家有房，花那个钱干什么呀？"

孙荃插话道："妈说得对，家里有地方住，又方便，还省钱，还是住过来吧。"

王映霞矜持地道："谢谢你的好意，我考虑到大人小孩一大群，合住一处，多有不便。"

"没有什么不方便的，住上两天，孩子们也就处熟了。"孙荃说。

"还是算了吧,我估计住不了几天,日本佬若是打下了杭州,焉能不进犯富阳?隔得太近了。不光我们还要继续逃,妈,你们也要早作打算呢!"王映霞说。

"既然这样,就先这样住着罢。这样,等安顿下来,再叫上二哥,我们全家人聚一聚。"郁母问,"你们住在哪?"

王映霞说:"就在春江第一楼旁边,很近的。"

郁母起身道:"我去看看亲家母吧。"

王映霞忙说:"我带您去吧。"

郁母摆摆手:"你歇着吧,我又不是不认得路。"说着,兀自走了出去。

王映霞这才觉出,婆婆是有意让她与孙荃单独聊聊,希望她们能融洽相处。她用眼角余光瞟瞟孙荃,只见她在刚才婆婆的位置上坐下来,宽大的裤腿下露出两只小小的脚尖。其实,她们不是第一次见面,给婆婆做七十大寿时,她就来富阳住过几天。不过那时客人多,又是与达夫一起,她们也仅仅是照过面,尴尴尬尬地寒暄了几句而已。她和孙荃还从没单独相处过。

现在,她们两人之间只隔着一个茶几。都不说话,客厅里一片沉寂。

少顷,还是孙荃打破了沉默,轻声道:"妹妹请用茶吧。"

王映霞惶惑地点点头:"不客气。"

孙荃想了想,问:"他还好吧?"

"他现在福州,应该还好吧,身体是比过去好多了。"

"那就好。他这个人就是爱酒好烟。"

"是的,男人总有他们的嗜好,怎么劝也劝不住。"

"要谢谢你对他的照顾。"

"我是他妻子,照顾他是应该的!"

孙荃似乎闻到了她话里的火药味，悄然一声叹，不言语了。

王映霞看孙荃一眼，试探着问："姐姐……是不是有些恨我？"

孙荃淡然一笑："没有。"

王映霞似不相信："真没有？"

孙荃摇头："真没有。"

"他原本是你的人，后来跟我在一起了，你却一点不恨我，这与情理不合。"

"没错，他原本是我的人，可我从没真正得到过他的心，他的心在外面，在你身上。我爱他，他爱的却是你，既然你是我所爱的人爱着的人，我为什么要恨你呢？"孙荃说。

王映霞看着孙荃，半晌无言，她真没想到孙荃会说出这样一番话来。她呢喃着："毕竟，是因为我，他才离开了你……"

"其实，我还应该感谢你呢。"

"感谢我？"

"对呀，最终你没有逼他离婚，我才有了这个安身之所。"

王映霞坦率地："可是，这非我所愿。我从未料到，会与别人共一个丈夫……当初，我把一切设想得多么美好，谁料到我会落到这种妻妾不分的地步！"

孙荃轻轻摇头："你不必这么想，也不应该这么想，你一直是他真正的妻子。我算什么呢，连妾都不如……事情都是一步步造成的，早知如此，我也不会嫁给他。可我谁也不怨，只怨命不好！"

"是呵，都是命，天知道命运还会带给我们些什么东西……"

两个拥有共同丈夫的女人都不说话了，一齐看着院子里玩耍着的孩子们。一时，她们心里都充满了难以言喻的情愫。

2

孩子到底是孩子,没有大人那么多心眼,阿熊很快就和城里来的弟弟们玩成了一堆。可是又因童言无忌,也易引起微妙的矛盾。这天全家人准备聚餐,大人们在客厅里说话,阿熊和阳春在院子里逗蚂蚁。为了表示友好,阿熊将破了洞的拨浪鼓塞给阳春:"给你玩!"

阳春不屑地一推:"我才不要这破玩具呢!"

阿熊说:"这可是爸爸给我买的!"

"爸爸可不给我买这种破玩具,我有小汽车,还有飞机!"

"在哪?拿来看看!"

"我才不给你看呢!"

阿熊嘴一撇:"拿不出来就是吹牛!"

"你知道什么叫吹牛呵,乡巴佬!"

"你才是呢,我不是乡巴佬!"

阳春问:"你坐过汽车吗?"

阿熊摇摇头。

"你搭过轮船吗?"

阿熊又摇摇头。

"你见过电车吗?头上有两条辫子的?"

阿熊涨红了脸,还是摇摇头。

阳春得意地摇头晃脑:"什么都没见过呢,还说你不是乡巴佬!"

阿熊眼珠子一转:"可是,你下河摸过鱼吗?"

这一下轮到阳春摇头了:"没有。"

"你上树掏过鸟窝吗?"

阳春又摇头:"没有。"

"你到富春江游过水吗？"

阳春还是摇头："没有。"

阿熊骄傲地一昂头："可是我都做过！"

阳春说："只有乡下的孩子才做这些，所以你才是乡巴佬！"

阿熊说："乡巴佬就乡巴佬，连这些事都没做过，有什么意思啊！做城里孩子，没劲！"

阳春说："你这算什么呀！我爸爸还坐大海轮漂洋过海，到过外国呢，那才威风，那才有意思！"

阿熊说："可是，那也是我爸爸！"

阳春说："不是你爸爸，是我爸爸！"

阿熊毫不让步："是我爸爸，就是我爸爸！"

阳春瞟瞟阿熊的衣服，鼻子一翘："是你爸爸为什么不给你买洋服穿？你看你这衣服，还是布做的钮扣，土里土气的；你再看我这洋服，多神气，多洋气！爸爸为什么只给我买，不给你买？"

阿熊傻了眼，逼向阳春，犟嘴道："他是我爸爸，就是我爸爸！"

阳春推阿熊一把："是你爸爸，为什么不跟你住在一起？"

这样的质问让阿熊说不出话，他眼一红，顺手从地上抓了一把泥土抹在阳春的洋服上，骂骂咧咧："我叫你神气！我叫你神气！"

"好哇，你往我身上抹泥！"

阳春便一把抱住阿熊。两个孩子顿时扭打成一团。文儿赶快过来扯架："别打了！别打了！"殿春则跑到走廊上向着屋里大叫："妈妈！阳春打架了！阳春和阿熊打起来了！"

孙荃和王映霞闻声从客厅跑了出来。这时扭打着的阳春和阿熊同时倒在地上。孙荃急忙扶起阳春，拍着他身上的泥灰："没伤着吧?"王映霞从孙荃手里拖过阳春,不轻不重地拍他一巴掌:"就知道淘气!"

孙荃转身责备阿熊:"你这孩子,怎么一点也不懂事?你是哥哥,凡事要让着点弟弟,都是一个爹的儿子,打什么架?"

阿熊申诉道:"他说,爸爸是他的爸爸,不是我的爸爸!"

孙荃说:"爸爸是你的爸爸,也是他的爸爸,是大家的爸爸,这有什么好争的呀?走,屋里去!"

闻听此言,王映霞竟差点透不过气来。孙荃说的是实话,她也体谅得到她维护双方关系的苦心,但王映霞心里还是打翻了五味瓶,脸上一时红一时白。

阳春有点不明白,噙着泪问王映霞:"爸爸为什么是我爸爸,又是他爸爸?"

王映霞没好气地说:"问你爸爸去!"

除此之外,她还能说什么呢?

3

为了避免尴尬,在富阳的日子里,王映霞尽量不到婆婆家里去。在她的感觉里,那是别人的家。即使有事去了,她的眼睛也不朝楼上看。她不想瞟见孙荃的住房,因为,那也曾经是郁达夫的洞房。她不愿引起一些令她不快的联想。

命运注定不让她在富阳呆得太久,两个月后,从杭州方向传来了隆隆的炮声。这日全家人正聚在院门口,忧心忡忡地朝远处眺望。王映霞担忧地对婆婆说:"妈,鬼子只怕打进杭州城了,你也要早作准备。"郁母却说:"你们有准备就行,我七老八十,一个孤老婆子,活得差不多了,怕什么?"孙荃说:"妈,万一鬼子要来,您就跟我走吧,我们躲到乡下深山里去。"郁母说:"我哪里也不去,就守着自己的家,鬼子能把我怎么着?"王映霞劝道:"那不行的,太危险了!"

这时,惊惶失措的郁养吾跑过来,说杭州已经失陷了,日本军队正往富阳这边开过来!还说找到一辆运物资去丽水的军车,还能坐得下人,要王映霞带上母亲和孩子们赶紧走。

王映霞看看婆婆说:"那,我们大家一起走吧?"

郁养吾说:"不行!十几口人在一起,没法找车,根本走不了!我送你们先走,我们再想办法!"

孙荃也催促道:"妹妹,你快走吧!"

于是,王映霞就向婆婆告了别,带着三个儿子和母亲,一家五口挤上了一辆带帆布篷的嘎斯车,开始了她的逃亡之旅。当汽车开动,郁养吾向她们挥手作别时,她从二哥的动作里发现了郁家男人共有的特征。于是她想起了远在福州的郁达夫。这种时刻,他为什么不在她身边呢?但她的怨忿稍纵即逝,因为不是时候。她发现在战乱面前,一切的情感纠葛都显得那么的渺小,不值一提。

4

孙荃心急火燎地收拾逃难的行装。郁母却坐在客厅椅子上,看着神龛上的祖宗牌位发呆。孙荃说,娘你怎么还不动呵?郁母说:"这是我自己的家,他凭什么来赶我走?"孙荃说:"鬼子要是讲道理,就不会来打我们中国了。"老太太固执得很,就是不肯动手。孙荃只好将自己的东西收拾好后,又忙不迭替婆婆收拾。

郁养吾送走王映霞后,又急急忙忙跑回母亲家来,要带她们走。郁母直摇头,坐得稳如泰山。郁养吾急火攻心,一跺脚道:"都什么时候,您就别固执了!"他从孙荃手中接过包袱塞进母亲手中，不由分说架起母亲的手就往门外走。孙荃提着箱子，带着文儿与阿熊紧紧跟在后面。

一家人出了院门，郁母走了几步，忽然说："我还有副银镯子忘了带了，你们稍等。"孙荃忙说："我去帮你拿。"郁母说："你找不到的。"郁养吾焦急地："您老人家快点呀！"

郁母拎着包袱进了院门，突然转身，砰地将院门关上了。

郁养吾和孙荃一愣，急忙奔过去，拍打着院门："妈，您别这样，跟我们走吧！"

郁母在里面叫道："这是我的家，我哪里也不去，你们年轻，又带了孩子，快走吧！饭总不会没得吃，我饿不死的！"

孙荃急得直跺脚："二哥，这可怎么办？"

郁养吾摇摇头："没办法，妈就这么个脾气，只能先把你们送走，我再想办法来接她。现在只能听天由命了！我们走吧，再迟，只怕就都走不了啦！"

孙荃只好朝门里叫一声："妈，您多保重！"然后领着孩子们匆匆离去。走了好远，孙荃回头担忧地望了望，只见那扇漆黑的院门仍关得死死的，纹丝不动。

郁养吾没能回来接母亲，日本兵攻进了富阳，而且久占不退。郁母不堪日寇暴虐，躲藏在住屋与颧山之间的夹弄中，终于在1937年的最后一天冻饿而亡，终年72岁。

5

噩耗很久之后才传到福州。郁达夫悲痛万分，他买了些水果、糕点等祭祀品，燃起蜡烛和香火，设了个小灵堂。灵牌上写着：郁母陆氏之灵位。他在母亲灵前长跪不起，泪流满面，喃喃念着："母亲，安息吧……"直到双腿麻木，他才缓缓地站起，在桌上铺开纸，操起笔，颤抖着写下八个大字：母仇不报，誓不为人！然后，他扔下笔，双手攥拳，举过头顶，大吼了一声。他口里冲出的气息让烛光摇曳不已。

这日郁达夫又立在母亲灵前发呆，陈仪来了。陈仪一脸肃容，朝桌上的灵位鞠了一躬，然后，紧紧地握了握郁达夫的手："达夫，节哀顺变，保重！"

郁达夫点头，沙哑着声音说："谢谢，知道的，请坐吧。"

两人在木椅上坐下。

陈仪问："你有什么打算？"

郁达夫想想说："沫若来电，他已被任命为中央军事委员会政治部第三厅厅长，负责宣传工作，正筹建三厅机构，嘱我赶赴武汉，到三厅任职。而我妻儿也逃难到了丽水。我想到丽水与家人会合之后，再去武汉。"

陈仪点头："好啊，到了三厅，更能发挥你的作用，为国效力！沫若回国参加抗战，能团结力量，鼓舞人心，这里头，有你一份功劳。你打算什么时候走？"

"手头还有些事需要处理，工作也需要交接清楚，我想最迟后天得动身。"

"走之前，我为你饯行！"

"现在是战争时期，您又公务繁忙，就免了吧，我心领了！陈公的知遇之恩，我郁达夫没齿不忘！"

陈仪说："那也好，我知道，你心情不好。一定要想开点啊！"

郁达夫点头："我会的。"

6

移交完工作之后，省公报室的几位同事拉郁达夫去王天君殿一游。起初他不想去，丧母之痛还在心中萦绕，哪还有游玩的兴致？可同事们说，正因为如此，才让你出来散散心嘛！再说你明日就要走了，以后，只怕就没机会再聚了，我们只有抓住这最后的机会与您这位名作家说说话呢！

如此一来，就恭敬不如从命了。只是一路上，郁达夫都郁郁寡欢。那位杭州的同乡老季一直陪在左右，小心翼翼地说话。到了殿前，老季又重复着他说过多次的话："能与郁先生同事并且受郁先生领导，真是难得的缘份呢！"

郁达夫说："老季呀，拍我马屁作甚？我又升不了你的官！"

"嘿嘿，我可是由衷之言，哪里是拍马屁？"老季不自在地笑笑。

郁达夫撇开老季，去欣赏一棵巨大的罗汉松。老季又凑了过去，低声说："郁先生，有几句话我憋了很久了，再不说，就没机会了。"

郁达夫说："我就觉得你心里有事。你说，我洗耳恭听。"

"其实，是我说错了话，我心里一直很不安。"

"到底要说什么？你直说吧。"

"那一次我回杭州，不是给你带了衣服来么？"

"是呀，没错。"

"你当时还问我，杭州有什么新闻，我不知就里，稀里糊涂地，就说了许厅长借得一夫人的话……真的，我不是有意的，我一点不晓得，他借得的夫人就是……唉，后来听说之后，我悔得肠子都青了！我心里一直过意不去，一直想给你道个歉，可一直没勇气……"

郁达夫感到自己的脸慢慢地板结了，摇摇头："这点小事，你不必放在心里。"

"嗨,背后说人总是不好。"

"你不说也会有别人说,没有不透风的墙,谁让她自己行为不检点?"

"其实也都是道听途说,不足为凭。"

"你不用安慰我,无风不起浪。"

"大家其实都为你抱怨叫屈。"

"我们不说这个事了好吗?你们不是带我出来散心的么?"

老季连连点头:"对对,不说了,让它一风吹!"

郁达夫心里隐隐作疼,绷着脸,跟着众人步入殿内。偶像,经幡,香火,蒲团,跪拜,这一切都是为了什么?他的心思飘忽得很,有一种虚无之感。道长捧出来一个装满竹签的签筒,煞有介事地摇晃着,哗啦作响。众人争相抽签,他冷眼相看。老季怂恿道:"郁先生,您也抽一个?"

郁达夫说:"这有意义吗?"

老季说:"抽着玩嘛,反正是信则有,不信则无。"

郁达夫便抽了一个签,递给道长。

道长看看签号,从一个匣子里找出一张相对应的黄纸片,看了看上面的签诗,又看看郁达夫,欲言又止。道长的目光格外阴郁,如同一柄寒光闪闪的利剑,直刺入郁达夫的心里。他打了个冷噤,强自镇定说:"怎么了?念念签诗呀!"

道长咳嗽一声,念道:"寒风阵阵雨潇潇,千里行人去路遥。不是有家归未得,鸣鸠已占凤凰巢。"

郁达夫脸色骤变,沉默片刻,鼻子里一哼:"哼,它也说鸣鸠已占凤凰巢,看来传言不虚了!"

同事们面面相觑,其中一个连忙说:"什么签不签的,不过是游戏而已,信不得的!"

老季也说:"是呵,郁先生,别当真!"

"是吗?假做真来真亦假,真做假来假亦真……"

老季说:"其实它说得没错,日军不是占了杭州和富阳么?不是鸣鸠已占凤凰巢是什么?"

众人附和道:"对啊对啊,还是老季解得对!"

郁达夫不再言语,说什么好呢?没什么好说的了。他感到头颅特别沉重,他的躯体快支撑不住了。他将那张神秘的签诗揣进怀里,默默地转身而去。

7

王映霞带着一家老小逃到了丽水县城,在燧昌火柴公司租了两间小小的房子安顿下来。这是一个很大的院落,从杭州迁来的浙江省政府民政、教育等四个厅机关都驻在这里。本来,逃难的平民百姓是不能与省府各机关住在一起的,因为有许绍棣的关照,再加上郁达夫的名气,王映霞一家才得以入住。

这是1938年3月初,郁达夫一路辗转跋涉,自福州经延平、龙泉来到丽水,终于在一个晦暗的黄昏,抵达家人租住的房前。暮霭笼罩,木门半掩,他听得阳春在里面问:"妈,爸爸什么时候会来呀?"王映霞烦闷地回答:"我不晓得,问你爸爸去!"郁达夫忙一把推开门,踉跄跨入门内,大声宣布:"我回来了!"

阳春立即高兴地扑了过来,抱住了他的腰。

他抚抚儿子的头,疲惫不堪地说:"总算找到你们了!"

王映霞接过他手中的箱子:"我们也总算把你等来了!还以为你不来了呢!"

他说:"妻儿老小都在这,怎能不来?刀山火海,我也会闯过来!"

王守如连忙给女婿打来热水，让他洗把脸，又关切地问："吃东西了吗？"

郁达夫说："刚才在一个路边店里面买了两个烧饼吃了，不用了。"

王映霞对母亲说："这你放心，他什么时候亏待过自己？"

郁达夫听出了妻子的怨气，但并不在意，笑笑说："那当然，我要是亏待自己，怎有力气找到丽水来？一路上，走了整六天呢！来，我抱抱小建春。"

王映霞推开他的手："他都不认识你了，别把他弄哭了！"

"一抱就认识了！一闻到我身上的气味，他就晓得我是他父亲。小建春，你说是不是啊？"说着，他伸出指头拨了拨建春的脸，建春咯咯地笑了。

边洗脸，郁达夫边打量着房间："这么小的房间，六口人，怎么住啊？"

王守如说："里边还有一间，你们住，我和孩子们睡外面。"

王映霞则说："你还嫌小！你到外面看看，好多逃难的都睡在牛栏猪圈里！要不是许厅长帮忙，你躺到人家屋檐下去吧！"

郁达夫一怔，拧毛巾的手停住了："许绍棣也在这里？"

"要不是他在这里，谁会关照我们？我们一家人的骨头都不知扔到哪儿去了。"王映霞说。

"他也住在这个大院？"

"人家的机关就在这里，不住这住哪去？这个院落很大，住了一百多号人呢。"

郁达夫不再作声，踅入里屋，坐在床上，点了一支烟，默默地地吸着。夜色透过窗户飘落下来，仿佛直接覆盖在他心上。他有些压抑，又有些黯然。他想起了在王天君殿抽到的签诗，感到一种陌生的东西侵入了他的家。

王映霞走近他，皱起好看的眉毛："别抽了好不好？呛死人了！"

郁达夫灭了烟，脱去衣服，钻到被子里。

王映霞也溜进被窝里来了，却背对他躺着。

欲望像一头小兽，在郁达夫心里一蹦一蹦。他抬起身子，开始示爱。他抚了抚她丰腴的面庞，欲亲她，她却说："你累了，休息吧。"

"我不觉得累呢。"说着，他伸手去扳王映霞的肩膀。

王映霞挣开了："你不累，我累。"

郁达夫不快地："是不是看见我就累了？"

"兵荒马乱的，你还有这个心思！"她愤愤地说。

他叹口气，躺下身去："是的，我对你还有这个心思，你对我却连这个心思都没有了。"

王映霞口气一下冲起来："你这人，怎变得一点不解情意了？人家没情绪，强求作甚？再说，我的月事也要来了。"

"别说了，我知道了。"他无比烦闷地转过身，背对着她，她的身体还是那样喷发着温香的气息，可是他的心里像结了冰。他相信，所谓月事不过是托词，许绍棣就住在同一个院里，这才是她拒绝他的真正原因。他的同学，他曾经的朋友，就是那只占了他爱情之巢的鸣鸠。

8

由于身心疲惫，郁达夫睡得很迟，也醒得很迟。睁开眼睛时，他看见王映霞正坐在窗前对镜梳妆。她黑亮的头发瀑布一样在梳齿间流泻着，她的面颊也白中有红，虽然人到中年，她还是那么美丽动人。他的心悸动起来，无论如何，他还是爱她的啊！

这时，窗外响起笃笃笃的皮鞋敲打青石板的声音。很明显，那是一个男人的脚步。王映霞敏感地朝窗外觑了一眼，回头瞟一眼床上。在她的目光抵达之前，郁达夫及时地闭上了眼睛。他装着还在熟睡之中，轻轻地打着鼾，心里却怦怦直跳。

王映霞出门去了，郁达夫才睁开眼。他瞪着窗户，凝神倾听外面的动静。他听到了一段对话，一方是王映霞，而另一方，正是那个他最忌讳的人。

"许厅长，你起得早啊！"

"你不一样早吗？！"

"又要外出公干？"

"是呀，要去金华开会，听说达夫兄来了？"

"是呵，倒到床上就睡了，一直没醒，可能路上太累了。"

"本想见见他。那就让他睡吧，等我回来再谈，代我向他问好！"

"好的……"

"明天……"

明天做什么？有什么约定？他不知道。窗外的对话声微弱得听不见了。这样的对话表面看来很平常，什么也没有，但也可能什么都有了。他揭开被子，慢慢地坐了起来，满心狐疑，一腔的郁闷。

王映霞回到屋里，诧异地："原来你醒了！"

他冷冷地说："可不，别人皆醉我独醒！"

王映霞不理他，他猜她一是不屑，二是心虚，不理才是明智的。郁达夫感到自己成了对着风车大喊大叫的堂吉诃德。他徒然地看着她走了出去。他是多么希望她骂他，指责他，反驳他，告诉他他的怀疑是多么荒唐。她只要否定，他就愿意相信。可是她不，她一声不响地走出去了。

事情不能这么继续下去，最好的办法是及早离开。吃早餐的时候，郁达夫吩咐说："映霞，你把东西收拾一下，我去找车，我们尽快赶到武汉去。"

王映霞说："这么匆忙干什么？我们住了这么久都不急，你才来就急起来了？"

他说："沫若来电报催了几回了。"

王映霞说："沫若的话也不是圣旨。这儿离金华碧湖都不远，方岩、北山等几处名胜，以往只是在你的游记里了解一点，我早想实在地游历一番了，你带我去，一起玩个畅快好么？说不定可以搭许厅长的便车，挺方便的。"

"你的游兴挺浓嘛，也不看看什么时候！"

"什么时候？暮春三月，江南草长，杂花生树，群莺乱飞，正是春游的好时候！"

"得了！兵荒马乱的，你还有这个心思。"

"兵荒马乱怎的？兵荒马乱就不活了？"王映霞抢白道，"我就知道你那小心眼，锱铢必较，怎么叫我不快活，你就怎么说！"

他还想反驳，岳母过来了，不轻不重地说："行了，都少说两句吧！"他对岳母历来是很敬重的，只好不说了。他是拗不过王映霞的，看来，也只能在丽水呆几天了。

9

郁闷的郁达夫去酒馆寻找安慰。虽然大街小巷都拥挤着从浙赣铁路沿线逃来的难民，小小的丽水县城倒也不失热闹与繁荣，商铺与酒馆比比皆是。他挑了个临街的位置，要了一壶绍兴黄酒，一碟花生米，一份猪头肉，自饮自酌，神情漠然地望着街上来往的行人。

在他的身后，有三个男人在喝酒。他起初并没有注意到他们，实在是他们的声音太大，那些谈话便断断续续地传入了他的耳中：

"没想到，仗一打，就把这么多机关赶到这个小县城来了！"

"呃，这两天，有前方的消息没有？"

"哼，打胜仗的消息没听到，风流韵事倒是满天飞！"

"噢，你又听到什么了？"

"还不是那个许绍棣，仗着自己是个厅长，带着别人的夫人招摇过市，毫无廉耻！"

郁达夫把一口酒含在嘴里，半天没有吞下。原本甜醇的酒液忽然变得苦涩，鼓满了他的口腔。似乎有一根冰冷的针刺入了他的大脑，而那些人的闲言碎语，就如同一只只手在捻动这根针，每捻动一下，他的脑神经就酥麻一下。

"哎，我也碰到过一次，那夫人确实很丰满很漂亮的，难怪许某趋之若鹜……"

"听说，都同居了……"

他全身僵硬，脸皮一阵阵的发烧。流言，全是流言，他不听！他侧脸望着窗外。一辆似曾相识的黑色福特车从街头疾驶而过，灰尘扑进窗户里来了。他憎恶地挥手扑打了一下。

"瞧，那辆黑乌龟车就是许某人的！"

"嗨，那位可怜的丈夫，当了乌龟还蒙在鼓里呢！"

"是谁呀？"

"你不知道？"

"知道还问你？"

409

"就是那位大名鼎鼎的写过《沉沦》的郁达夫呀!听说他和许某还是留日同学,老朋友了呢!这一年多,他在福州陈仪手下做事,与妻子分居两地,所以才让许某钻了空子!"

"真难以置信,他的夫人,会做此等苟且之事?只怕是传闻而已。"

"自然谁也没有真凭实据,但我看并非空穴来风。男女之事,并不一定要捉双才能定论,看他们的眼神,就可明白八九分了!"

"哈哈,你这是经验之谈!"

"听说,郁达夫当初追王女士,费了不少周折。他以为她对于他,犹如贝亚特之于但丁,却没料到像冈查多娃使普希金蒙受痛苦和羞辱一样,使他蒙此奇耻大辱而不自知!各位,千万不要找漂亮女人做老婆,迟早要变成别人的,甩给你一顶绿帽子!"

郁达夫听不下去了。他咬牙切齿,掏出一把钞票扔在桌上,再抓起酒盅猛地往地上一掼,砰地摔了个粉碎。然后,他怒睁双眼,从那三个人身边走了出去。那三个男人目瞪口呆。他不想听他们嚼舌头,可他还是忍不住想听听他们有什么反应。他听到他们在说:

"这个人怎么这样?撒酒疯?"

"快别说了,他就是郁达夫!"

"啊?"

10

郁达夫回到大院门口时,看到王映霞在向街头张望。他板着脸向她走过去。王映霞说:"回来了么?"

"你在等谁?"他问。

"等你呀等谁!"她说。

"等我你还问回来了么？我站在你面前了还用疑问句？"

"到底是吃文字饭的人，说句话都能挑出毛病来！"王映霞撇撇嘴。

"我挑毛病？我还没有挑呢，那毛病就自己跑出来了！"

"你这一次回家是怎么回事？说话都是阴阳怪气的！"

"这要问你自己。"

"我不懂。"

"你哪里不懂，你是大智若愚。"

"哼，越说越来劲，不跟你说了。自寻烦恼！"

王映霞一扭身，进了大院。

郁达夫望着她的背影，沮丧而落寞。他也进了院子，却一时不想回家里去，于是在各处徜徉。院内各机关的人来来往往，其中偶然有几个是郁达夫认识的，便不得不打个招呼。

乱走了一阵，郁达夫正想回家，瞥见西服革履的许绍棣出现在前面。两人几乎同时一怔，沉着地向对方走拢。许绍棣脱去手套，远远地向郁达夫伸出手来："达夫兄，久违了！"

郁达夫不卑不亢地与他握握手："是呵，好久不见。"

"昨天就知道你来了，因公务繁忙没有及时拜访，还请见谅呵！"

"我们是老朋友了，客气什么！自我离开杭州以来，你对映霞母子关怀有加，特别是此次杭州沦陷，若不是你多加关照，他们恐怕难逃魔爪，我该特别道谢才是！"郁达夫盯着他的眼睛说。

"你这就见外了！抛开你我的关系不说，我和映霞一家也是老朋友了，这都是我应该做的，不足挂齿！"许绍棣显得很大度。

郁达夫和许绍棣边踱步边聊，旁边有人投来诧异的眼神。

郁达夫说："绍棣，日寇在各地奸淫掳掠，日日见诸报端，其状触目惊心,而在我们自己抗战的阵营里,是不会发生这种事的吧?"

"那当然不会。"许绍棣十分平静,反问,"达夫兄,何出此言?"

"哦,偶到街头酒肆,闻听一些传言,所以有些感触。传言自然不能全信,但是人之情感终非理智所能制服,利令智昏,欲自然也能掩智。于是乎做出乘人之危、占人之妻的事情来,怕也是难以逆料的。"郁达夫说。

许绍棣点点头:"是呵,不过若有人做此等丧德失理之事,必将受到惩罚。"

"那不一定,因果报应往往只是善良人们的自我安慰。"郁达夫冷笑一声说,"不过,若是我的朋友奸淫了我的妻子,自然要比敌寇来奸淫要强得多;并且大敌当前,这些个人小事,亦只能暂时搁置,要紧的,还是在为我们的民族复仇!"他攥拢拳头挥了挥,突然心里涌出一股强烈的冲动,他极想一拳揍到许绍棣脸上去,因为那张脸太虚伪了,太可气了。还有那脸上的两片薄嘴皮,不知对映霞说了多少甜言蜜语。猛烈的妒火炙烤着他的胸膛,他的脸涨得通红。他竭力克制着动手的冲动,全身微微颤抖。

"是呵,国难当头,还是大局为重。"许绍棣若无其事地翻起手腕看看手表,"哦,过一会我要去碧湖公干,达夫兄,有兴趣同去玩玩么?"

"谢谢,我没有游玩之心,近一两天内就要赶赴武汉去。"

"哎呀,那我就没机会为你送行了!"许绍棣很遗憾的样子。

"不必了。"郁达夫摆一下手,像吞了一只苍蝇,心里无比的厌恶。

11

郁达夫不愿呆在这座大院里,便到丽水城各处转了转,直到天色向晚才回家。王守如已经将饭菜摆上了桌,招呼着一家人吃饭。郁达夫四下看了看,不见映霞的影子,回头问王守如:"妈,映霞呢?"

王守如说:"我还以为,你们一直在一起呢!要不你和孩子先吃吧,我留点饭菜等她。"

"不急,她也许就要回来了。"

郁达夫说着,站到门口眺望。院子里飘着饭菜的香味,人影来往,行色匆匆。有人从门口过,打招呼说:"郁先生,吃饭没有?"

郁达夫说:"还没,在等着映霞呢!"

那人说:"那您不要等了,我看见她上了许厅长的车,说是到碧湖去了呢!她没说吗?"

郁达夫一愣,脑子里顿时嗡嗡响,忙说:"说了说了,我以为她夜里赶回来呢!"他砰地将门关上,坐到桌边,黑着脸,"吃饭!"

王守如端起碗,又放下了,担忧地问:"达夫,你们是怎么回事?"

郁达夫没好气地反问:"您还不知道怎么回事?"

王守如叹息一声:"唉,我哪里知道呀!"

"问您的乖女儿去吧!"

郁达夫吃过饭,又到城里转了很久,像只没头苍蝇一般到处乱窜。她居然说都不说一声,就跟别的男人玩去了,她是何等的蔑视他啊!他的心情就如一条绞紧的湿毛巾,拧得疼不说,还滴着羞辱的汁液。此时此刻，王映霞和许绍棣在做什么？这是不需要作家的想象就可以知道的。他又想喝酒了，但他不愿再去酒馆。他怕他的自尊心再一次被流言蹂躏。

郁达夫回到家，狠狠地抽起烟来，一支接一支，小小的房间里弥漫着他的恼怒与忧伤。他躺到床上，拿起王映霞的枕头，凑到鼻子下嗅了嗅，还是那种她所特有的肉体的温香。但现在这温香让他愤懑，让他窒息，让他作呕。他双手奋力将枕头掷到了地上。

夜很深很深了。郁达夫都没有睡，他端坐不动，望着窗外清冷的月光，屈辱的泪水蚯蚓一般爬下了他的面颊……

12

王映霞第二天下午才回来。她若无其事地走进里屋，放下手袋，脱去手套，对坐在床上的郁达夫看都不看一眼。郁达夫目不转睛地盯着她的脸，她面容还是那么姣好，但他觉得它已经变形了。

"死盯着我干什么？不认识了？"王映霞说。

郁达夫脸色铁青："我是认不出你了！"

"看你那凶神恶煞的样子，存心吵架是么？"

郁达夫指一指桌上的钟："你看看，什么时候了？下午三点了！你，你居然夜不归宿，说都不说一声，就跟姓许的跑到碧湖去了！"

王映霞反唇相讥："那年你跑回富阳，跟我说过吗？"

郁达夫拍桌而起："这能比吗？说，你跑到碧湖干什么去了？"

王映霞毫不示弱："干什么去了？许厅长新近丧妻，我给他做媒去了！"

"嗬，做媒去了，你对许厅长的私生活倒关怀备至，想制造一个厅长夫人了吧？你这是欲盖弥彰！现在谁不知道你们之间的勾当！"

王映霞跳起来，尖叫道："胡说！"

"胡说？可不止我一个胡说，满街的人都在胡说，你知道么？你不要脸我还要脸，孩子还要脸！你跟许绍棣同居多时，难道还要一直隐瞒下去？事已至此，无须再多费口舌，我给你一个机会，或跟我去武汉，或留下与许某同居，你自决吧！"郁达夫毅然下了最后通牒。

王映霞惊得满面通红，继而煞白，嘴唇哆嗦着："你，你不要血口喷人！我与许某的友情，我并不否认，但我可以对天发誓，仅止于友情而已！我们顶多是发乎情、止乎礼，你以为我像你？只是……"

"只是什么？你抛下丈夫孩子与另一男子外出，孤男寡女，一夜未归，是一件很合情理的事是么？"他瞪着她说。

王映霞擦一把泪水，转守为攻："你不要得理不饶人！我只不过热心给朋友做媒而已！你想用这样的方式骂走我，好另图新欢？我不上你的当！我跟你到武汉去，明天就走！"

王映霞说着就动手收拾起东西来。郁达夫绷紧的心一时松懈了。他不说话了，她一退让，他似乎就失去了说话的理由。实际上他是希望吵下去的，只有大吵一场，才能一泄他胸中的闷气。王映霞收拾一阵后洗了个澡。他趁她到外面泼水的机会，钻到里屋，迅速地拿起她换下的内衣内裤嗅了嗅。

他相信他嗅到了别人的气味。

两天后，郁达夫带着全家乘上了去南昌的火车，准备到南昌后再坐汽车经九江去武汉。在车上，王映霞一直默默无语，郁达夫也懒得和她说话。后来郁达夫实在忍不住了，凑到王映霞耳边问："你以后还会不会和许绍棣来往？"

王映霞瞥瞥他，幽幽地说："都是你平时不好，生性乖张，让我受不了，所以我才不得不另去找一位精神上可以抚慰我的朋友……"

郁达夫说："我对你不好？我生性乖张？我可从不觉得我平时对你有什么欺负的！"

王映霞缄默了，望着车窗外的风景，不再说话。

郁达夫叹息一声，嘲讽地说："没想到，曾几何时，他竟成了精神上可以抚慰你的朋友！"

第二十章

龃 龉

1

1938年4月,郁达夫奉国民政府中央军事委员会政治部之命,以三厅少将设计委员的身份,前往徐州、台儿庄等战场视察,慰劳抗敌将士。当年6月,郁达夫又前往浙江东部战场视察。两次视察中,他撰写了不少战地报道和时事评论,同时,也写了不少言志抒情的诗章:"水井沟头血战酣,台儿庄外夕阳昙。平原立马凝眸处,忽报奇师捷邳郯。"

几个月的视察,让郁达夫见惯了流血与死亡,也让他感到在国恨家仇面前,个人的情感纠葛是多么渺小可笑,不值一提。坐在回武昌的火车上,他思考了很久。他还爱他的映霞,既然还爱,就该以爱的方式相处。他决心回家之后,不再重提旧事,与映霞好好过日子,把精力都集中到为国家做点事上来。这么一想,他的脑子就很清澄了,心里也轻松了。

郁达夫是吹着口哨,怀着愉快和激动的心情回到武昌的。这是一个难得的有一丝凉爽的早晨,刚下船的郁达夫脚步如飞地奔向自己的寓所。离家已久，他已经很想王映霞和孩子们了。一进门，他的眼前一亮：映霞正坐在桌前，身穿她喜爱的旗袍，只手托腮，冥思苦想的样子。他心如鼓敲，趋前亲切地叫了一声："映霞！"

王映霞侧过身来，眼里有朵火花一闪，瞬间又消失了。她埋怨道："你还晓得回来呀？一去就是这么久！"

郁达夫放下行李，说："怎不晓得回？日夜都惦着你们的。孩子们呢？"

王映霞起身给他倒了一杯水，说："妈带他们出去玩去了。"

"街上乱得很，出去不安全呢！"他担心地说。

"老呆在家，别说小孩，就是大人，憋也得憋死！"她说。

他点点头："是啊，人的天性是自由的。"

王映霞不满地："哼，只晓得自己要自由，把一家老小扔给我，自己一走了之！"

她是个爱热闹的人，兵荒马乱，让她独自守着这个家，确实不轻松。郁达夫不由内疚地说："对不起，让你操心受累了……"说着弯下腰，轻轻地抱住她圆润的双肩。他还想有进一步的亲昵时，王映霞将他推开了。

他有些扫兴，想了想，诚恳地说："国家兴亡，匹夫有责，我去前线，是去履行作为国家一份子的责任。对家里照顾不周，只有请你多担待了。"

"岂止是照顾不周？"王映霞白了他一眼，怨愤之意溢于言表。

他心里颇为不快，忍不住声音大了起来："吃有吃的，穿有穿的，你要住洋楼我就租了洋楼，你还要怎样？现在是战争时期，不是你过优雅生活的时候。"

"我看，你的心根本就不在我们母子身上。"

"你怎么这样说话？我的心不在你们身上在谁身上？你该不是说，我还不如别的人对你上心吧？"

"是的，我的意思就是这样，因为我的感受就是这样！"

郁达夫没料到她会如此直率，连一点掩饰都不愿意有。但他还是压抑着自己的恼意，说："那是因为别人另有所图，对你曲意奉迎，你以为真的对你好啊？"

"真好假好，我心自知。我是个女人，我需要人保护我、爱护我、呵护我，只有这样，我才觉得自己像个女人。可现在，我守着一家老小，哪也不能去，谁也不来理，我真是苦闷不堪，烦恼不堪，压抑不堪！我幻灭得很，我觉得自己都快崩溃了！"

王映霞叫嚷着，五官都有些扭曲了。她的表情让郁达夫颇觉意外，但仔细一想，却也能够理解。他软下心来，再次搂住她的肩，说："映霞，对不起，我没想到，你是这样的心理状态。以后我会尽量地多陪你。"

王映霞摇头："你陪又有什么用？"

"我们之间虽然起了一些风波，但无论如何，我还是爱你的。"他说。

"你那还是爱么？你不仅说话变得刻薄了，而且常用怀疑的眼光审视我！你的爱真让我受不了！"她再次将他推开。

郁达夫的耐心终于不够用了，他实在是不愿提那个人的名字的，可他不得不又将他拉了出来："这都是许绍棣造成的！这次到东部战场视察，在金华宿了一夜，我曾去找他……"

王映霞非常敏感，立即双目炯炯地问："找他作甚？决斗吗？真无聊！"

其实，郁达夫只是想找许绍棣聊聊，想把事情弄清，请许绍棣注意影响和身份，让事情有个了结。他请人递了个帖子，约许绍棣在一家茶馆见面，他在茶馆里等到天黑，许绍棣才捎了个口信来，说他身体有恙，又要赶回丽水开会，不能履约。这时火车要开了，他只好作罢。

"我只是想找他谈谈，他却托病不见，证明他心里有鬼！"郁达夫说。

"别把别人想象得那么下流，而把自己打扮得那么高尚！"

无论从口气还是从表情看，王映霞都还站在许绍棣一边，这让郁达夫难以忍受，他盯着她问："你们是不是还有书信来往？"

"怎么，我连与朋友书信往来的权利都没有了吗？"

"映霞！我现在只想排除外力，保护我的婚姻，使我们和好如初！"

"能和好如初吗？当初你的承诺，还有你的甜言蜜语你都还记得吗？"王映霞一脸无奈与痛苦的样子，摇摇头，"我不知道如何是好，我迷茫得很，呆在武汉，我如一个囚犯一般……你不是过去的你，我也不是过去的我了……我只想从这个巨大的牢笼里逃出去！"

郁达夫大为惊讶："你想走？"

"对，我想走，我不想在这里窒息而死！达夫，带我走吧！"她难得的对他哀求道。

"兵荒马乱的，你想到哪去？"

"我不知道，我只想逃走！"

"我看你知道，只是不想说出来，你想回丽水是不是？"

"是又怎么样？你走不走？"

"我当然不会走！"

"你不走我走！我走了你可别后悔！"她说。

郁达夫恼了:"你竟然要挟我!天要下雨娘要嫁人,走就走!你走了我就不活了?"

王映霞指着他:"这可是你说的!"

郁达夫不想和她争吵下去,他知道吵下去的结果是双方互不相让,隔阂越来越深。他想避一避她的锋芒,于是抓起皮包夹在腋下。

"你干什么去?"

"我还要去厅里汇报交差,没时间跟你纠缠不休。"他说。

"好,我晓得你烦我了,你不理我了是不是?郁达夫,到时候你可别后悔!"

王映霞气急败坏地指着郁达夫大叫大嚷。他看了她一眼,惊愕不已,因为她看上去像个街头泼妇,而不像个有知有识的新女性。她的两块脸往下垮,显得臃肿而丑陋,这是他从没发现过的。那个让他魂不守舍的美丽少女王映霞到哪里去了呢?

郁达夫逃也似的奔出门去,从丹田之处长长地吐出一口气。他和她的那些快乐时光,仿佛随着这口气吐了个一干二净,再也找不回来了。

2

带着满心的不快和烦恼,郁达夫渡过扬子江,来到了汉口。他在军事委员会政治部第三厅的办公楼前定了定神,变换了一下心情,才走进门去。

秘书将郁达夫带进了郭沫若的办公室。他朝郭沫若敬个军礼,笑道:"郭厅长!郁达夫特来求见!"

郭沫若抓住他的手直摇:"哈哈达夫,我们不要官场那一套吧,还是直呼其名痛快!怎么样,东部战场之行,收获很大吧?"

"是啊,看了前线将士英勇杀敌的情况,很是振奋,很受鼓舞!"

郭沫若拉着他在沙发上坐下:"你写的那些战地报道,也让后方的民众深受鼓舞啊!派你去视察,是选对人了!"

郁达夫从皮包里拿出一份材料:"这是我写的视察汇报。"

郭沫若接过材料往茶几上一放:"不用看了,你写的那些文章,就是最好、最生动的汇报!政治部对你的工作非常满意!这一去又是一个多月,家里都还好吧?"

郁达夫眉头微微一皱:"都还好吧,就是……"

"怎么?"

郁达夫丧气地:"刚才又跟映霞吵了一场。"

"你们俩怎么回事?"

"她和许绍棣之间的传言,想必你也听到一些?"

郭沫若点头:"听是听到了,但捕风捉影的事,我从来不信。"

郁达夫痛苦地垂下头:"我却不能不信!"

郭沫若劝道:"达夫,没有凭据的事,还是不要轻信,就当它不存在吧!既然你爱映霞,就要充分信任她,不要无端猜疑,这样既伤了她,也伤了你自己。"

"我何尝不想信任她?即使她和许绍棣的事是真的,只要她痛改前非,我也愿意原谅她,继续爱她!可到了武汉,她仍想入非非,吵着要离开武汉,说在这里会憋死。现在到处在打仗,她要到哪里才不会憋死呢?刚才,还要我带她走,甚至说我不走她走,还说她走了我别后悔!"

"她没说要去哪?"

"没说,我想她是要去丽水。"

"那你赶紧回家吧,女人一任起性来,说得出就做得出的!你和她多沟通沟通,多劝劝她,多哄哄她!唉,你们呀,原本是一双佳偶,怎么就变成了一对冤家?"

听郭沫若这么一说,郁达夫紧张起来了,忙起身:"沫若,那我就先走了。"

"快去吧快去吧,改天我过江来看你们!"郭沫若将他送出门外。

郁达夫急急忙忙赶回武昌,离家门越近,他心里越慌,不祥的预感死死地抓住了他。天已擦黑,刚到寓所门口,两个黑色的小人影向他扑过来。阳春和殿春争先恐后地叫着:"爸爸、爸爸!不好了,妈妈不见了!"

他一惊:"怎么不见了?"

殿春说:"爸爸,妈妈走了,妈妈不要我们了!"

他厉声道:"别瞎说,妈妈不会不要我们的!"

殿春哭了起来:"呜……真的,妈妈真的走了,真的不要我们了!"

郁达夫像挨了一闷棍,呆在了门口。

3

郁达夫一清醒过来,立即冲入家门,问王守如:"妈,映霞真的走了?"

王守如擦一把眼泪,点点头。

"什么时候走的?"

"都一个多钟头了。"

"您怎么不拦住她呀?"

"我怎么拦得住?"

"她到哪儿去了知道么?"

王守如摇摇头。

郁达夫难以置信:"您是她母亲,她到哪去都不跟您说?"

王守如说:"你这做丈夫的都不知道,她哪里肯跟我说?抹着眼泪就跑出去了!"

郁达夫心急如焚,转身奔出门外。

他先跑到武昌火车站,后来又跑到轮船码头,东张西望地找了一圈。自然是徒劳无功,黑灯瞎火的,这么大的武汉三镇,你到哪里去找?她既然要出走,是不会让你找到的。

郁达夫颓丧地回到家,像一堆泥一样的瘫在椅子上。后来他想起什么,一跃而起,走进卧室。呈现在他眼里的是一片狼藉景象。地上散落着杂物,箱子敞开着,里面是空的。他拉开五斗框的屉子,里面也空了多半。她已带走了她的衣物。

他坐到床头,气得直喘气。她真做得出来!她就这样把他和孩子抛弃了,不可理喻的女人啊!太阳穴上有个小锤子在敲,隐隐作疼。他偶一低头,瞥见床与桌子的间隙里,有一团白色的织物。是她遗下的。他将它拾起,展开一看,是王映霞的一件女式纱衫。再往地上一瞧,靠近墙脚的地方,散落着三封信。

郁达夫心里一动,捡起信来仔细查看,只见每封信的信皮上都有"王映霞女士亲启,许缄"字样。

许绍棣的情书!

郁达夫眼睛顿时瞪得溜圆,炉火烤得眼珠子发疼!他抽出信笺来读,脸色发青,双手颤抖……他看见了一些献媚的、肉麻的、无耻的字眼,那些字如同一根根尖刺扎进了他的眼球。他的目光模糊了,他再也按捺不住愤怒的情绪,猛地将信拍在桌上,大吼一声:"贱人!"

怎么办？该如何面对这突然的变故？他手足无措，在屋里团团乱转，末了将那件白纱衫铺在桌上，拿起毛笔，战战兢兢地写下一行字：下堂妾王氏改嫁前之遗留品。然后，他将笔往地上一扔，仰倒在床上，虚脱了一般……

不知躺了多久，他蓦地爬起，抓起那三封信冲出门，在街上狂走了一通。他找到了一家照相馆。夜已深，照相馆早就关了门。他不管不顾，往人家的门上一顿乱捶："开门开门！"

门开了，一个伙计伸出头来："关门了！"

他叫着："关门了不会再开吗？有生意都不做了？"

伙计问："什么事？"

他拿出许绍棣的信："请把这三封信翻拍，冲洗十份，要快。"

伙计不解："拍信干什么？"

他没好气地："你只管干活收钱，管我干什么？"

伙计只好收下了他的活计。

回到家中，两个孩子还没睡觉，围上来，默默地看着他。孩子的眼光无辜而可怜，愈发让他愤懑和伤心。殿春拉拉他的袖子："爸爸，妈妈还会回来吗？"他无言以对。殿春又问："妈妈要是不回来，我们怎么办？"懂事的阳春过来，拉着殿春往里屋走："睡觉去吧，爸爸一定会把妈妈找回来的！"

郁达夫长叹一声，头疼不已。时令虽是夏季，却有一股寒意直逼心底。窗外传来了海关的钟声，他掏出怀表一看，已是凌晨一点。

4

郁达夫在床上辗转反侧，几乎彻夜未眠。第二天起床后脑袋里还是一锅浆糊。他已经被王映霞的出走气懵了。从前两人一生气，总是他出走，他没想到现在她也用这一手来对付他了。而且，她的出走才是真走，毫无疑问是找她的情人去了。他越想越昏头，先取了许绍棣信的洗印件，给在武汉的几个朋友以及社会名流各寄了一份，然后又跑到汉口《大公报》，登了一则寻人启事。接着，他又去了郭沫若办公室，将那些相片朝郭沫若一递："你看看，你看看！"

郭沫若摸不着头脑："这是什么？"

郁达夫愤愤然："是许绍棣写给映霞的情书，也是打官司的证据！我翻印了十来份。"

"印这么多干什么？"

"我给熟识的朋友和各界名流都寄了一份，让大家都了解事情的真相。"

郭沫若不以为然地摇摇头，埋头读着那些翻印出来的情书。

"你仔细读读，这总不是我多疑，总不是我捏造出来的吧？其实，自到武昌之后，映霞和许绍棣之间一直就有电报和书信来往，我是忍了又忍……"郁达夫揪了揪自己的头发，痛苦地皱了皱脸。

郭沫若粗略地读了一遍，说："达夫，恕我直言，我断定不了这是不是情书，在不同的情境里，他们可能是，也可能不是；当然，口吻很亲密，但是，好朋友之间的口吻，也可以很亲密的。"

"你还不信呀？走，我带你到我家看看去！"

郁达夫不由分说，拉着郭沫若往外走。碍于是多年的朋友，郭沫若也只得暂时丢下手中的工作，跟着郁达夫渡江去了武昌。

到了寓所，郁达夫指着屋内说："你看看，这就是王映霞背叛婚姻，离家出走的现场！这总不是我伪造的吧？"

郭沫若不作声，蹙着眉，扫视着屋内的狼藉景象。

郁达夫举起王映霞的那件白纱衫："这是她唯一留下的东西，许绍棣的信就是在这件衣服旁边的墙脚找到的。"

郭沫若发现衣襟上写有毛笔字，展开读了一遍，问："这是你写的？"

"是，我一时气愤不过，聊以泄愤。"

郭沫若摇头："唉，你呀！"

"难道你还不相信她与许绍棣有私情？"

"我还是难以置信，你断定她是找许绍棣去了？"

"她不找他，又会到哪里去？她亲口对我说过，他已成了能够在精神上抚慰她的朋友。我已经在《大公报》上登了一则寻人启事，我想，她会看到的。"

"是吗？"

"目前为止，我能做的，就是这些了。"

"达夫，你也太冲动，太不冷静了，你这样做，等于自暴家丑，把你和映霞的隐私都公布于众了，又登启事又给名流们寄照片，这让映霞有多难堪？你这样，反而使事情难有挽回的余地！"郭沫若痛心疾首。

"我知道，你又会说，我的自我暴露病又犯了，可是，我冷静得下来吗？只有这样，才能发泄我的愤怒，抚慰我受创的自尊！"

郭沫若问："你还爱映霞吗？"

郁达夫想了想说："爱，要不我也不会反应这么强烈。"

郭沫若说："听我一句话，既然还爱她，就用爱的方式来解决吧。"

郁达夫露出一丝苦笑："我何尝不想，可是……你呀，你是站着说话不腰痛。算了，不用我的痛苦来折磨你了，映霞回来与否，听天由命吧！"

郭沫若摸摸上衣口袋："我差点忘了，从前方转来你的一封家信。"说着拿出信交给郁达夫。

郁达夫展开信，刚读了一遍，眼眶就发红了。

"是孙荃来的？"郭沫若问。

"嗯。"郁达夫点点头，"她和孩子躲在乡下，有娘家人照顾，平安无事，叫我勿以为念，保重身体。还说孩子们盼着他们的父亲早日平安归来。"

郭沫若背着手在屋内转了几圈，拿指头点着他："你呀你呀，你不爱的人，她对你一往情深；你深爱的人，她却让你痛苦烦恼。爱情这东西，真是说不清，道不明，剪不断，理还乱！达夫呵，你还是冷静下来，想想怎样把映霞拉回家来吧！你现在的做法，可不是在拉她，而是在推她呀！"

郁达夫若有所思地点点头："嗯，你说的也有道理，可是她跑了，我到哪里去找她呢？难道要我去向许绍棣讨人？罢，罢，沫若，陪我去喝几杯吧！"

郭沫若诧异地："你还有心思喝酒？"

郁达夫难过得泛起了泪花："你说，我除了借酒浇愁，还能做什么？"

5

负气出走的王映霞并没有走远，她就在武昌，住在曹律师家。曹律师是富阳人，与郁达夫一家熟识，在杭州时两家就有来往。曹氏夫妇将自己的床腾出来让给王映霞睡，他们则睡到另外的房间去了。

住到曹家的第二天，曹太太问王映霞究竟发生了什么事情，王映霞就将事情经过说了。曹太太连连摇头，叹息不已。后来，曹太太忍不住问："映霞，你跟我说实话，你和许厅长，到底有什么事没有？"

"没有没有。"王映霞急忙否定，"曹太太，你也信那些谣传呀？我们不过是精神上走得很近而已！"

"男女之间，精神上走得很近，是最容易出事的呢，"曹太太劝道，"我看你还是早点回去吧，别把郁先生急出病来了！"

王映霞说："我就是要急急他！他太不珍惜我了，有时候，我真的觉得，他不如许厅长对我好！"

"你千万不要这样想，你若这样想，即使现在和许厅长没事，以后也会生出事来的！"曹太太说。

"唉，我心里憋死了，只想找个地方透口气，可他，总是怀疑我要去找许厅长……其实呢，许厅长已经看上别人了。我真是冤死了！"王映霞言语间无限的幽怨。

到曹家的第三天，曹律师从外面带回一张《大公报》，告诉王映霞，郁达夫在报上登了寻人启事了。王映霞拿过报纸一看，只见上面写着：

"王映霞女士鉴：乱世男女离合，本属常事。汝与某君之关系，及携去之细软衣饰现款契据等，都不成问题，唯汝母及小孩等想念甚殷，乞告以住址。郁达夫谨启。"

王映霞的脸板了起来，鼻子里发出一声冷笑："哼！"

曹律师说："看来郁先生是急得没有别的办法了！映霞女士，还是回去吧。"

王映霞涨红了脸："他，他居然登报！居然把'汝与某君之关系'也抛出来了，他不要脸，我还要面子呢！原本是想急他两天就回去的,他既然如此不顾夫妻情分,我就不回去了!"

曹律师劝道:"映霞女士,千万别这样,别闹得不可收拾,以家庭为重吧!"

曹太太也说:"是呀是呀,家里老的老小的小,没有你可怎么办呀?"

王映霞青眉怒竖:"他这是把我往绝路上逼,这一回,我决不就范!"

"这可如何是好?郁先生和我们是老朋友了,我们可不愿看到你们家庭破裂!你要这样,我可后悔收留你了。"曹律师蹙眉道。

"曹先生,我和达夫的事与你无关,你不用担一点责任的。谢谢你收留了我两天,我顶多再住两天就走。他郁达夫真要逼得我走投无路,说不定,我就真的投奔许厅长去了!"说着,王映霞就拿着报纸到里屋去了。

事情闹到这一步,眼看越来越僵,解铃还须系铃人,只有赶紧通报郁达夫了。翌日,曹律师去了郁达夫的寓所。

郁达夫正好在家喝闷酒,曹律师见面就说:"达夫兄,还好吧?"

郁达夫直摇头:"好个屁!映霞弃我而去,我正为找她而焦头烂额呐!"

曹律师笑道:"你不用焦头也无须烂额,映霞仍在武昌,而且,就在我家!"

"噢?"郁达夫似乎不太相信,"她没有去丽水?没有去找许绍棣?"

"映霞并没有打算去找许绍棣。"

"这,不可能吧?"

"她是这么说的,而且从她言语看,似乎许绍棣又恋上了一位未婚女士,对映霞有了疏远之意。"

"这样她还卷逃而去,抛夫弃子?"

"她原本是想急你两天就回家的,看了你登在报上的寻人启事,伤了面子,就不肯回来了!这么僵着不是办法,你赶快去接她回来吧!"

"我接得回来么?"

"这就要看你心诚不诚了!她已经被逼到了高处,你不给她台阶,她是下不来了的。"

"好,我马上去接!"

6

郁达夫赶到曹律师家时,王映霞坐在窗前,神情木然地望着远处。窗外的树上蝉儿长一声短一声地鸣叫着,令人烦闷欲睡。她穿着白府绸衣衫,身子略比十年前胖,但还是那样起伏有致,动人心弦。她仍旧是郁达夫喜欢的那种肥白的类型。郁达夫走近她,轻轻地唤了一声。她不回头,也不作声。郁达夫只好用了哀求的口吻:"映霞!"

王映霞这才冷冷地说:"你来作甚?"

"我来接你回去。"

"要你接什么?你不是登寻人启事了么?多登几次就回去了的。"

"不知你的去处,我才登报的!"

"你不是一直怀疑我会去找许绍棣么?怎么又不知我的去处了?登什么报,你直接到丽水去找我呀!美其名曰寻人启事,纯粹是刻意败坏我的名誉!"

被她抢白了几句，郁达夫心里一堵，声音就高了起来："你不要因果倒置，我的名誉是谁败坏的？我的尊严又是谁践踏的？"

王映霞身子一转，背对着他说："你别问我，你找许绍棣去。"

"我是要找他算账！他打着朋友的幌子，以友谊的名义假装好人！当年就一面呈请中央党帝秘密通缉我，一面勾引人家的老婆，我总算看透了他！可我去找他，你还说是无聊，你还护着他！"

王映霞恼了："你是来接我的还是来兴师问罪的？！"

"我……"郁达夫噎住了。

曹律师碰碰郁达夫，赔着笑脸对王映霞说："达夫确实是诚心诚意来接你的！"

"你看他是诚心诚意的样子么？"王映霞噘起嘴。

"我是诚心诚意来接你的，只是一提起许绍棣就气不打一处来！"郁达夫说。

曹律师赶紧做和事佬："大家心里都有气，这是可以理解的。都冷静下来，好好谈谈吧，冤家宜解不宜结，何况你们是夫妻而不是冤家！一日夫妻百日恩嘛。达夫，你是丈夫，要让着点。好，我不打扰了，你们谈吧。"说着就出了里屋，顺手带上了门。

郁达夫放低了嗓音说："曹律师说得对，我们谈谈吧。"

"跟你没什么好谈的了。"王映霞还是背对着他。

"那就不谈，我陪着你。"

"谁要你陪？"

"好，不陪，这是曹律师家，你待得我也待得。"

郁达夫不慌不忙地在一旁坐了下来。王映霞冷脸相对，置之不理。盛夏季节，屋里闷热得很，郁达夫找到一把蒲扇，大幅度地摇晃着。他有意地让风向王映霞身上扇去。她耳边的鬓发在风中扬动着。可惜王映霞并不领情，赌气地坐开了一些。他们长久地呆坐着，默不作声。墙上的挂钟有条不紊地数着时间，蝉声已经低了下去，天光也渐渐地暗淡了……

傍晚时分，曹太太做好了晚餐，几个人围着桌子吃了饭。郁达夫与王映霞面对面坐着。郁达夫几次给她夹菜，都被她用筷子挡开了。

晚饭后，王映霞到外面走了一圈，郁达夫若即若离地跟在后面。他是想趁此机会与她套套近乎的，可稍一靠近，她就一眼睛横过来了。王映霞回到曹律师家时，他也跟了回来，趁她没来得及关上门，身子一仄挤进了里屋。

"没见过这么死皮赖脸的。"王映霞嘟哝着坐到床沿上，看都懒得看他一眼。但郁达夫感到她的态度有所软化。他也不多说什么，坐在椅子上，默默地看着她。他还想给她打扇，可惜扇子已被她掌握在手中了。

扬子江里传来了汽笛声，夜慢慢地深了。郁达夫已经有了困意，他的脸在灯光映照下显得格外忧郁。他嗅到了王映霞带有汗味的体香，若在以往，它马上会激起他的爱欲，而现在，他既被吸引，又有一种排斥的心理。

王映霞忽然说话了："都深更半夜了，你怎么还不走？"

只要她肯说话，事态就有转变的机会。他忙说："你不走，我不会走的。"

"你怎么这么无赖？你的自尊心到哪去了？"

"我求自己的爱妻，这不丢脸。"

"别说得这么肉麻！有哪个丈夫是这样对待他的爱妻的？"

"反正我不走。"

"你必须走,这里没你睡的地方!"王映霞拉开门,叫道,"曹律师,请你让他走吧!"

曹律师在外间为难地说:"哎呀都这么晚了,外面乱糟糟的,我可不敢让达夫兄回去,万一出点什么事,我们可担待不起呀!"

郁达夫轻轻推开王映霞,关上门道:"听见了吧?我可是国民政府的少将设计委员,你有责任保证我的安全!"

"你什么时候担心过我的安危?"

"不担心你的安危,我会到处找你,急得嘴上都起了泡?"

郁达夫翻起嘴唇让王映霞看。

"活该!"王映霞根本不看,一扭身上了床,放下了蚊帐,躺了下来。

郁达夫默立了一会,熄了灯,也掀开蚊帐钻了进去。

王映霞一脚踢了过来,喝道:"别挨着我!"

郁达夫忙隔开一点,说:"好、好,我不挨你的金身玉体。"他轻手轻脚地躺下来。她的脚就在他的脸旁。她身上特有的温香浓浓的笼罩了他,他很想搂住她的双脚,但不敢轻举妄动。他叹息一声,故意让口里的气息吹到她的脚上。月光淡淡的洒进房子里来。两个身体都在辐射热气,床上有点像蒸笼了。

须臾,王映霞不声不响地下了床,从门后找出一张篾席,将它往地板上一铺,和衣躺到了地上。郁达夫连忙将头钻出帐子:"你怎么这样?你细皮嫩肉的,不怕蚊子咬呵?你不怕疼,我还心疼呢!"

王映霞背对着他,一言不发。幽幽的月光在她眸子里闪着,在她衣服的皱褶里流着。郁达夫只好溜下床来,挨着她躺到地板上。可他刚躺下,王映霞又爬起来,回到床上去了。

郁达夫只好就躺在地上了。如果再跟到床上去,显然是不合适的。欲速则不达。他侧身而卧，默默地看着蚊帐里王映霞黑糊糊的影子……

一只蚊子嗡嗡叫着，盘旋着，落到了他脸上。他感到它在叮他，它的尖尖的嘴刺进他的面皮里去了。他细细地品味着那一丝锐疼，然后举起手来，啪地给了它——也给了自己——一耳光。他是打给王映霞听的，他相信她听到了。蚊子成了一点粘湿的肉泥。他脸上没有蚊子了，但他接着又重重地给了自己一耳光，声音极其清脆，而且响亮。他心里说：映霞，听见了吧，够意思了吧？

床上蚊帐里传来了细微的鼾声。

7

翌日早晨起床之后，郁达夫打了盆水来，拧了把毛巾递给王映霞。她没有拒绝。这让郁达夫心里一喜，这说明他的努力有了成效。早餐的气氛也融洽一些了，王映霞与曹律师夫妇说了许多闲话，甚至还笑了一下。

用完早餐，曹律师劝道："映霞，还是跟达夫回去吧，客走主安。"

郁达夫应和说："是啊是啊，住了三天了，已经够麻烦曹律师一家的了！"

王映霞瞥郁达夫一眼："就这么回去？"

郁达夫笑眯眯地说："是要我租辆汽车，还是用八人大轿来抬？"

王映霞白他一眼："尽想便宜事！"

"那你还要怎样？"郁达夫问。

"我的名誉不能白白地受损害，你必须挽回我的名誉才行！"

"我愿意你的名誉清白无瑕,你要我怎么做?"

王映霞斩钉截铁地说:"你应该登一则道歉启事,否则我是不会回去的。"

"我向你道歉?"郁达夫讶异不已。

"不向我道歉你向谁道歉?"

"可是,不是你自己出走的吗……"

"可是,不是被你气的吗?"

"非道歉不可?"

"你看着办吧。"

郁达夫感到为难,沉吟片刻,只好应承:"好吧……"

王映霞又说:"道歉启事我来起草,你只管签名就行了。"

郁达夫点头:"也好,免得我写的你不满意。"

王映霞略略思考,找出一张纸,抽出郁达夫口袋里的笔,沙沙地写了起来,写完之后,交给郁达夫。郁达夫逐字逐句地念:

"达夫因神经失常,语言不合,致逼走妻子王映霞女士,并登找寻启事,诬指与某君关系,及携带细软等等。事后寻思,复经朋友解说,始知全出于误会。兹特登报声明,并深致歉意。"

郁达夫刚念完,曹律师夫妇惊讶地对视了一眼。郁达夫嘴角一撇,无奈地露出一丝苦笑。他真没想到,王映霞还有如此的笔墨功夫。这则启事肯定是经过深思熟虑了的,绝不是什么即兴之作。他忍不住想,妇人的心思真是缜密呵。

王映霞问:"怎么样?"

郁达夫说:"学我的笔法倒学得蛮像啊!"

王映霞说:"还不是你培养出来的!"

郁达夫委屈地道:"这启事一登,我就成了神经失常的人,你这次的出走,也都归咎于我了!"

"难道不应归咎于你么?"

"好、好,责任全在于我,只要你回家,我什么都答应,行了吧?走,跟我回家吧!"

"不行,等你去报馆登了启事我才回。"

"行,我这就去报馆,你等着我!"

这天,郁达夫总算把王映霞接回了家。进门时,三个孩子欢叫着扑到王映霞的怀里。殿春搂着母亲的腰问:"妈妈,你不会再走了吧?你不会不要我们了吧?"郁达夫忙拍拍殿春的头:"傻孩子,妈妈怎么会不要你们呢?妈妈只是到朋友家喝喜酒去了!"

8

这日,许绍棣刚在丽水的办公室坐下,那部安装没几天的临时电话响了。他抓起话筒一听,原本有几丝傲慢的脸立马变得谦恭了,因为他听到的是郭沫若的声音。

"哎呀是沫若……是郭厅长呀!真没想到,您会千里迢迢打电话来!是呵是呵,久违了!哈哈是呵,都是厅长了……不过我这个厅长可不能与您同日而语哟!您这厅长现在统管着全中国的抗战文化宣传工作,是我的上司啊,不得了呢!再说郭兄大名天下谁人不知?我官当得再大,也是无名小卒……是呵是呵,回首当年,感慨万千!达夫和您都是功名卓著的大作家了,只有我许绍棣还是个碌碌无为的官僚……是呵,我和达夫的交道比较多一点,几个月前还在丽水见过他呢……什么?您也见过《大公报》上的启事了?哎呀,这个事,弄得我现在有嘴都说不清了!达夫爱妻心切,这我完全可以理解,可他有时候神经过敏,听信传言……对对,完全是谣传,没有的事!达夫是我多年的老朋友了,我的人格,还不至于这么卑劣低下吧?我的为人你们还不清楚？我仅仅是出于友情，给了映霞一些关心和照顾而已，绝没有别的意思！如果她要往那方面理解，那是她的事，与我无关！我这人，生性谨慎，观念保守，又有乌纱在身，谁敢轻举妄动啊？还记得在日本时，我们讨论过'三千弱水，只取一瓢饮'的事么？我可不像你们，多年来，始终只饮了一瓢！对呀，官人可不比文人风流……什么？官人比文人下流？那也要看是哪个官人了。对对，您放心吧，有机会的话，我会向达夫解释清楚……哦，对了，我现在有未婚妻了，嗯，我前妻去世快一年了。我们可能会到武汉或者重庆去完婚，就看局势如何发展了……好的，届时一定请郭厅长和达夫来喝杯喜酒！好，好好，再见，多保重！"

许绍棣搁下话筒，仰靠在沙发上，微闭双眼，半天没有动弹。这个电话弄得他心情很不好。身居高位远在武汉的郭沫若居然也要过问这种鸡毛蒜皮的小事，也要暗藏机锋地说他！

许绍棣还在烦恼着，门口起了一阵喧哗。定睛一瞧，只见吴若愚拄着拐杖，不顾秘书的阻拦，颤颤巍巍地闯进来了。许绍棣只好起身相迎。吴若愚也不和他打招呼，气呼呼地兀自坐下。许绍棣给他倒了一杯水："吴老，什么风把您吹到丽水来了？"

吴若愚晃着满头白发："什么风？除了逃难风，还有什么风吗？我不跑到丽水来，这把老骨头留给倭寇作践啊？"

许绍棣说："要跑就远点跑，丽水早晚也保不住呢！"

"放心，我不会给你添麻烦的！"吴若愚将一份《大公报》拍到茶几上："这事，与你脱不了干系吧？"

"这是什么？"许绍棣装糊涂。

"这是什么？郁达夫的寻妻启事！"

"他寻妻，与我何干？"

"怎么，不承认？你也晓得怕丑？我一到丽水，你和王映霞的绯闻就把我的耳朵都塞满了！没想到你堂堂一个省教育厅长，竟寡廉鲜耻、卑鄙龌龊到了这种地步！我都没脸说是你的老师，听到别人说你，我恨不得在地上挖个洞，把自己埋进去！"吴若愚吹胡子瞪眼。

许绍棣说："我究竟做了什么，把您老羞成这样？"

"你还不够丢人？人家郁达夫在抗日前线劳军视察，你却在后方引诱人家的老婆，一个为国家奔波，一个为私欲而苟且，你比比看！"

"嗬，郁达夫居然在您老眼里变得高尚起来了？曾几何时……"

吴若愚戳戳拐杖："我不管过去！他如今忍辱负重，大义在胸，就是一条好汉！而你还是他的同学、朋友，竟然做出这种亲者痛、仇者快的事情来！常言道，朋友妻，不可欺，你连做人的起码道德都没有！你搞得人家夫妻反目，家庭分裂……过去我还痛斥郁达夫写《沉沦》是道德沦丧，没想到真正沦丧了道德的是你，是我曾经引以为自豪的学生！"

许绍棣不以为然地："吴老呵，您用不着如此激动，更用不着痛心疾首！道德是不是沦丧，这往往只是一个看法问题。"

"我问你，你为什么要做这种事？"

"我为什么不能做这种事？我许绍棣脑子比他灵、官比他大、相貌比他好，漂亮女人为什么只能喜欢他，就不能喜欢我？我认识王映霞比他还早，他追王映霞的时候，他已经有妻子了，他能追，我为什么就不能追？在日本的时候，就有房东的女儿喜欢他，回国来，他又占有了王映霞，而我一个都没有，这公平么？"

"天下女人有的是，你为何偏追王映霞？"

许绍棣淡淡一笑："这您不懂的，毕竟您是清朝遗下的老古董了！女人犹如园子里的花，花团锦簇，观者如云，为什么我独独喜欢这一朵而不喜欢另外一朵？也许因为它色、香、味俱全，也许因为别的说不清的原因。喜欢就是喜欢，不需要别的理由。"

"你实在喜欢，可以远远地欣赏，何必一定要占为己有？"

许绍棣微笑不语，和吴若愚谈男女之情无异于对牛弹琴。赏花岂能与摘花相比？花一摘下来，就是属于你的了，那种满足与愉悦，是很难与人言说的。可惜，杭州一枝花目标太大，刚刚触及花枝，竟引起轩然大波，这是他始料未及的。

吴若愚盯着许绍棣："看来，你还不肯善罢甘休？"

"错了，老师您还不了解我？我是个识时务的人，赏花也好，摘花也罢，都是闲情逸致，我不会傻气到让闲情逸致影响我的仕途的。何况，那朵花已经不够迷人了。"许绍棣坦率地说。

"哼，始乱终弃，这才是你的本色！"

许绍棣长叹一声，仰靠在椅子上，不想再费口舌。他很颓丧，与映霞的事毕竟有些遗憾。处心积虑，终究功亏一篑。他心里暗暗说：达夫兄，我输了，可我并不是输给你！你好自为之吧。

9

汉口，郭沫若的办公室，郁达夫与郭沫若相对而坐。

"达夫，我看到你的道歉启事了。"

"你不会以为，我真的神经失常了吧？"

"我晓得你是委曲求全，一看就知道，通篇都是映霞的意思。"

"不光是意思，通篇都是她的字！"

"噢？那她的文笔挺老到嘛，看来，给你当了十多年妻子，也被你熏陶出来了！她回家了吧？"

"人是回来了，不知心回来没有。"

"慢慢来吧，人回来了就好，你们的纠纷，要尽早平息下来，不然，在朋友圈子里，总是沸沸扬扬，影响不好。"

"我明白，这一向碰到的朋友都问我这件事，确实搞得我很没面子，对我和映霞都不好……我会尽力化解的。"郁达夫说。

郭沫若从桌上拿过一本《日本评论》："达夫，刚刚读了你的《日本的娼妇与文士》这篇文章，才晓得佐藤春夫的小说《亚细亚之子》是以我们为模特写的。把你我丑化成了坏蛋和汉奸还不说，甚至还影射了王映霞，真是可恶！"

郁达夫说："在上海时，佐藤见过映霞一面，我曾经还敬仰过佐藤，真是可笑！一到中日交战的关头，日本文人的丑态就暴露无遗了！五月间的时候，见到他的文章，把我气坏了，当时就写了这篇文章回击。"

"好，写得不错，标题也好极了！"郭沫若满意地拍拍膝盖，语重心长地，"达夫，你是一个天赋聪明的人，也很有进取之心，如果你的进取之心得不到施展，那是应该归罪于社会与环境的；只是你在自我暴露方面非常勇敢，但个人感情有时太敏感，太脆弱，甚至有点神经质，这也许是写小说的有利因素，可如若体现在日常生活中，却有弊无利。国难当头，希望你莫被男女之情拖累了，这方面，我也是深有体会的。"

"知我者沫若也！"郁达夫颔首，"映霞是回来了，只是怕许绍棣纠缠不休。"

"委员长'攘外必先安内'的政策于团结抗日无利，用在家庭生活方面，倒是十分得当的，只要你俩互相信赖，精诚团结，外人是奈何不得的，俗语说得好，苍蝇不叮无缝的蛋。"郭沫若话锋一转，"许绍棣那里你也不必过于担心，我给他打过电话了，他有了新欢，说是快要结婚了吧？"

郁达夫如释重负:"是么?那就好!"

两人正聊得起劲,窗外响起了急促凄厉的空袭警报。

"日寇又要来轰炸了!我们到地下室躲避一下!"

郁达夫跟随郭沫若匆忙下楼,钻进地下室。地下室潮湿阴暗,很多军官拥挤在一起,充塞着一股霉味与汗味。郁达夫与郭沫若蹲在一个角落里。有人高举着一盏马灯。外面隐约传来轰鸣的爆炸声。

郭沫若问郁达夫:"局势越来越吃紧了,看来武汉也不得不放弃了。你有什么打算?是随我撤往重庆,还是……?"

郁达夫想想说:"陈仪几次来电,如果武汉沦陷,要我仍去福州任职;孙大可也来了信,说《星洲日报》想邀请我去新加坡,给他们写时评,编副刊,我还没拿定主意,还要看映霞的意思。"

郭沫若点头:"嗯,去新加坡不错,既能利用你的声望在华侨中扩大抗日宣传,又能发挥你文学上的特长。"

"我也是这么想的,同时也想利用这个出国的机会弥合与映霞的感情。"

"很好呵,我看你不用犹豫了。"郭沫若说。

10

王映霞虽然回家了,但对郁达夫仍不咸不淡的。郁达夫倒能够理解,这一场家庭风波,互相都深深伤害了对方,两人的情绪一时还难以调整过来。这需要时间,也需要他作更多的努力。

这天晚饭后,郁达夫提出一起到江边散步。以"火炉"著称的武汉已到盛夏,天气燠热之极,到长江边吹吹风当然是个好主意。王映霞犹豫片刻,便点了点头,随他慢慢地走到了高高的江堤上。望着对岸星星点点的灯光,享受着江风的吹拂,郁达夫心情开朗了许多。王映霞越过一块石头时趔趄了一下,他趁机挽住了她。王映霞想想,侧脸问:"我们有多久没一起散步了?"

"很久很久了!这都怪我,这些年,东奔西走,离多聚少,不知不觉地忽略了你……"郁达夫内疚地说。

"你总是那么忙。"王映霞说,"当然也不能全怪你,要讨生活……"

郁达夫望着夜色深处说:"映霞,拉你出来,就是想和你深谈一次。这一次的事情,我确实做得有点过,伤了你,也伤了我自己。是我不好,我应当向你忏悔,求你谅解。"

王映霞沉默一会说:"你能认识到就好……当然,我也不是无可指摘,我也有要请你谅解的地方。"

郁达夫抓起王映霞的手按在胸口:"映霞,扪心自问,我还是爱你的,我不能没有你,我希望,我们彻底和好!"

王映霞轻轻地抽回手,她的手已让郁达夫手心的汗濡湿了,于是用手帕擦了擦:"我当然也希望如此。"

"那就太好了!让我们把过去埋入坟墓吧,从今后各自改过,各自奋发,再重来一次灵魂与灵魂的新婚!"郁达夫跳了一下,接着捡了颗卵石,朝江中奋力一掷。水中立即绽了一朵小小的雪白的水花。

"你看你,一下子就快乐得像个孩子,兴奋得像个诗人!"王映霞难得的露出了一丝笑意。

郁达夫拍拍手,望着江水说:"映霞,我真的少不得你,想当年在安庆,也是在扬子江边,我贫困潦倒,走投无路,苦闷得想自杀,要不是你在身边,我真的只怕随波而去了!"

王映霞一愣,说:"我什么时候随你去过安庆?"

郁达夫这才猛然想起,他把王映霞与孙荃搞混了,他尴尬之极,赶忙说:"对不起,我一时糊涂……我是想说,在我的后半生中,你是最重要的,你就是我生命的一半。"

王映霞低头嘀咕着:"说得好听!"

郁达夫说:"我不光说得好,还会做得好的。你若不相信,我们把它写下来如何?"

"写什么啊?"

"写一个和解协议啊!"

郁达夫想到就做,当晚回到家,果真撰写了一份协议书,一字一句地念给王映霞听:

"达夫、映霞因过去各有错误,因而时时发生冲突,致家庭生活,苦如地狱,旁人得乘虚生事,几至离异。现经友人之调解与指示,两人各自之反省与觉悟,拟将从前夫妇间之障碍与原因,一律扫尽,今后绝对不提。两人各守本分,各尽夫与妻之至善,以期恢复初结合时之圆满生活。夫妻间即有临时误解,亦当以互让与规劝之态度,开诚布公,勉求谅解。凡在今日之前之任何错误情事,及证据物件,能引起夫妻间感情之劣绪者,概置勿问。诚恐口说无凭,因共同立此协议书两纸,为日后之证。"

王映霞说:"听起来不错。"

郁达夫说:"我知道你的意思,要做起来也不错。"

王映霞说:"这一纸协议,能否弥补感情上的裂痕,就看你是否言行如一了。我希望你对过去从此一字不提,引导我向新的生命途中走,大家重新来生活。"

"一言为定!"郁达夫走拢去,将王映霞轻轻搂进怀里,她慢慢闭上了眼睛……他们灼热的躯体很快绞在了一起,他们终于享受了久违的鱼水之欢。可惜这种欢乐总是短暂的。郁达夫希望夫妻间的龃龉就此消除,不留后患,实际上却已埋下了决裂的伏笔。

第二十一章

毁　家

1

1938年7月下旬，郁达夫带着全家撤离被日军围困的武汉，辗转来到洞庭湖西岸的小县城汉寿避难。两个多月后，郁达夫应陈仪之邀，独自前往福州。到福州后，又接到孙大可转寄来的《星洲日报》社长胡昌耀的邀请函，邀请他去新加坡加盟该报，宣传抗日救亡。郁达夫毅然决定出国，打电报让王映霞带着孩子赶到福州。一家人会合之后，他将岳母与殿春、建春两个孩子留下，自己和王映霞带着阳春登上了去南洋的轮船。

1938年12月28日，郁达夫和王映霞抵达新加坡港。一下轮船，便与前来迎接的孙大可夫妇拥抱在了一起。两家人分别多年，没料到会在海外相见，不禁感慨万千。

张华打趣道："达夫先生，还认识我么？"

郁达夫笑道："敢不认识你吗，我们的大媒人！孙太太，你还那么年轻，时光好像不曾光顾过你的面庞似的。"

"到底是作家，就是会说话！"张华抚抚阳春的头，感叹道，

"几年不见,你们爱情的结晶,都长这么高了!"

闻听此言,郁达夫和王映霞不约而同地对视了一眼。是啊,他们的孩子都这么大了,可是他们的爱情却已是伤痕累累。但愿在这远离祖国也远离是非的地方,能疗好他们心里的创伤。

但是郁达夫和王映霞很快就知道,即使在新加坡,他们也不得安宁。孙大可领着他们乘车离开时,几个记者簇拥过来,争相给他们拍照。一个女记者堵住郁达夫问:"请问郁先生,此次加盟《星洲日报》,意在何为?"

郁达夫说:"意在为新加坡的文化建设做一点事,意在为南洋的抗日宣传出一份力!"

一个男记者挤过来,大声问:"据我们所知,郁先生和王女士刚刚闹过一场家庭风波,请问此次南来,是不是也为修补夫妻关系?"

郁达夫瞟瞟王映霞,只见她的脸色一下就涨红了,便说:"家庭琐事,无可奉告!"他拉开车门,让王映霞和阳春上车,然后自己钻了进去,砰地关上车门。只在这个时候,郁达夫才知道他和王映霞在武汉闹的那场风波的影响之大,它竟然波及到这天涯海角的弹丸之地来了!

2

《星洲日报》经理胡蛟在南洋酒楼为郁达夫接风,来作陪的文化界人士很多,杯盏叮当,笑语喧哗,酒宴气氛热烈异常。在胡蛟的率领下,报社同仁一一向郁达夫敬酒,异口同声地说,能够邀请郁先生这样的大著作家加盟,实在是本报的荣幸,也是新加坡新闻文化界的荣幸。郁达夫爽快得很,来者不拒,凡敬就喝。他很久没有这么畅快地饮过酒了。胡蛟当众宣布:"从今以后，本报早版的《晨星》和晚版的《繁星》副刊就交由郁先生主编了，相信在郁先生的主持下，它们得以日臻完善，放出灿烂的光辉！"

郁达夫立即表态："达夫一定竭尽所能，让《晨星》和《繁星》都放射文明之光，解放之光，照亮我们的光明前景！"

他的话博得了一阵热烈的掌声。以他的才情和精力，编这样的副刊是驾轻就熟的了。《南洋商报》主编胡愈之插言道："胡经理，郁达夫是大家的郁达夫，你可不能据为己有噢！达夫自大陆来，南洋的侨胞们都想知道祖国抗战的情况，我希望他为我们写点这方面的文章，这不为过吧？"

胡蛟呵呵一笑："不为过不为过，编务之外，郁先生写什么，给谁写，都是他的自由！"

郁达夫忙说："愈之先生，我正有这方面的想法，这也是我义不容辞的责任。至于文章给谁，那都好说，给谁都是为了让民众知晓祖国的情况，唤起他们的抗日热情与必胜的信心！"

"哟，我们光顾说话，可别冷落了女嘉宾！王女士，我也要祝贺你，由你来编辑《星州日报》的妇女版！"胡蛟端起一杯酒，走到王映霞跟前。

王映霞忙举起杯子："承蒙胡经理高看，映霞深感荣幸，就怕不能胜任呢！"

"肯定没问题！"胡蛟笑呵呵地说，"王女士身边有一位著名作家的夫君，耳濡目染，潜移默化，定是得益不浅，下笔成章！"

王映霞不由自主地瞥郁达夫一眼。

郁达夫笑笑说："你们别说，她学我的笔法还学得蛮像呢！"

听出话中有话，王映霞脸上就阴了。在这种场合，他竟还不忘影射已经过去的事，这让她心中很是恼火。可这就是他的脾性，有什么办法？她迅速地掩饰过去，欠身笑笑说："那我就尽力而为吧，还请各位多关照！"

胡蛟兴味盎然地与王映霞干了一杯，说："哎呀，看着郁先生和王女士这么般配的一对，我这不会舞文弄墨的人，也突然有了诗兴了！你们听我吟来，看看是不是诗：漫道诗人惯漂泊，红妆相伴到天涯！"

众人惊呼："真的是佳句！好诗、好诗啊！"

胡蛟自得地一笑："是吗？这要感谢郁先生给我带来了灵感啊！来，郁先生，再敬一杯！"

郁达夫也不客气，又干了一杯，喃喃道："红妆相伴到天涯，多浪漫、多美好的境界！可是又有谁知……"

他把半句话吞下了肚。只有王映霞知道他心里想到了什么，她一眼横了过来，接着碰了碰他的胳膊："喝多了吧？胡言乱语的！"

郁达夫愣了愣神，不作声了。过了一会，从邻桌过来一个油头粉面、穿白色西装的人，端着酒杯问："达夫先生，别来无恙乎？"

郁达夫点头："无恙、无恙，请问您是？"

那人问："您认不出我了？"

他盯着那人的脸想了半天，摇头："对不起，认不出来了。"

那人就说："您真是贵人多忘事啊！"

坐在郁达夫左侧的孙大可倾过身子，意味深长地笑笑，提示说："达夫，你往很远的地方想想！"

郁达夫问："远到什么地方？"

那人笑道："远到上海滩，远到东泰书局编译所。"

郁达夫蹙眉，用心回忆着。但他还是没想起来，这个人实在太陌生了。孙大可提醒道："你再想想，什么时候头大过？"

蓦地，一阵聒噪的手风琴声响起在郁达夫的脑际。他手在桌沿上轻轻一拍："原来你就是那个上班时乱拉手风琴，让我头痛不已的人？"

那人笑道："正是在下！"

"你还是那个提起《沉沦》就骂不离口，自己却又惹了一身脏病的道德卫士？"

那人从容地笑道："大作家还记得小人物的鸡毛蒜皮，荣幸荣幸！"

郁达夫笑了："不光鸡毛蒜皮，王友德先生，我还记得你写过抨击我的文章，还记得你的特长是拾人牙慧。真没想到在新加坡遇到你，天下真小呵！你该不是专程来南洋与我论战打笔仗的吧？"

王友德大言不惭："哪里哪里，此一时彼一时也！如今国难当头，须一致对外，是不是？国共两党都可以团结合作，何况我们是曾经的同事？郁先生声名如雷，笔锋犀利，定能为南洋的抗日宣传推波助澜，大家正求贤若渴，求之不得呢！至于我么，是因继承伯父的遗产而来，比你早到几个月。不过，小弟虽然不才，却也想为抗日救国出一分力，所以，在新加坡的新闻文化界也混了个脸熟。以后，还请郁先生多多指教啊！"

郁达夫哈哈一笑："好说、好说，达夫并不是个念旧恶之人，苦海无边，回头是岸，让我们互勉吧！"

坐在一旁的王映霞扫了郁达夫一眼。她觉得郁达夫这番话是说给她听的。但她并不相信，因为她感觉郁达夫并没有忘记过去，那些事一直梗在他的心里，他只是不说而已。

3

忠保路65号是一幢新建不久的三层公寓，郁达夫把他的家安在三楼的一套三室一厅的住房里。两间卧室,一间书房,外加一间会客室,对于一个三口之家来说,是挺方便的。此时的新加坡,还是在英国殖民当局管辖之下,岛上的居民华人占绝大多数,所以许多风俗习惯都与祖国一样。郁达夫很快就适应了这里带有闽广习俗的热带生活。而编副刊与写文章,都是他所擅长和喜爱的,没过几天,他就投入到了旋风般的工作状态中。

然而他的家庭生活,却陷入了一片冷漠之中。一段时间里,他很好地遵守了他的承诺,对过去的事一字不提,只是与王映霞也没有更多的话说。他待她很客气,她对他也很周到,可他们之间就是没有亲昵,没有温柔,也极少鱼水之欢。奇怪的是,他感到她的身体没有那种令人迷醉的气息了。有时半夜醒来,他凑近她的身体嗅嗅,也只闻到一种夹有海腥气的汗味儿。她的头发呢,也失去了光泽,还莫名其妙地有一股焦糊味,那种动人心弦的发香已经消失殆尽了。

王映霞的工作量不大,又不用坐班,大部分时间都呆在家里。郁达夫则相反,每天都忙到很晚才回。一进家门,他总是先拿起报纸来看,然后就没来由地叹息一声。这几乎成了郁达夫的规范动作。而王映霞呢,也要郁达夫先说话,她才搭腔的。他们似乎在遵循某种规则,又像在进行沉默比赛。如此一来,家里的空气就变得压抑了,凝滞了,沉闷了,令人窒息了。

这天晚上,郁达夫一如既往地翻着报纸,听壁钟不紧不慢地数着时间,忽然觉得这种气氛难以忍受,便又夹起皮包往外走。王映霞忍不住问:"刚回来,又要出去?"

郁达夫说:"想和朋友聊聊天。"

"天天聊,还没聊够?"

"有的事情,永远没个够,而有的事情,一次就够了。"

郁达夫说着，身子一闪，没入门外的黑暗中。他的话像一根尖刺，直刺入王映霞的脑子里。可是她能说什么呢？什么也不能说，也不想说。言语早已不能弥补他们之间的裂痕。她能做的，是躺到床上去，如果睡不着，就拿本书来看，一直到自己困得支撑不住再倒头睡觉。

于是，王映霞就坐在床头，看了会书，迷糊了过去。后来她被开门声惊醒，听见郁达夫的脚步在客厅里移动。但是他没有进卧室来，而是到书房去了。他也许并没有找人聊天，只是到外面走走就回来了。坐在这黑夜的深处，王映霞感到无比的惆怅。他似乎早已忘记，身边还有一个妻子。她叹了一口气，然后溜下床来，在客厅里倒了一杯茶，轻手轻脚地踅入书房，搁到书桌上。

她知道，面对她这样的举动，他不会没有反应的，他不意气用事的时候，还是很讲究绅士风度的。他一如她所料地回头说："谢谢。"

她问："这么晚了，还要写？"

他答："没办法，这一段时间我代理主笔，每隔一天要写一篇时事评论。"

"那你还出去聊天？"

"文章要写，天也是要聊的，有时候，聊天出灵感。"

"这样看来，在家是不会有灵感的了，嘴巴都闭臭。"

"有话明天再说吧。"

"那好吧。"

"谢谢你的茶。"

"不客气。"

王映霞轻轻地退出书房，把门带上，回到卧室躺下。海风从马六甲海峡吹了过来，轻柔地拂着她的脸。它令她想起他曾经的抚爱，可那似乎是上一辈子的事了……

窗户上透出熹微的晨光时，她发现他已经躺在了身边，嘴边还流着一线涎水。她伸出一只手，想搂一下他，可他翻了个身，将一个冷漠的背对准了她。她只好郁郁地将手收了回来，咬住自己的嘴唇。

4

一天，郁达夫领着几个文学青年到家里来。和这些人在一起，他总是很快乐的，而且，对妻子也显得很亲热，一进门就高喊着："映霞，来客人了！"

而作为一位名士的妻子，王映霞的举止也十分得体，一边笑吟吟连声说欢迎欢迎，一边殷勤地沏上茶来。郁达夫将带来的客人一一作了介绍，三男一女，女士叫飞燕，男的分别是温梓川、冯蕉衣和李冰之。王映霞优雅地颔首致意，青年们则目不转睛地盯着她看。在公众场所，她是极易成为大家关注的焦点的，她曾为此而骄傲。但是现在，她的感觉不一样了。她总觉得别人不再是艳羡她的美貌和风度，而是窥探她身上发生的故事。

刚坐下，郁达夫就拍着膝盖说："刚才这一顿酒，真是畅快得很呀！现在来杯茶漱漱口，再好没有了！"

王映霞便问："又喝酒了？"

郁达夫说："以文会友，以酒敬友嘛！"

飞燕女士笑道："郁先生，刚才怎不把王女士带出去，是不是有意藏之深闺，怕我们自惭形秽啊？"

"哪里哪里，自来星洲之后，宴请不断，应酬不断，每每出双入对，把她都搞疲倦了，所以，就让她在家歇着，以免憔损容华呢！"郁达夫笑道。

"哇，郁先生真是怜香惜玉呀！"飞燕夸张地拍了一下手。

王映霞嗔道："你们别听他的！他是嫌我在身边，说话喝酒都不自由了！"

郁达夫说："这也不假！达夫这一生最酷爱的就是神圣的自由了，要不我怎会参与组织中国自由运动大同盟？不过，我敢与蒋委员长争自由，却不敢与夫人争自由，奈何？嘻嘻！"

飞燕女士说："看来郁先生还惧内呀！"

"他才不惧呢！"王映霞闷声道。

郁达夫笑笑："其实我还是惧的，有时还非常惧，不是一般的惧呢！"

冯蕉衣说："这种惧，其实就是爱。王女士的美名，我们早就从郁先生的《日记九种》中得知了，今朝一睹风采，果然名不虚传！"

闻听此言，王映霞莞尔一笑："冯先生过奖，半老徐娘，哪来什么风采！"

飞燕说："啧啧，雍容华贵，面若朝霞，映霞二字，就是您真实的写照！一个才华横溢，一个美貌逼人，郁先生，您和太太是典型的才子佳人，真令人羡慕！"

郁达夫笑道："是吗？你们都还年轻，等阅历丰富了，你们就会知道，其实真正的快乐，与才华呀美貌呀关系都不大。"

温梓川问："那与什么关系大？"

郁达夫眯起眼沉思片刻，说："人的天性中，少不了占有欲与创造欲，古人云，欲壑难填，占有欲永远也满足不了，它给人的痛苦往往大于快乐。而创造欲则不然，它不但能推动社会前进，而且它一小点的实现，都会带给你巨大的、真实的快乐！"

冯蕉衣说："对极了！当我写出一首好诗时，就能品尝到这种创造的快乐!"

飞燕说:"难怪先生当年和郭沫若、成仿吾一起成立创造社呢,肯定收获了不少巨大的快乐!"

温梓川说:"自古江浙多才子,'五四'以后,就出了鲁迅、郁达夫、茅盾、徐志摩……是不是江浙一带的人,文学创作欲特别强?"

郁达夫说:"一方水土养一方人,也许与一个地方的风气有关吧。鲁迅与我相交十余年,就是他死后的现在,我也喜欢他的人格,仰慕他的精神……记得当年我迁往杭州之时,他曾劝阻于我,还送过我一首诗,开头一句就是'钱王登遐仍如在'……"

王映霞心里一紧,生怕他把与许绍棣有关的事说出来,急忙扯一把他的袖子:"喂喂,酒喝多了吧?一醉酒就话多,也不管人家爱听不爱听!"

众人异口同声:"爱听爱听,我们都爱听呢!"

王映霞盯着郁达夫的眼睛,眨眨眼说:"既然大家爱听,就说吧。不过,关于喝酒等等事情,我和你们的郁先生是有过'约法三章'的。"

郁达夫似乎没有懂她的暗示,兀自说下去:"可惜,我没有听从鲁迅先生的忠告,终于搬到杭州去住了,结果竟不出他之所料,被一位党部的先生弄得差点家破人亡!这一位吃党饭起家,积私财至数百万,曾经呈请南京中央党部通缉过我们的许某人,过去还是我的朋友,可是他对我竟做出了和倭寇对待我们老百姓一样凶恶的事情!而且,是在这抗战正激烈的时候!现在我们远离祖国,受不到他的淫爪的残害了,可是我们的南来,与他并不是没有关系的……"

王映霞如坐针毡,脸上蓦地发起烧来。众人面面相觑,气氛变得尴尬了。很显然，他们都听懂了郁达夫的话。他竟然在这些小青年面前自曝隐私，他根本没把她放在眼里！王映霞板着脸，起身走到卧室里，望着窗外的灯火，一任伤心的泪水盈满自己的眼眶……

等她回到客厅里时，客人们已经散去。郁达夫躺在沙发上，一只手摸着自己的额头。她走近他身旁说："我知道，你没醉！"

他说："我是没醉啊。"

她说："你有意让我难堪！"

他眨眨眼："没有吧？我说什么了？"

"你的诺言呢？"

"什么诺言？"

"你答应过，对过去的事从此一字不提的！"

郁达夫眨眨眼，半晌才说："对不起，我一不小心，它就自己跑出来了。"

"还签什么协议呢，可笑！我早知道没用的，协议能封得住你的嘴？"

"我已经向你道歉了。"

"我要的不是你的道歉。"

"那你要什么？"

"我要你遗忘，要你珍惜，要你回到从前。"

"这可能吗？"

"你看着办吧！"

王映霞走进卧室，砰地关上了门。

5

郁达夫心里沉淀了某种东西，随着时间的推移，它越积越多，他却不能明晰地知道它是什么。他只知道，必须想办法将它从心里掏出来，他才会活得轻松一点。这时，香港《大风》旬刊要出版周年纪念号，主编陆丹林先生专门给他写信约稿，他便从自己近年所写的诗词中，选出诗十九首和词一阕，加注释编为一组，名曰《毁家诗纪》。写完稿子，他长吁了一口气，忽然明白，那积在心里的是什么了，它就是他所写的这些呵！通过写作，他总算将它掏出来了，他的心没有以前沉重了。

他揣了稿子来到《星洲日报》，将它交给孙大可，让他看看。

孙大可说："达夫呵，自从你来之后，星马新闻文化界可热闹多了！我还真没想到，你的时政评论文章也写得那么好，对敌我情势的分析很精辟！"

郁达夫提醒道："这一回，我写的可不是时政评论。"

"是什么？"

"你看看，给《大风》旬刊合不合适？"

孙大可瞟一眼标题："《毁家诗纪》？怎么取这么个名字？"

郁达夫说："你看看就知道了。"

孙大可埋头阅读时，郁达夫若无其事地燃起一支香烟来吸。孙大可读着读着坐不住了，来回徘徊，读到一则注释时，不禁念出声来："……映霞失身之夜，事在饭后，许君来信中（即三封情书之一），叙述当夜事很详细……"

郁达夫迫不及待地问："怎么样？"

孙大可眉头一皱："你怎么能这么写？"

郁达夫不以为然："为何不能这么写？都是真实的！"

孙大可说："事情真实与否，我看你自己也不一定很确切，即使是真实的，你也不能这样暴露自己的妻子！你们不是正在努力修补关系吗？如果公开发表出去，岂不是把映霞不守妇道、红杏出墙的罪名坐实了?！你的家现在还是完整的，它一发表，只怕真的要毁掉了！"

郁达夫说："我的家现在也只是表面完整，它的内里已是裂痕累累……我的目的不是暴露妻子，我也无意伤害映霞。但一想到许某的丑行我就无法按捺自己的愤怒！我就是要暴露他，谴责他，让他的嘴脸展露于世人面前！我要让大家知道，一个党棍，一个官僚是如何横行于世，更要让世人看清，我们这个社会是如何把曾经的朋友培植成一个卑鄙小人的！我就是要让舆论去鞭挞许某人的良心！"

"达夫，你如果这样想，未免太书生气！你根本就鞭挞不了他，因为他根本就不跟你讲良心！你这样做的结果，只能是伤了映霞，也伤了自己！"

"我反正已是创巨痛深，忍着痛，我也要给许绍棣最后一剑！"

"你伤不着许绍棣，你和映霞倒会两败俱伤，你清醒一点吧！"

"我很清醒，你说服不了我。你说，诗写得怎么样？"

"诗本身很不错，清新而哀婉，但这些诗注要不得！你一定要拿出去发表，就一定要把这些注释删去！"

"诗注是写这些诗的背景和由来，删去就没意义了。况且，我也是为了以挽横流。对于映霞，我是爱之愈深，责之愈严。"郁达夫说。

孙大可摇头："别说映霞，我也很难理解你！"

"是的，这个世上，理解我的人不多……鱼鲠在喉，不吐不快！我不仅要发表，还想请陆丹林代我给于右任、柳亚子、邵力子等名流各寄一册刊物。"

孙大可生气地道:"你真的是难以理喻!不行,我不能让你这么做!"说着,将稿子塞进抽屉,锁了起来。

郁达夫坦然一笑:"晚了,我还有一份,都已经寄走了!"

"达夫,我看你简直不晓得自己在做什么!"孙大可痛心地道。

郁达夫想,他也许是不知道在做什么,可他不得不做,他就像沿着陡峭的路往山下跑,他已经止不住脚了。即使下面是万丈深渊,他也会往下跳的。

6

王映霞是在客厅抹桌子时,看到那本从香港寄来的《大风》旬刊的。郁达夫出门前,特意将它留在桌上,并且翻开载有他作品的那一页。于是,当王映霞随手拿起它时,《毁家诗纪》的标题便赫然映入眼帘。

王映霞坐下,好奇地阅读。读着读着,她的双眉竖了起来。继而,她犹如五雷轰顶,目瞪口呆……她摇晃了一下,赶紧扶住自己的头。她的嘴唇开始颤抖,蓦地,她抓起那本《大风》一撕两半,掷于地下。然后,双手捂住面孔,无声地抽泣……少顷,她站起来,像一头受伤的母狮,愤怒地践踏着那本成了两半的杂志,她的美丽的脸由于扭曲而变得可怕了。

她得反抗,她不能任人评说,她必须操起言辞的武器抵挡言辞的攻击。她喘息着,擦干眼泪,将烂杂志捡起,重读了一遍,然后坐下,提笔给杂志主编写信:

"丹林先生:《大风》特大号拜读了,感慨无限。一切事件的真实性如何?我现在不想多说,只愿在自己正在靠记忆力的帮助,动手写的一篇记事文中,说得详尽一点,好让世人不受此无赖所蒙蔽……"

信刚写完,郁达夫回来了。

他若无其事地问她:"噢,在家呀,做什么呢?"

王映霞回头,泪眼大睁:"做什么?我在清洗你给我留下的伤口!"

郁达夫说:"言重了吧?我哪里又伤着你了?"

王映霞拍拍那本撕破了的《大风》:"你、你极尽中伤之能事,你简直、简直……混账!"说着,眼泪又流下来了。

郁达夫显然对她的反应没有足够的心理准备,吃惊之余,悻悻地说:"哦,你是说《毁家诗纪》呀,我写的都是实情。"

"什么实情?是你看到的实情,还是你想出来的实情?!"

"难道不是吗?如果不是,你可以反驳,你可以争辩啊。"

王映霞指着他:"我没想到,你是如此的出尔反尔!你的道歉声明,你的和解协议,你的诺言,你的保证,一切的一切,还言犹在耳,你却做出如此恶毒的事来!"

郁达夫想想说:"你替我想想看,我蒙受的奇耻大辱,倾钱塘江潮也难以洗尽!你做都做了,我还有什么说不得?我是不想重提旧事,可是我不提旧事,旧事要提我!心头的郁闷总得有个地方发泄出来!再说,我也不能让许绍棣白白羞辱一回吧?"

"你只想你自己,你替我想过没有?你往我心上插刀子不说,你还让我无颜在南洋立足!这就是你的宽容大量吗?这就是你答应的,对过去一字不提,引导我向新的生命途中走吗?"

"其实,你也看得太严重了,不过是一组诗、几处注释而已。况且,我的矛头也不是对准你来的。在文章末后,我不是说了,'大难当前,这些个人小事,亦只能暂时搁起,要紧的,还是在为我们的民族复仇'么?我不觉得《毁家诗纪》对你有什么欺负,而且,我的爱你之心,也从未衰落过。"

"事到如今,你还说什么爱字!姓郁的,你不觉得可笑么?真是文人无行!"王映霞叫道。

郁达夫反驳道:"胡说!无行的不是文人!许绍棣是文人么?"

"我不听!别跟我提许绍棣了,至少,他比你关心我!"

王映霞跑进自己卧室,砰地带上了门。关门声惊得郁达夫一愣,不知所措。后来他去推门,但门已经闩上了。关门独处,这已经是他们之间常有的场面,不足为怪。但他觉出她的情绪格外异常,不能不使他心生担忧。他真的没想到会闹到这种地步。他心情复杂地叹了一口气,拿起那本破烂的《大风》看了看,心里生出一丝悔意。也许,事情真让孙大可说中,变得不可收拾了⋯⋯

郁达夫呆坐着,阳春背着书包回来了:"爸爸,妈妈呢?"

郁达夫对卧室努努嘴说:"妈妈有些生气,你去叫她,我们一起到馆子吃晚饭去。"

阳春点点头,只轻轻一推,门居然就自己开了。片刻之后,阳春走出来说:"爸爸,妈妈说不去。妈妈在偷偷地哭呢!是你欺负妈妈了吧?老师经常告诉我们,男生是不能欺负女生的,你为什么要欺负妈妈呢?"

郁达夫心里难过,只好说:"阳春,是爸爸不好,有些事你要长大才懂的。"

7

由于刊载了《毁家诗纪》,《大风》特大号畅销一时,连续再版了三次;接着,该刊又在第三十四期上登出了王映霞回击郁达夫的文章。若干年后，王映霞在《东方》杂志上发表了《半生自述》，她是这样描述这场风波的：

"因刺激过深而引起的反感情绪，促使我立即写了《请看事实》与《一封长信的开始》两篇答辩文章和给《大风》主编陆先生的信，马上寄给了《大风》杂志。我写这些文章的动机之一，是想让大家了解了解真相；动机之二，是希望郁达夫再来一个反应。不料，这场戏没有下文了。这倒是出于我的意外的。不过，我替他设想，若不这样默认下来，又还有什么别的办法呢？于是我就找机会，找友人，向他提出了离婚，无条件的离婚。"

王映霞的离婚要求，是孙大可在报社转告给郁达夫的。郁达夫急忙回家，却发现王映霞再一次离家出走了，她带走了她的衣服和日常用品，连纸条都没给他留一张。郁达夫后悔将阳春送去寄宿学校读书了，否则，有孩子在身边，她也不会轻易出走吧？

郁达夫以为像武汉那次一样，她不会让他轻易找到的。在饭馆胡乱吃了份咖喱饭后，来到孙大可家，却意外地发现王映霞坐在客厅里，正向张华抹着眼泪。她的脚边放着一口皮箱。他正要打招呼，张华对他使了个眼色，孙大可拉着他进了书房。

郁达夫坐下，垂头丧气地说不出话。

孙大可同情地拍拍他的肩："现在后悔了吧？"

郁达夫说："没想到她会跟我提出离婚……看来她是绝了情了。"

"你的意思呢？"

"我当然不答应，这不是我的本意。"

"她发表在《大风》上的答辩文章你看了没有？"

"看了，不过我不想再作出反应。"

"嗯……《大风》旬刊引发这场互揭隐私的笔战，让你们自相残杀,很不光彩,很不道德!"

"哦,丹林先生本无此意,他给我和映霞都写了信,劝我们相互谅解,还说合则相安,不合则各走各路,不必自在文字上互相战斗。"

"是呵,家丑外扬,于己有损,于人无益,你盛名在外,更会让人贻笑大方。以后,你打算怎么办?"

郁达夫沉思良久,说:"我还是想尽最大努力争取破镜重圆。只是,现在映霞仍视许某为友人,她在答辩文章中也不否认这一点,我真没想到!"

孙大可劝道:"吸取教训吧!如果实在处不下去,也只好协议离婚了。俗话说,一日夫妻百日恩,好合好散,不要再闹了!"

郁达夫点点头:"我知道的。"

两人又轻声谈论了一会,郁达夫往客厅瞟瞟,见王映霞平静多了,便走出书房,提起她身边的箱子。

王映霞立即喝道:"别动我的东西!"

郁达夫说:"时间不早了,我们回去吧。"

孙大可和张华齐声附和:"是呵,不早了,早点休息吧。"

王映霞两眼一瞪:"谁和你回去?我要到廖内去。"

郁达夫惊讶不已:"廖内有八十海里远,去那里干什么?"

王映霞说:"干什么?我要去同学那里教书,眼不见为净,我要与你分居!你以为,我们还能在一个屋顶下生活吗?"

"你不要赌气!"

"我想得很清楚!"

郁达夫无奈地放下了箱子。他想,他们现在是两只刺猬,距离太近就会互相刺伤,只要不离婚,分居一段也好。当晚,王映霞就住在孙大可家,既然要分居,她是不肯再回去住一晚了的。

第二天，郁达夫赶到孙大可家，欲送王映霞去廖内时，她已经乘船走了。

8

屋漏偏逢连夜雨，正当郁达夫的家处在毁灭的边缘时，一个噩耗被报纸带到了郁达夫的眼前：1939年11月23日，他的大哥郁曼陀，在上海寓所门前被日伪特务枪杀了！郁曼陀时任江苏高等法院第二分院刑庭庭长，刑庭当时设在上海租界内，他忠于祖国，不为利诱胁迫屈服，对涉案的日伪人员秉公执法，毫不留情，因而招此惨祸。

老母已殉国难，大哥又捐新躯，郁达夫悲愤交集。他独坐在黑暗中无声地饮泣。他知道，这已不是他个人的悲哀，"九一八"以来，被日本鬼子杀害的同胞何止千万？当孙大可来安慰他，劝他节哀时，他悲怆地说："我的心已经受了太多的打击，它坚硬了，也麻木了，已经不晓得疼了……"

不久，郁达夫获悉，上海律师公会等组织将在上海为大哥举行盛大追悼会，他立即书写了一副挽联寄回国内：

天壤薄王郎，节见时穷，各有清名闻海内。
乾坤扶正气，神伤雨夜，好凭血债索辽东。

9

王映霞去廖内学校教书之后，独居的郁达夫心烦意乱，几乎无法执笔写文章了。他想挽回她的心，却又不知怎么办。张皇失措之中，他给廖内学校写了一封信，告之王映霞前去教书之缘由，信中还夹带了一首诗："投荒大似屈原游，不是逍遥范蠡舟。

忍泪报君君莫笑，新营生圹在星洲。"如此一来，有关他与王映霞之间的流言在学校里不胫而走，尽人皆知，王映霞更是以为郁达夫不仅没有悔改之意，仍在蓄意诋毁她。她虽然了解他自我暴露的个性，却愈发觉得伤了自己的面子。于是，原本带有几分试探、几分要挟的离婚，慢慢就变成不可逆转的事情了。这是郁达夫没有预料到的。

数月之后，王映霞回到新加坡，来到郁达夫的办公室。她的护照一直由郁达夫保管，锁在办公室的保险箱里。她几次索要，他都没给。他怕她离开他回国去。这一次，她二话不说，手往他面前一伸，理直气壮地："请把我的护照给我，我要回国去！"

郁达夫说："这个家你不要了？"

"不是我不要了，而是你把它毁了！"

他哀求地看着她："就没有挽回的余地了？"

"你认为还有吗？快点给我。"

郁达夫犹犹豫豫地打开保险箱，拿出护照给王映霞。王映霞将护照放进手袋，顺便从里头拿出拟好的离婚协议书，摊在办公桌上："签字吧！"

郁达夫一惊："什么？"

"离婚协议。"

他的脸霎时就苍白了："一定要走这一步不可？"

王映霞说："我还能走哪一步？这都是你逼的！"

郁达夫难过地说："我知道，你对我彻底失望了，当年吸引过你的名作家头上的光环已然消失。在你眼里，我不过是个舞文弄墨的无能之辈，一个有重大性格缺陷的凡人，我给不了你荣华富贵不说，还免不了伤害你。我曾经是你精神上的朋友，现在却演变成了你精神上的敌人……"

王映霞绷着脸："事已至此，多说无益，签字吧！"

　　郁达夫抓起了笔，但是他的手在颤抖，他望着王映霞，乞求地："能不能……再考虑考虑？"

　　王映霞扭过身，背对着他，一副绝情的样子。郁达夫顿感心寒。她竟对他如此冷漠，一再逼他签字，她真的彻底变心了。他心一横，在离婚协议上歪歪斜斜地签下了自己的名字。

　　而此时的王映霞眼睛急剧地眨了眨，心里说，他果真签字了！还说什么爱我，他早就嫌弃我了！

　　郁达夫将离婚协议朝王映霞一推，冷冷地说："满意了吧？"

　　王映霞收起协议书，说："孩子由我来抚养，你负担学费吧。"

　　郁达夫说："这个就不用你操心了，三个孩子由我来抚养。"

　　郁达夫的这个决定，等于切断了他与她之间可能的联系。王映霞闻言一愣，随即说："这样也好，免得我以后还须见你，招你讨嫌！"说完，转身咚咚咚地走了。那脚步仿佛直接踏在郁达夫胸口上，令他感到阵阵的生疼。

10

　　王映霞要走了，郁达夫带上阳春，邀上孙大可夫妇，到南洋酒楼吃晚饭，也算是为她送行。望着满桌的好菜，郁达夫伤感地道："这就是我们最后的晚餐罢！"

　　阳春说："怎么是最后的晚餐呢？以后我们再来就是！"

　　郁达夫说："你妈以后来不成了，她要回国去了！"

　　阳春问王映霞："妈，你什么时候回来呀？"

　　王映霞无言以对，抚了抚阳春的头。

　　郁达夫端起酒杯，说："谁言杯中酒，不是离人泪？今天的这杯酒，包含了太多太多的东西！"

张华叹气道："唉，当初，我见证了你们的结合，可万万没想到，又要见证你们的分手。"

王映霞泪光闪闪："这都是命！"

郁达夫点头："是呵，真是性格即命运啊！"

孙大可举起酒杯说："达夫，映霞，无论如何，你们夫妻一场，而且曾经不顾一切地相爱过！俗话说，好合好散，再聚不难，大家干了这一杯，互道珍重吧！"

郁达夫与王映霞心情复杂地对视一眼，碰碰杯，一饮而尽。过后，郁达夫又自饮了一杯，红着眼说："映霞，我一介书生，除吟诗作文，一无所长，也没有什么送你，送你一首诗吧！"

王映霞默默地点点头。

郁达夫略作思索，吟诵道："大堤杨柳记依依，此去离多会自稀。秋风茂凌人独宿，凯风棘野雉双飞。纵无七子为哀社，犹有三春各恋晖。愁听灯前儿辈语，阿娘真个几时归？"

孙大可点头："诗是好诗啊！"

郁达夫哽咽着："可惜酒是苦酒！"

第二天，孙大可夫妇带着阳春送王映霞登上了回国的轮船。郁达夫没有去送，王映霞给他留了一封信。王映霞觉得这样好，免得大家伤感。其实此时郁达夫就呆在离港口不远的酒楼里。他倚窗而立，望着码头上的人群和那艘即将远航的轮船，缓缓地举起酒杯："映霞，一路走好！"

悠长的汽笛声穿窗而来，郁达夫突然将酒杯掷碎在地上，然后趴在桌上号啕大哭："映霞啊，映霞！早知如此，何必当初！何必当初啊——！"四周的客人惊愕不已，他们见证了一个男人撕心裂肺的痛苦。

当天夜里，郁达夫将王映霞用过的枕头压在脸上，久久没有入睡。他深深地呼吸着她留下的温香气息。后来，他将枕头紧紧地搂在怀里，把它当成了十二年前与他热恋的王映霞……

11

1940 年 5 月 31 日，郁达夫在香港《星岛日报》上登出了启事："达夫与王映霞女士已于本年三月脱离关系，嗣后王女士之生活行动，完全与达夫无涉，诸亲友处恕不一一函告，谨此启事。"

王映霞的启事则同时登在《星岛日报》与重庆的《中央日报》上。有好事者将一份《中央日报》寄给了郁达夫。他发现王映霞在启事中指责他"年来思想行动，浪漫腐化，不堪同居"，真是不知从何说起！也许，她是借此泄恨吧，爱与恨往往是一个硬币的两面；也许，她还是在为改嫁作舆论铺垫？这样也好，她的怨恨就是他的止痛剂，免得他还心存幻想，对过去耿耿于怀。

他是该抛掉过去，走向新途了。

第二十二章

情　人

1

郁达夫埋头于工作，用时光和自己的笔，慢慢地疗着心头的创伤。他没有想到，在这远离祖国的新加坡，还有一份爱情像椰果一样悬挂在树上，等着他去摘取。

一个晴朗的早晨，郁达夫陪着阳春走在去学校的路上，而爱情就若即若离地跟在他身后。那是一个年轻美貌，穿着英军制服的华人女子，她的两只水灵灵的黑眼睛正盯着他的后背。郁达夫边走边与阳春说着话，所以她一直跟到校门口，他还懵然无知。等阳春的影子消失在学校里，他转身往回走时，才毫无准备地迎面碰上她。他感到眼前亮了一下——对于女人的美，郁达夫一向是敏感的——但也只是亮了一下而已，因为女人再美，也与他没有任何关系。他埋头走他的。那女子却紧走几步，追上了他："郁先生！"

郁达夫非常惊奇，停下脚问："你认识我？"

那女子嫣然一笑，说："郁先生是名人，谁不认识？您的演讲会我都去听过好几次了！"

他笑眯眯地问："你不觉得枯燥？"

女子说："哪里，相反，听了很振奋呢！呃，没想到郁先生不仅是名作家，还是一个慈父，儿子这么大了还送他上学？"

他说："哦，他读寄宿，昨晚回家住，今日因为顺路，偶尔送送罢了。不知小姐何方人士？"

女子便告诉他，她姓李名小瑛，祖籍福建，是上海暨南大学外语系毕业生，现在新加坡英军情报部任职。

他敏感地问："情报部？你是在跟踪我？"

李小瑛反问："你怕我跟踪？"

他开起了玩笑："怕什么，被你这样年轻美丽的女子跟踪，未尝不是一件幸事。"

李小瑛笑道："不见得哦！郁先生被跟踪过，受过惊是吧？放心，我不是谍报员，我们那个情报部，其实是情况报告部，主要任务是公共联络和向民众做宣传。而我呢，只不过是情报部电台的华语播音员。对了，我还播过郁先生的时事评论文章呢！"

他眼里放出光彩来："是吗？那我还感谢你呵！"

李小瑛道："哪里，应该感谢您，您来新加坡之后，南洋的抗日救亡宣传就有声势多了！我留意过，您除了编文艺副刊，还代理主笔，写了不少的杂谈与时事评论，怕有上百篇吧？您哪来那么多精力？"

他嘿嘿一笑："不是有那么多精力，而是有那么多话要说，不吐不快！"

李小瑛点点头，瞟瞟他的脸，忽然说："我见过王映霞女士，真的是大家闺秀，你们真是郎才女貌，天造地设的一对……真是遗憾啊！"

他沉吟片刻道:"太美丽的事物总是像娇艳的花朵,经不起风吹雨打。"

"我倒是能理解您,爱之愈深、责之愈严。"李小瑛说。

"一方面,是我那个党官朋友用心险恶,诱骗了她的感情,另一方面,也许是我苛求于她。自曝家丑的结果,是既伤了她,也伤了我自己。"

"不管如何,你们总算轰轰烈烈地爱了一场,也不枉来世上走一遭啊!"

郁达夫笑了:"呵呵,看不出,李小姐还是个爱情至上主义者呀!"

"人生一世,草木一秋,爱不就是人存在的意义吗?否则,郁先生也不会为情变而痛心了。"李小瑛望着他,很认真地说。

郁达夫说:"哎,你今天是专门来讨论我的私生活的吗?"

李小瑛调皮地一笑:"对不起,我跑题了!是这样,不知先生还有没有多余的精力?"

"此话怎讲?"

"情报部打算办一份《华侨周报》,还缺一个主编,我觉得先生最合适,不知您有兴趣否?"

"原来你是来当说客的!"

"情报部可以借重您的名气,您呢又可以多一份薪水,何乐而不为?"

郁达夫想想道:"既然如此,我还有什么话说?"

李小瑛兴奋地说:"那就一言为定!我这就去跟长官禀报,再见!"

"再见!"

郁达夫与她招手作别,走了一程,回头一看,她也正好回头看他,并冲他欣然一笑。他也冲她笑笑。在明亮的阳光里,她的笑容特别灿烂，他不由得怦然心动……在经历了这么多的情感煎熬之后，他的心居然还会动起来，这也算得上一个小小的奇迹了。

2

郁达夫很快就兼任了《华侨周报》的主编，因为是周报，工作量并不大。如此一来，他就可以经常与李小瑛打交道了。和她说说话，互相看上几眼，都能使他心情愉悦。他很久没有这样愉悦过了。此时，著名侨领陈嘉庚先生在新加坡组织成立了华侨抗敌委员会，郁达夫当了执行委员，负责文艺方面的工作，他于是更忙了，也更充实了。充实而愉悦，这正是他要的生活。

听说他兼任《华侨周报》主编，孙大可曾表示过异议，因为它是英军情报部办的。郁达夫不以为然："那有什么，英军是盟军，我们现在是站在同一条战壕里。再说，我们不是又多了一个宣传抗日救国的阵地了吗？何乐而不为？"孙大可说，他本人并不反对，只是有些人想多了，说他这样的名人给英军做事，怕影响不好。郁达夫说："那要看做什么事嘛！幸好，我不在你们组织里，要不，说不定又像当年在左联一样，要开除我了。"孙大可笑笑说："别在意，你是对的。有时候，我觉得你活得真单纯啊！"郁达夫说："单纯不好吗？应该单纯的事，就不要把它搞复杂了。"

郁达夫觉得，他和李小瑛的相处就很单纯，恍若玻璃杯里的白开水，一眼可以看得透。他们想说什么就说什么，没有顾忌，不需要猜测，很随便也很随意。这天他正在办公室拿着红笔改稿，李小瑛满头大汗闯进门来，抓起桌上的水杯就喝，呛得咳嗽不止，面红耳赤地弯了腰。他忙在她背上轻轻拍了几下："瞧你急得，都花容失色了呢！"

李小瑛揩着汗说:"怎能不急?跑了一上午都没租到房子,我就要被扫地出门了!"

郁达夫问:"怎么回事?你不是住得好好的吗?"

"本来住得好好的,房东女儿一家突然回来了!"

"现在打仗,难民又多,很难租到房子呢。"

"可不是!"

郁达夫不假思索地说:"这样好了,我的书房很大,白天没人,你呢又时常上晚班,不如你搬进去住。"

李小瑛两只黑眼睛骨碌直转:"搬到你书房去住?"

"对呀,你平时帮我打扫打扫,租金嘛,就不用你交了。"

"当真?"

"君无戏言!"

"是你想有个添香的红袖了吧?"

"想怎么样,不想又怎么样?你要是有顾虑,就当我没说。"

"就是有顾虑,也比露宿街头好呀!"

"就是嘛,想通了?"

"你不怕闲言碎语?"

"我什么风浪没见过,还怕闲言碎语?"

李小瑛笑嘻嘻地:"也不怕我纠缠?"

郁达夫便盯着她问:"你会纠缠吗?"

李小瑛脸一红:"那可说不定呢!"

当天傍晚,李小瑛就带着行李铺盖搬进了郁达夫的书房。她的床就架在书桌对面的墙角里。她铺床的时候,郁达夫手忙脚乱地收拾散落在各处的书籍。李小瑛笑道:"呃,把你的日记呵情书呵什么的统统藏好噢,我这个人好奇心重,到时别怪我翻阅了你的隐私。"

郁达夫毫不在意："我这样的人还有什么隐私吗？想看就看吧，反正别人都说我有暴露癖！"

李小瑛道："胡说，什么暴露癖，你不过是想发泄郁闷，想让别人了解你，你不伪善，不道学，所以有勇气袒露自己。"

郁达夫说："难得你这样理解我。不过现在我晓得了，过分暴露自己并不好，往往事与愿违，伤人伤己。"

李小瑛想想，不做声了。铺好床后，她坐在床沿上说："你晓得吗？除了你的才华，你的那点孩子气，也挺可爱的。"

郁达夫摇摇头："要是天天在一起，你就不会觉得可爱了。"

李小瑛偏着头说："是吗？我不相信。要不试试？"

郁达夫一脸正经地道："兵荒马乱，又拖家带口的，别给你添麻烦了！"

李小瑛脸红红的："我并不怕麻烦，只是我不是那个意思，我们现在不是试起来了吗？"

郁达夫笑道："我也不是那个意思呵！"

李小瑛伸个懒腰说："那好，以后，只要你不烦我就行。不过只要你一烦，我立即就会搬走，放心吧！"

郁达夫望着她，静静地说："不会的，你不是让我烦的人。"

当晚，郁达夫睡得比平时早。因为李小瑛要睡在书房里，他也不能在书房里呆得太晚。半夜起来，上完卫生间，他将耳朵贴在书房的门上，只听见李小瑛的鼾声细微而均匀。她睡得很安稳，很香甜。接着他又将鼻孔凑到门缝里，鼻子一吸，就有一缕奇异的体香沁入到了他的肺腑深处，心灵深处。

3

郁达夫与李小瑛共享同居之爱的绯闻很快在新加坡流传开

来。郁达夫既不解释，也不避嫌，照样与李小瑛出双入对。遇到朋友们暧昧的眼神，他一笑了之。其实在此时，他与李小瑛的关系还没有实质性的变化，绯闻还只是绯闻。无论在外还是在家，他都泰然处之。他自己都不知道，从何处获取了这种镇定力。

一天晚上，郁达夫坐在客厅读报纸，久没见面的王友德不请自来。

"郁先生，最近写些什么？"王友德一边问一边向书房里窥探。

"什么都写，需要什么写什么……"郁达夫说，"哎，你不是说，也在星华新闻文化界混了个脸熟吗？怎么我没见到你的文字呀？"

"哦，这一向我比较忙。"

"你不想写文章出名了？"

"达夫兄又笑话我了不是？我本来就没这个志向，那时候在上海，也是玩玩票而已。"

郁达夫笑道："你要是再找个名人骂骂，你还会出名的。"

"那是，对这一点我笃信不疑，再说了，我的文章也还是有功力的，只是，我对名呀利呀看得很淡了。"王友德话题一转，"达夫兄，今天上门，我是有求于您啊！"

"我郁某秃笔一枝，无权无势，你有什么好求的？"

王友德讪笑道："正是想求您的笔，想请您写个条幅，我好挂在书房里。"

郁达夫摇头："我的字又不好看。"

"不是要你的字，是要你的名，人一有名，字也就好看了。毕竟，我们曾经是同事，和朋友说起，也是我的荣耀。对您来说，这不过是举手之劳，极平淡的事，可对我来说，意义就非同寻常了!"

郁达夫有些厌烦了,想早点打发他走,遂踅入书房,铺纸抓笔,说:"我给你写两句鲁迅的诗吧。"

王友德眼睛瞟着李小瑛的床,嘴里说:"好呀好呀,太好了!早就听说,达夫兄与鲁迅先生关系甚好!不知写哪两句?"

"横眉冷对千夫指,俯首甘为孺子牛。"郁达夫边写边介绍说,"这是那年在上海聚丰园,我和映霞请鲁迅先生吃饭时,鲁迅先生偶得的佳句,先生戏称是'达夫赏饭,闲人打油',后来凑成一首七律,题给了柳亚子先生。"

"是嘛?"王友德显然心不在焉,在李小瑛床上坐了一下,说,"呃,达夫兄,你书房里怎么有女人用品和脂粉气?"

郁达夫头也不回地说:"哦,英军情报部的李小瑛借住在这里。"

王友德吃惊地:"哎呀,那你是金屋藏娇呀,就不怕别人说闲话?"

"嘿嘿,那年你在报上写文章骂我都不怕,还怕闲话?闲话比倭寇的炸弹还可怕吗?"

"达夫兄,又提当年事了,我那还不是为了让你出名吗?你看看,哪个被骂的人没出名?你还得感谢我呢!"

"看来,你还准备骂我一回,让我再出一回名?"

"哪里,如今您是不骂自名了,哪里还用得着我来敲边鼓?啧啧,达夫兄真是艳福不断啊!不过,听说李小瑛有过一段风流韵事呢!"

"是吗?你总是对这方面感兴趣!哦,我忘了,你曾经是半个道学家!"

"嘿嘿,其实没什么,爱美之心人皆有之,何况达夫兄这样的浪漫才子？李小瑛人称军中一枝花，爱慕她的人不在少数。不瞒你说，我也挺看重她的，你来新加坡之前，我还请她吃过饭呢！"

郁达夫提笔的手悬在空中不动了，王友德那张油滑的脸让他感到极度的厌恶。他扔下笔，将没写完的条幅揉作一团，扔进纸篓，阴着脸说："我很恶心，没情绪写了，以后再说吧。"

王友德倒知趣，赶紧告辞了。

郁达夫砰地关上门，走到窗前，望着满天的星斗，深深地吸了几口新鲜空气。这时窗下传来异样的响动，他朝下一看，只见门外有两个人影扭打在一起。他急忙下了楼，出门一看，李小瑛正从容地拍打着军服上的灰尘。她冲郁达夫微微地一笑，什么也没说。而在路边的沟里，则蜷缩着一个人。郁达夫走近一看，竟然是王友德。郁达夫问："怎么是你？"王友德尴尬地爬起："我，我摔了一跤。"说罢仓皇离去。

郁达夫回头问李小瑛："怎么回事？"

李小瑛不屑地撇撇嘴："我学过格斗，这种小流氓我对付得了！"

郁达夫明白了，顿时如吃了一只苍蝇，又似闻到了榴莲的气味，满心的不舒服，咬咬牙道："这个卑鄙之徒！以后我不会让他再进我的门！"

李小瑛安慰他："别太在意，他无损我半根毫毛。"说着，她抓起他的手，拉他进了门。进门之后，她也没有松开他。一时间，他得到了莫大的慰藉，他感到自己缩小了，他全身都在她那只温柔小手的掌握之中。

4

不知不觉，他们互相充满了渴望。她不在的时候，他坐在书房里，竟无法集中自己的心思。只有闻到她的气息，他才能静下心来。这种感觉是如此美妙,与当年他与王映霞热恋时截然不同。他虽渴望,却不焦急,他知道,会来的好事自然会来。瓜熟了蒂就会落,也只有熟了的瓜才甜。

宁谧的礼拜六之夜,海风吹拂,郁达夫坐在桌前埋头写作,李小瑛半躺在床上看书。刚刚成立的星洲华侨义勇军需要一首战斗歌曲,邀请他作词,他写了个初稿,正在反复推敲。李小瑛的目光不时地落到他的身上。后来,她有些困了,打个呵欠,揉揉眼睛,轻声道:"达夫,时候不早了,还不休息?"

郁达夫回头,歉意地说:"对不起,我影响你休息了吧?"

李小瑛摇头:"没有,我要是想睡了,往我头上扔炸弹都睡得着。我是担心你的身体呢,别太劳累了。"

"没关系,快完了。"

"是吗?念给我听听!"

"好的,你听着:我们奏的,是移山倒海的乐章雅音,我们唱的,是惊天动地的悲壮歌声;我们要把我们的喉舌,来唤起中华民族的自由魂……"

"我觉得蛮不错!"

"真的吗?"

"是呵,我觉得不须再改了,你可以安心地睡觉了。"

"那太好了,既然你通过了,我就可以安寝了!"郁达夫说着起身伸了个懒腰,往门口走去。他感到她的目光蛛丝一般粘在他背上。他知道,她有话要说了,她若不说他也会说。

果然,他才走出几步,她婉转的嗓音在后面说:"就这么走了?一点绅士风度都没有!"

他于是回转身,走到床边,在她额头轻轻一吻,然后说:"做个好梦!"

她点头:"你也一样!"

他再次走到门边,回头笑了笑。她的目光清澈而晶莹,她的面容素净而美好,灯光勾勒出了她玲珑的五官。她微红的嘴唇半张着,如同即将绽开的花瓣。他当然晓得它一绽开,就会有最美妙的声响。于是,在他的期待中,在这梦幻似的星夜,在这伊甸园般的书房里,它微微地张开,吐出了圆润如玉的声音:

"你要是愿意,就留下吧。"

他既不感到意外,也没有惊喜,他只是平静地、感激地点点头。他迈开腿,正要沿着她的目光走去,阳春忽然来到门口,抓住他的手:"爸爸,蚊子咬我!"

这样的蚊子来得真不是时候,但是他们脸上都平静如水。他们甚至会心地一笑。他抱歉地对她说:"对不起,我要打蚊子去了。"

她微笑着点点头:"你去吧,晚安。"

他去了阳春的房间。他给儿子点了蚊香,守着他,看着他入眠。然后,他悄悄地走回书房,赴一个命中注定的约会。他的手犹如具备了某种魔法,一触到门,门就自己开了。她柔软地躺在床上,她的目光有力地牵引着他。他感到自己向她浮过去。她张开了柔软的怀抱,而他就像一条热带鱼,慢慢地慢慢地滑进了温暖的南太平洋……

5

李小瑛是个聪明女子,她知道孩子的态度对他们的爱情有着不可忽视的影响。于是,当阳春周末回家时,她就细心地照料他。她送了他一支漂亮的钢笔,礼拜天还带他去看电影。一天在去电影院的路上,阳春忽然问她:"阿姨,你要和爸爸结婚吗?"

李小瑛反问:"阿姨要是跟你爸爸结婚,你喜欢吗?"

阳春摇头:"不喜欢。"

"为什么?"

"因为你不是我妈妈。"

李小瑛静默片刻说:"你放心,阿姨不会做你不喜欢的事。"

阳春站住不动了。

李小瑛很奇怪:"怎么不走了?"

阳春说:"我说了你不喜欢的话,你不想带我看电影了。"

"谁说的?你这孩子,怎么想得这么多!你说的是实话,阿姨喜欢说实话的孩子!"

阳春说:"阿姨要是不和爸爸结婚,我就喜欢阿姨!"

"好,咱们一言为定,来,拉拉钩!"

阳春勾起手指,郑重其事地与李小瑛拉了拉钩。在心灵深处,李小瑛也曾幻想过与郁达夫结为夫妻,但这一拉钩,便拉得她连幻想也没有了。她觉得与郁达夫这样很好,她很知足。

6

其实,即使排除孩子的因素,郁达夫与李小瑛的爱情也只是一朵绚丽一时的花,注定不能有结果的。没有人能与战争抗争。太平洋战事爆发,日本海军迅速从马来亚北部登陆,出动空军轰炸新加坡。英军泊在新加坡的两艘新式主力军舰威尔斯太子号和却敌号被日机炸沉后,全岛的局势更为紧张。李小瑛预感到与郁达夫分手在即,于是抓住任何一个短暂的机会与他呆在一起。而此时的郁达夫也非常忙碌,他担任了新加坡文化界抗敌委员会主席,全身心投入到了抗日斗争中。

这天,李小瑛下班路过一个广场,看见郁达夫正在集会上演讲，于是挤到距他很近的地方，踮起双脚，全神贯注地仰视着他的黝黑的脸，他的闪着两个亮点的小眼睛。他身材瘦小，可是他的声音透着一股磁性，语调铿锵，很有魅力：

"亲爱的同胞们，我们是什么人？我们是华人，我们是新加坡人，我们血管里，流淌的是中华民族的血！我们为什么站在这里？我们是来表示与倭寇决一死战，担起民族兴亡责任的决心！是的，敌人很强大，但是，比敌人更强大的，是我们反抗的意志和必胜的信心！是时候了，让我们挺身而出，用我们的血，用我们的斗志和我们的生命，保卫新加坡！保卫世界和平！"

郁达夫的话还没完，空袭警报突兀地响起，天空里传来敌机的轰鸣声。人们一齐朝天上望去。他大声道："瞧，敌军飞机又要来狂轰滥炸了！但是，它们只能逞凶于一时，最后的胜利，一定是属于我们的！现在，请大家赶紧疏散！"

他的话音刚落，敌机就开始俯冲了。一时间，机枪的扫射声、炸弹爆炸声不绝于耳。硝烟弥漫，火光冲天，人们惊叫着四下逃散。

李小瑛很镇定，看见郁达夫还站在台上指挥人们疏散，急忙冲过去大叫："达夫，你也快躲一躲！"

郁达夫抓住她一只手："你怎么也来了？"

李小瑛顾不上说话，拖着郁达夫就一阵狂奔。他们刚跑到一堵矮墙边，一颗炸弹呼啸而来。郁达夫赶忙卧倒，将李小瑛压在身下，李小瑛却猛地翻过身，反将他掩在身体下面。"轰——！"炸弹爆炸了，烟尘顿时掩埋了他们……

郁达夫从李小瑛身下拱了出来，摇着她的肩膀叫着："小瑛、小瑛！你没事吧？"他脑子嗡嗡响，听不见自己的声音。李小瑛抬起身子，拍拍头上的尘土，扬起熏黑的脸笑了笑，露出一口白牙。郁达夫抓着她跑进一个地下掩体，埋怨道："我是男人，要你来掩护干嘛？好险！"李小瑛笑道："我是军人嘛，再说你是主席，你可比我重要！"郁达夫感激地搂了搂她。这时，又一颗炸弹爆炸了，随着一声巨响，地下掩体猛烈地颤抖，一些泥沙震落下来。李小瑛似乎受了惊，一头扑进了郁达夫怀里。郁达夫紧紧地搂着她。爆炸声不断，泥土簌簌地洒落在他们头上。后来，郁达夫捧住她的脸，深深地吻了她一下，她便立即张开她香甜的小口，狠狠地将他的嘴堵上了……她含住他的舌头，拼命地吮吸着，她的两只手搂着他的脖子，将他往怀里勒，几乎让他透不过气来……

这发生在剧烈爆炸声中的长吻让郁达夫感到一种从未有过的激情与悲壮。

空袭过去后，郁达夫凝视着李小瑛，半天没有作声。从她放肆的拥吻和泪光的闪烁之中，他感到他们分别的日子在逼近。他们默默地掸去身上的泥土，挽着手，往阳春的学校而去。他们的脚步倾诉着内心的情愫。快到学校门口时，李小瑛才告诉郁达夫，日军进攻很猛烈，情势非常紧急，英军正在做撤退的准备，很快会将新加坡通往对岸马来亚柔佛州的海上长堤炸毁，免得日军沿着长堤冲过来。新加坡保卫战坚持不了多久了。郁达夫有些吃惊："这么紧急？"李小瑛点点头，嘱咐他早做准备，要尽快把阳春送走。她还告诉他，他也要早做打算，他是不能留在这里的。一旦新加坡沦陷，以他的身份，敌人一定会威逼利诱加以利用，不会放过的。"我知道。"郁达夫想想说，"不过我们究竟如何撤，还要找孙大可、胡愈之他们商量。"

7

1942年1月30日，郁达夫和孙大可一起，将张华和阳春送上了回国的客轮。那是新加坡撤离平民的最后一艘轮船。起先，郁达夫想让张华回国后，将阳春托给在西南联大教书的沈从文，后来想到沈从文自己也有一群孩子，便还是让她交给老友陈仪。此时，陈仪已是重庆国民政府行政院的秘书长。

码头上，郁达夫一边默默地祈求老天保佑张华和阳春一路平安，一边向他们挥手道别。阳春依依不舍地望着郁达夫，用小手擦着脸上不断淌下来的泪水，似乎他已经预感到，从此再也见不到父亲了。

8

李小瑛随英军撤离的前夜，来到郁达夫寓所。两人坐在书房里，执手相看泪眼，久久无语凝噎。海风掠过窗口，像是一声绵长的叹息。桄榔树的影子如同一只温柔的手，长长的伸进屋里来，无声地抚摸着他们的头顶。过了许久，郁达夫环视着房间，伤感地说："自从你来之后，这屋里就充满了快乐的气息，可惜，好景总是不长……"

李小瑛把脸搁在他肩膀上，说："真想留下，和你一起走，可我得服从命令……"

"我知道，你是军人……你们会去哪？"

"先去爪哇，以后可能向印度转移。"

郁达夫站起，捧着她的脸看了看，又颓然坐下，流出泪来："儿子走了，你也要走了，都走了……"

李小瑛用手掌抹去他脸上的泪："你别这样，也许，我们还会再见面的。"

郁达夫颤声道："可也许，这就是诀别，我们永远也见不到了！"

李小瑛显得比他坚强，抖了一下肩膀，平静地说："古人云，'海内存知己，天涯若比邻'，只要互相思念，我们就会感觉到对方的存在。再说，不见其人，可闻其声，以后你从广播中收听到我的声音，就当是我们见面重逢吧！"

　　郁达夫点头："嗯，上苍待我不薄，让我在心灵遭受重创之后，又遇到了你，真正的红颜知己！以后，我会想方设法收听你的广播，无论你走到天涯海角，还是我漂泊异国他乡，我都会追寻你的声音。"

　　"如果你在收听我的播音，我一定会有感应的！就像现在一样，虽然有离别的伤感，却有一股幸福的暖流电一样穿透我的胸膛……"

　　郁达夫拿出一瓶红酒，他要让酒来温暖两颗伤感的心。斟好酒后，李小瑛说："只准喝一小杯。以后，你可不要太好酒，好酒伤身，而且也容易误事惹祸，我最不放心的，就是这一点。"

　　她神态凝重，语重心长，像个大姐姐。

　　"放心吧，我记住你的话了！"郁达夫郑重其事地说。

　　两人共同举杯，手臂相扣，喝了一杯交杯酒。然后，郁达夫蓦地将杯子摔碎，搂住李小瑛，猛烈地哽咽起来。

9

　　新加坡危在旦夕。郁达夫将一屋子的书送了人，做好了撤走的准备。但是情况很糟糕，陈嘉庚先生向英国驻新加坡总督汤麦斯交涉，要求英国当局负责全体抗委会人员安全撤退，结果遭到了拒绝。他们只好自己想办法回国了，可是国民政府的领事馆竟拒绝签发护照，其理由是他们和陈嘉庚先生一起宣传组织抗日，而陈先生是亲共的，所以他们被视作了异己。

他们打算先撤出新加坡,然后经苏门答腊转道爪哇,再想办法辗转回国去。

1942年2月4日清晨,郁达夫、孙大可、胡愈之、王任叔等一批文化人搭上一条租来的小电船,逃离了即将沦陷的新加坡,向不可知的未来漂泊而去……

10

几经辗转,他们漂流到了马六甲海峡对面,印尼的一个海岛上,在一个叫保东的地方暂时隐藏下来。他们寄居在丛林中的一幢被人遗弃的小屋里,一边等待时机,一边学习简单的印尼话。逃亡的生活让郁达夫又瘦了许多,加上蓄了胡须,他愈发显得苍老了。

有天,郁达夫实在耐不住寂寞,沿着一条荒芜的小路走进了一个小集市。集市上冷冷清清的,偶尔走过的人疑惧地觑着他。他东张西望,发现了一个杂货铺。他跟开店的印尼男人叽里哇啦比划了半天,买了一盒香烟。他点起一支烟吸着,眼睛突然一亮:店主身后的小桌上,摆着一台收音机。他激动不已,指着收音机对店主说:"让我听听好吗?"店主直摇头。他又说:"我只听一小会,要不我付你钱?"可是店主不懂他的话,还是摇头不止。他急得挠头。这时来了一个懂华语的老头,把他的话翻译给店主听了,店主同意了,说不收他的钱,但只能听一小会。郁达夫兴奋地走入店内,朝店主鞠了一躬,伏在桌边,迫不及待地扭起收音机按钮来。

他的手颤抖着,手心沁出了汗。收音机里沙沙的一阵响,突然,他似被电流击中了,李小瑛悦耳的声音传了出来:"……据盟军战报,日军于昨日攻陷万隆、泗水,驻印度尼西亚的荷兰军队已经投降,荷属印尼落入日军手中……"他的手连忙朝空中抓了一把，好像她就在眼前的空气中，伸手可触似的。他激动地张大了嘴，侧着耳朵，凝神聆听那美若仙乐的声音："……另据美联社消息，美国政府已指派陆军中将史迪威任中国战区盟军司令兼蒋介石参谋长……"

郁达夫兴奋不已，她播的消息都不太好，可她的声音令他快乐。他回到丛林中时，天已经向晚。孙大可告诉他，他们组织了一个同仁社，研究了一下对策，认为人多聚在一起目标太大，很不安全，所以决定分散行动，往苏门答腊西北部转移，然后长期隐蔽，等待机会。郁达夫则向孙大可通报了从收音机里得到的消息，然后要孙大可猜，他听到谁的声音了？

孙大可说："瞧你这一脸兴奋的样子，还用得着猜？李小瑛嘛！"

郁达夫喜不自禁："真没想到，还能听到她的声音！我想，她一定感应到了，我在倾听她的播音，她说过，她能感应得到的，那一刹那，她一定像我一样，被幸福的暖流穿透了胸腔……"

孙大可拍拍他，感慨地："达夫兄，你真是浪漫到骨子里去了！不过，你们谱写的这首战场浪漫曲，还挺感人的！"

当晚，郁达夫无法入睡，他踏着月光，在林间徜徉了很久。回到屋里，就着马灯写了几首诗。他特意将孙大可弄醒，将刚写的诗吟给他听：

"却喜长空播玉音，灵犀一点此传心。凤凰浪迹成凡鸟，精卫临渊是怨禽。满地月明思故国，穷途袤敝感黄金。茫茫大难愁来日，剩把微情付苦吟。"

孙大可说："写得不错啊！"

郁达夫说："我胡乱涂了好几首，这是其中之一。此情可待成追忆，聊以自慰罢了。"

孙大可说："我又想起了你的名句'曾因酒醉鞭名马，生怕情多累美人'，我看你自己，倒是一生都为情所累呢！"

"人非草木，孰能无情？没有这累人就会空，空比这累更难受！"

"嗯，这话有几分哲理，有几分禅机。也不知，张华带着阳春现在到了哪了？"

郁达夫笑笑："你也触景生情，想念夫人了吧？"

"是啊。达夫，你就真的一点都不想映霞了？"

郁达夫长叹一声："唉，缘分已尽，想她何益？我们互相伤得太深了，遗忘是最好的办法。不过，我还是衷心希望她吸取教训，以后一路走好，能得到她想要的生活！"

11

当郁达夫在印尼的热带丛林中逃亡的时候，他的前妻王映霞再婚了，她嫁给了重庆招商局局长钟贤道。婚礼之夜，还特别在重庆大酒店举行了盛大的舞会。华灯高照，宾客如云。欢快的乐曲声中，西服革履的新郎和珠光宝气的新娘翩翩起舞。王映霞美目流盼，如鱼得水地旋转不已，脸上荡漾着满足的微笑。舞蹈之中，她透过人隙，看见一个熟悉的人影坐在一隅，向她举起一杯红酒，意味深长地微笑。

王映霞当然认出了他。一曲舞罢，她一边和客人打着招呼，一边朝他款款走过去。到了他跟前，她主动伸出手："许厅长！"

然而，许绍棣却先装着没听见也没看见，邀请身边一个漂亮女士下了舞池。

于是，王映霞脸上的喜悦就被一片阴影罩住了。

第二十三章

殉　难

1

1942年5月，郁达夫辗转来到苏门答腊岛的巴爷公务镇，改名赵廉，租了一幢小房子，住了下来。开始几天，他都到镇子里转悠，想多认识几个人。但他发现，人们都不理他，见到他唯恐避之不及，还悄悄地对他指指点点。他很郁闷，不明白这是怎么回事。

这天他到一家咖啡馆，要了一份咖啡，一份面包。所有顾客见了他都避而远之，唯有一个华人青年一瞥见他，立即过来与他握手："您好！"这青年目不转睛地盯着郁达夫，兴奋得红了脸，语无伦次地自我介绍说，他叫蔡清竹，祖籍福建同安，与陈嘉庚先生是同乡。郁达夫便说："喔，太好了！小蔡，镇里人为何都躲避我？"

蔡清竹道："那是因为他们不知道你是谁！这两天镇上人在传，说来了个会说日语的特务，人人都在提防呢！"

"原来把我当特务了！"郁达夫问，"这么说来，你知道我是谁？"

蔡清竹点点头，告诉他，去年在新加坡读高中时，他还听过他的演讲，而且，他还是个郁达夫迷，只要见到他的作品都爱不释手。郁达夫释然，立即小声交待，他现在叫赵廉，来此地做生意的，千万替他保密。

蔡清竹说："您放心吧，我懂！"

郁达夫又说："还有，请你给我辟辟谣，说我是你在新加坡认识的商人，只是会说日本话，并不是日本特务。我就怕这谣言搞得我寸步难行。"

"我会的！"

"那就太感谢你了！"

蔡清竹向郁达夫简要地介绍了此地的情况，说巴爷公务经商的大多是华侨，他姨父是此地的"甲必丹"，也就是侨长，算是个小小地方官。日本人占领苏门答腊之后，也要依靠侨长办事。如果有什么困难，他会尽力帮助他的。

"那太好了！"郁达夫想想问，"现在去巴东，能找到回中国的轮船吗？"

蔡清竹摇头："绝无可能，现在日本人在海上封锁得很紧。您还是住下来，慢慢寻找机会吧。"

也只能这样了。当天，郁达夫就让蔡清竹带他去拜访了侨长蔡承达。

2

既然自称是生意人，就要做点生意，这样既有利于掩护真实身份，也有益于生计。郁达夫想到了办酒厂，他选好了场地，物色到了酿酒师傅，蔡清竹也答应来帮忙做他的助手，只是本钱还不够。郁达夫想和侨长商量一下，就拉着蔡清竹去了蔡承达家。

谁知，这么平常的一件小事，也给他的命运埋下了伏笔。

到达侨长家门口时，郁达夫看见一个日本宪兵正与蔡承达在门口争执着。宪兵吹胡子瞪眼，手里拿着一张纸条，冲蔡承达叽里哇啦地高声直嚷。蔡承达恼火地挥着手："我不知道你说什么，我听不懂！你怎么不带个会说华语的人来！？"

蔡清竹把郁达夫拉到一旁，要他避一避。郁达夫却说不要紧，他懂日语，正好来给侨长解围。

郁达夫满不在乎地径直走到宪兵面前，不卑不亢地用日语说："请问，找侨长有何贵干？"

宪兵一愣，没有回答，却眯起眼盯着郁达夫问："你懂日语？"

郁达夫说："你不是听见了吗？"

"你叫什么名字？"

"赵廉。"

"做什么的？"

"经商的。"

"哦，商人。"小村把字条递给郁达夫，"我叫小村，是武吉丁宜宪兵队的，奉命来购买物品，这上面的东西请侨长在两天内办齐，我会带车来运。"

郁达夫看看纸条，上面列着肉啊，酒啊，蘑菇之类，大概是办酒席用的。他将小村的话翻译给侨长听了。蔡承达想想说："有什么办法，只能照办。"

郁达夫对小村说："侨长说照办，不知还有什么吩咐？"

"那好，这些东西值多少钱，可开在清单上，我们会支付的。"小村盯着郁达夫说。

"好的，沙哟拉拉！"郁达夫挥挥手。

"沙哟拉拉！"小村转身离去，走出几步又回头盯了郁达夫一眼。

宪兵一走，蔡承达就请郁达夫进屋喝茶，说巴爷公务华商多，货物容易办齐，所以日本宪兵常来此购物。今天幸亏他来解了围，弄不好一误会，会起冲突呢！蔡承达对郁达夫感激不已，又问："赵先生，您不是有意开办酒厂吗？筹备得怎样了？"

郁达夫说："万事俱备，只欠东风，就是本钱不够。特意来向您商量的呢。"

蔡承达说："这还不好说，我和几个朋友商议过了，我们每人参一股，由你任头家负责经营管理，这不就解决了吗？"

郁达夫喜上眉梢，拱拱手："如此甚好，太感谢了！"

蔡承达说："你就放手干吧，我们信任你！"

从侨长家出来，蔡清竹告诫道："赵先生，那宪兵的眼神不对，老盯着您看，您可得注意点！"

郁达夫说："没事的，他见我一口流利日语，好奇罢了。"

3

赵豫记酒厂的招牌挂起来了，工人也招齐了，郁达夫的酒厂开张了。他准备出两种酒，还为这两种酒取了名字，高度的那种叫"太白"，另一种低度的叫"初恋"。蔡清竹拍手叫好，说到底是文学家，给酒取的名字都富有诗意。郁达夫笑道："呃，这里有什么文学家？只有一个酒厂老板赵廉！"蔡清竹笑笑说："我可怎么看你都不像一个生意人，而是一个大作家！"郁达夫道："既然如此，你这个副手以后可要多担待，在生意上多花心思哟！"蔡清竹点头："那是自然。"

喝过开缸酒没几天，郁达夫正张罗酒厂的事务，一辆日本军用吉普开到酒厂门前。某种不祥的预感立即笼罩了郁达夫的大脑。那个叫小村的日本宪兵跳下车,领着一个蓄仁丹胡的军官来到郁达夫跟前,盯着他问:

"赵先生,还认识我吗?"

郁达夫镇定地答道:"当然认识。"

小村介绍那个仁丹胡子:"这是我们队长川岛一郎先生。"

郁达夫瞟瞟川岛一郎,只见此人的眼神阴鸷,忙点点头:"你好。"

川岛一郎问:"听说赵先生日语说得很好?哪学来的?"

"哦,小时候随家父去过日本。"

"这是你的酒厂?"

"对,队长先生是不是要订购一些新酒?"

川岛一郎不置可否,却说:"赵先生,你在这办酒厂,是大材小用啊!我们宪兵队,正需要您这样的人才呢!"

郁达夫心里一惊,马上道:"我一个生意人,能做什么?"

川岛一郎说:"做你最适合做的事,给我们当通译。"

郁达夫摆手道:"我可懂不了几句印尼话!"

川岛一郎说:"懂几句就行,此地大部分人都是华侨,由你来做通译,再合适没有了!"

郁达夫说:"不行,我的酒厂刚开张,我不能丢下我的生意不管!"

川岛一郎说:"不行这样的话,不是由你说的吧?我们是占领军,知道什么是占领军吗?占领军的话意味着什么,赵先生不会不知道吧?"

小村在一旁威胁道:"你可不要敬酒不吃吃罚酒!"

看来,他们是不肯放过他了。郁达夫把蔡清竹叫来,把情况告诉了他。蔡清竹说:"赵先生,只能先顺着他们了,要不,你会吃亏的!"

"那酒厂就交给你照料了。"

蔡清竹说:"酒厂你放心,你自己多保重吧!"

他还是不甘心,迟疑地觑觑两个日本宪兵。

川岛一郎挥一下手:"收拾一下,跟我们走吧!"

郁达夫无奈地说:"好,我跟你们走,不过,有一个条件。"

川岛一郎说:"哦?我还是第一次见到有人跟我们日本宪兵讲条件!"

"我不领你们的薪水,否则我不去!"他说。

川岛一郎眼一眯:"你心眼倒挺多!怕别人说你是不是?好,我成全你!"

郁达夫只好收拾了一些日常用品,跟着他们去了。跨上吉普车的刹那,他倏地想到了上贼船容易下贼船难这句话。而到达武吉丁宜,看到宪兵队的洋楼时,他感到一股阴风迎面扑了过来。

4

郁达夫陷入了极其危险的境地。在宪兵队,为了在逼他做通译的同时对他进行监视,小村与他同睡一个屋。夜里他面壁而卧,总感到小村鹰隼般的目光盯着他的后脑勺。他时常通宵不能入睡,生怕说梦话暴露了自己的身份。除此之外,他还得时时掩饰内心的痛苦和恐惧,克制自己脱逃的欲望,逃跑的后果是可想而知的。

其实,他只是在逃亡时学了几句简单的印尼话,所以他这个通译,很多时候只能胡译一通。这样倒好,胡译成了他保护当地人和反抗日本宪兵的方式。

一天夜里，他正在上床睡觉，小村冲他嚷道："赵廉快跟我们走！"

他问："干什么去？"

小村说："抓抵抗分子去！"

他虽不情愿，也只能跟随宪兵们去了。

在一个丛林中的寮棚里，十几个印尼青年燃着火把，席地而坐，齐声唱着歌："蠢猪跑掉了，恶狗追来了，亚齐人民啊，血泪流干了……"日本宪兵们举着枪刺，将他们团团围住。川岛一郎问郁达夫："他们唱的些什么？"

郁达夫懂的印尼语非常有限，这支歌倒听出来了，因为以前他也听到过。这是一首反对占领者的歌，蠢猪是指荷兰殖民主义者，恶狗则是日本人的代称。他眼珠一转，便开始胡译了，说："好像是一首印尼情歌吧，什么哥哥找来了，妹妹不见了。"

川岛一郎命令道："你问问，他们都是些什么人？在这干什么？"

郁达夫煞有介事地与一个印尼青年咕嘟了几句，回复说："都是村里的老百姓，他们在这儿举行婚礼。"

川岛一郎狐疑地："在这荒郊野外举办如此简陋的婚礼？"

郁达夫说："他们都是土著，婚礼大概就是这么简单吧！"

川岛一郎盯着那位男青年，突然一挥手："给我搜。"

小村立即上前搜男青年的身，很快从他口袋里搜出一张纸，交给川岛一郎。川岛一郎瞟了一眼，便交给郁达夫："你给我译出来！"那青年立即紧张起来了。

郁达夫将手电筒对准那张纸一看，不由心里一惊：这是一份用荷兰文写的捐助抗日义勇军的名单！好在有夜色作掩护，他的表情没有暴露。他紧张地思考着对策。

川岛一郎追问："是什么东西？"

他灵机一动,说:"哦,好像是份结婚礼单……对,就是一份礼单!瞧,这个人送大米三十公斤,而这个人呢,送了一百荷兰盾……要不要我全部念一遍?"

川岛一郎沮丧地摆摆手:"我们可能找错地方了。走!"说着一转身,领头出了寮棚。

郁达夫将名单还给那位男印尼青年。那青年感激地冲郁达夫微微一点头,随即将名单付之一炬。郁达夫走出寮棚后,才发现自己因为紧张,前胸与后背都被汗濡湿了。

5

只要稍有闲暇,郁达夫就会从令人窒息的宪兵队走出来,到外面散散步,透透气。一天傍晚,小村拉着他到街上游逛,他借口上厕所摆脱小村后,找到了一家华人书店。他并不想买书,开口就问老板:"先生,有收音机吗?"

老板说:"我这只卖书,不卖收音机。"

他说:"我不买,只是想听一听。"

老板说:"你要听什么呢?"

"想听一位朋友的声音,她是华语播音员。"

"你要是听盟军的广播,日本人知道了会找麻烦的。"

"日本人不会知道,因为你我都是中国人,不会害自己的同胞,是不是?"

老板点点头:"没错……你跟我来。"

郁达夫跟着老板走进里屋。老板从床下搬出一台收音机放在桌上。郁达夫迫不及待地转动着收音机旋钮。嘈杂之声纷至沓来,然而,他始终没听到有李小瑛的声音。也许没到广播的时候吧?或许,她换了工作了?也许,她遭遇了不测?他胡乱猜想着,失望地关了收音机。

他回到外间,随意在书架上浏览着。老板告诉他,此地买书的大多是华人,所以他进的也大多是华文书。郁达夫心不在焉地与老板闲聊着,忽然看到书架上有一套《达夫全集》。他心里怦怦直跳,取下第一卷,翻开扉页,看了看上面的题辞,恍然有隔世之感。他抚着书脊,抑制着内心的激动,说:"老板,你这还有这个人的书?"

老板凑近看了看书名说:"他的书呀,当然有了!"

他问:"你知道这个人?"

老板说:"怎不知道?郁达夫是中国的大作家,凡读书的人都知道他!"

"是吗?这套书我要了!"

老板忙将书拿下来,边包书边说:"您真是慧眼识珠!自从日本人来之后,生意就不好做了,像您这样一次买一套的还是头一个呢!"

趁着小村不在,郁达夫悄悄地回到宪兵队的住处,将书藏在床底下的一个纸箱子里。他是不能让小村知道的,以免他生疑。小村跟他形影不离,他很难找到读书的机会。躺在床上,他感受着床下书的存在,却又无法读它,心痒痒的难受至极。幸而几天之后,宪兵队似乎不担心他逃走了,小村搬到了另一房间住,他有了一个相对独立的空间。他急不可耐地找出书来,翻阅着自己的著作,不禁百感交集。纸墨的气息将往事带到了他面前,那些从他心底冒出印到纸上的文字,又像蚂蚁一般纷纷爬回他的心里。热泪不知不觉地涌出了他的眼眶。

一个堂堂中国作家,一个不向任何强恶势力低头的文人,一个曾任新加坡文化界抗敌委员会主席、号召别人奋起抗日的人,现在却被迫给侵略者当通译,我就这样苟且偷生下去?不,我必须想办法逃出这个魔窟。

郁达夫暗暗地打定了主意。

6

郁达夫穿过走廊,听到审讯室里凶狠的拷打声和毛骨悚然的惨叫声,不由皱了皱眉,赶紧离开。路过川岛一郎办公室时,他下意识地朝里瞟了一眼。只见几个陌生的日本宪兵正和川岛交谈。有个翻译背对门站在一旁,毕恭毕敬的样子,不时插一两句话。那人的背影和嗓门都很熟悉。他心里一动,便站到门旁,假装点烟,偷听着屋里的谈话。

川岛一郎:"你们从巴东赶来,就为了这个姓王的?"

翻译道:"是呵,这个姓王的在新加坡时就是个活跃的抗日分子,我认识他,听说他就在这一带活动,所以想请川岛队长协助追查他……"

翻译说着侧过脸来。郁达夫立时认出,他是王友德!

他惊得往后一闪,手一颤,烟也掉到了地上。

小村走过来问:"赵先生,你怎么了?"

他忙拾起烟,镇定一下情绪,笑道:"老了,烟都拿不稳了。你来一支么?"

小村摆摆手,走了。

郁达夫急忙走开,来到院落当中的一丛芭蕉树后,边吸烟边紧张地思考对策。没想到王友德当了汉奸!他会告发他吗?是不是马上逃走?当然,逃走不是上策,逃又能逃到哪里去?要镇定,千万要镇定……最好,还是躲开,别让他见到他。

郁达夫捻灭烟头,转身欲走,王友德却暧昧地笑着朝他走过来。他已经不可能回避了，只好沉着脸站定。

"嗬嗬，世界真小呀！"王友德打着哈哈说。

郁达夫瞥瞥他，缄默着。

"别紧张，别害怕呀！看来，你就是那位通译赵先生啰？"

郁达夫说："是又如何？"

"呵呵，改名换姓的赵先生，在这里当通译不觉得屈才吗？"

郁达夫冷静地说："你想怎么样？"

"我么，想怎么样就怎么样。"

"想告密？"

"如果有必要的话，为何不告？"

郁达夫正色道："不要忘了，你是一个中国人！"

"嘿嘿，我也可以这样正告你呢，抗敌联合会主席，这儿可不是你慷慨激昂的地方！现在我们俩是平起平坐，彼此彼此，你还以为你比我高贵多少吗？"王友德乜他一眼。

"你！"郁达夫顿时满脸通红。

王友德得意地摇头晃脑："有意思，真是有意思，你的命运就在我的掌握之中，没想到吧？要是宪兵队知道了你的真实身份，只怕是如获至宝吧！"

郁达夫的心缩紧了："你到底想要怎样？"

"我说过了，想怎样就怎样！或许我隐而不发，或许我落井下石，总而言之，我要好好地尝尝摆弄你于股掌的滋味！"

郁达夫咬牙道："无耻！"

这时川岛一郎和几个宪兵过来了，王友德立即回头点头哈腰。川岛一郎觑觑王友德和郁达夫："你们的，认识？"

王友德点头："我们在新加坡就认识！"

郁达夫赶紧说："是的，我们在新加坡做生意时就认识了，这个人不识好歹，不计后果，不光抢我的生意，还想抢我的女朋友！"

川岛一郎问王友德："是这样吗？"

王友德尴尬一笑："这是他的一面之辞！"

川岛一郎笑道："赵先生，没想到在这里遇到了你的情敌吧？！"

郁达夫说："是啊，我遇到了我一生中最大的情敌！"

川岛一郎送这几个巴东来的宪兵出门，郁达夫紧张地盯着王友德的背影。到了门外，王友德忽然回头冲他意味深长地一笑，他的头皮都麻了。

7

当晚，郁达夫悄悄潜往离武吉丁宜十来里的一个荒僻的山村，钻进一幢茅屋，找到隐居在此的孙大可。

孙大可大感意外："达夫，你怎么来了？"

"有紧急情况！"郁达夫说，"还记得王友德么？"

"怎么不记得！"

郁达夫说："他当了汉奸了！今天，他带着几个驻防巴东的日本宪兵，跑到武吉丁宜来，说是要川岛一郎协查一个姓王的抗日分子，还说姓王的是从新加坡逃过来的！我担心，他说的是不是王任叔？"

孙大可点头："有可能！"

"你赶快通知王任叔，要他避一避吧！还有，新加坡逃出来的这批文化人，王友德几乎都认识，大家千万要隐藏好，别让他看见了！"

"放心吧，我都会通知到的！达夫兄，你这个情报来得太及时了,谢谢你啊!"

"都是自己人,客气什么!"

孙大可想想问:"哎,达夫,王友德跟你照面没有?"

"不但打了照面,我还针锋相对地正告了他几句呢!"

"那你的处境可太危险了!"

"据我揣测,他暂时还没告密,否则我已被抓起来了。不过他随时都可以告发我,这个卑鄙小人,他想以此来威胁我,捉弄我!"

孙大可告诫道:"达夫,现在最危险的是你,你随时都可能有牢狱之灾!"

"从现在情形看,似乎暂时还不会,不过,不管王友德告不告密,我都必须从宪兵队脱身了!"

孙大可担忧地:"那川岛一郎岂能让你轻易脱身?"

郁达夫想想道:"试试看吧,我已经想了一个脱身之法。"

8

热带雨季来临,每过几天就狂风大作,暴雨倾盆。郁达夫开始实施他的逃离计划。他选了一个电闪雷鸣的夜晚,悄悄摸出宪兵队,站在林中的一块岩石上,赤裸着上身,闭紧了双眼,任凭风吹雨淋。

他在风雨中颤抖着,摇晃着。他坚持了几个小时,直到天快亮了,才拖着湿漉漉的身体回到住处,颓然倒在床上。他不盖被子,仍让自己裸露着。天亮之后,他便成功地让自己发起烧来了。

接着,他摇摇晃晃地来到一个熟识的日本军医面前,先送给军医两瓶赵豫记酒厂出的酒,然后张开干裂的唇说他病了。军医给他量体温，又用听诊器听他的肺部。他抚着发烫的额，含混地说："医生，您一定给我好好看看啊！"军医抽出体温度表一看："啊，烧到三十九摄氏度了！"他说："我烧得好烫，只怕还不止！"军医说："嗯，差不多四十度，对，是四十度。肺部声音也很不好！有什么病史吗？"

郁达夫马上说："有，有！十几年前，我就得过肺结核，只怕是它又复发了。"

军医闻言色变，将椅子朝后挪了一步。

郁达夫掏出一叠钞票塞进军医口袋里："医生，我生怕自己再得肺结核，你一定给我好好治，如不行，麻烦您介绍我到大医院去！"

"嗯，你的病确实严重，很有可能就是肺结核，这种传染病很厉害，一般是治不好的。我开好诊断书你就走，别传染给别人了！"军医说。

郁达夫连连点头："好的好的！"

从军医那里出来，郁达夫立即去了宪兵队长办公室。他将诊断书往川岛一郎的桌子上一放："川岛先生，我只能辞职了，我要治肺结核去。"

川岛一郎拿过诊断书瞟了一眼，烫着了似的将它扔了，挥手叫道："去吧去吧！"

郁达夫急忙回到住处收拾自己的行李。为了不让成功的喜悦暴露出来，他使劲绷紧了脸。他刚刚走出门，日本军医就领着几个宪兵给他的住房消毒来了。

9

郁达夫虽然回到了巴爷公务，但险情并没有解除，王友德始终是他心中的隐忧。从武吉丁宜到巴爷公务只有三十公里，一旦身份暴露，日本宪兵随时可以来抓他。这天侨长蔡承达和蔡清竹摆酒祝贺他成功逃离宪兵队时，郁达夫毅然说："我想戒酒。"

"戒酒？"蔡清竹不禁哑然失笑，"谁不知道您嗜酒如命？你说，喝'太白'还是喝'初恋'？"

郁达夫认真地说："我既不想要'太白'遗风，也不想品尝'初恋'了。酒是个惹祸误事的东西，我虽然从宪兵队逃出来了，可还大意不得。酒就留到战争结束之后再喝吧！"

从此之后，郁达夫果然就戒了酒。闻到厂里飘出的酒香，他免不了心痒痒的想喝，但他还是克制住了自己。有时蔡清竹故意逗他，在他面前滋滋有味地抿着酒，咂巴着嘴，他也无动于衷。

一天，侨长蔡承达对他说，酒可以不喝，妻子可不能没有。郁达夫却说，曾经沧海难为水，他曾经有过两个妻子了，现在是战争时期，不想重蹈覆辙。

蔡承达说："呃，战争期间更需要有女人安慰照顾！再说了，你现在是远近有名的赵老板，没个妻子也说不过去！容易招至日本佬怀疑呢！"

郁达夫说："侨长的美意我心领了，可我暂无此心……"

蔡承达笑道："没说没此心，一说就有了的，这是好事嘛！告诉你吧，新娘我们都替你物色好了，是个华侨姑娘，虽然相貌不太好，性格却极其温顺，今年才二十二岁！"

郁达夫摆手道："那不行，小二十几岁，谁愿意呀！"

"这个你就不用担心了，人家陈莲有早就愿意了！只要你松口，马上就可嫁过来！"蔡承达拍拍郁达夫的肩说，"你就别推辞了！这件美事，我们来玉成！婚事就由我们来张罗，你等着当新郎官吧！"

郁达夫想想，也就同意了。

1943年9月，郁达夫与陈莲有在巴东一家旅馆举行了结婚仪式，有了他生命中的第三次婚姻。结婚时，陈莲有改用了她的本姓何，另由郁达夫取名丽有，意为何丽之有。婚后何丽有便随郁达夫来巴爷公务居住。第二年，何丽有生下了一个男孩，取名大雅。

10

郁达夫所担心的事，还是发生了。

这天，孙大可装成买酒人坐在赵豫记酒厂的柜台前与郁达夫聊着天，交换着各自的情况。郁达夫装模作样地翻着账本，不时拨弄一下算盘，眼睛警惕地四下观望。没聊多久，宪兵队的吉普车疾驶而来，在门口戛然而止。郁达夫赶紧让孙大可提着两瓶酒走了。

从吉普车上下来的是川岛一郎，他一进店门，就奸笑着说："赵先生，结婚也不告诉我一声，我好来喝杯喜酒呵！"

郁达夫说："要喝酒还不好说，我这里有的是！"

川岛一郎从腋下拿出一本书："这是你遗下的吧？"

郁达夫接过书一看，竟然是《达夫全集》中的一本。他眨眨眼："这是我的吗？"

川岛一郎盯着他的眼睛："这可是在你住过的房间找到的。"

郁达夫只好点头道："那就是的吧。"

"你是不是很喜欢这个郁达夫的文章？"

"噢，我只是闲来消遣，抓到什么看什么，说不上喜欢不喜欢。"

"听说这个郁达夫在中国很有名气，在我们大日本帝国留过学,还在新加坡写过好多文章,是个活跃的抗日分子!"

"是吗?我对他不了解。"

"在我们占领新加坡之前,他不知逃到哪儿去了,也许藏在苏门答腊某个地方?也许像你们中国谚语说的,远在天边,近在眼前?"

郁达夫心里一紧,不露声色地瞟了川岛一郎一眼,问:"你们要抓他吗?"

"要抓他还不容易?瓮中捉鳖,手到擒来!就看有没有这个必要了。"川岛一郎摸摸仁丹胡子,颇有意味地压了压嘴角。

郁达夫压抑着心跳,说:"什么是必要,什么是没必要?"

"这很难说,必要不必要,有时完全是一种心情。"

"是吗?"

"不过,为了弄清他的行踪,证实这个人的存在,我们电报来电报去的,花费都不少哇!"

"那让你破费了,辛苦了呵,今日来此,是不是要我送你几瓶酒慰劳慰劳?"

川岛一郎笑道:"哈哈,赵先生真是心有灵犀啊!"

"那就请川岛先生稍等,我到后面拿几瓶特制的好酒来!"

说罢,郁达夫拉开后门,赶紧踅到作坊里,黑着脸对蔡清竹说:"装几瓶高度酒,多兑些酒精!"

蔡清竹不解:"为什么?"

他孩子气地咒道:"我要醉死这些日本鬼子!醉死他们,醉死他们!"

蔡清竹问:"赵先生,没出什么事吧?"

郁达夫把蔡清竹拉到一旁,低声道:"我的身份暴露了!川岛一郎到了店里,刚才对我来了一番敲山震虎,还拿来我的一本书给我看!"

"那他会不会抓你?"

"他暗示,这要看他们觉得有无必要。我想,即使不抓,也会监视我的。"

"难怪,近来那个叫乌斯鲁的印尼人老在这一带转来转去,我知道他是被宪兵队收买的人。"

"你和伙计们都要小心。"

"嗯。"蔡清竹问:"那你怎么办?"

郁达夫想想道:"挑明了也好,随他去吧,我反正逃也逃不脱,就无须躲躲闪闪了。"

蔡清竹皱眉道:"这儿只有我知道你的真实身份,谁告的密呢?"

郁达夫鼻子哼了哼,他知道这个人是谁。

11

很偶然的,郁达夫遇到了这个人。

这日,郁达夫去巴东和孙大可、胡愈之等几个人见了一面。过段时间就与朋友们会会面,聊聊天,对郁达夫来说是一种不可或缺的精神会餐。回家时,在离巴爷公务不远的地方,公共汽车抛锚了,他于是只好步行。走到一个偏僻的地方,只见路旁停着一辆破旧的福特车,有个人正撅着屁股鼓捣发动机。这辆车勾起了郁达夫不愉快的回忆,因为它与许绍棣的座车一模一样,也许是同一个型号的吧。他用敌意的眼光瞥着它,慢慢地走拢去。当他走到只有几步之遥的地方时,修车的人回过头来。霎时,他全身的血液仿佛都凝固了:又是王友德!

真是冤家路窄!王友德显然也十分的意外,嘴巴张了张,没说出话来。郁达夫逼视着他，脑子里有个声音嗡嗡作响。他不知自己要干什么，只是控制不住地又向王友德走近了两步。他感到身体里的血液沸腾起来了，燃烧起了，灼热的火焰烤得他口干舌焦！公路上，视线所及之处都阒无人踪，正是他报复的好机会！他的手臂颤抖不已，因为里面有股野性的力量在奔突！郁达夫实在是按捺不住了，抓住王友德的肩膀猛地一拽，一把将他推倒在地！

王友德跌坐在地，惊恐地叫道："达夫兄，你，你要干什么？"

郁达夫怒不可遏，狠狠地踢了他一脚："谁是你的达夫兄？！"

王友德用手护着脸："你、你不是，你是赵廉，你不是郁达夫！"

郁达夫一手抓住他的胸襟，另一只手攥成拳不停地揍他的头和脸，边揍边骂："你这条狗！你这可耻的汉奸！我叫你告密！我叫你告密！"

他乃一文弱书生，从来没有打过人，可此时此刻，他从暴力中品尝到了一种难言的快感。王友德在他脚下龟缩成一团，哭喊着："别打了！求你别打了！你再打我叫川岛抓你！"

郁达夫愈发愤怒，疯狂地厮打不停，叫着："你去呀！你去舔你主子的屁股呀！你这狗奴才，去告诉你的日本主子，他们嚣张不了几天啦！"

王友德在地上滚动着："别打，别打我的脸！"

"哼！你还要脸？你这样的人还要脸？呸！"郁达夫往他脸上吐了一口唾沫。他全身的力气似乎随着这一口唾沫吐掉了，四肢一下瘫软下来。他拳头上沾染了鲜红的血。他似乎对刚才的举动有些奇怪，还有些惊愕，他从来没想到自己还有力量去打倒一个人。他喘了口气，拭去手上的血，转身扬长而去。

他听见王友德在后面嚎叫不已："郁达夫，你好狠，你把我的脸都打烂了呀你！"

12

这样做有什么后果，郁达夫懒得去想。当然，他不能不有所准备。回到家里，他拿出一个红木匣，告诉何丽有，里面装着他的遗嘱，万一他遭遇不测，就请她按遗嘱行事，把遗产分配给国内外的孩子们。他还没说完，何丽有就捂住了他的嘴，不许他说不吉利的话。何丽有将红木匣藏了起来，安慰着丈夫，又让丈夫的耳朵压在自己再次隆起的肚皮上。于是郁达夫听到了他又一个孩子鼓点似的心跳，欢喜的笑纹密实地铺排在他瘦削黧黑的脸上。

13

历史性的时刻猝然来到。郁达夫正伏在柜台上记账，蔡清竹挥着手远远地跑过来，边跑边喊："赵先生，日本投降了！我从广播里听到的，日本投降了！"

郁达夫头皮一麻，随即问："你说什么？"

蔡清竹手舞足蹈："鬼子打败了，日本投降了！"

郁达夫呆住，只感到血往头顶一涌，耳朵就突然失聪了。整个世界顿时没有了声音。蔡清竹冲他喊叫着，他一点也听不见。他跳了起来，冲出门，往小镇中心一路狂奔而去。

仿佛是在刹那间，整个世界改变了模样。街道上挤满了欢呼的人群，有人敲起了锣鼓，有人燃放鞭炮。但对郁达夫来说，这一切都像是在放映无声电影，只有影像，没有声音。他站在街道中央，目瞪口呆。那些声音都到哪去了呢？他茫然无措地四下寻找。突然,他狠狠地捆了自己一个耳光!于是喧闹声汹涌而来,他的眼里顿时盈满了眼泪!

蔡清竹抓住他的手摇着:"赵先生,我们胜利了!"

他生气了,大叫:"别叫我赵先生,我不是赵先生,我是郁达夫!"他举起双手,向四周的人嘶喊,"大家听着,我是郁达夫,我不是赵廉,我是郁达夫!郁达夫!"

有两个日本兵站在街边,麻木地看着欢乐的人群。郁达夫跑了过去,冲着他们大吼:"你们听到没有?我是郁达夫!郁达夫!郁达夫!"他听见自己的声音在镇子上空回荡……

当天下午,孙大可来到郁达夫寓所,两人热烈地拥抱。然后,郁达夫开了酒戒,与孙大可一人操了一瓶酒在手里,互相碰一下,仰头大喝起来。几口酒下肚,郁达夫激动地跳到桌子上,双手挥舞,大声吟诵杜甫的千古名句:"剑外忽传收蓟北,初闻涕泪满衣裳。却看妻子愁何在?漫卷诗书喜欲狂。白日放歌须纵酒,青春作伴好还乡!"

好久没有这么痛快地醉过酒了!醉眼蒙眬中,郁达夫感到自己腾云驾雾,飞过了浩瀚的南太平洋,家乡的山山水水依稀展现在他的面前……

14

厄运悄悄潜来,郁达夫却对此一无所知。日本宣布投降两周后的1945年8月29日傍晚,他在家和孙大可商谈着回国的有关事宜。屋外忽然有人喊:"赵先生,有人找!"他便应声出门去了。

孙大可等了一会,不见郁达夫回来。这时蔡清竹匆匆进门来问:"郁先生在吗?"

孙大可说："刚才被人叫走了！"

蔡清竹一跺脚："坏了！"

"怎么了？"

"刚才有人看见两个日本人把一个人带上了车，说那个人像是郁先生！"

"啊？！快，我们找他去！"

孙大可和蔡清竹赶紧奔出门外，叫了一些华侨朋友四处去找。但是他们找了一通宵也没有找到，郁达夫失踪了。听说丈夫不见了，何丽有又急又怕，受了刺激的身体提前开始了阵痛……

就在人们寻找郁达夫的时候，他被带到了武吉丁宜的日本宪兵队。川岛一郎谦卑地请他坐下，然后问："赵先生，我们战败了，你很高兴吧？"

郁达夫傲然说："那当然，不过这是意料中的事。"

川岛一郎说："赵先生，其实我们早知道你不叫赵廉，你是郁达夫，我们对你的过去和现在都十分了解。我一直仰慕先生的才华，所以一直对你以礼相待……今天请你来，是有一点小事想与你商议。"

"请说。"

"是这样的，这次日本战败，我们免不了要站到军事法庭上去。郁先生能不能与人为善，对你在宪兵队看到的、听到的少说或不说呢？"

川岛一郎摸着仁丹胡子，期待地注视着郁达夫。

郁达夫大笑："哈哈！看来你对我还是不太了解，我这个人可是有暴露的喜好呢！你们早该放下屠刀，立地成佛，怎么现在才想到与人为善呢？"

川岛一郎问："一点都不能通融？"

郁达夫反问："你认为，这可以通融吗？"

川岛一郎叹息一声说："既然如此，我也没什么好说的了，送郁先生回去吧。"

郁达夫从容不迫地站起身来，以胜利者的姿态走出门去。这一次，他用不着逃了，想逃的该是他们了。他听到小村在身后低语："队长，真的送他回去？"川岛一郎说："当然真的！"他发出会心的微笑。他没有看到川岛一郎抓起一页纸，揉作一团，扔进了在焚烧文件的火炉里。胜利的喜悦和诗人的单纯一时麻痹了他的心智。

只是当郁达夫发现军车载着他驶上了一条弯曲的山道，而不是往巴爷公务去时，他才如梦初醒，察觉到了日本宪兵的罪恶用心。他开始挣扎，反抗，咒骂。但是他显然不是对手，两个宪兵将他牢牢地摁住，让他动弹不得。夜色如晦，风雨交加，愤怒和恐惧水一样淹没了他，窒息了他……忽然，他听见了一阵急促而紊乱的木鱼声。他瞪大了双眼，想看清敲木鱼的人，眼前却只是一片黑暗……

军车在一个拐弯处停住，他被推下车来。他扭头欲跑，却被死死地抱住了腰。他的眼珠愤怒地暴突出来！半空里划过一道耀眼的闪电，他看见了几张狰狞的脸。随着一声巨大的雷鸣，一双魔鬼的手扼紧了他的颈子……在窒息之前，他听见一声嘹亮的婴啼刺破了黑夜。那是他的孩子分娩了吧？他最后的意念一闪，就什么也不知道了。

他失去知觉的身体被推下陡坡，掉进了一个山洞里。

15

郁达夫的女儿美兰就是在他离去的那个凌晨降生的。

几天之后，人们寻到了那个山洞前。

山洞里明显有人呆过的痕迹，可是洞里没有他。

倒是洞口前湿润的泥土上，有一行歪歪斜斜的新鲜脚印。是穿木屐的脚踩下的。而郁达夫被带走时，正是穿的一双木屐。人们循着脚印，找到了一座悬崖上。脚印到此而止，没有了。人们便到悬崖下去寻找，没见人，也没见他的遗体。悬崖下只有一些浅草，没有别的遮蔽物，不可能找不见的，可就是没有。

人们一直在寻找他，可是直到六十年都过去了的现在，仍然没有找到郁达夫的遗骨。他不可能不在，既然找不到，我们只能认为，他走到了那座悬崖上之后，就脚踩祥云，直接从那儿漫步蓝天，进入天堂了罢！

2004 年 10 月—2005 年 3 月 2 日写于常德
2014 年 1 月修订